Elfes et fées

Sirona Knight

MARABOUT

Avant-propos

Elfes et fées de Sirona Knight est un ouvrage très complet, car il évoque la plupart des grandes traditions et légendes féeriques ; il constitue un guide précieux pour tous ceux qui souhaitent explorer ce sujet mais se trouvent désemparés face au choix considérable d'ouvrages disponibles, plus ou moins attractifs et plus ou moins sérieux. Avec ce livre, l'auteur offre en effet bien plus qu'un simple ajout à la littérature existante sur les fées et les elfes, car elle explique les choses de manière claire et exhaustive, apporte des suggestions pratiques, établit des parallèles fort intéressants et étayés de références pertinentes. Un chapitre notamment, très amusant et enrichissant, mérite à lui seul le détour, dans lequel elle explique comment transformer son jardin en un endroit féerique... Mais ce n'est là qu'une des multiples facettes de ce livre, qui n'a en réalité qu'un objectif : nous amuser tout en nous faisant réfléchir. On y trouve de précieux résumés de l'histoire de différentes traditions culturelles telles que les traditions nordiques ou celtiques, illustrées par des auteurs célèbres comme Shakespeare, pour n'en citer qu'un. Ce livre permet de comprendre que la féerie, ou « Faerie », comme l'appellent certains, ne relève pas seulement du domaine de la fantaisie que peut dépeindre un certain art pictural, ou de celui d'un romantisme à l'eau de rose, mais qu'elle est issue de belles légendes anciennes, ainsi que du folklore et des mythes de diverses époques.

Sirona Knight attire notre attention sur le fait que de grandes œuvres de fiction modernes telles que les livres de Tolkien et de Rowling, dont des films ont été tirés, se sont inspirées de mythes et d'histoires préexistants. Elle fait également état des nombreux liens qui rattachent la mythique série *Star Trek* à l'imagerie des contes de fées. Il y a quelques années, j'ai assisté au cours d'un éminent professeur en histoire des mythologies qui a organisé toute sa démonstration autour des personnages de *Star Trek* afin de laisser voir combien ils pouvaient nous aider à entrer en méditation. Ce qui tendrait à prouver que Sirona Knight a vu juste, et que ses dires sont validés par une référence en la matière !

Ce livre a le mérite de comporter des suggestions pratiques pour nous aider à communier avec les créatures enchantées. Ce que nous appelons « fée » ou « elfe » (l'origine de ces mots est expliquée dans l'ouvrage) renvoie à beaucoup d'autres noms à travers le monde selon les ethnies ; ils n'en demeurent pas moins des esprits de la terre et de l'eau au sein de notre Terre sacrée. L'auteur nous dévoile des méthodes simples et gaies pour entrer en contact avec eux, pour les inviter et pour nouer une relation avec eux. Je considère pour ma part que le fait de bâtir une bonne relation entre les hommes et les créatures spirituelles est une tâche importante qui incombe à chacun, et que nous avons trop longtemps oubliée ou refusée. Les suggestions présentes dans ce livre permettent d'accomplir cette tâche dans la joie et la bonne humeur, et de plus en toute sécurité.

Les recherches menées par Sirona Knight, ses explications ainsi que la clarté avec laquelle elle présente les choses font de ce livre un guide à la fois divertissant, inspiré et instructif.

J'enseigne de nombreux cours en mythologie, en légendes et en traditions féeriques, aux États-Unis et en Europe, et jusqu'à présent je me trouvais toujours un peu embarrassé lorsqu'on me demandait : « Quelle lecture conseilleriez-vous à quelqu'un qui ne connaît rien au sujet ? » Maintenant, grâce à Sirona Knight, je sais sans hésiter quoi répondre...

R.J. Stewart

De nationalité écossaise, R.J. Stewart est écrivain, compositeur et musicien ; il vit aujourd'hui aux États-Unis. Il a publié une quarantaine d'ouvrages, mais il est surtout connu du grand public pour *Le Tarot de Merlin*, qui en vingt ans a été traduit dans de nombreuses langues. Il a beaucoup écrit sur les fées et les traditions de l'Autre Monde, ainsi que sur les prophéties galloises médiévales de Merlin, sur la musique et la méditation, sur les arts en rapport avec la magie et sur la vision créative. Ses livres ont été diffusés dans le monde entier. Il a également composé des musiques pour le cinéma, la télévision et le théâtre, et effectué de nombreux enregistrements. Il enseigne dans des écoles et dans des ateliers, et donne de nombreux concerts aux États-Unis et en Europe. Vous pouvez consulter son site Internet www.dreampower.com

Sommaire « express »

Sommaire

Introduction

On s'imagine à tort que les elfes et les fées n'existent que dans les contes de fées ou autres récits du même genre, alors qu'en réalité ils peuplent notre imaginaire et occupent une place tout aussi importante dans nos esprits. Dans cet univers où se mêlent sagesse et fantaisie, le bien finit toujours par l'emporter et tout connaît une fin heureuse, ce qui présente un contraste appréciable avec l'ambiance de notre vie moderne. Ce monde enchanteur permet en outre de voir s'accomplir nos désirs et d'exprimer la nostalgie que nous portons tous en nous.

Les contes de fées sont le fruit de la part magique de notre imagination, laquelle a créé d'innombrables créatures telles que des fées des eaux, des nymphes des bois, des elfes et des fées gambadant dans des jardins magiques ou des forêts enchantées, des petits lutins cordonniers, d'autres se métamorphosant à loisir, surveillant jalousement des trésors ou s'amusant à faire des arcs-en-ciel ou à chevaucher des oiseaux en guise de coursiers. Leur comportement à la fois si étrange et si malicieux ne peut que nous inciter à vouloir en savoir plus sur eux.

Les elfes et les fées vivent dans les montagnes, les clairières, les bois, les bocages, les jardins et les forêts, près des sources, des criques, des lacs et des océans. Ils sont des esprits de la nature et évoluent dans un royaume qui se situe un peu en deçà de celui des mortels, où les notions de bien et de mal existent de la même manière que dans le monde des hommes.

Partout sur terre il existe des histoires de créatures magiques dotées de pouvoirs extraordinaires. Ce livre vous permettra d'apprendre tout ce qu'il faut savoir sur les elfes, les fées et autres créatures magiques, ainsi que sur l'influence positive qu'ils peuvent avoir sur notre vie. Il commence par une présentation générale des elfes et des fées, et se poursuit par une analyse de certains contes de fées, de folklores ou de divers aspects de la mythologie, sans omettre des contes de fées modernes tels que *Le Seigneur des Anneaux* ou *Harry Potter*.

Les elfes et les fées sont un miroir magique de la psyché humaine, ils peuvent nous aider à mieux nous comprendre ainsi qu'à nous enrichir, à gagner en sagesse et en force. Certaines connaissances à propos des elfes, des fées et autres créatures magiques nous permettent d'ouvrir certaines portes que nous tenions fermées. Dans ce livre, vous trouverez en outre des techniques pour planter un jardin de fées ainsi que des exercices afin de faciliter votre travail d'introspection et de mieux comprendre ces petits êtres.

Les elfes et les fées sont toujours bel et bien vivants ; ils se trouvent d'ailleurs autant à leur aise dans le monde moderne qu'ils pouvaient l'être dans l'ancien monde. Il est temps de tracer une voie qui mène à leur pays pour explorer leurs terres enchantées.

Apprenez comment ils vivent, s'amusent, font de la musique, dansent, aiment, ont du chagrin, dorment et rêvent. Écoutez le langage des fées et récitez la prière des elfes.

Laissez-vous entraîner dans une aventure à nulle autre pareille, qui se fera sur la terre, sur les mers ou dans les airs. À travers les contes de fées, vous découvrirez les différentes sortes de créatures féeriques ainsi que leurs mille et un visages. Voyage merveilleux garanti, qui ne pourra que conforter votre foi en la magie !

Comment utiliser ce livre

Pour vous aider à mieux appréhender les nombreuses qualités des elfes et des fées, ce livre se divise en six grandes parties.

La première partie, « Bienvenue dans le monde merveilleux des elfes et des fées ! », vous présente les différentes sortes d'elfes, de fées et de créatures magiques, ainsi que le monde dans lequel ils vivent. Elle comprend la présentation de plusieurs contes de fées et de récits relevant du folklore, de la mythologie ou de l'histoire spirituelle.

La deuxième partie, « Elfes et fées d'aujourd'hui », expose le monde des contes de fées modernes, dont *Le Seigneur des Anneaux*, *Harry Potter* et *Elfe*. Cette partie s'intéresse également aux traditions féeriques contemporaines et s'attache à montrer les diverses manières dont on peut user de la magie des fées pour améliorer sa vie et son rapport à la nature et au divin.

La troisième partie, « Habitudes et habitats des elfes et des fées », s'intéresse aux caractéristiques physiques et autres des diverses créatures magiques, et indique où trouver ces créatures et comment se présenter à elles. Elle présente également des méthodes pour attirer les bonnes fées et se prémunir des mauvaises.

La quatrième partie, « La dimension spirituelle des elfes et des fées », s'attache aux similitudes et aux contrastes qui existent entre les humains et les fées et les elfes, ainsi qu'à la question de l'immortalité. Elle vous révèlera les aspects divins des elfes et des fées par le biais des rituels, des méditations et des bénédictions.

La cinquième partie, « Se connecter à l'esprit de la nature », présente Findhorn et d'autres endroits magiques qui ont fait appel aux dévas de la nature pour produire des résultats spectaculaires. On y trouve également des conseils pour créer son propre jardin de fées.

La sixième partie, « Les pouvoirs magiques des elfes et des fées », est consacrée à la magie des elfes et des fées qui est en nous. Elle inclut des listes de mets, de boissons, de plantes, de pierres et d'essences en indiquant pour chacun d'eux leurs propriétés magiques et l'emploi que l'on peut en faire.

Encadrés

Des encadrés sont prévus pour vous guider dans votre aventure au cœur du monde magique des elfes et des fées ; selon leur intitulé, ils délivrent plusieurs types d'informations :

C'est pas sorcier

Astuces et informations utiles pour mieux appréhender les elfes et les fées.

Citation

Citations pertinentes d'auteurs célèbres à propos des elfes et des fées.

Contes et légendes

Résumés de mythes, de contes de fées et de folklores en rapport avec des créatures magiques.

Sens magique

Définitions de certains termes permettant d'améliorer votre compréhension des elfes et des fées.

Attention ! Prenez garde...

Mise en garde contre tout ce qui peut être dangereux, y compris les mauvais elfes et les mauvaises fées.

Remerciements

Il était une fois...

... un groupe d'esprits magiques et brillants qui m'aidèrent à réaliser un ouvrage dont je suis fière. Je remercie infiniment les êtres éclairés sans lesquels ce livre n'aurait pas vu le jour, en particulier les elfes et fées Alvis, Oberon et Titania, ainsi que Randy Ladenheim-Gil (directeur de la publication) et Marie Butler-Knight (ma responsable de collection, qui m'a soutenue tout au long de la rédaction). Merci aussi de tout cœur à ceux qui ont apporté une précieuse contribution à sa parution, Lynn Northrup (conseillère éditoriale sensationnelle, dont je suis sûre qu'elle a dû être une fée dans une autre vie !), ainsi que Molly Schaller et Megan Douglass. Mes sincères remerciements à l'éditeur en chef Jennifer Bowles, ainsi qu'à Phil Kitchel et à tous les collaborateurs qui ont apporté chacun leur part de magie à ce livre !

Je souhaite également exprimer toute ma gratitude et mon amour à mes parents, notamment à ma merveilleuse mère Betty et à mon beau-père Allan qui ont toujours été là pour répondre à mes questions sur le folklore et sur Shakespeare. Toute ma gratitude à mon père John, qui a passé tant de temps lorsque j'étais petite à me raconter des contes de fées merveilleux. Je vous embrasse tous, sans oublier bien sûr ma belle-mère Susan qui est un ange, ainsi que ma grand-tante Rose et ma grand-mère Mabel. Merci à toute ma famille, Margaret, Dale, Angela et Jeff, Pat et Nancy, Paul, Richard, Alicia, Emily, Jason, Chrissy et Jennifer ; sans oublier Katy, Stephanie, Justin, Norman, Karen, Rich et Jonesy.

Je tiens enfin à remercier tous ceux qui ont vraiment apporté de la magie dans ma vie : Heidi Ellen Robinson Fitzgerald, Melissa Dragich, Donovan et Linda Leitch, Jeff Beck, Bret Lueder, Steve Vai, Ottmar Leibert, Michael McDonald, Brandon Boyd, Keb'Mo', Perry Farrell, Julian Cope, Meredith Brooks, Alan Stivell, Loreena McKinnitt, Maireid Sullivan, Crispian Mills, Jay Darlington, Ravi Shankar, Aine Minogue, Eric Johnson, Rick Rubin, R.J. Stewart, Starhawk, Patricia Telesco, Phyllis Curott, Swami Satyambranada, Sally Griffyn, Deepak Chopra, Jordan Maxwell, Michael Battista, J. Drew, Z. Budapest, Timothy Roderick, Mike Lewis, Skye Alexander, Marion Weinstein, Raymond Buckland, Raven Grimassi, Micky Bauman, David Hennessey, Adrianna Huseman, Dr. Steven Bannister, Neale Donald Walsh, James Redfield, Cynthia Larson, Zecharia Sitchin, Mark Victor Hanson, Margo Anand, John Perkins, Dr. John Gray, Chris Ahearn, Tony Clark, et Oberon ; un grand merci également à *Magical Blend Magazine* et surtout à l'éditeur Michael Peter Langevin.

J'en profite pour saluer tous mes chers compagnons dont les esprits sont allés rejoindre l'Autre Monde : Midnight, Blue Sky Happy, Missy Momma, Amber Amstray, G.W. Dog, Blue Sky Snoopy et Shasta Daisy. Que les bons elfes et les bonnes fées, ainsi que les divinités, vous gardent !

Ils vécurent heureux et eurent beaucoup d'enfants. Fin.

Partie 1

Bienvenue dans le monde merveilleux des elfes et des fées !

Qu'est-ce qu'un elfe ? Qu'est-ce qu'une fée ? Pourquoi continuent-ils d'inspirer autant de metteurs en scène, d'écrivains et d'artistes ? Que ce soit à travers les contes de fées que l'on écoutait, enfant, avant de s'endormir, les pièces de William Shakespeare ou d'autres œuvres plus récentes comme celles de J.R.R. Tolkien, J.K. Rowling ou Brian Froud, l'univers magique des elfes et des fées occupe une place prépondérante dans notre vie, tant d'un point de vue créatif que personnel.

Ces êtres merveilleux, qui influent depuis toujours sur notre psychisme et notre relation à la nature, méritent que l'on s'intéresse à eux de plus près. Cette première partie aborde les définitions traditionnelles des fées et des elfes telles que nous les livrent les contes de fées et la mythologie s'y rapportant.

Chapitre

1

Qu'est-ce qu'un elfe et une fée ?

Dans ce chapitre

- → La définition première d'un elfe et d'une fée
- → Un aperçu de leur univers
- → Leur influence sur notre imaginaire
- → Les différentes formes d'elfes et de fées
- → Quelques autres créatures imaginaires

Vous rappelez-vous la première fois que, enfant, vous avez vu le film *Peter Pan* ? Vous souvenez-vous de cette scène, vers la fin, où la petite lumière de la fée Clochette se met à faiblir et où Peter implore tout le monde de croire aux fées... N'avez-vous pas prié vous aussi de toutes vos forces pour qu'elle ne meure pas ? Les hommes se sont toujours raconté des histoires de créatures magiques évoluant dans un monde merveilleux. Nombre d'entre elles mettent en scène des elfes, des fées ou d'autres êtres du même type qui influent sur le destin de simples mortels ayant eu la chance de les rencontrer. Outre les nombreux contes traditionnels pour enfants, on peut citer des textes d'écrivains célèbres, tels William Shakespeare, Hans Christian Andersen, Mme d'Aulnoy et Lewis Caroll.

La trilogie du *Seigneur des anneaux*, de J.R.R. Tolkien, est un parfait exemple de conte de fées moderne. Elle reprend l'idée classique d'un lien existant depuis la nuit des temps entre les elfes et les humains, ce lien étant ici menacé. Aragorn, un humain, crée un autre type d'alliance entre les elfes et les humains, puis il implore l'aide des elfes pour vaincre les forces du mal et accomplir son destin, qui est de devenir roi.

Les contes de fées font généralement référence à un temps où le monde des elfes et des fées et celui des hommes étaient plus étroitement liés, et de manière plus visible. Depuis, ces deux mondes se sont dissociés et ils ne se rencontrent plus qu'à certaines occasions, à des dates ou dans des lieux précis - comme Halloween, par exemple.

Bien que ce soit un peu moins facile aujourd'hui, il est toujours possible de demander de l'aide aux elfes et aux fées en cas de besoin ou, comme Aragorn, de conjurer des forces magiques pour renouer d'anciennes alliances. Pour cela, il suffit de connaître les habitudes des fées et des elfes, de savoir où ces créatures habitent, ce qu'elles aiment et ce qu'elles n'aiment pas. Ce livre est là pour vous apporter des bases solides sur ce sujet, afin que votre expérience auprès des fées et des elfes soit uniquement positive.

Les elfes et les fées ne sont rien d'autre que l'expression naturelle de la part d'irrationnel qui est en nous, ce qui englobe nos rêves mais aussi notre désir d'outrepasser les limites de ce que la vie nous offre. Ils permettent d'accéder à un monde où tout est possible, à partir du moment où l'on décide de croire qu'il existe !

Les premiers elfes, les premières fées

Sens magique

Les **elfes** sont des créatures enchantées, dotées de pouvoirs extraordinaires et fortement ancrées dans la nature, tandis que les **fées**, elles aussi dotées de pouvoirs extraordinaires, incarnent les multiples facettes de cette nature.

Les elfes apparaissent pour la première fois dans les légendes des pays du Nord. Celles-ci rapportent qu'ils existent depuis plus longtemps que les humains, qu'ils sont dotés de pouvoirs extraordinaires et qu'ils sont indissociablement liés aux éléments naturels, en particulier aux arbres et aux forêts.

La manière dont J.R.R. Tolkien présente les elfes dans sa trilogie épique *Le Seigneur des anneaux* correspond parfaitement à cette description. Situés quelque part entre le mortel et le divin, les elfes ont une taille comprise entre cinq et sept pieds (entre 1,6 et 2,2 m), et des petites oreilles pointues. Ils sont minces, forts, rapides et très souples. Dans la mythologie ancienne, les elfes et les humains ont établi entre eux un lien puissant qui s'est maintenu à travers les temps.

Les fées, quant à elles, trouvent leur origine dans la mythologie irlandaise. La légende veut que les guerriers irlandais qui mouraient sur les champs de bataille s'intégraient aux collines avoisinantes et se fondaient ainsi dans la nature. Ils donnèrent d'abord naissance aux divinités celtiques, lesquelles, avec le temps, engendrèrent à leur tour les nombreuses fées décrites dans le folklore et la littérature s'y rapportant. (Pour en savoir plus sur le folklore et la mythologie, voir le chapitre 3).

Dans leur forme primitive, les fées étaient des créatures magiques qui personnifiaient les divers aspects de la nature et de la vie. Souvent dotées de pouvoirs surnaturels, elles sont décrites comme étant à la fois prêtes à aider et à nuire, selon leur type et la manière dont on se comporte avec elles. C'est pourquoi il est bon de pouvoir identifier la nature exacte d'une fée et de savoir comment il convient de s'adresser à elle avant de lui demander quoi que ce soit. Si vous donnez à une fée ce qu'elle attend de vous, elle vous aidera. En revanche, si elle n'est pas contente, elle s'opposera à tout ce que vous entreprendrez.

Un aperçu de leur univers

Les elfes et les fées sont partout, mais la plupart du temps nous ne nous en apercevons pas parce qu'un voile nous en sépare, qui les rend invisibles. À certaines périodes de l'année, notamment lors de la pleine lune et durant les fêtes de Beltaine ou de Halloween, ce voile s'amincit au point de presque disparaître. Pendant ces moments-là, il est plus facile de communiquer avec les fées et autres personnages magiques ; c'est l'occasion de recourir à leur aide afin de traiter certains problèmes. (Pour en apprendre plus sur ces périodes magiques, voir le chapitre 11).

Le folklore et la littérature regorgent d'histoires de personnes visitant le monde enchanté des elfes et des fées. Ces rencontres peuvent paraître brèves alors qu'en réalité elles durent des années. En effet, le temps ne s'écoule pas de la même façon dans le monde immortel des elfes et des fées et dans celui, mortel, des humains.

Contes et légendes

Dans *Rip Van Winkle* de Washington Irving, le personnage principal rencontre un elfe ridé, petit et trapu, qui l'emmène dans un étrange lieu où d'autres elfes sont occupés à jouer aux quilles et à boire dans un tonnelet en bois. Il goûte leur délicieux breuvage et plonge dans un profond sommeil qui durera vingt ans.

Comme le monde des elfes et des fées demeure parallèle au nôtre, une interaction perpétuelle s'exerce entre les deux. Ainsi, de même que des humains viennent visiter leur monde, il arrive que des elfes et des fées franchissent la frontière pour s'introduire dans le nôtre. Ces visites sont relatées dans la culture populaire et dans les nombreux films, livres et œuvres d'art contenant des références aux elfes et aux fées.

Les mythes sont à la fois immuables et en constante mutation. Chaque nouvelle génération remet à jour les histoires de la génération précédente - les films tels que *Le Roi Arthur* ou *Troie* étant de parfaits exemples de contes traditionnels revisités. *Le Seigneur des anneaux* et *Harry Potter* ont quant à eux puisé dans des thèmes traditionnels pour élaborer des histoires et des légendes nouvelles.

Pour les enfants, tout paraît nouveau ou magique ; ils sont donc plus aptes à croire que tout est possible et que le merveilleux existe. En outre, les elfes et les fées représentent ce qu'on appelle des « archétypes », en d'autres termes des clés de la psyché humaine. Le psychologue suisse Carl Jung a beaucoup écrit sur ce concept d'archétypes, et a contribué à les identifier dans la culture populaire.

Ainsi, le fait de s'intéresser aux elfes et aux fées permet d'en apprendre davantage sur soi-même, tout en ouvrant une porte sur un monde enchanté peuplé de créatures magiques : le monde de tous les rêves !

Sens magique

Un **archétype** est une construction universelle élaborée par l'expérience humaine, telle que l'image de la mère, du père, de l'ami, de l'amant, du guerrier ou encore de la créature fabuleuse. Ces images se transmettent de génération en génération et subsistent dans le subconscient de chacun.

Le monde merveilleux des elfes

Dans la mythologie nordique, on distingue deux types d'elfes, que l'on appelle Arfars ou Alfes : les Alfes lumineux et les Alfes noirs. Les premiers vivent dans le royaume d'Alfheim, à la surface ; ils brillent d'un éclat céleste et se montrent bienveillants envers les humains, tandis que les seconds, appelés aussi « nains », habitent le monde souterrain de Svartalfheim, ont généralement mauvais caractère et se montrent hostiles envers tout homme qui aurait le malheur de croiser leur chemin.

La culture populaire a intégré le concept des elfes et l'a élargi à de nombreux autres types de créatures merveilleuses. Progressivement, ils se sont mis à ressembler à des fées, au point qu'on les perçoit aujourd'hui comme appartenant au même univers.

Quant aux nains, les contes de fées tels que *Blanche-Neige* ont modifié leur imagerie populaire au point qu'ils n'ont plus grand-chose à voir avec les méchants Alfes noirs d'autrefois. Tout comme les elfes et les fées, les nains se sont mués en êtres qui, à l'occasion, peuvent se montrer amis des hommes et généreux à leur égard.

On trouve partout des références aux elfes, que ce soit sur des emballages de produits alimentaires, de cosmétiques, de jouets pour enfants ou d'ornements pour le jardin ou à Noël avec les lutins du Père Noël. Les elfes font partie intégrante de notre vie au quotidien : on peut même acheter des capes elfiques, des chaussons de lutins ou des déguisements à leur effigie !

Les elfes sont présents dans notre monde moderne autant qu'ils l'étaient dans celui des anciens peuples celtes et nordiques. Notre art, notre culture populaire et notre littérature suggèrent que, même si le monde des elfes est *a priori* invisible, il existe bel et bien ; on peut d'ailleurs entrer en contact avec eux et puiser leur énergie magique.

C'est pas sorcier

Magnus Skarphedinsson, frère de l'un des hommes politiques les plus connus d'Islande, est directeur de l'École elfique d'Islande. Cette école, appelée « Álfaskólinn » en islandais, possède sa structure propre avec des salles de classe, des manuels et même une remise de diplômes. On y étudie le comportement des elfes, et le programme prévoit des excursions pour les rencontrer ainsi que des projets de recherche.

L'énergie magique des elfes

Les elfes sont dotés d'une énergie colossale qui trouve sa source dans la nature et se transmet à tout ce qu'ils font. Cette énergie naturellement fluctuante agit comme une mélodie ensorcelante vers laquelle on est irrésistiblement attiré. Les elfes adorent tout ce qui a trait à la nature, et l'énergie qu'elle véhicule, se communiquant à chacune de leurs pensées et de leurs gestes, leur procure joie et émerveillement. Ils ont l'aptitude de se fondre totalement dans leur environnement naturel, ne faisant qu'un avec les souches d'arbres, les bords des cours d'eau et les herbes folles.

Ils sont curieux de tout, ont soif d'apprendre et de comprendre, et raffolent des jeux d'adresse ou de hasard ayant des règles compliquées. Ils aiment ce qui est beau, créatif et gai, et s'emploient toujours à le favoriser, étant conscients du fait qu'exceller dans ces domaines est en soi quelque chose d'enchanteur.

Ils sont en outre dotés dès leur naissance de pouvoirs extraordinaires, tels que les dons de double vue et de télépathie. Ils ne vieillissent pas mais sont mortels ; on peut donc les tuer ou ils peuvent disparaître lors d'un accident. Ce sont des êtres enjoués et facétieux, mais ils peuvent également se montrer réservés, voire contemplatifs ; lorsqu'ils aiment, leur amour est si fidèle et si fort que cela fascine et émerveille les humains. Les elfes n'ont pas besoin de dormir comme nous, ils font ce qu'on appelle des rêves lucides, c'est-à-dire qu'ils entrent simplement dans un demi-sommeil lorsqu'ils ont besoin de se reposer.

Ils adorent danser au rythme de musiques entraînantes que l'on entend parfois au loin lorsqu'on s'aventure en forêt ou près d'un lac isolé, la nuit. Avec un peu de chance, on peut les apercevoir formant une ronde et foulant l'herbe tendre des sous-bois. Le moment le plus propice est la tombée du jour, lorsque la lune monte dans le ciel et qu'ils ont toute la nuit devant eux pour danser, chanter et faire la fête !

Les différentes sortes d'elfes

Dans la culture populaire, les elfes sont aussi bien les petits aides du Père Noël aux traits de poupées, que des créatures exotiques et longilignes dotées de pouvoirs extraordinaires, comme on les trouve dans *Le Seigneur des anneaux*. En revanche, ils ont tous en commun des oreilles pointues et des yeux à la pupille allongée comme celle des chats et brillants comme ceux des oiseaux de nuit.

Nous l'avons vu, la mythologie nordique distingue deux sortes d'elfes, les elfes lumineux et les elfes noirs. Ces adjectifs de couleur font référence à leur environnement plutôt qu'à leur nature « bonne » ou « mauvaise », les elfes lumineux évoluant en plein jour, dans le monde

Attention ! Prenez garde...

Les elfes et les fées peuvent tout aussi bien être gentils et bien intentionnés que l'inverse. Les premiers vous aideront aussi longtemps que vous vous montrerez aimable et prévenant avec eux, mais prenez garde à ne pas vous approcher pas des mauvais elfes ni des mauvaises fées, cela ne vous apporterait qu'affliction et peine. (Pour savoir comment reconnaître un mauvais elfe ou une mauvaise fée, voir le chapitre 12).

du dessus, tandis que les nains ou elfes noirs vivent sous la surface, où il fait perpétuellement nuit.

Parmi les nombreux elfes qui existent, on peut citer, sans que cette liste soit exhaustive, les elfes des forêts ou elfes sylvestres, les elfes des collines, les elfes des prairies, les elfes des plaines, les elfes des montagnes, les elfes des étoiles, les elfes du feu, les elfes aquatiques, les elfes ailés, les hauts elfes, les elfes des nuées, les elfes de lune ou elfes argentés, les elfes du soleil ou elfes dorés, les elfes gris, les elfes bleus et les elfes verts.

Le monde merveilleux des fées

Le mot « fée » vient du vieux français *fae*, qui est également à l'origine du terme « Faerie ». Du temps de Shakespeare, *fae* pouvait désigner tout à la fois :

- la notion d'enchantement,
- un lieu habité par des créatures enchantées,
- les habitants de ce lieu enchanté.

Fae vient du latin *Fata*, déesse des destinées, ou de *fatum*, « destin ». Ainsi, la légende veut que les fées, êtres imaginaires de forme féminine, aient le pouvoir d'influer sur la destinée des hommes.

Bien que les fées, que l'on désigne aussi sous les expressions de « petit peuple » ou de « bon peuple », vivent souvent près des habitations humaines - par exemple en lisière de forêt, près des cours d'eau et parfois même dans les maisons -, elles restent avant tout rattachées au royaume de Faerie (voir le chapitre 2). Les hommes peuvent de temps en temps être amenés à pénétrer ce monde fantastique - par accident, parce qu'ils y sont invités, ou encore par dessein.

En réalité, que nous en soyons conscients ou non, le royaume merveilleux des fées est toujours là, autour de nous. Lors d'une balade en forêt, il peut arriver que l'on aperçoive une ombre qui disparaisse aussitôt de notre champ de vision, que l'on ait l'impression d'être épié ou de ne pas être seul - ce qui est vraiment troublant. À chaque fois que cela se produit, c'est le signe que l'on est tout près de la frontière du royaume des fées.

Citation

L'écrivain irlandais James Joyce fit remarquer un jour que certaines contrées du Connaught, à l'ouest de l'Irlande, étaient plus peuplées de fées que d'humains. Il n'y a rien de surprenant à cela lorsqu'on sait que c'est dans le Connaught que vivait Medb, la reine des fées.

La magie des fées

Les fées sont parfois assimilées à des anges déchus ou à une race très ancienne qui aurait préexisté à la nôtre. Dans les deux cas, elles sont auréolées de mystère, et leur magie est complexe. Elles peuvent se comporter comme des humains - tant physiquement qu'émotionnellement - ou au contraire agir de façon totalement magique et incroyable, ce qui les amène à remettre sans cesse en cause la réalité telle que les hommes la connaissent.

Les fées puisent leurs pouvoirs dans les éléments naturels et les emploient à des usages très divers. On rapporte ainsi que des fermiers qui s'étaient montrés gentils et respectueux envers elles avaient bénéficié par la suite de récoltes exceptionnelles, avec des fruits ou des légumes énormes ; elles auraient également permis à certaines personnes de guérir d'une maladie ou de faire fortune. *La Légende de Knockgrafton* illustre bien ce propos : ce conte de fées raconte l'histoire d'un pauvre bossu appelé Gantelet. Celui-ci entendit un jour un merveilleux chant qui n'était autre que celui des fées. Il l'écouta et, lorsque ces dernières s'arrêtèrent, il reprit la même mélodie avec une voix si belle que les fées, charmées, décidèrent de l'emmener dans leur royaume. Là, il chanta et dansa avec elles, et les fées lui retirèrent sa bosse. Un autre bossu, beaucoup moins sympathique, eut vent de cette histoire et décida d'aller lui aussi voir les fées pour faire disparaître sa bosse. Mais il chanta si mal et d'une voix si fausse que les fées, trouvant qu'il leur manquait de respect, l'accablèrent d'une bosse supplémentaire, celle de Gantelet.

On dit généralement que les fées ont le pouvoir d'agir sur les formes. Ainsi, elles peuvent modifier leur propre apparence et celle des choses qui les entourent. Cette aptitude leur est particulièrement utile pour pouvoir s'échapper : il leur suffit de changer d'aspect, ce qui convainc souvent la personne qui les retient de les relâcher.

Contes et légendes

Le conte populaire irlandais *Jamie Free et la Jeune Fille* raconte l'histoire d'un jeune homme nommé Jamie qui sauve une riche jeune femme prisonnière des fées. Afin de dissuader Jamie de ramener la mortelle avec lui, ces dernières la transforment en chien noir qui aboie et qui mord, puis en une barre d'acier à la fois froide et rougeoyante, enfin en ballot de laine.

Les différentes sortes de fées

Des désaccords subsistent sur la manière dont on doit définir une fée : certains estiment que l'on peut ranger les elfes, les nains, les trolls et autres dans la même catégorie, d'autres, plus puristes, affirment que ces créatures ne peuvent absolument pas prétendre à la même appellation – ce qui est exact si l'on se rapporte à leur histoire dans la mythologie. Avec le temps, la tendance est cependant à la simplification, et la croyance populaire veut qu'on les assimile toutes au groupe des fées, puisqu'elles habitent dans le même royaume.

Ce livre contient ces deux visions des fées, tant la traditionnelle que la moderne. Si l'on exclut les elfes et les nains, dont nous avons déjà parlé, les fées regroupent toutes les créatures fantastiques dotées de caractéristiques humaines. Les dragons, les licornes et les phénix – autres créatures merveilleuses – seront également passés en revue ci-après.

L'appellation de « fées » désigne une grande variété d'êtres fantastiques qui vont des farfadets ou lutins aux nymphes, hobgobelins et dryades. Voici un échantillon de fées classées par rapport à leur habitat naturel :

- Fées des eaux : ondines, gwagged annwn, nixes, nymphes, sirènes, naïades, selkies.
- Fées domestiques : brownies, hobgobelins, koboldes, pixies, bonnets-rouges.
- Fées des forêts : korrigans, dryades.

Autres créatures merveilleuses

En dehors des elfes et des fées, il existe une multitude d'autres créatures toutes plus merveilleuses les unes que les autres, issues de l'imagination sans bornes des hommes. Elles se présentent sous des formes très variées et comptent, entre autres, dragons, griffons, licornes et phénix.

Parmi ces créatures, le dragon est sans conteste l'une des plus populaires. Ses caractéristiques sont variables, il peut se montrer gentil et amical ou féroce et polymorphe. Dans *La Ballade de Pern*, l'écrivain contemporain Anne McCaffrey nous présente des dragons ailés pleins de superbe, doués d'une force surnaturelle, qui se révèlent à la fois sages et protecteurs ; ils peuvent communiquer avec leur cavalier grâce à leur don de télépathie et voyager dans l'espace-temps.

Les dragons se divisent principalement en deux catégories : d'une part les dragons héraldiques à la langue et à la queue fourchues, qui ont des ailes et qui crachent du feu, et d'autre part les énormes dragons d'origine scandinave, aussi appelés « vers » ; ces derniers ont souvent la forme d'un serpent de mer se mordant la queue, ils sont dépourvus d'ailes, sont dotés d'un dard venimeux et d'un souffle empoisonné. Dans tous les cas, il s'agit de créatures reptiliennes pourvues d'oreilles, dont les flancs sont protégés par une véritable cuirasse d'écailles. Ils vivent dans les lacs, les bassins, les sources sulfureuses ou les puits, et ont la réputation de vouloir capturer des jeunes filles ou des princesses, de garder des trésors et d'être quasi invincibles. Selon la croyance populaire, les lacs, les sources, les bassins, les puits et les cavernes seraient protégés par des dragons, et le fait de les tuer ou de les en chasser pourrait mettre ces lieux en péril.

C'est pas sorcier

Le terme anglo-saxon *dracan* semble venir du grec *draco*, qui signifie « dragon » ou « gros serpent », mais il se pourrait tout aussi bien qu'il dérive du mot *derkein*, qui veut dire « voir clairement » ; en effet, non seulement les dragons sont réputés pour avoir une vue très perçante, mais ils peuvent également prédire l'avenir.

Les histoires de dragons sont très souvent liées à des sites particuliers (lieux de culte, lieux chargés d'histoire ou « ley line », ligne droite imaginaire reliant plusieurs sites préhistoriques). Le dragon symbolise un pouvoir élémentaire produit principalement par l'énergie terrestre, ce qu'illustre parfaitement le fait qu'il y a sept mille ans, dans l'ancien Suméria, le dragon Zu (ou Asag) s'empara des Tablettes de la Loi du dieu Enlil, lesquelles étaient censées réguler l'énergie de l'univers. Le dieu soleil Ninurta finit par tuer Zu et par récupérer les Tablettes, empêchant ainsi l'univers de sombrer dans le chaos.

En Europe, le dragon se rattache au serpent de terre Ouroboros. Dans la mythologie celtique, il est un symbole de souveraineté et de pouvoir suprême, comme l'atteste le terme « Pendragon », qui signifie « chef ». Il figure sur l'emblème du pays de Galles sous le nom de dragon rouge de Cadwallader, représentant le Grand Serpent Rouge du dieu gallois Dewi ; le roi Arthur l'arborait également sur son casque de combat. Les Saxons, quant à eux, avaient un dragon blanc comme symbole du pouvoir. Enfin, Merlin l'Enchanteur libéra deux dragons, l'un rouge et l'autre blanc, d'un bassin enterré sous la tour de Vortigern, à Dinas Emrys, dans la région de Gwynedd, en Snowdonia. Ces dragons symbolisent la vitalité de la terre, que seul un souverain véritable peut parvenir à dompter.

Outre les dragons, on peut énumérer les créatures fantastiques suivantes :

- À l'instar du dragon, le **griffon** de la mythologie grecque est le gardien des mines, des trésors et autres richesses. Il habite les hautes montagnes d'une terre située entre celle du peuple mythique des Hyperboréens et celle des Arimaspis, sortes de cyclopes. Sa tête, ses

Contes et légendes

Pour les Scandinaves, le Mester Stoorworm était le dragon originel, un gigantesque serpent aussi long que la moitié du globe terrestre et qui ressemblait à une énorme montagne. Son haleine venimeuse anéantissait toute forme de vie, ses yeux lançaient des flammes et sa langue fourchue mesurait à elle seule plusieurs kilomètres. Il détruisait d'un seul coup des villes entières ou des forêts, et précipitait des collines dans la mer. On dit que lorsqu'elle mourut, cette créature monstrueuse vomit ses dents, lesquelles donnèrent naissance aux îles Féroé, aux îles Orkneys et aux îles Shetland. Sa langue fourchue agrémenta les reliefs de la lune et son corps se pétrifia, donnant naissance à l'Islande.

ailes et ses pattes avant sont celles d'un aigle, il a un arrière-train et des oreilles de lion, et une queue de lion ou de serpent. On dit que les griffons se servent d'or pour faire leur nid, et que ce sont eux qui tirent le char du Soleil ainsi que les chars de Jupiter et de la déesse Némésis. Ils apparaissent parfois dans les contes de fées celtes et occupent surtout une grande place dans le folklore gallois, d'où le fait que de nombreuses auberges y portent le nom « Les Trois Griffons » ou arborent une image de griffon sur leur enseigne.

- Le redoutable **basilic** est un mélange de coq, de serpent et de crapaud ou de lézard. Cette créature ailée au dos pavé d'émeraudes peut d'un seul regard vous transformer en pierre, aussi utilise-t-on traditionnellement un miroir, la surface d'un lac ou d'une flaque pour lui renvoyer sa propre image. On trouve des basilics de toutes tailles, et certains arborent une crête sur la tête. La lumière du jour contraint le basilic à regagner sa tanière, autrement seule la rue, ou herbe de grâce, permet de se prémunir contre lui.

- Avec sa tête de coq, ses pattes et ses ailes de poulet et sa queue fourchue évoquant celle d'un serpent, la **cockatrice** ressemble beaucoup au basilic. Elle annonce la destruction et la mort.

- On dit que le **karnabo** a presque figure humaine, à ce détail près qu'il a des yeux de basilic et un nez en forme de trompe. Il rôde dans les régions forestières et son horrible sifflement nasal paralyse ou tue ceux qui s'approchent trop de sa tanière.

- Le redoutable **codrille** transforme en statue celui qui croise son regard. La légende veut que la salamandre fécondée par un corbeau ponde par la bouche un œuf de codrille qu'elle dépose sur un lit de pierres caché sous des ifs. Le propriétaire des terres où se trouve ce nid se verra obéi par tous les oiseaux et serpents qui les peuplent. On ne peut attraper un codrille qu'au moment où il sort de son œuf.

- Sous ses allures de méchant serpent, le **zaltys** est un génie serviable et de bon augure. On le trouve près de la Baltique, et il est connu pour apprécier les offrandes de lait, de miel et de gâteaux. On dit qu'il apporte joie et prospérité à ceux qui savent gagner ses faveurs ; pour les agriculteurs, il est gage de bonnes récoltes et d'un bétail prospère.

- Créature de la mythologie grecque, l'**hippocampe** se présente sous la forme d'un cheval ayant une sorte de queue de serpent marin en guise de train arrière. Les créatures qui tirent le char de Poséidon ne sont autres que des hippocampes.

- Le **chat Foireaux** et le chat Courtaud seraient issus de l'union de fées déchues et d'elfes sombres. Bien connu en Bretagne, le chat Foireaux ressemble à un chat ordinaire, alors que le chat Courtaud dépasse la taille d'un homme et n'a pas de queue. Si l'on parvient à arracher leur unique poil blanc caché dans leur fourrure noire, on voit tous ses vœux exaucés par les elfes sombres et les démons. Lorsqu'un chat magique part en chasse, son poil se gonfle, ses oreilles pointent vers l'avant et ses yeux se mettent à briller comme de l'ambre.

- **Pégase** appartient au bestiaire de la mythologie grecque. Ce cheval blanc ailé est né du sang de la gorgone Méduse à qui l'on avait tranché la tête. Athéna parvint à le dompter, puis on l'offrit aux Muses et il demeura à Corinthe, où l'on ne le montait qu'avec une bride céleste. C'est lui qui fit jaillir la fontaine Hippocrène en frappant le sol de son sabot.

- La **licorne** est un autre cheval merveilleux bien connu en Amérique du Nord, en Inde, en Afrique, en Chine et dans le sud de la France. Ce cheval blanc, calme et très grand, porte sur son front une corne mesurant entre 65 et 90 cm de long. Cette dernière est blanche à la base, noire au milieu et rouge à son extrémité ; au Moyen Âge, les rois la comptaient parmi leurs possessions, ainsi que les papes et les pontifes, qui l'utilisaient pour détecter d'éventuels poisons.

- Le mythique **phénix**, quant à lui, habite un jardin secret et n'a besoin que d'air pour subsister. On l'associe à l'image de l'impératrice, à la résurrection, au pouvoir de guérison, et il est également rattaché au culte du Soleil. Apparaissant sous la forme d'un aigle ou d'un grand cygne rouge ou doré, il verse des larmes d'encens et son sang est un baume. Son nom vient du mot grec désignant l'oiseau mythique égyptien bennou, ou héron pourpré, qui vivait en Arabie. Il s'agissait d'un oiseau sacré pour Osiris, dieu égyptien de la mort, de l'agriculture et du renouveau, et pour Rê, dieu égyptien du Soleil. Lorsque le phénix atteint l'âge de mille ans, il construit dans un palmier un nid fait de plantes aromatiques, d'encens et d'herbes magiques, auquel les rayons du soleil mettent le feu. Neuf jours après, un nouveau phénix renaît de ces cendres sous la forme d'un ver.

Le minimum à savoir

- → Les elfes et les fées sont des créatures fantastiques peuplant un royaume situé quelque part entre le monde des mortels et celui des dieux.
- → L'imaginaire populaire continue de puiser dans l'énergie créatrice des elfes et des fées, comme l'atteste l'énorme production – notamment artistique et littéraire – qui en découle.
- → Les elfes et les fées sont des archétypes représentant divers aspects de la psyché humaine.
- → Il s'agissait au départ d'êtres fantastiques bien distincts, mais avec le temps ils en sont venus à se ressembler.
- → Ils détiennent toutes sortes de pouvoirs incroyables, dont celui de changer d'apparence.
- → En dehors des elfes et des fées, il existe quantité d'autres créatures fantastiques dotées de pouvoirs extraordinaires, comme les dragons, les griffons ou les basilics.

Chapitre 2

Le conte de fées : une vision magique de la vie

Dans ce chapitre

- → Comment le conte de fées influe sur notre vision de la vie
- → Ce qui distingue le conte de fées du conte traditionnel et du conte initiatique
- → Les ingrédients d'un bon conte de fées selon J.R.R. Tolkien
- → Comment écrire son propre conte de fées
- → « Il était une fois... » : le caractère intemporel du conte de fées
- → Quelques exemples de contes de fées

Le conte de fées nous ouvre les portes d'un royaume magique qui repousse les limites du réel tel que nous le concevons d'ordinaire. Son but est de divertir, d'apporter un enseignement et surtout de laisser entrevoir un univers situé hors du monde visible et constitué d'un faisceau d'énergies dont certaines proviennent directement du royaume des fées, nous invitant à nous interroger sur les fondements mêmes de notre vie moderne.

Lorsque nous étions enfants, nous avons tous été fascinés – comme bien d'autres générations avant nous – par les histoires de Cendrillon, de la Belle au bois dormant ou de Blanche-Neige. Ces contes nous ont aidés à définir certaines valeurs et à nous construire psychiquement ; ils nous ont également permis de transcender un monde purement pratique pour accéder à un autre univers empreint de magie, où les animaux peuvent parler et où toutes sortes de choses merveilleuses se produisent. Le monde ne nous en a paru que plus beau et plus riche, tandis qu'un voile de mystère s'est mis à nimber nos actes et les lieux que nous fréquentions.

Ceux qui ont écrit les contes de fées ou qui en ont constitué des recueils n'en sont pas à proprement parler les auteurs, ils se sont contentés de consigner les œuvres de peuplades entières, véhiculées de village en village par les bardes et les ménestrels. Lorsque l'imprimerie a été inventée et que les livres se sont généralisés, on a ressenti le besoin de transcrire cet héritage, et même si beaucoup de ces contes connaissent plusieurs versions, ils véhiculent toujours à peu près les mêmes thèmes, que nous allons développer en tâchant de comprendre comment ils influencent notre vision du monde.

Les contes de Perrault et de Grimm

Les contes de fées jouissent encore d'une grande popularité aujourd'hui, comme l'atteste le succès des films *Shrek* où l'on trouve toute une galerie de personnages tels qu'un ogre, une princesse, un prince (pas très) charmant, un âne qui parle et le Chat botté, tous directement inspirés de contes de fées traditionnels qui appartiennent à notre mémoire collective.

La plupart de ces contes se rattachent aux *Contes de ma mère l'Oye* de Perrault et aux *Contes* de Grimm, recueils d'histoires populaires dont la création remonte au temps des traditions orales des bardes et des ménestrels. Ces derniers attiraient le public sur les places des villages avec des histoires et des chansons, agrémentant chaque fois leurs contes de détails différents et ajoutant parfois de nouveaux rebondissements. Avec le temps, on finit par regrouper tous ces contes populaires sous l'appellation de « contes de fées », qu'il y ait ou non de véritables fées parmi leurs personnages. Ces histoires, à l'origine destinées aux adultes ou à la population en général, ne devinrent que tardivement des contes pour enfants.

Sens magique

Un **conte de fées** est une histoire qui met en scène des forces fantastiques et des créatures magiques telles que des elfes, des fées ou des sorcières. Son but premier était de transmettre sous une forme amusante une morale et un savoir relatifs à un épisode extraordinaire ou à un événement historique.

Les *Contes de ma mère l'Oye*

En 1697, Charles Perrault publia le premier recueil des *Contes de ma mère l'Oye*, qu'il intitula *Histoires ou Contes du temps passé, avec des moralités*. Ce livre contient huit contes en prose, dont les célèbres « Cendrillon », « La Belle au bois dormant », « Le Chat botté », « Le Petit Chaperon rouge » et « Jacques et le Haricot magique ». Illustrée par Antoine Clouzier, la couverture originale (éd. Claude Barbin, 1697) montre un groupe d'enfants et un chat écoutant attentivement l'histoire que raconte une vieille femme assise devant son rouet. Derrière elle figure le titre « Contes de ma mère l'Oye » inscrit sur un écriteau.

En anglais, « la mère l'Oye » se dit *mother Goose* ; cette expression désigne également un autre recueil très connu de comptines enfantines.

Les frères Grimm

Jacob et Wilhelm Grimm consacrèrent leur vie à la préservation du folklore germanique et de la langue allemande. Ils publièrent leur premier recueil de contes populaires en 1812, puis un deuxième en 1815. La deuxième édition, passablement augmentée et révisée, fut publiée en 1819, et le recueil ne cessa d'être remanié du vivant des Grimm, jusqu'à la septième et dernière édition qui date de 1857 et qui fait référence en tant que texte définitif.

Les frères Grimm ont été les premiers à effectuer des recherches sur le folklore de leur pays de manière aussi approfondie. Leur étude visait principalement à collecter et à étudier les us et coutumes et les histoires, avant qu'ils tombent dans l'oubli. C'est ainsi qu'ils retranscrirent des contes qui avaient été jusque-là transmis de génération en génération uniquement par voie orale.

Outre ce travail de préservation, les frères Grimm s'efforcèrent de retracer l'histoire de la langue germanique jusqu'à ses racines indo-européennes ; de ce point de vue, la valeur linguistique de leur œuvre est exceptionnelle. Leurs recherches les ont conduits aux deux postulats suivants :

- Certaines situations sont si « simples et naturelles qu'elles peuvent se reproduire n'importe où ».
- Toutes les cultures empruntent les unes aux autres pour alimenter leur folklore.

Le rôle du conte de fées

Se définissant comme un genre destiné principalement aux enfants, le conte de fées nous influence du point de vue de notre développement social et par rapport aux archétypes que nous élaborons dès notre plus jeune âge. En outre, un enfant accepte facilement l'idée que la vie peut avoir une dimension magique, et c'est pourquoi les elfes, les fées ou les animaux doués de parole trouvent tout naturellement leur place dans son univers.

En grandissant, nous apprenons que la magie n'est qu'une illusion et qu'on ne doit pas croire aux contes de fées. Une petite partie de nous ne parvient cependant jamais à en être totalement convaincue, ce qui explique pourquoi, à chaque fois que survient un événement dont la tournure est un peu exceptionnelle, nous nous sentons de nouveau attirés vers le monde magique des contes de fées, où tout nous a paru un jour possible.

Si le conte de fées nous rend plus réceptifs et nous aide à mieux comprendre les autres, il nous rappelle également que nous devons toujours être prêts à accepter le fait que notre perception de la réalité peut changer. Ainsi, certaines choses qui nous paraissent extraordinaires aujourd'hui pourront très bien faire partie de notre quotidien demain, comme cela a été le cas par exemple avec le téléphone – outil de communication qui paraissait inconcevable il y a seulement deux cents ans et qui est aujourd'hui tout à fait banal.

Citation

Le psychologue pour enfants Bruno Bettelheim, dans son ouvrage *Psychanalyse des contes des fées*, paru en 1975, a écrit : « un enfant, qui a appris grâce au conte de fées qu'un personnage à première vue repoussant et menaçant peut se transformer comme par magie en un véritable ami, appréhendera par la suite différemment les autres enfants qu'il rencontre pour la première fois et qui peuvent lui faire peur, se disant qu'eux aussi pourront devenir des compagnons de jeu. »

Les caractéristiques du conte de fées

Le « conte de fées » et le « conte traditionnel » renvoient au même concept ; mais si le conte de fées a toujours été un conte traditionnel, l'inverse n'est pas toujours vrai. Le conte de fées présente en effet des caractéristiques bien précises qui en font un genre littéraire à part.

Les personnages de contes de fées se trouvent généralement pris malgré eux dans une série d'événements dont ils ressortent profondément changés, alors que dans les contes initiatiques tels que *Les Chevaliers de la Table ronde*, le héros ou l'héroïne se lance dans l'aventure de sa propre initiative et déclenche par ses actions les événements qui vont suivre. Dans les contes initiatiques, c'est la quête qui prime avant tout, alors que dans le conte de fées on s'intéresse d'abord à l'interaction entre l'homme et le monde des fées, cette interaction revêtant une dimension magique.

La tradition veut que le conte de fées soit un divertissement, qu'il contienne une morale et explique l'origine de certaines choses. Ce faisant, il délivre bien sûr des informations sur ce qui se passe dans le royaume des fées. Ce genre couvre donc plusieurs types d'événements, qui vont de la rencontre avec des créatures magiques à des manifestations n'ayant apparemment pas d'explication logique et basculant dans l'univers de la magie.

En pénétrant ce monde magique, on repousse les frontières conventionnelles et l'on s'ouvre des possibilités infinies en exposant sa conscience à une réalité différente ; surtout, on pénètre dans le royaume des fées, un espace où se produisent des événements extraordinaires et où le temps semble s'étirer à l'infini.

Le conte de fées selon J.R.R. Tolkien

Pour J.R.R. Tolkien, même s'il ne met pas nécessairement en scène des fées ou des elfes, le conte de fées se rapporte néanmoins toujours au royaume de Faerie, qu'il a appelé le « royaume de tous les dangers ». En effet, a-t-il expliqué, « la plupart des bons contes de fées relatent les aventures de personnages qui évoluent dans ce royaume ou sur les sombres marches qui y mènent ».

Il a ainsi défini le conte de fées comme un conte se référant constamment au royaume des fées, dont la magie est créée par ce qui s'y passe et répond pour partie à certains grands désirs humains, à savoir :

- la capacité de sonder le temps et l'espace,
- la rencontre avec d'autres formes de vie.

Sens magique

Tolkien définit le **royaume de Faerie** comme « le royaume ou l'État dans lequel se trouvent les fées », signifiant ainsi qu'en plus d'être un lieu, ce royaume renvoie à l'expérience d'enchantement qu'en retirent les mortels et qui est la base de tout bon conte de fées. Dans *Le Seigneur des anneaux*, par exemple, Frodo accède au royaume des fées dès l'instant où il entre en contact avec l'anneau et quitte « the Shire ».

Tolkien estimait que la magie tenait un rôle très important dans le royaume des fées. Pour la distinguer de celle des magiciens, il la définissait comme une magie d'« enchantement », et racontait en avoir découvert l'existence durant la Première Guerre mondiale, lorsqu'il se trouvait dans les tranchées et que des fées vinrent lui rendre visite ; beaucoup d'autres soldats rapportèrent une expérience similaire à la sienne à la même époque.

Créez votre propre conte de fées

Maintenant que vous savez à peu près ce qu'est un conte de fées, pourquoi ne pas essayer de créer le vôtre ? Pour vous y aider, lisez attentivement les indications qui suivent.

Il vous faut tout d'abord définir le personnage principal qui constituera le héros ou l'héroïne du conte. Peu importe qu'il s'agisse d'une belle jeune fille, d'une princesse ou d'un prince charmant, ce qui compte c'est que l'on ait envie de s'identifier à ce personnage. Attention ! il ne doit pas être parfait, car il n'aurait alors pas la possibilité d'évoluer.

Pour Tolkien, l'étape suivante consiste à faire en sorte que le personnage principal fasse l'expérience du monde des fées, ce qui peut se produire de diverses manières, par exemple :

- en rencontrant une créature fantastique ;
- par une tournure étrange des événements ;
- en pénétrant directement dans le monde des fées.

Enfin, le conte doit se conclure par une leçon que le personnage principal tire de son expérience auprès des fées, ou par une évolution physique ou spirituelle - une guérison, par exemple -, ou encore par une compréhension nouvelle du royaume des fées qui lui permette d'en retirer un plus grand respect pour celui-ci.

Lorsque vous réfléchirez à votre conclusion, n'oubliez pas qu'à l'origine tous ces contes se terminaient plutôt mal car ils étaient destinés à des adultes ; ce n'est que bien plus tard qu'on en fit des histoires pour enfants et que l'on apporta à leur fin une tournure heureuse. Ainsi, dans la version originale du *Petit Chaperon rouge* de Charles Perrault, le loup dévore bel et bien la grand-mère et le Petit Chaperon rouge, alors que par la suite on inventa les personnages des bûcherons qui viennent les sauver, afin que tout se termine bien.

Le caractère intemporel du conte de fées

Les contes de fées commencent généralement par le fameux « Il était une fois... », qui souligne leur caractère intemporel. De fait, les *Contes* de Grimm et les *Contes de ma mère l'Oye* existent depuis fort longtemps sans qu'on se lasse de les écouter ou de les lire, et toutes les adaptations qu'a pu en produire Walt Disney ont toujours été de grands succès !

C'est pas sorcier

Suspens, aventure et mystère sont les ingrédients parfaits pour agrémenter et enrichir un conte de fées. Votre personnage principal doit faire l'expérience du royaume enchanté des fées, où rêves, cauchemars et réalité ne font plus qu'un, et il doit en sortir grandi.

Ce qui confère au conte de fées son côté éternel, c'est qu'il aborde généralement des problèmes inhérents à la condition humaine : dans les contes de fées comme dans la vraie vie, chacun doit se confronter à des personnages malveillants et savoir tirer une leçon des expériences vécues pour pouvoir évoluer ; ce schéma répond au besoin que l'homme a naturellement d'aller toujours de l'avant et d'interagir avec autrui et avec le monde qui l'entoure.

Si les contes de fées ont un caractère intemporel, il en est de même du monde féerique qu'ils mettent en scène - on dit d'ailleurs que les fées elles-mêmes sont éternelles. Nombre de visiteurs du royaume des fées ont pensé n'y séjourner qu'un court moment, mais se sont aperçus à leur retour dans le monde des mortels qu'un temps très long s'était écoulé en réalité. Un conte narre l'histoire de deux frères, dont l'un part dans le royaume des fées pour danser avec elles. Une année s'écoule, au terme de laquelle son frère finit par aller le chercher ; l'autre lui déclare alors qu'il n'a même pas dansé quelques minutes ! Le temps subit le même effet de distorsion dans *Rip Van Winkle*, un conte de Washington Irving dans lequel une nuit au royaume des fées équivaut à vingt ans dans le monde des mortels.

Cette notion d'intemporalité, voire d'éternité, transparaît dans tous les contes de fées, car ceux-ci relatent les relations entre fées et humains, ce qui permet de transcender le domaine du physique et du mental pour accéder à celui du spirituel. Pour les hommes, l'éternité équivaut à l'immortalité et renvoie donc au divin ; elle met en place un contexte qui dépasse notre propre espace-temps. L'expérience que l'on accumule au contact des fées prend une tournure mystique - ce qui ne posait aucun problème à un auteur comme J.R.R. Tolkien, ce fervent catholique qui considérait comme sacré tout ce qui se rapportait aux fées. Or cette dimension sacrée vient encore renforcer l'aspect éternel des contes de fées.

Quelques contes de fées célèbres

Les exemples qui suivent ont pour but d'illustrer ce qu'est un conte de fées et d'en souligner le caractère universel. À chaque fois, l'histoire se termine par une fin heureuse - le plus souvent un mariage venant concrétiser un amour sincère. Chaque conte est résumé d'après sa version originale, complétée de certaines variantes qu'a pu lui apporter sa popularité croissante.

Cendrillon

Ce conte est sans conteste le plus célèbre au monde, et il connaît presque autant de variantes que l'on compte de régions - plus de cinq cents dans la seule Europe ! La version de Charles Perrault reste cependant la plus répandue : elle met en scène les sœurs et la méchante belle-mère, ainsi que la marraine qui en fait est une fée et transforme une citrouille en carrosse. Cendrillon se rend à un bal où elle rencontre un prince, mais elle repart précipitamment car, aux douze coups de minuit, tout ce qui a été transformé par la fée reprend sa forme initiale. Par bonheur, le prince parvient à retrouver Cendrillon grâce à la pantoufle de vair qu'elle a abandonnée derrière elle, elle seule ayant le pied assez fin pour la chausser. Les versions ultérieures de ce conte diffèrent principalement dans leur dénouement (dans celle de Perrault, les méchantes demi-sœurs implorent le pardon de Cendrillon, qui le leur accorde).

La Belle au bois dormant

Ce conte populaire est très répandu en Europe et connaît deux versions principales, celle de Perrault et celle de Grimm. Son titre vient des *Contes de ma mère l'Oye* de Perrault, qui en livre une version plus complexe que celle de Grimm, laquelle est cependant la plus connue : un roi et une reine ont une fille, pour laquelle ils choisissent sept fées pour marraines. Celles-ci se présentent à son berceau, lui apportant chacune un cadeau, mais une vieille fée, qui n'a pas été invitée, fait irruption et déclare que la princesse se piquera un jour la main à son fuseau et en mourra. Les autres fées marraines ne peuvent annuler cette malédiction, mais elles parviennent à faire en sorte qu'au lieu de mourir, la jeune fille plongera dans un sommeil qui durera cent ans.

Comme cela devait arriver, la princesse se pique à son fuseau. Elle et toute sa cour sombrent dans un profond sommeil. Lorsqu'elle rouvre les yeux, elle trouve un prince agenouillé à son chevet (dans des versions plus tardives, le prince la réveille d'un baiser). Ils se marient, mais la mère du prince se trouve être une ogresse, aussi cache-t-il la princesse dans un palais au fond des bois et ne dit-il rien à sa mère. Chaque jour, il annonce qu'il part à la chasse pour pouvoir aller voir la princesse.

Lorsque le prince est devenu roi, il informe sa mère de son mariage, ramène la princesse dans son palais et deux enfants naissent, Aurore et Petit Jour. Le nouveau roi est alors contraint de partir à la guerre ; en son absence, sa mère, l'ogresse, demande au chef cuisinier de faire cuire les enfants et la princesse et de les lui servir à manger. Le cuisinier parvient à la tromper en lui servant du gros gibier. Au retour du roi, la princesse et les enfants, qui se tenaient cachés, réapparaissent, et l'ogresse se donne la mort.

Le Roi Grenouille

Ce conte des frères Grimm reprend le thème classique du prince auquel on a jeté un mauvais sort ; il commence fort joliment par les propos suivants : « Dans un temps très reculé, où l'on pouvait encore voir ses vœux s'exaucer... » L'histoire est celle d'une princesse qui joue avec une balle en or, jusqu'à ce que celle-ci tombe dans un puits. Ne pouvant la récupérer, elle demande à une grenouille d'aller la lui chercher. Celle-ci accepte et lui fait promettre en retour de l'adopter comme compagne et camarade de jeux et de la laisser manger dans son assiette, boire dans son gobelet et dormir dans son lit. La princesse promet et récupère sa balle en or. Mais lorsque la grenouille vient plus tard se présenter à sa porte, le roi doit insister pour que sa fille honore son engagement. Elles mangent et boivent ensemble, puis la princesse se voit contrainte de laisser la grenouille la suivre dans sa chambre ; lorsque cette dernière insiste pour entrer dans son lit, la jeune fille excédée la saisit et la lance violemment contre le mur, rompant ainsi le maléfice qui avait transformé un prince en grenouille. À la fin, le prince et la princesse se marient selon la volonté du roi.

Attention ! Prenez garde...

Montrez-vous toujours bien intentionné à l'égard des fées, car les contes de fées insistent sur le fait que celles-ci aident les humains qui sont gentils avec elles, mais traitent avec mépris ceux qui se montrent cupides et mal intentionnés.

Les Trois Fileuses

Ce conte, tiré des *Contes et légendes d'Irlande* de W.B. Yeats, s'apparente à un autre récit des frères Grimm intitulé *Grigrigredinmenufretin*, bien que quelques détails les différencient. *Grigrigredinmenufretin* raconte l'histoire d'un père qui se vante du fait que sa fille est capable de filer de la paille et de la transformer en or. Le prenant au mot, le roi lui demande de l'or, mais la jeune fille, incapable d'en produire, fond en larmes. Ses pleurs attirent l'attention d'un petit homme qui lui propose de fournir le roi à sa place, mais à chaque fois en échange de quelque chose. La troisième fois, elle accepte de lui donner son premier enfant ; lorsque celui-ci vient au monde, le petit homme, dont elle ignore le nom, lui propose un marché : elle pourra garder sa petite fille si elle parvient à deviner comment il s'appelle. Ayant droit à trois essais, la jeune femme hasarde d'abord deux noms qui ne sont pas les bons, puis elle envoie un messager se renseigner, qui lui apprend que le petit homme se nomme Grigrigredinmenufretin. Ayant trouvé son nom, elle peut donc récupérer sa fille, qui sera amenée à devenir reine.

Dans *Les Trois Fileuses*, une mère raconte que sa fille, à la fois belle et très paresseuse, peut filer en un seul jour un sac de lin tout entier, le transformer le lendemain en tissu et le troisième jour confectionner des vêtements avec. Un prince qui passait par là entend cette histoire et décide de ramener la jeune fille avec lui pour la présenter à sa mère. Cette dernière entreprend de la tester ; la jeune fille, incapable en réalité d'accomplir pareil exploit, accepte l'aide de trois fées qui exécutent son travail durant trois nuits de suite. En retour, chacune lui demande d'être invitée à son mariage. Le jour où la jeune fille doit épouser le prince, toutes trois se présentent à la cérémonie ; la première raconte à la reine que le fait de filer le lin lui a donné des grands pieds, la deuxième que cela l'a affublée d'une taille épaisse et la troisième d'un long nez rougeaud. Entendant ces paroles, le prince décide que la princesse ne devra plus jamais filer de lin.

Le minimum à savoir

- → Les contes de fées influent sur notre vision du monde et lui confèrent une dimension magique.
- → Chaque conte de fées a des spécificités qui le rendent unique par rapport aux autres.
- → Trois étapes sont nécessaires pour obtenir un conte de fées : il convient d'abord de choisir un personnage principal, puis de le confronter au royaume des fées, ce qui, au final, lui permettra d'en sortir grandi.
- → De même que les contes initiatiques, les contes de fées impliquent une transformation du personnage principal.
- → D'une manière ou d'une autre, les contes de fées sont toujours en rapport avec le royaume de Faerie.
- → Le caractère intemporel ou éternel des contes de fées est le garant de leur popularité pour chaque nouvelle génération.

Chapitre

3

Mythes et folklore

Dans ce chapitre

- → La définition des termes « mythe » et « folklore »
- → Comment les elfes et les farfadets sont apparus dans la mythologie nordique
- → Qui étaient les Celtes, le peuple qui inventa les fées
- → Comment Shakespeare et d'autres écrivains ont influencé notre regard sur les fées

Le royaume des elfes et des fées prend sa source dans le folklore et la mythologie. Si l'origine des elfes se trouve fort bien documentée dans la mythologie nordique, ce sont en revanche les mythes et les légendes celtes qui relatent la naissance des fées, expliquant comment et pourquoi elles ont instauré un royaume qui leur est propre.

Ce chapitre s'attache à explorer cette dimension mythologique et folklorique, sans omettre de noter combien des écrivains tels que William Shakespeare ou Edmund Spenser ont pu l'agrémenter.

Que signifient « mythes » et « folklore » ?

Le terme « folklore » apparaît pour la première fois en 1846, sous la plume de l'Anglais William John Thoms, en lieu et place de *popular antiquities*, littéralement « antiquités populaires », expression qui avait cours à l'époque. On entend aujourd'hui par « folklore » l'ensemble des traditions d'un peuple véhiculées par des mythes, des légendes, des contes, des proverbes ou autres formes orales d'art populaire. Mais ce terme peut également désigner l'étude de ces traditions populaires.

Le terme « mythe » vient quant à lui du grec *muthos*, qui signifie « bouche », « parole » ou « histoire qu'on raconte ». Il désigne un récit traditionnel, qui relate les exploits d'un héros ou d'une divinité, et qui permet souvent d'expliquer certains phénomènes « naturels » tels que la naissance des elfes et des fées.

Le mythe nous fournit des explications sur le fonctionnement du monde, tout en nous laissant entrevoir sa structure cachée. Il apporte ainsi un éclairage autre que celui fourni par notre monde intelligible, et ce nouvel éclairage doit être perçu de manière intuitive.

Logos, en grec, renvoie au concept philosophique d'une « rationalité gouvernant le monde ». Il compose la deuxième partie du mot « mythologie », laissant entendre que les mythes font partie d'une cosmologie qui ordonne le chaos, tout en reconnaissant un rapport entre le divin et la mythologie. La mythologie désigne ainsi l'ensemble des mythes et légendes d'une culture donnée, présentant sa vision collective du monde, notamment par rapport à l'ordre divin.

L'anthropologue Adolph Bastian a émis l'hypothèse que les mythes du monde entier semblent s'être construits à partir des mêmes « idées élémentaires ». Nous l'avons vu, pour le psychologue Carl Jung, ces idées élémentaires sont des archétypes, des éléments de construction de notre inconscient, tant individuel que collectif. L'inconscient collectif est à l'inconscient individuel ce que la mythologie est au mythe : les deux premiers constituent des bases de données collectives d'informations personnelles et culturelles.

En 1949, Joseph Campbell poussa encore plus loin cette idée en publiant *The Hero with a Thousand Faces* (paru en français sous le titre *Les héros sont éternels*, Paris, Seghers, 1987). Dans ce livre, il déclare que tous les mythes et récits racontent en fait la même histoire, qu'il désigne comme un « appel à l'aventure ». Campbell lança l'idée selon laquelle toutes les religions ne sont en réalité que des réceptacles d'une seule vérité essentielle. Peu importe le chemin spirituel que vous empruntez, il vous mènera toujours au même lieu, celui du divin.

Sens magique

Le terme **folklore** renvoie aux traditions, aux croyances et aux coutumes d'un peuple consignées dans ses mythes, ses légendes, ses contes et autres proverbes ; ce même terme désigne également l'étude de cette culture populaire. On entend par **mythologie** l'ensemble des mythes et légendes d'un peuple qui illustrent sa perception de l'ordre du monde.

La mythologie nordique, berceau des elfes

Le peuple nordique était constitué d'un ensemble de tribus germaniques qui avaient migré vers le nord et colonisé la Scandinavie actuelle (la Suède, le Danemark et la Norvège). Au Moyen Âge, on les appelait les Vikings. Ces guerriers redoutables envahirent les pays voisins - l'Irlande, l'Angleterre, la France, l'Islande, la Finlande et la Russie - et y diffusèrent leurs coutumes et leur mythologie, lesquelles s'intégrèrent dans la plupart des cas à celles des peuples autochtones - sauf en Islande où ils furent les premiers habitants et conservèrent donc intacte leur culture nordique .

Les Scandinaves ont collecté leur mythologie dans une suite de poèmes narratifs, qui ont pu subsister jusqu'à nos jours grâce au fait d'avoir été référencés puis publiés sous le titre *Edda* - tout comme les *Contes de ma mère l'Oye* et les *Contes* de Grimm - par un Islandais du nom de Snorri Sturluson (1179-1241). L'*Edda* raconte les aventures de dieux et de déesses nordiques, et explique l'origine du monde et tout ce qu'il contient, y compris les elfes et les farfadets.

Sens magique

L'***Edda*** est un recueil de poèmes narratifs se rapportant à la mythologie nordique, laquelle remonte aux origines du monde des elfes et des nains.

L'un deux raconte ainsi le commencement des temps : « C'était au premier âge/ Où il n'y avait rien/ Ni sable ni mer/ Ni froides vagues ;/ De terre point n'y avait/ Ni de ciel élevé/ Béant était le vide/ Et d'herbe nulle part. » La seule chose existant était Ginnungapap, néant originel ressemblant à du givre mousseux que l'on peut comparer à la levure dont on a besoin pour fabriquer le pain, ou au moût pour la bière. Lorsque le monde commença à se former, une gigantesque vache, Audhumla, arriva et se mit à lécher ce givre jusqu'à ce qu'il libère le premier géant, Ymir.

Ymir donna à son tour naissance à d'autres géants qui combattirent les dieux et les vainquirent avant que l'humanité se mette à exister. Ces êtres gargantuesques, sages et dotés de pouvoirs magiques s'appelaient « géants du givre », « hrimthurses » ou « thurses », et représentaient les forces primaires de la nature. Les géants du gel étaient les géants de Nifelheim, monde du froid, tandis que les géants du feu venaient de Muspelheim, domaine du feu et des flammes. Ces deux mondes se rencontrèrent et la combinaison du chaud et du froid accéléra le processus de transformation du givre mousseux.

Le souffle chaud d'Audhumla créa enfin un homme, Bor, qui s'unit à Bestla, la fille d'un géant. Ensemble, ils donnèrent naissance au grand dieu nordique Odin et à ses deux frères, Vili et Vé. Les trois frères tuèrent le géant Ymir, déposèrent son corps au cœur de Ginnungapap, et en utilisèrent diverses parties pour créer l'univers : son sang servit à faire les lacs et les mers, la terre fut tirée de sa chair, les arbres de ses cheveux, les montagnes de ses os, et ses dents et sa mâchoire se transformèrent en pierres et en rochers. Son corps allait aussi produire Midgard (la Terre du Milieu, monde où vivent les hommes) ainsi que les huit autres mondes, dont ceux des elfes et des nains.

L'*Edda* poétique explique que certains êtres mangèrent la cervelle d'Ymir et devinrent partie de la création, sous forme d'elfes et de nains. Ces derniers se virent attribuer un lieu situé entre le monde des divinités et celui des hommes, le monde d'Alfheim et de Svartalfheim (demeures des elfes lumineux et des elfes sombres ou noirs).

Du cœur de Ginnungapap, ou centre de la création, surgit l'Arbre-Monde, Yggdrasil, dont les branches soutiennent les neuf mondes. Au centre se trouve Midgard, le monde des hommes. L'Arbre-Monde se présente ainsi :

Mondes supérieurs :

- Asgard, monde des dieux nordiques ;
- Alfheim, monde des elfes lumineux.

Mondes intermédiaires :

- Midgard, Terre du Milieu, monde des hommes ;
- Nifelheim, monde des géants du givre ou du gel ;
- Jötunheim, monde des géants qui naquirent en même temps qu'Ymir ;
- Muspelheim, monde des géants du feu ;
- Vanaheim, monde des Vanes, dieux et déesses de la nature.

Mondes inférieurs :

- Svartalfheim, monde des nains ou elfes sombres ;
- Hel, monde des morts par causes naturelles, régi par la déesse Hela.

Comme l'explique l'écrivain américain Thomas Bulfinch dans *Mythology's Bulfinch* (1881), l'*Edda* fait mention d'une autre catégorie d'êtres, inférieurs aux dieux mais néanmoins dotés de grands pouvoirs, que l'on appelle les elfes. Les elfes blancs, ou elfes lumineux, adorent la lumière. Ils brillent plus que le soleil et portent des vêtements transparents et délicats. Placés sous la protection du dieu Freyr, qui règne sur Alfheim, ils ont en outre la réputation de se montrer bienveillants envers les humains ; on dit même que, lors du commencement du monde, plus d'un eut une aventure amoureuse avec un ou une mortel(le).

Quant aux nains, on les appelait elfes sombres ou elfes de la nuit parce qu'ils vivaient sous terre et fuyaient le soleil, lequel pouvait les changer en pierre. Ces nains, appelés aussi « dvergars » dans la mythologie nordique, étaient réputés avoir une connaissance exhaustive des pouvoirs mystérieux de la nature. Le monde des nains, Svartalfheim, est un royaume qui fait la part belle aux sens, et où les elfes sombres transforment des minéraux simples en matériaux plus complexes. Les nains sont petits et trapus, leur peau est sombre, ils ont une longue barbe, des yeux verts et portent une cape et une capuche qui les rendent invisibles.

La mythologie celtique, berceau des fées

Les Celtes étaient un groupe de tribus germaniques qui migra progressivement vers l'ouest et le nord en passant par la Scandinavie. Ils s'implantèrent finalement dans l'Irlande actuelle, en Écosse, au pays de Galles, en Angleterre ainsi que sur les côtes ouest de la France. De même que les Scandinaves, ils parlaient plusieurs langues et avaient la réputation d'être de redoutables guerriers.

Contraints à se cacher des Romains, puis plus tard des chrétiens, les Celtes ne fixèrent jamais leur mythologie par écrit, exception faite de quelques textes comme les *Mabinogion*. C'est pourquoi la mythologie celtique fut une tradition essentiellement orale, qui se transmit de génération en génération grâce aux contes et aux mythes que certains auteurs spécialisés comme Thomas Bulfinch ou Charles Squire ont recueillis et étudiés.

C'est pas sorcier

Selon des études récentes, plus d'un tiers des habitants des États-Unis ont des origines celtiques. Ce pourcentage élevé s'explique par la migration des peuples celtes à travers le monde occidental. Partout où ils sont allés, ils ont répandu leurs idées et leur influence – dont les traces sont toujours présentes et constatables aujourd'hui.

La mythologie irlandaise - qui est le cœur de la mythologie celtique - combine histoire et folklore. Elle fait état de cinq invasions successives en Irlande, la dernière datant de l'époque où les Milésiens, ou « fils de Mil », envahirent l'Irlande et vainquirent les Tuatha De Danann, faisant ainsi naître les fées.

Certains chercheurs estiment que l'origine des fées remonte à la plus lointaine Antiquité, alors que d'autres disent qu'il s'agit des survivants d'une ancienne race d'êtres qui ont peuplé les îles britanniques durant la période néolithique (6000-1800 avant notre ère). Les

Contes et légendes

La légende veut que les Milésiens aient débarqué en Irlande un jour de brouillard épais, qui se trouvait être un 1er mai. Depuis, cette date est célébrée par des festivités en l'honneur des fées.

fées seraient devenues populaires lorsque les hommes passèrent d'un mode de vie nomade à un mode de vie agraire, s'établissant à un endroit fixe et se liant spirituellement à leur terre au fil des générations. De même, les fées tirent leur force de cette terre rendue sacrée par les générations d'ancêtres qui y sont enterrées.

Bien qu'il soit difficile de déterminer précisément l'origine des fées, nombre d'écrits affirment qu'elles sont en quelque sorte les ancêtres des Irlandais. De fait, ces ancêtres étaient appelés « sidhes » (prononcer « chi »), mot irlandais signifiant « fée », qui désigna en tout premier lieu les Tuatha De Danann lorsqu'ils furent vaincus par les Milésiens, lesquels n'étaient autres que les premiers Gaéliques.

Lorsque les Milésiens, ou fils de Mil, arrivèrent en Irlande, cette terre était habitée par les Tuatha De Danann, dont le nom signifie « peuple de Dana ». Ils se livrèrent bataille, et les Milésiens vainquirent les Tuatha De Danann. La légende veut qu'à leur mort ces derniers se fondirent dans les collines environnantes, ou « tertres du sidhe », où l'on dit qu'ils demeurent encore aujourd'hui. Ces premiers occupants du royaume souterrain des fées devinrent les « daoine sidhe », une race de fées très puissante.

Les Tuatha De Danann répartirent ainsi les monts et les collines d'Irlande en plusieurs royaumes, créant de ce fait un voile invisible et permanent qui devait diviser l'Irlande en deux mondes, celui du visible et celui de l'invisible. Ils inventèrent ce qu'on appelle, dans le domaine de la physique moderne, un champ morphogénique de résonance juste en deçà du spectre de ce que les hommes peuvent percevoir, se transformant en formes énergétiques malléables à volonté et pouvant ainsi choisir d'être vus ou non par les humains ; la plupart du temps cependant, ils restaient invisibles.

Les fées représentent l'esprit ou la présence sacrée qui anime la nature et rend ce qui nous entoure plus vivant et plus gai. On les appelle également « sidhes » ou « dei terreni », « déesses de la terre ». Elles apparaissent sous diverses formes ; les fées des eaux, par exemple, ont une forme humaine mais une queue de poisson à la place des jambes ; elles peuvent aussi ressembler à des vaches sans cornes, et sont alors présages de mauvais temps.

On admet généralement que les fées sont les lointains ancêtres de plusieurs tribus bien distinctes ; elles forment des groupes dotés chacun d'un nom propre, qui n'est pas nécessairement en rapport avec les noms des Tuatha De Danann. Le roi et la reine de chaque groupe règnent sur un territoire déterminé, comme c'est le cas d'Ailill et de Medb, roi et reine des fées de Connaught. L'ordre social de base des sidhes reflète ainsi la vieille aristocratie de l'ancienne Irlande.

Le fait de croire en des fées dotées de pouvoirs extraordinaires influença profondément la vie des habitants des régions rurales d'Irlande, d'Écosse et du pays de Galles : ils les voyaient comme les esprits des dieux et des déesses primitifs de la terre et des récoltes, et pensaient qu'elles avaient un pouvoir de contrôle sur la production de lait ou sur la maturité des plants. On leur faisait donc des offrandes afin de s'assurer de leur protection.

Bien qu'elles soient souvent associées à des endroits appartenant à notre monde tels que des forêts, des criques, voire des maisons, les fées résident avant tout dans leur royaume, espace magique que les humains peuvent être amenés à visiter, quelquefois par accident, sinon par dessein. Ce royaume et ses fées ont inspiré un grand nombre de mythes, de récits et de contes.

Elfes et fées dans la littérature ancienne

En recueillant et en agrémentant avec talent ces contes, des auteurs tels que William Shakespeare ou Geoffroi de Monmouth - dont l'*Histoire des rois de Bretagne* est à l'origine de la légende arthurienne - ont permis aux contes de fées d'accéder à un statut mythique et légendaire.

Les événements marquants, et en particulier les actes héroïques, ont tendance à suivre la progression suivante :

- Ils entrent d'abord dans l'histoire.
- Puis ils se transforment en contes populaires, en contes de fées ou en mythes.
- Enfin ils accèdent au statut de légende mythique.

Tout d'abord, un événement s'inscrit généralement comme un fait historique vécu par un ou plusieurs protagoniste(s). Puis, après une (ou deux) génération(s), lorsque tous les témoins directement associés à l'événement ont disparu, on en fait un conte populaire, un conte de fées ou un mythe, et les personnes associées à l'événement revêtent elles aussi un caractère extraordinaire. Enfin, lorsque des écrivains transcrivent le récit en l'agrémentant de leur prose, il entre dans la légende et ses acteurs se voient empreints d'une qualité divine.

Les fées dans l'œuvre de Shakespeare

William Shakespeare (1564-1616) est sans aucun doute l'auteur le plus connu pour avoir puisé dans l'histoire et le folklore et en avoir tiré des récits mythiques. Sa pièce *Hamlet*, par exemple, s'inspire d'un conte populaire danois lui-même fondé sur un fait historique auquel il a donné une dimension légendaire. Une autre de ses pièces, *La Mégère apprivoisée*, s'inspire également d'un conte de fées racontant l'histoire d'une princesse arrogante à laquelle son mari apprend à devenir plus humble.

Si le mot « fées » évoque pour vous de gracieuses créatures lilliputiennes faisant gaiement la ronde ou évoluant parmi les fleurs et les sous-bois, c'est que vous êtes influencé par l'image qu'en a élaborée Shakespeare. Les fées tiennent un rôle important dans nombre de ses pièces, notamment *La Tempête*, *Les Joyeuses Commères de Windsor* et *Le Songe d'une nuit d'été*. Cette dernière en particulier contient l'une des représentations les plus créatives du monde de Faerie.

Pour la description de ses fées dans *Le Songe d'une nuit d'été*, Shakespeare se serait inspiré du folklore d'une petite région du pays de Galles. Cette pièce à l'ambiance totalement féerique s'articule autour d'un élément central, un jeune garçon nommé Puck, élevé par une mère qui omet de lui faire mention de ses origines féeriques - un peu comme l'oncle et la tante de Harry Potter lui ont caché ses origines magiques. Lorsqu'il a six ans, Puck s'enfuit de chez lui et se retrouve seul dans les bois. Épuisé, il s'endort et se met à rêver d'un monde peuplé de fées. À son réveil, il trouve un manuscrit que lui a fait parvenir Obéron, le roi des fées. Ce document lui confère les pouvoirs d'exaucer des vœux et de se métamorphoser, ce dont il ne pourra user qu'à condition que ce soit pour venir en aide aux bons et pour combattre les méchants. Si Puck respecte cette condition, le royaume des fées s'ouvrira à lui. Le petit garçon a les caractéristiques physiques d'un lutin et, dans la pièce, il ne cesse de jouer des tours aux mortels pour que cela leur serve de leçon.

Si Shakespeare respecte généralement le folklore anglais préexistant sur les fées, il lui arrive aussi de prendre des libertés, ce qui a contribué à donner à certaines fées un statut légendaire ; ainsi, dans *Roméo et Juliette*, il appelle la reine des fées « reine Mab », qui est son nom traditionnel, alors que dans *Le Songe d'une nuit d'été* elle devient Titania, nom qu'il a inventé. Depuis, c'est plutôt ce dernier nom qui vient à l'esprit des gens - notamment ceux qui connaissent Shakespeare - lorsqu'on évoque la reine des fées.

Citation

Dans *La Tempête*, Shakespeare utilise le nom « Jack » pour faire référence au fameux « Jack à la Lanterne » ou « Follet des Champs » qui, comme Puck, était connu pour être espiègle et malicieux.

Autres références littéraires anciennes

Outre Shakespeare, deux autres écrivains ont grandement contribué à donner aux fées, aux elfes et autres créatures magiques leur statut légendaire dans notre culture ; il s'agit d'Edmund Spenser et de Geoffroi de Monmouth, qui se démarquent des autres auteurs de la période élisabéthaine ayant produit des écrits faisant mention du royaume des fées.

Edmund Spenser (1552-1599) écrivit et publia vers 1590 le poème épique *La Reine des fées* (*The Faerie Queene*). Cette première version se composait de six volumes distincts et était dédiée à la reine Élisabeth Ire d'Angleterre. Elle raconte les aventures d'un chevalier évoluant dans le royaume des fées, parti à la recherche d'une reine des fées réputée pour sa grande beauté. Il y est également fait mention de nains, de chevaliers elfiques ainsi que de fées particulières, pas toujours très sympathiques. Edmund Spenser parvint à grand renfort d'images littéraires à conférer à toutes ces créatures magiques une réelle dimension légendaire.

Outre les retranscriptions qu'il a faites de vieilles légendes anglaises et de contes de fées, Geoffroi de Monmouth (v. 1100-v. 1155) est l'auteur qui a permis au roi Arthur de passer du statut de roi historique à celui de figure mythique. C'est également lui qui a contribué à rendre célèbre Merlin l'Enchanteur en faisant de lui l'archétype du magicien, avec sa baguette magique et ses pouvoirs de prestidigitateur. Aujourd'hui, alors que neuf cents ans se sont écoulés, la légende de Camelot et sa magie nous fascinent toujours autant.

Parmi les autres auteurs qui ont contribué à donner aux elfes, aux fées et autres créatures magiques leur statut légendaire, on peut citer :

- **Hans Christian Andersen** (1805-1875), qui a écrit une série de contes de fées dont *La Petite Sirène*, rendue encore plus populaire par Walt Disney.
- **Sir James Matthew Barrie** (1860-1937), auteur de *Peter Pan*, conte de fées qui est très vite devenu incontournable et où apparaît la fée Clochette.
- **L. Frank Baum** (1856-1919), auteur du *Magicien d'Oz* et de quelques autres romans sur la *fantasy*. Le film qui en a été tiré, avec Judy Garland dans le rôle-titre, a largement contribué à en faire un classique.
- **Hermann Hesse** (1877-1962), auteur des fameux *Siddhartha* et *Le Loup des steppes*, a également écrit des contes de fées en allemand.
- **Oscar Wilde** (1854-1900), dont les parents étaient de célèbres collecteurs de contes de fées traditionnels, fut naturellement attiré vers ce genre et écrivit plusieurs contes de fées.

Le minimum à savoir

- → Le folklore et la mythologie d'un peuple reflètent ses croyances.
- → La mythologie nordique explique l'origine de l'ordre cosmique en y incluant les elfes et les nains.
- → La mythologie celtique s'attache à illustrer l'origine des fées.
- → Avec le temps, les événements humains passent du domaine des faits historiques à celui de la légende, et des auteurs tels que Shakespeare ou Spenser ont donné aux fées, aux elfes et autres êtres fantastiques le statut de créatures légendaires.

Chapitre

4

L'histoire spirituelle

Dans ce chapitre

- → Une vision spirituelle du folklore et de la mythologie
- → Comment on percevait traditionnellement les elfes et les nains
- → La magie des runes
- → Les fées vues par les Celtes et les premiers Européens

Le royaume des fées se situant quelque part entre notre monde et celui du divin, il est important d'aborder ce dernier. Pour les mortels que nous sommes, ces deux expériences sont assez similaires ; elles sont toutes deux extraordinaires parce qu'elles nous tirent hors de nos frontières physiques, jusque dans des mondes où règnent à la fois l'abstraction et l'éternité. Nos cinq sens se trouvent dépassés par un sentiment mystique de connexion avec l'univers, signe que l'on est parvenu à s'affranchir de ses liens corporels pour accéder à un espace de spiritualité.

Ce chapitre nous emmène plus loin dans l'univers magique des elfes et des fées, et nous montre comment dénouer les mystères de notre propre personne, tout en comprenant quelle est notre place dans ce monde et comment communier avec lui.

Une vision spirituelle de la mythologie

Les mythes s'expriment avec des symboles, lesquels s'adressent à la part de notre conscience qui transcende le monde physique pour accéder au mythique et au spirituel. Ces symboles dépassent leur sens littéral et ceux qui les reçoivent en ont une compréhension immédiate, ce qui les place à un niveau autre que celui de la logique et de la pensée. Ils peuvent concerner un individu (le personnage principal), sa quête ou une aide divine. Nous avons tous, en tant qu'êtres humains, une conception différente de ce que nous sommes, de ce que nous entreprenons (notre quête) et de notre rapport au divin, mais dans le même temps nous partageons la même perception symbolique de ce qu'est un être humain, une quête et le rapport au divin ; en quelque sorte, les symboles peuvent être vus comme des archétypes.

Par le biais de ces symboles, les mythes délivrent des vérités ou des enseignements sur certains problèmes universels auxquels nous nous trouvons tous confrontés. Ces vérités sont appréhendées avec les termes de la condition humaine qui les génère, et échappent donc au domaine du concept. Elles nous éclairent sur notre propre rôle au sein de l'univers, y compris sur le rapport spirituel que nous entretenons avec l'ensemble de la création.

L'anthropologue américain Joseph Campbell (1904-1987) a fait ressortir dans son travail la qualité universelle des mythes, qui rejoint l'idée d'« inconscient collectif » de Carl Jung ou celle des « annales akashiques » d'Edgar Cayce (sorte de base de données collectant l'histoire de toutes les âmes). Selon Campbell, la qualité universelle du mythe le place à un niveau supérieur. Toutes les spiritualités ont la même volonté d'expliquer les principales questions que nous nous posons tous, comme le fait de savoir si l'on a une seule vie ou plusieurs. Cette universalité des mythes constitue une base où toutes les spiritualités convergent, et dans laquelle nous pouvons puiser pour approfondir notre spiritualité propre.

Les elfes et les fées permettent d'accéder à cette spiritualité universelle et d'aborder les mystères que nous avons en nous. En fait, la magie est le moyen de parvenir à croire en soi afin de pouvoir réaliser pleinement son potentiel.

Citation

Lors d'une interview, Joseph Campbell a déclaré : « si l'on apprend à connaître comment fonctionnent nos impulsions, les images qu'elles suscitent, et ce pour quoi on vit réellement, on peut donner un point d'ancrage à notre mythologie personnelle, lui donner une tournure universelle, qui permettra de s'appuyer sur les autres mythologies humaines ».

Les elfes et les nains dans la tradition nordique

« Alvismal », poème islandais du XIIe siècle, raconte l'histoire d'un nain prénommé Alviss qui explique ce qui motive toutes les créatures : les mortels, tout d'abord, ont besoin de donner un nom à toutes les choses ; les dieux, pour leur part, cherchent à savoir comment ces choses fonctionnent ; les géants se demandent comment ils pourront s'en servir ; quant aux nains et aux elfes, ils préfèrent les appréhender dans des termes plus poétiques, voire pluridimensionnels. Voilà une parfaite introduction à l'idée que les Scandinaves avaient des elfes et des nains.

Comme nous l'avons vu dans le chapitre 3, le monde des elfes et des nains dans la mythologie nordique est parfaitement distinct du monde des humains, mais si l'on se réfère à l'Arbre-Monde, ou Yggdrasil, les Scandinaves estiment qu'il existe des passerelles entre ces mondes. Le monde des elfes et des nains est un peu comme le royaume magique du « wyrrd », que la tradition spirituelle scandinave considère comme une force résultant d'une interconnexion magique et du synchronisme de toutes choses.

Sens magique

Dans la tradition spirituelle nordique, le mot *wyrrd* renvoie à une énergie magique qui connecte tout ensemble. C'est cette énergie qui intéresse les maîtres des runes lorsqu'ils s'en servent pour lire l'avenir.

« Aussi belle qu'un elfe féminin », dit un vieux dicton scandinave. Cette expression, qui fut reprise à peu près dans les mêmes termes en vieil anglais, nous rappelle que :

- les elfes avaient la réputation d'être très beaux ;
- dans la mythologie nordique, ils étaient généralement de sexe féminin.

Les légendes nordiques mentionnent les Ivor, des jeunes filles d'une beauté saisissante qui vivaient dans une forêt avec un roi elfe. Elles étaient gaies, vivaient très longtemps, et l'on pouvait les voir danser la nuit à l'orée des bois. Le lendemain matin, on retrouvait parfois des cercles appelés Ivdanser (danses d'elfes) ou Ivringar (cercles d'elfes). Les humains qui les observaient pendant leur danse s'apercevaient ensuite qu'ils avaient passé plusieurs années à les regarder, alors qu'ils avaient l'impression que cela n'avait duré que quelques heures. Cette distorsion du temps est semblable à celle que relatent les contes de fées à propos des hommes qui ont pu visiter le royaume de Faerie ; dans *Le Seigneur des anneaux* de Tolkien, les personnages principaux en sont eux-mêmes victimes lorsqu'ils traversent la forêt elfique de Lothlorien et que la course du temps ralentit considérablement.

Attention ! Prenez garde...

N'oubliez jamais que, dans le monde des elfes, le temps ne s'écoule pas de la même façon (souvent plus lentement) que dans le monde des mortels. Comme pour la vitesse de la lumière, cela dépend du lieu où vous vous trouvez. Lorsque vous évoluez dans un royaume magique, le temps a tendance à ralentir, et lorsque vous revenez dans le monde ordinaire, vous vous apercevez qu'il s'est écoulé plus de temps que vous ne l'auriez cru.

Dans la tradition nordique, les elfes sont décrits ainsi :

- Ils sont aussi grands que des humains.
- Ils sont très beaux, et leurs traits sont fins.
- Ce sont de redoutables guerriers.
- Ils excellent dans tous les arts, en particulier la musique, possèdent le don de clairvoyance et peuvent le transmettre à des mortels.
- Ils vivent dans un monde en retrait de celui des mortels.
- Ils ont leur propre langue.
- Il peut leur arriver de s'unir à des mortels.

Il faut rappeler quà l'origine les elfes étaient une race de dieux inférieurs, associés à la nature et à la fertilité. Dans la tradition nordique, certains hommes célèbres pouvaient accéder au statut d'elfe après leur mort, ce qui amena beaucoup de nobles à proclamer qu'ils avaient un ancêtre elfique. Cette pratique permettait d'approcher le divin de plus près.

Seiour est le terme norrois pour « magie » ; il est synonyme d'*alfatofrar*, qui signifie « magie des elfes » et désigne tout effet enchanteur. Cela indique combien les Scandinaves percevaient les elfes comme un pouvoir essentiel au sein même de la magie.

Elfes et nains, soleil et terre

Sous bien des rapports, les elfes et les nains se situent à des pôles opposés, comme l'illustre fort bien *Le Seigneur des anneaux*. Mais ils présentent également des similitudes, ne serait-ce que parce qu'ils sont issus de la même source. Si leur aspect extérieur les différencie, les elfes et les nains partagent par ailleurs beaucoup de points communs, notamment pour ce qui est de leur aspect magique.

Les nains vivent dans le monde inférieur de Svartalfheim. Parmi leurs caractéristiques principales, on peut noter :

- leur peau sombre, leur longue barbe et leurs yeux verts ;
- leur silhouette courte et trapue ;
- le fait que ce sont d'excellents artisans, en particulier dans les domaines de la métallurgie, de la maçonnerie et de l'exploitation minière ;
- leurs grandes capes et capuches qui les rendent invisibles ;
- le fait qu'ils redoutent la lumière du soleil, qui les transforme en pierre.

Les elfes et les nains symbolisent la relation divine qu'a le soleil avec la terre. D'un côté, les elfes représentent le soleil et tout ce qui lui est associé : la lumière, le feu créateur de la vie, ainsi que le monde de la surface. De l'autre, les nains représentent la terre et tout ce qui lui est associé : les ténèbres du monde souterrain, les minéraux, les pierres et le monde d'en bas. Autant les elfes sont aériens, sensuels et circulent en toute liberté, autant les nains sont terre à terre et pragmatiques.

Contes et légendes

Dans la mythologie nordique, Alviss, le chef des nains, souhaite épouser la fille du dieu nordique Thor. Ce dernier lui demande de trouver d'abord le nom du monde, du ciel, de la lune, du soleil, des nuages, du vent, du calme, du feu, des arbres, de la nuit, du blé et de la bière dans tous les mondes de la création. Alviss, qui est très intelligent, trouve toutes les réponses, mais cela lui demande tant de temps qu'au moment où il donne la dernière réponse, le soleil commence à entrer dans la pièce et menace de le changer en pierre.

Des elfes et des nains associés aux divinités

Dans la mythologie nordique, les Alfars (elfes lumineux) sont associés aux Vanirs, groupe des plus anciennes divinités dont les principales sont la déesse Freyja, son frère Frey, leur mère Nerthus, déesse de la terre, ainsi que leur père Njord, dieu du vent et de la mer. Les Vanirs étaient jadis des dieux et des déesses de la fertilité, mais ils furent peu à peu perçus comme des divinités de la nature capables de contrôler les énergies naturelles des saisons, des récoltes et de leur commerce. Ils habitaient le monde de Vanaheim, situé à l'ouest de la Terre du Milieu.

Cette association des Vanirs aux forces de la nature contribua à les rapprocher des Alfars, ou elfes lumineux, car ces derniers sont eux aussi étroitement associés à la nature ; surtout, celui qui gouverne le monde elfique d'Alfheim n'est autre que Frey, le dieu nordique du soleil.

Dieu du soleil, Frey contrôle également les forces naturelles de la fertilité, de la sexualité masculine, de la prospérité, du mariage et de la monarchie sacrée. Considéré en outre comme le dieu des récoltes et des bonnes pluies, il porte en Suède le nom de Veraldar Gudh, ce qui signifie « dieu du monde ».

Outre les elfes lumineux, les elfes sombres et les nains sont eux aussi étroitement associés au monde des Vanirs, et donc à Frey et à Freyja. Les nains excellent dans l'artisanat, et l'on dit que ce sont eux qui ont façonné le marteau de Thor, Miolnir, ainsi que Skidbladnir, le vaisseau magique qui fut offert à Frey. Ce vaisseau était si grand qu'il pouvait transporter à son bord toutes les divinités nordiques ainsi que leurs effets personnels, et il avait été si astucieusement construit qu'une fois replié on pouvait le ranger dans une poche.

On disait de Freyja qu'elle entretenait des relations intimes avec Frey et avec les nains ; un récit rapporte ainsi qu'un jour elle trouva ouverte la porte en pierre située au seuil du monde souterrain des nains, qu'elle entra et surprit les nains des quatre points cardinaux, Alfrig, Dvalin, Berlingr et Grer, occupés à forger un magnifique collier d'or et d'ambre appelé Brisingamen. Freyja essaya de convaincre les nains de se séparer de leur trésor, mais ce n'est qu'après qu'elle eut accepté de passer une nuit avec chacun d'eux qu'ils se décidèrent à lui remettre le collier. Cette histoire est symbolique du voyage chamanique de Freyja, dans lequel elle s'unit aux quatre points cardinaux et à leurs correspondances élémentaires, perpétuant ce faisant les cycles saisonniers.

La déesse Freyja régit la vie des plantes, celle des arbres et des animaux de la forêt, l'amour naturel, la sexualité féminine et la magie. En tant qu'elle est la déesse de l'amour, on fait souvent appel à elle pour résoudre les problèmes de cœur. On dit qu'elle parcourt les neuf mondes d'Yggdrasil vêtue d'une cape couverte de plumes de faucon, dans un char tiré

C'est pas sorcier

La mythologie nordique peut sembler un peu confuse car on a parfois l'impression que ses mythes se contredisent. Par exemple, Frey et Freyja appartiennent à l'origine au peuple des Vanirs, mais dans les mythes ils sont associés aux Aesir, qui regroupent les principaux dieux et déesses nordiques comme Odin et Thor. Frey est en outre associé en Scandinavie à la loi et à la justice ; on y prête serment en invoquant Frey, Njord et Thor, le dieu tout-puissant.

par des ours ou par de très gros chats. C'est également elle qui initie Odin au chamanisme et à la magie de l'amour, faisant de lui le premier mâle à avoir accès à ce savoir traditionnellement féminin.

La magie des runes

Après avoir été le premier à découvrir la magie de l'amour, Odin a également été le premier à s'initier au mystère des runes. Pour y parvenir, il s'est pendu, de manière métaphorique, aux branches d'Yggdrasil, entre les neuf mondes de la création, ce qui est une sorte de voyage chamanique, en particulier sous l'aspect du rite initiatique. L'être « ancien » meurt symboliquement pour se voir remplacé par un être nouveau qui, lui, est initié ; il s'agit d'une sorte de renaissance spirituelle, qui se retrouve dans l'image du Pendu, carte représentant le changement et la transformation dans le jeu des tarots.

Après avoir percé le secret des runes, Odin le livre aux dieux, aux déesses, aux elfes et aux mortels, dont le nain Dvalin, l'elfe Dain et le géant Asvid. Dvalin, rappelons-le, était l'un des nains des quatre points cardinaux ; quant à Dain, il pouvait prendre la forme d'un cerf mystique, qui était l'un des quatre vents parcourant l'Arbre-Monde Yggdrasil.

Tel l'Anneau unique du *Seigneur des anneaux*, le savoir des runes s'est transmis aux divers groupes des dieux, des déesses, des elfes et des humains. Les runes font partie intégrante de la tradition spirituelle du Nord parce qu'elles constituent une forme d'écriture magique qui ouvre la porte au royaume magique du *wyrrd* – un lieu où passé, présent et futur se confondent.

Du fait de leur qualité intemporelle et magique, on utilise les runes pour prédire l'avenir. Chacun de leurs signes représente une force cosmique de la nature, par exemple le signe « F », Fehu, symbolise la force primale de la prospérité. Comme dans les tarots, on peut jouer sur leur composition pour mieux trouver certaines réponses portant sur notre vie passée, présente ou future.

Sens magique

Les runes sont une forme ancienne d'écriture divinatoire. Chacun de leurs signes représente à la fois une lettre de l'alphabet et une force primale de l'univers.
À l'origine, les runes étaient sculptées dans le bois, suivant des lignes perpendiculaires à ses fibres. Leur aspect primaire et magique leur confère une aptitude à prédire des événements futurs. Les premières runes s'appelaient Elder Futhark – Futhark désignant les six premières d'entre elles.

Les vingt-quatre runes de l'Elder Futhark apportent une ouverture sur le monde des elfes, des nains et des fées. Elles préservent symboliquement une mythologie et des enseignements spirituels remontant à plusieurs millions d'années, ce qui leur confère une qualité éternelle, à l'instar du royaume des elfes et des fées.

Chacun des signes runiques est un symbole magique qui représente les énergies cosmiques régissant l'univers et qui désigne dans le même temps une lettre de l'alphabet. Tous sont imprégnés par la mythologie nordique, par ses divinités et leur implication dans la création de toutes choses - aussi bien dans notre monde que dans celui des fées.

Les fées celtiques traditionnelles

Lorsque les Tuatha De Danann se fondirent aux reliefs des collines d'Irlande, ils tirèrent devant eux un voile qui divisa notre monde en deux royaumes, celui du visible et celui de l'invisible. Le royaume des fées qu'abritent ces collines appartient à un autre espace-temps, en léger décalage par rapport à celui que nous pouvons percevoir. Cependant les fées y sont bien présentes, et il arrive qu'elles viennent interférer avec les humains.

Les royaumes féeriques d'Écosse et d'Irlande gardent des traces de la vieille religion celte et de ses dieux et déesses se comportant comme les gardiens historiques des clans. Chaque clan se réclame de la lignée d'une certaine divinité, qui transparaît dans les contes de la région et finit par devenir roi ou reine des fées. Elle réside dans le royaume de Faerie, tout en veillant sur les forêts, les lacs, les rivières, les villes et les villages.

En se fondant dans les collines et autres reliefs environnants, les Tuatha De Danann se transformèrent en esprits de la nature et, de la même manière que les elfes et les nains de la tradition du Nord, ils furent associés à des énergies et à des lieux naturels. Avec le temps, la plupart d'entre eux acquirent un statut divin, et c'est ainsi qu'ils donnèrent naissance aux dieux et aux déesses celtiques.

Les reines des fées

Abondamment peuplé, le royaume des fées est gouverné par un roi et une reine - les décisions de cette dernière primant généralement sur celles du roi. Ces reines, appelées *bean righean na brugh* - ce qui signifie « reine du palais des fées » - sont également les déesses des tribus locales, et l'on dit qu'à ce jour beaucoup d'entre elles veillent encore sur les différents clans irlandais.

Avant de se muer peu à peu en reine des fées, Medb fut d'abord une héroïne de la mythologie irlandaise. Cette fée légendaire du Connaught aurait vécu avec neuf rois, ce qui symbolise son rôle dans l'origine de la création. La reine Medb et le roi Ailill eurent une fille prénommée Findabair, qui ressemble beaucoup à la reine arthurienne Guenièvre.

La colline d'Aine, près de la paroisse de Knockainey, est réputée être l'un des fiefs de cette populaire reine des fées de la province de Munster que l'on célèbre partout en Irlande. Aine était une mortelle, la fille du druide Owel, qui fut enlevée par les fées ; chaque année, au solstice d'été, la population organise une procession qui part de la colline d'Aine et traverse ensuite les champs, chaque personne tenant une torche enflammée à la main pour assurer une bonne récolte ; souvent, dit-on, on aperçoit Aine en tête de la procession, qui reste donc étroitement associée aux célébrations des récoltes sur Cnoc Aine.

Cliodna, dont le nom signifie « celle qui est bien faite, aux cheveux clairs », est l'une des trois principales reines des fées de Munster, et elle excelle dans l'art de la métamorphose. Elle fut d'abord une princesse irlandaise, avant de devenir une déesse de Munster et de se choisir des amants parmi les mortels, avec une prédilection pour les jeunes hommes qu'elle séduisait lors des célébrations de Beltaine, le 1er mai. Cela lui valut une réputation de grande séductrice, d'autant plus que lorsqu'elle prenait forme humaine, elle apparaissait comme la plus belle de toutes les femmes. Cliodna, fille aînée de Gebann, druide suprême de Manannan, est vénérée par tout le peuple de County Cork, où nombre d'endroits lui sont associés. Elle est la déesse protectrice des O'Keefes.

Grainne, quant à elle, est une reine des fées du nord-est de Leinster. Fille de Cormac Mac Airt, elle habite le Cnoc Greine, et est décrite dans la légende irlandaise comme ayant un caractère bien trempé. Son père souhaitait la marier au héros Finn MacCool, mais elle tomba amoureuse de Diarmuid car celui-ci était doté d'un point magique sur le front qui rendait amoureux quiconque le regardait. Sous le charme, Grainne persuada Diarmuid de s'enfuir avec elle, et les deux jeunes gens parcoururent l'Irlande en dormant dans des niches creusées dans la roche, dans les cairns et dans les cromlechs que l'on appelle encore aujourd'hui les « lits de Diarmuid et de Grainne ».

Les croyances associées aux elfes et aux fées

Le nom gallois pour fée est *y tylwyth teg*, qui signifie « peuple ou famille au teint et aux cheveux clairs ». Une version plus longue, *y tylwyth teg yn y coed*, se traduit par « famille

Contes et légendes

Ce sont les fées qui ont choisi l'emplacement de l'église de Knowle, dans le Warwickshire, en Angleterre. Celle-ci devait à l'origine être construite sur une colline surplombant le puits de sainte Anne, mais l'endroit ne plaisait pas aux fées, et chaque nuit elles démontaient les pierres de l'édifice pour les reposer ailleurs. Comme cela se répétait invariablement, les ouvriers finirent par céder et ils bâtirent l'église à l'endroit que les fées indiquaient.

des bois au teint et aux cheveux clairs ». Ces deux appellations désignent un peuple à la fois éclairé par la lumière et spirituellement attiré vers la nature. Bien que ne résidant pas dans le monde des mortels, les elfes et les fées sont toujours fortement associés aux aspects naturels de notre monde.

Dans la tradition galloise, on compte cinq types d'elfes et de fées :

- les Ellyllon, qui sont des elfes,
- les Coblynau, fées des mines,
- les Bwbachod, fées domestiques,
- les Gwagged Annwn, fées des lacs et des courants,
- les Gwyllion, fées des montagnes.

La tradition scandinave distingue quatre types de créatures magiques :

- les elfes,
- les nains, ou trolls,
- les fées et les lutins des eaux,
- les sirènes, les hommes-poissons et autres créatures de l'eau.

La croyance et les pratiques populaires retiennent entre autres deux idées : celle d'offrir un présent aux habitants du royaume enchanté et celle de ne jamais rien construire sur un emplacement où passe un sentier de fées (chemin qu'elles empruntent pour circuler). Le fait de faire des offrandes aux fées est un concept qui remonte aux premiers Scandinaves, qui mettaient de côté un peu de lait et de bière pour les elfes. L'idée de faire un cadeau afin de pouvoir en recevoir un à son tour renvoie à l'une des énergies primaires du cosmos ; on la retrouve dans la tradition de saint Nicolas, où les enfants disposent pour lui des gâteaux et du lait. Le signe « Gebo », qui, dans les runes, correspond à la lettre « X », symbolise ce concept d'échange de cadeaux.

Le minimum à savoir

→ Les symboles confèrent une dimension spirituelle à la mythologie.

→ Dans la tradition, les elfes et les nains se rattachent aux divinités de la nature.

→ Les runes fournissent une porte d'accès au royaume des fées.

→ Plusieurs régions d'Irlande ont leur propre reine des fées.

→ Les croyances des différents peuples dans les elfes et les fées découlent de leurs traditions.

QCM

1 – De quel pays les fées sont-elles originaires ?

❑ **A** - Irlande
❑ **B** - Écosse
❑ **C** - Suède

2 – Quel est l'autre nom des Alfes noirs ?

❑ **A** - gobelins
❑ **B** - nains
❑ **C** - trolls

3 – Quelle créature est un mélange de coq, de serpent et de crapaud ou de lézard?

❑ **A** - le basilic
❑ **B** - le griffon
❑ **C** - le dragon

4 – Qui est l'auteur des *Contes de ma mère l'Oye* ?

❑ **A** - les frères Grimm
❑ **B** - Charles Perrault
❑ **C** - Mme d'Aulnoy

5 – Les frères Grimm ont écrit un conte intitulé...

❑ **A** - *Le roi Tortue*
❑ **B** - *Le roi Crapaud*
❑ **C** - *Le roi Grenouille*

6 – Quel nom porte le recueil de poèmes narratifs relatifs à la mythologie scandinave ?

❑ **A** - l'*Edda*
❑ **B** - l'*Audhumla*
❑ **C** - le *Muspelheim*

7 – Qui vainquit les Tuatha De Danann ?

❑ **A** - les Arthuriens
❑ **B** - les Vikings
❑ **C** - les Milésiens

8 – À quel auteur doit-on *La Reine des fées* ?

❑ **A** - William Shakespeare
❑ **B** - Geoffroi de Monmouth
❑ **C** - Edmund Spenser

9 – Qu'est-ce qui caractérise les nains ?

❑ **A** - ils sont d'excellents artisans
❑ **B** - ils possèdent des capes qui les rendent invisibles
❑ **C** - la lumière du soleil les transforme en pierre

10 – Frey est le dieu nordique...

❑ **A** - de la Terre
❑ **B** - du Soleil
❑ **C** - de la mer

Réponses

1 : A - 2 : B - 3 : A - 4 : B
5 : C - 6 : A - 7 : C - 8 : C
9 : A, B et C - 10 : B

Nombre de bonnes réponses ❑

Si vous avez au moins 8 bonnes réponses, passez au chapitre suivant, sinon... faites quelques révisons !

Partie 2

Elfes et fées d'aujourd'hui

Bien que les elfes et les fées puisent leurs origines dans d'anciens mythes ou contes de fées, ces créatures n'en demeurent pas moins très actuelles, comme le démontrent à chaque fin d'année la multitude d'images à leur effigie et à celle du Père Noël qui fleurissent dans les vitrines et au cinéma. Le reste du temps, ce sont des livres et des films tels que *Harry Potter* ou *Le Seigneur des anneaux* qui continuent d'alimenter notre perception moderne des elfes et des fées. Nous disposons donc de contes de fées traditionnels et d'autres plus modernes, qui renouvellent la vision que nous pouvons avoir de ces êtres magiques.

Ce chapitre s'intéresse au rôle que peuvent jouer les elfes et les fées dans notre vie quotidienne, tant par le biais des contes de fées modernes et des références métaphysiques que des traditions et de la magie se rapportant aux fées. Une nouvelle page s'ouvre ici, celle de la magie contemporaine des elfes et des fées !

Chapitre

5

Les contes de fées contemporains

Dans ce chapitre

- → Comment la mythologie moderne influe sur notre vie
- → Quel a été l'impact du *Seigneur des anneaux*, de J.R.R. Tolkien
- → Comment la série des *Harry Potter* de J.K. Rowling a remis la magie sur le devant de la scène
- → Quelques films et livres récents qui mettent en scène des elfes, des fées et d'autres créatures magiques

Les contes de fées traditionnels ont aidé les enfants à se forger une personnalité et à construire leur rapport au monde. Puis les contes de fées modernes ont pris le relais pour influer sur leurs croyances et sur leurs perceptions.

Les contes de fées modernes – surtout ceux dans lesquels on trouve des elfes, des fées ou d'autres créatures magiques – incitent à s'interroger sur les limites de ce que l'on considère comme possible ou non. Tout à coup, l'idée que l'on puisse réaliser tout son potentiel ne paraît plus aussi inimaginable mais au contraire accessible. Un nouveau monde se dévoile, qui ne demande qu'à être exploré... Ce chapitre est consacré à ces contes modernes qui continuent de stimuler notre imagination et de façonner notre monde.

Créer une mythologie moderne

Dans *Le Seigneur des anneaux*, Frodon remet à Galadriel, la reine des elfes de Lothlorien, l'Anneau du pouvoir ; cette scène est un moment clé où Galadriel doit choisir entre le fait d'accepter l'Anneau et le pouvoir sombre qui lui est lié, et celui d'aider Frodon dans sa quête pour détruire l'Anneau. Elle se métamorphose alors en reine toute-puissante et redoutable, afin de laisser voir à Frodon et à elle-même ce que la première hypothèse entraînerait. Puis elle aide Frodon en lui permettant de visualiser l'avenir pour savoir où son voyage le mènerait. C'est là que Frodon découvre qu'il ne peut se fier à personne, et qu'il devra assumer seul la lourde responsabilité de « porteur de l'Anneau ».

Cette séquence entre Galadriel, la reine des elfes (« dame de lumière »), et Frodon est importante parce qu'elle fait appel à de nombreux archétypes, le premier étant celui de la bataille entre lumière et obscurité, qui renvoie au fait que nous devons tous faire des choix dans la vie. On voit également comment le pouvoir corrompt celui qui y goûte, à tel point que Frodon doit renoncer au compagnonnage parce qu'il ne peut se fier à personne d'autre qu'à lui-même.

Comme toutes les mythologies, la mythologie moderne s'emploie à mettre en lumière certains rites universels de « passage », que J.R.R. Tolkien appelle aussi « vérités transcendantales ». C'est dans ces vérités que tout artiste puise, de manière consciente ou non, lorsqu'il crée une œuvre d'art, qu'on peut appréhender et comprendre par un autre biais que celui des images ou des mots. Ainsi *Le Seigneur des anneaux* et *Harry Potter* sont-ils entrés dans la légende très peu de temps après leur publication : c'est là que réside leur vraie magie !

Dans *Harry à l'école des sorciers*, l'épisode où Harry se coiffe du « choixpeau magique » pour savoir dans quelle maison du collège Poudlard il sera logé est crucial : le choixpeau magique tente en effet de le convaincre de choisir la sombre résidence Serpentard, en lui disant qu'il y réussirait très bien, mais le jeune garçon résiste à la tentation et le choixpeau lui désigne alors Gryffondor. Le fait que Harry penche pour la lumière l'arme contre les forces des ténèbres qui cherchent à le détruire, de la même manière que pour Frodon ou pour Galadriel dans *Le Seigneur des anneaux*.

La beauté des mythes réside dans leur capacité à traiter des situations auxquelles nous nous trouvons tous confrontés dans la vie. Comme Frodon ou Harry, nous devons tous choisir très tôt entre les ténèbres et la lumière, et décider sur quelle voie nous allons nous engager la première fois qu'une personne nous incite à faire quelque chose de mal - voler, par exemple. Ces situations concernent tout un chacun, ce qui explique qu'elles se représentent continuellement, tant dans la vie que dans la mythologie.

Chaque génération invente ses propres contes de fées et remet au goût du jour le cycle mythologique. Notre monde a beaucoup changé par rapport à ce qu'il était il y a deux siècles : il n'y avait alors ni électricité, ni moyens de transport modernes, ni toute la technologie dont nous disposons aujourd'hui ; mais bien que tout ait changé, nous demeurons confrontés aux mêmes questionnements, nous devons toujours choisir entre lumière et obscurité, et nous efforcer de gérer toutes les questions qui nous assaillent sur la vie et sur la mort.

Nous avons de plus en plus besoin de nous évader d'un monde dans lequel tout va toujours plus vite et où nous subissons un stress croissant ; des histoires fantastiques telles que *Le Seigneur des anneaux* ou *Harry Potter* constituent des échappatoires rêvées car elles offrent un espace où l'on n'a plus à s'inquiéter ni à se poser de questions ; c'est une des raisons pour lesquelles ces histoires sont si populaires aujourd'hui.

Citation

À l'occasion d'une interview, J.R.R. Tolkien a déclaré : « Les mythes traduisent une sorte de vérité profonde qui est étrangère à toute description ou à toute analyse en termes de faits ; c'est pourquoi il s'agit d'une arme plus puissante pour le renouveau de la culture que peut l'être une science rationnelle ou la technologie. »

Le Seigneur des anneaux

Le Seigneur des anneaux est paru pour la première fois vers le milieu des années 1950 ; cet ouvrage a atteint un tel niveau de popularité que beaucoup le considèrent comme un classique. Jamais une œuvre littéraire moderne n'a suscité autant de réflexions ni de discussions. Elle est construite comme un conte de fées classique, avec des elfes, des nains, des magiciens et un héros qui doit accomplir une tâche donnée afin de faire reculer les ténèbres et de rapporter la lumière ; ce succès phénoménal incite à penser que les contes de fées ont encore une influence énorme sur la culture populaire d'aujourd'hui.

Attention ! Prenez garde...

Il ne faut pas toujours se fier aux critiques littéraires, elles se sont notamment trompées sur l'œuvre de Tolkien, *Le Seigneur des anneaux*, la taxant d'« obscure et ennuyeuse ». Tous les livres et les films qui en ont été tirés se sont très bien vendus, et le film *Le Retour du roi* de Peter Jackson, lors de sa sortie en 2003, fut classé deuxième au box-office des plus grands succès de tous les temps.

La trilogie du *Seigneur des anneaux* commence en réalité par un autre livre, *Bilbo le Hobbit*, qui raconte les aventures de Bilbon Sacquet, l'oncle de Frodon. En présentant aux lecteurs le monde de la Terre du Milieu ainsi qu'en introduisant des personnages tels que le magicien Gandalf, Gollum et Bilbo le Hobbit, qui trouve l'Anneau unique, cet ouvrage prépare les événements à venir dans *Le Seigneur des anneaux*, car c'est ce même Anneau qui deviendra l'élément essentiel de cette série.

Dans le plus pur style des contes de fées classiques, Tolkien divise *Le Seigneur des anneaux* en trois tomes. Le premier, *La Communauté de l'Anneau*, présente les personnages principaux et introduit la quête de Frodon pour détruire l'Anneau. Cette communauté est composée de quatre Hobbits, un elfe, un nain et deux humains, dont l'un n'est autre que le mystérieux Aragorn. On peut également retenir de ce livre que :

1. Gandalf combat son professeur Saroumane le Blanc, qui s'est allié avec Sauron le Seigneur Ténébreux.
2. Frodon et ses camarades (la communauté) décident de détruire l'Anneau en le jetant dans la lave de la Montagne du Destin, au cœur du Mordor.
3. Les membres de la communauté se divisent, seuls Frodon et Sam partent pour Mordor, tandis que les autres vont batailler pour la Terre du Milieu.

Le deuxième livre de la trilogie, intitulé *Les Deux Tours*, raconte comment les deux puissances sombres de l'Isengard de Saroumane et du Mordor de Sauron s'entendent pour unir leurs forces et conquérir la Terre du Milieu. Saroumane, en particulier, réunit une immense armée de créatures monstrueuses telles que des Orques et des Uruk-haï pour conquérir le Royaume humain de Rohan. Pendant ce temps, Frodon, Sam et leur nouveau compagnon Gollum poursuivent leur voyage vers les terres sombres de Mordor. Dans ce deuxième livre, la séquence des événements est la suivante :

1. Gandalf sort victorieux de sa bataille contre les Balrogs, il devient ainsi Gandalf le Blanc, et son pouvoir est semblable à celui de son ancien professeur Saroumane.
2. Gandalf délivre le roi de Rohan du sort que lui a jeté Saroumane, et une grande bataille s'ensuit, tandis que les forces d'Isengard attaquent Rohan.
3. Rohan est sauvé et les forces de l'Isengard sont vaincues avec l'aide des Ents, des arbres anciens qui parlent et qui bougent.

Le troisième livre, *Le Retour du roi*, raconte comment Aragorn prend le pouvoir et devient roi de Gondor. Il doit au préalable renverser le roi régnant et vaincre les armées sombres de Mordor, et Frodon doit par ailleurs détruire l'Anneau. Finalement, tout se termine bien, comme le veut la tradition des contes de fées classiques. Les événements s'enchaînent de la façon suivante :

1. Gandalf se rend au Gondor pour mobiliser ses forces contre l'attaque imminente de Mordor.
2. Muni d'une épée ancienne forgée par les elfes, Aragorn parvient à reformer les vieilles alliances, à vaincre les forces de Mordor et à accomplir son destin qui est d'être roi de Gondor.
3. Frodon vient à bout de plusieurs obstacles, entre autres une araignée géante, ainsi que des fausses indications fournies par Gollum ; puis, aidé par Sam, il détruit l'Anneau, mettant un terme définitif au pouvoir de Sauron.

En fait, *Le Seigneur des anneaux* mêle trois quêtes : celle, tout d'abord, de Gandalf, qui change d'identité en devenant Gandalf le Blanc, et dont la bataille contre les Balrogs rappelle une initiation chamanique traditionnelle. La deuxième quête est celle d'Aragorn qui cherche à se réaliser et à faire valoir son potentiel réel - en l'occurrence sa capacité à mener son peuple à la victoire face aux forces des ténèbres. Et la troisième quête est celle de Frodon et de l'Anneau. Frodon est au départ un simple Hobbit habitant dans le Shire, mais au fil de l'histoire il doit surmonter de nombreuses épreuves et il sauve la Terre du Milieu. Pour le récompenser de ses efforts, on l'invite à prendre place dans le bateau en partance pour le monde elfique de la vie éternelle.

Ces trois quêtes entremêlées dans *Le Seigneur des anneaux* en font à la fois un ouvrage passionnant et un conte de fées moderne très riche, apportant beaucoup à la mythologie moderne et à la perception des elfes, des fées et des autres créatures magiques.

Contes et légendes

Peter Jackson avait dix-huit ans lorsqu'il lut *Le Seigneur des anneaux* de J.R.R. Tolkien pour la première fois ; il pensa aussitôt que cela pourrait faire un film formidable. Ce n'est que plus tard, alors qu'il réalisait un autre long-métrage, qu'il fut conforté dans l'idée que l'on pouvait « adapter absolument tout ce qu'on voulait au cinéma ». Mais les studios auxquels il soumit son projet refusèrent l'idée d'une trilogie et lui dirent qu'il ne faudrait faire qu'un seul film ; seul le dernier, New Line, accepta de tourner trois films. À l'époque, tout le monde prédit que New Line avait signé son arrêt de mort, or ces films constituèrent au contraire les plus grands succès du studio – et de Peter Jackson !

Harry Potter

L'écrivain J.K. Rowling a également beaucoup influé sur la vision que nous pouvons avoir des elfes, des fées et des autres créatures magiques. Sa série *Harry Potter* (qui a été adaptée au cinéma) a eu un immense retentissement sur la perception que l'on a de la magie aujourd'hui. Si Tolkien base son histoire dans le monde mythique de la Terre du Milieu, J.K. Rowling, elle, utilise notre monde moderne, où existerait en marge de notre réalité un monde magique la plupart du temps invisible, faisant largement penser à la vision traditionnelle que l'on a du royaume de Faerie.

C'est pas sorcier

Il arrive parfois que les contes de fées se confondent avec la vraie vie : J.K. Rowling raconta que lorsqu'elle écrivit *Harry Potter à l'école des sorciers*, le premier de la série, elle traversait la période la plus difficile de sa vie – divorcée, elle se retrouvait seule avec sa fille à l'assistance publique. Lorsque son livre fut publié, sa vie se mit à ressembler au conte de fées qu'elle avait écrit. Depuis, la popularité de Harry Potter n'a cessé de croître partout dans le monde de manière phénoménale.

Harry Potter et Frodon Sacquet ont plusieurs caractéristiques essentielles en commun :

- Ils évoluent tous deux dans un environnement modeste lorsqu'on les assigne à une quête pour combattre les forces des ténèbres, à chaque fois à des dates anniversaires : Gandalf confie l'Anneau à Frodon le jour des cent onze ans de Bilbo, tandis que Hagrid révèle à Harry qu'il est un magicien le jour de ses onze ans.
- Frodon et Harry héritent tous deux leur vocation de leur famille, c'est l'oncle de Frodon qui trouve l'Anneau et qui le conserve, tandis que les parents de Harry ont été tués par Voldemort.
- Harry et Frodon se retrouvent seuls à la fin pour affronter le seigneur des Ténèbres. Au lieu de prendre peur et de rebrousser chemin, ils bravent le danger et terminent victorieux dans les deux histoires.

J.K. Rowling utilise des créatures mythologiques telles que des centaures, des licornes, des elfes, des basilics et des phénix, qu'elle replace dans un contexte actuel. Dans son univers, les personnes qui ne sont pas réceptives à la magie sont des « Moldus », et un ministre de la Magie a pour tâche de s'assurer que ces Moldus continuent d'ignorer le monde magique qui les entoure. Bien que tous ces personnages soient fictifs et pour le moins étranges, ils n'en sont pas moins très contemporains, et nous présentent la magie et la sorcellerie sous des aspects très modernes.

Harry Potter se retrouve confronté pour la première fois au seigneur des Ténèbres Voldemort lorsque celui-ci tue ses parents ; quand il se tourne vers Harry pour le tuer à son tour, sa magie se dirige contre lui et il perd son corps et l'essentiel de son pouvoir. Tous les tomes de *Harry Potter* relatent les diverses tentatives de Voldemort pour retrouver son pouvoir, ainsi que les succès que rencontre Harry lorsqu'il s'efforce de déjouer ses plans, généralement avec l'aide de ses amis Ron et Hermione.

Voici un résumé des sept livres de *Harry Potter*, avec un rappel des créatures magiques que l'on y rencontre :

Harry Potter à l'école des sorciers (1997) regorge de références mythologiques, à commencer par son titre original, en anglais, dont la traduction littérale est « Harry Potter et la pierre philosophale ». Dans la mythologie, la pierre philosophale a le pouvoir de transformer tous les métaux en or et de rendre immortel. Voldemort s'efforce d'avoir la mainmise sur la pierre philosophale afin de récupérer son propre corps ; quant à Harry, il doit, dans la veine classique de tous les grands mythes et contes de fées, accomplir plusieurs missions afin de pouvoir livrer la bataille finale contre Voldemort. C'est finalement grâce à l'amour que lui porte sa mère que Harry parvient à vaincre le seigneur des Ténèbres et son acolyte.

Parmi les créatures magiques présentes dans ce livre, on trouve des magiciens, des sorcières, des chiens à trois têtes, des trolls, des licornes, des centaures, des fantômes et des dragons ; c'est d'ailleurs un centaure qui prévient Harry du fait que Voldemort tente de retrouver un nouveau corps.

Harry Potter et la chambre des secrets (1999) révèle que Voldemort possédait un journal enchanté lorsqu'il était élève à l'école de sorcellerie de Poudlard. En dépit de sa défaite de l'année précédente, Voldemort revient à Poudlard et se sert de ce journal pour amener une jeune fille à exécuter ce qu'il lui ordonne. Or, cette jeune fille n'est autre que la sœur de Ron, le meilleur ami de Harry. La chambre des secrets a par ailleurs été rouverte, laissant revenir au premier plan un ancien sortilège qui provoquera la mort d'une personne qui n'est pas « de sang pur ». Harry déjoue une fois de plus les plans de Voldemort en tuant le basilic (un serpent géant), puis il prend l'avantage sur lui en sauvant la sœur de Ron. L'une des séquences les plus émouvantes survient à la fin, lorsque Harry est mordu par le basilic : un venin mortel se répand dans ses veines, mais le mythique phénix vient le sauver grâce à ses larmes.

Parmi les créatures magiques qui apparaissent dans ce volume, on peut citer l'elfe domestique, le basilic, l'acromantula, la voiture volante (qui s'apparente à un tapis volant), les pixies (sortes de fées) et, bien sûr, le phénix.

Harry Potter et le prisonnier d'Azkaban (1999) commence par une scène comique où Harry jette un sort à sa tante Marge parce qu'elle a insulté ses parents décédés et la fait gonfler comme un ballon. La femme s'envole et, tandis qu'elle monte lentement dans le ciel et que tout le monde tente de la rattraper, Harry profite de la confusion générale pour s'échapper. Il apprend que son parrain, Sirius Black, soupçonné d'avoir trahi ses parents auprès de Voldemort, chercherait à présent à le détruire lui aussi, et qu'il a réussi à s'évader de la prison d'Azkaban. Puis il comprend que Sirius Black est un animagus (un sorcier qui peut modifier son apparence à loisir), et qu'il apparaît sous la forme d'un chien noir. Le professeur de Défense contre la Magie Noire, Remus Lupin, ami d'enfance des parents de Harry, se révèle être un loup-garou, tandis que le rat de compagnie de Ron est en réalité un homme, Peter Pettigrow, ou « Queudver », que l'on croyait mort. C'est en fait Queudver, et non Sirius Black, qui a trahi les parents de Harry, bien que seuls les enfants et Lupin assistent à cette révélation. L'histoire se termine par un voyage dans le temps, au cours duquel Harry et Hermione reviennent trois heures en arrière pour secourir le beau-père de Harry ainsi qu'un hippogriffe.

Les créatures magiques qui apparaissent dans ce livre sont des loups-garous, des animagus (qui peuvent changer de forme), un hippogriffe (moitié aigle, moitié cheval) et des épouvantards (esprits maléfiques).

Harry Potter et la coupe de feu (2000) a les accents d'un conte de fées classique : Harry est mystérieusement désigné comme l'un des participants au tournoi des Trois Sorciers. Pour gagner, il doit accomplir trois épreuves : la première consiste à récupérer un œuf d'or gardé par une dragonne, qui révélera un indice sur la deuxième épreuve. Harry doit ensuite aller chercher auprès des êtres de l'eau ce qui est le plus cher à chacun des compétiteurs ; dans la troisième épreuve, il doit s'engager dans un labyrinthe recelant des pièges mortels et des créatures effrayantes. Harry réussit les trois épreuves et remporte le tournoi. Il se retrouve ensuite confronté à Voldemort, que Queudver a ramené à la vie. Mais Voldemort ne parvient pas à détruire Harry parce celui-ci est devenu plus ou moins son égal - ou son contrepoids - en terme de lumière, cette idée se référant au symbolisme de la lumière et de l'obscurité comme deux forces énergétiquement liées et s'équilibrant l'une l'autre.

Dans ce tome, les créatures magiques comptent des elfes de maison (qui exécutent l'essentiel des tâches domestiques à Poudlard), des dragons, des sphinx, des scarabées, des scroutts à pétards et des êtres de l'eau.

Dans ***Harry Potter et l'Ordre du Phénix*** (2003), la bataille entre Harry et Voldemort s'intensifie, tandis que Voldemort met chaque fois plus de puissance dans ses tentatives pour détruire Harry. Au début de l'histoire, personne ne croit Harry lorsqu'il raconte que

Voldemort est de retour, mais peu à peu l'Ordre du Phénix (composé de sorciers réunis pour arrêter Voldemort) ainsi qu'un petit groupe d'étudiants se mettent à combattre les Mangemorts de Voldemort. Sirius Black est tué, mais le directeur de Poudlard, Dumbledore, sauve Harry du sortilège funeste. Tout le monde assiste au retour de Voldemort, et Harry comprend que l'un d'eux, Voldemort ou lui, devra mourir dans un duel final entre lumière et obscurité.

Ce livre compte, entre autres créatures fantastiques, des gobelins, des doxies, des boursoufs, des épouvantards, des géants, des sombrals et des centaures.

Dans ***Harry Potter et le prince de Sang-Mêlé*** (2007), encore sous le choc de la mort de son parrain, Sirius, Harry reprend les cours à Poudlard. C'est à présent Rogue qui enseigne la défense contre les Forces du Mal, tandis qu'un ancien élève de Serpentard enseigne les cours de potions dans lesquels Harry excelle grâce au vieux livre du prince de Sang-Mêlé qu'il a récupéré. Il soupçonne à juste titre Drago Malefoy de comploter avec Voldemort. Harry rejoint régulièrement Dumbledore qui lui révèle l'existence d'une terrible forme de magie : les Horcruxes, objets ou créatures dans lesquels Voldemort a enfermé une partie de son âme ; s'il est tué, il peut continuer à vivre grâce à un de ses Horcruxes. Alors que Harry vit sa première passion amoureuse avec Ginny, Dumbledore le sollicite pour partir à la recherche du médaillon de Serpentard, un Horcruxe. À leur retour à Poudlard, ils découvrent que l'école a été prise d'assaut par des Mangemorts. Avec l'aide de Drago Malefoy, dont la mission était de faire entrer les Mangemorts dans Poudlard, Rogue tue le directeur Dumbledore sous les yeux impuissants de Harry. C'est en s'enfuyant avec Drago Malefoy que Rogue révèle à Harry qu'il est le prince de Sang-Mêlé.

Dans ce tome apparaissent notamment les créatures fantastiques suivantes : des Horcruxes, des elfes de maison et des phénix.

Dans le dernier tome de la série, ***Harry Potter et les reliques de la Mort*** (2007), Harry a été chargé d'une sombre, dangereuse et apparemment impossible mission : celle de localiser et de détruire les Horcruxes restants de Voldemort. Jamais il ne s'est senti aussi seul, jamais il n'a affronté un avenir aussi incertain. Mais il doit, d'une façon ou d'une autre, trouver le courage de porter le fardeau qui pèse sur ses épaules. Abandonnant la chaleur, la sûreté et la compagnie du Terrier, il doit suivre sans crainte ni hésitation le chemin inexorable qui se présente à lui... Dans ce dernier *opus* de la série des *Harry Potter*, J.K. Rowling dévoile les réponses tant attendues aux nombreuses questions que se posent les fidèles lecteurs des aventures du sorcier anglais.

Les créatures fantastiques qui interviennent dans cet ultime tome de la série sont, entre autres, le serpent Nagini, des gobelins, des elfes de maison et des géants.

Bibliographie et filmographie annexes sur les elfes et les fées

En dehors du *Seigneur des anneaux* et de *Harry Potter*, d'autres films et d'autres livres ont remis au goût du jour la mythologie relative aux elfes et aux fées, en lui apportant à chaque fois un éclairage propre. Voici quelques-uns de ces « contes de fées modernes ».

Elfe et *Super Noël*

De nombreux films ont été réalisés sur le thème du Père Noël, dans des registres plus ou moins réussis. Trois d'entre eux ont récemment traité le sujet de manière assez amusante, tout en préservant ses aspects traditionnels ; il s'agit des films *Elfe* (2003), *Super Noël* (1994) et sa suite, *Hyper Noël* (2002). La beauté de ces films réside dans la foi qu'ils ont en l'esprit de Noël, lequel remonte aux célébrations de fin d'année qui existaient déjà dans l'Europe ancienne. Il y est question de générosité, de partage et de paix sur terre, thèmes éternels et universels s'il en est.

Elfe raconte l'histoire d'un bébé que le Père Noël ramène avec lui par erreur au pôle Nord, et qui grandit parmi les lutins. Mais il devient beaucoup plus grand qu'eux et on lui explique alors d'où il vient. Le jeune homme, qui n'a jamais développé de grandes aptitudes pour effectuer les tâches habituellement réservées aux lutins - comme fabriquer des jouets -, décide de partir retrouver sa vraie famille qui se trouve à New York. Mais son père et son frère, deux affreux personnages cupides et égocentriques, ne veulent pas d'un lutin au sein de leur famille. Suivent quelques scènes cocasses où le pauvre Elfe essaie de s'adapter à la vie trépidante des New-Yorkais ; il commence à désespérer lorsque le Père Noël doit effectuer un atterrissage forcé dans Central Park et réclame son aide afin de mener à bien sa tâche pour le jour de Noël. Tout est bien qui finit bien, dans la plus pure tradition de Noël…

Super Noël et ***Hyper Noël*** racontent l'histoire d'un homme appelé Scott Calvin qui s'apprête à fêter Noël sans conviction avec son jeune fils lorsqu'un grand bruit se fait entendre au-dessus de leur tête. Ils sortent de leur maison et découvrent que le personnage étrange tombé de leur toit n'est autre que le Père Noël ! Ce dernier n'étant pas en mesure de poursuivre sa tournée, Scott doit enfiler son costume et endosser son rôle. Les deux films s'amusent de tout le folklore existant autour du Père Noël et de ses lutins, avec une scène mémorable qui montre la police emmenant le Père Noël au poste, où les lutins viendront le libérer. Ces deux films nous rappellent que Noël est une période magique dont l'esprit demeure en nous, quel que soit notre âge.

Le Mystère des fées, une histoire vraie

Certains contes de fées se fondent sur des histoires vraies ou supposées telles. C'est le cas des films *Le Mystère des fées, une histoire vraie* (1997) et *Le Secret de Roan Inish* (1994).

Le Mystère des fées, une histoire vraie est une jolie histoire qui nous invite à croire davantage à tout ce qui est merveilleux. Elle met en scène une petite fille dont le frère décède ; à partir de ce moment, elle déclare qu'elle et sa meilleure amie peuvent voir des fées dans son jardin. Les deux fillettes commencent à prendre les fées en photo, et l'on en parle bientôt dans tout le pays. Deux personnages célèbres s'intéressent à leur histoire, le romancier Arthur Conan Doyle et Harry Houdini qui, confronté à ces faits, se montre tour à tour sceptique ou convaincu. La morale de ce film est que le simple fait de croire détermine tout.

Le Secret de Roan Inish s'appuie également sur des faits dits réels ; il se situe dans la plus pure tradition du conte de fées. Il raconte l'histoire d'un homme qui aurait capturé et épousé une selkie, sorte de phoque mué en femme. On dit que lorsqu'un homme réussit à s'emparer de la peau d'une selkie, celle-ci est condamnée à rester avec lui, mais dès qu'elle retrouve sa peau elle retourne dans son monde aquatique. Dans ce film, la selkie repart en emportant leur premier-né, un garçon, et au gré de divers événements le père et sa fille reviennent vivre sur l'île de Roan Inish. Il s'agit d'un conte de fées moderne typiquement irlandais, qui s'inspire directement de la mythologie locale.

Les Aventures de Zak et Crysta et autres contes animés

Certains films d'animation comme *Les Aventures de Zak et Crysta* (1992) et *Faeries* (1999) ont permis d'adapter très joliment plusieurs contes de fées au cinéma.

Le film ***Les Aventures de Zak et Crysta*** raconte les efforts d'une jeune fée pour sauver la dernière forêt tropicale, que des hommes n'hésitent pas à raser au nom de la technologie. L'un des bûcherons, qui tronçonne les arbres sans trop se poser de questions, se met tout à coup à rapetisser, et il pénètre ainsi dans le monde des fées. Cette expérience va modifier sa perception de la nature et le décider à aider les fées pour tenter de sauver la forêt de Ferngully.

Faeries narre les aventures d'un frère et d'une sœur qui pénètrent dans une forêt peuplée de fées. Après plusieurs péripéties, ils comprennent qu'il n'est pas aisé de quitter le royaume des fées une fois que l'on y est entré, mais ils finissent par réussir à s'échapper de ce monde féerique, et en ressortent grandis.

D'autres contes animés populaires existent, comme *Un lutin à Central Park, La Belle et la Bête, Merlin l'Enchanteur, Blanche-Neige, Le Cygne et la Princesse* et *Poucelina.*

Production littéraire

Nombre de grands auteurs ont écrit des récits fantastiques qui évoquent souvent les elfes et les fées. La liste qui suit n'est pas exhaustive, tant du point de vue des auteurs que de leurs œuvres. Pour la compléter, reportez-vous à l'annexe A.

- John Crowley, *Le Parlement des fées*, Rennes, Terre de Brume, 2006.
- Elaine Cunningham, cycle *Le Chant et l'épée*, Paris, Fleuve Noir, 2002.
- Philip José Farmer, cycle *La Saga des hommes-dieux*, Paris, La Découverte, 2005.
- Philip José Farmer, cycle *Le Fleuve de l'éternité*, Paris, Le Livre de Poche, 1992.
- Jean-Louis Fetjaine, *La Trilogie des elfes*, Paris, Pocket, 2008.
- Ursula Le Guin, cycle *Terremer*, Paris, Le Livre de Poche, 2007.
- Anne McCaffrey, cycle *La Ballade de Pern*, Paris, Pocket, 2006.
- R.A. Salvatore, *Les Royaumes oubliés : la légende de Drizzt*, Paris, Milady, 2008.

On peut enfin citer le jeu « Donjons et Dragons » qui a inspiré nombre de livres et de sites Internet. Il s'agit d'un jeu de rôles qui puise dans la mythologie et propose des créatures fantastiques dans lesquelles les joueurs peuvent s'incarner ; les elfes et les fées y tiennent une part importante.

Le minimum à savoir

→ La mythologie moderne délivre certaines « vérités transcendantales ».

→ Chaque génération recrée et met à jour le cycle mythologique.

→ *Le Seigneur des anneaux* combine trois quêtes, celles de Frodon, d'Aragorn et de Gandalf.

→ Nombre de films populaires et d'œuvres littéraires mettent en scène des elfes, des fées ou d'autres créatures fantastiques.

Chapitre 6

Le renouveau des elfes et des fées

Dans ce chapitre

- → Une confrontation avec les fées
- → Les bases de leur magie
- → L'effet miroir entre les elfes, les fées et nous
- → Comment puiser dans l'énergie des elfes et des fées
- → Comment entrer en contact avec la magie de la nature
- → Comment créer un cercle de fées

L'écrivain J.R.R. Tolkien a déclaré avoir rencontré des fées pour la première fois durant la Première Guerre mondiale, alors qu'il se trouvait dans les tranchées. Il y régnait une énergie naturelle inhabituelle, qui lui ouvrit les portes du royaume de Faerie. Un certain Robert Kirk, pasteur de la ville d'Aberfoyle, en Écosse, rencontra quant à lui des fées un jour de 1692, en se promenant sur une colline non loin de son presbytère. Cet événement le marqua à jamais. Le prix Nobel W.B. Yeats, qui eut lui aussi plusieurs contacts avec les fées, déclara : « Seuls ceux qui n'ont ni simplicité ni sagesse ont nié leur existence [celle des fées], alors que les simples de tous les temps, et les sages de l'Antiquité les ont vues et leur ont parlé. »

Si, comme chacun de ces personnages, vous voulez avoir la chance de rencontrer des fées et savoir en tirer le meilleur parti, lisez ce qui va suivre avec une attention toute particulière.

Rencontrer les fées

La vie de Brian Froud changea radicalement et définitivement en 1976, lorsqu'il décida de venir s'établir dans un petit village du Devon, en Angleterre. Jusqu'alors, il avait toujours vécu à Londres, où il était graphiste ; son métier consistait à travailler dans l'urgence - comme très souvent dans les métropoles - en privilégiant les idées de ses clients plutôt que les siennes. Ses commandes l'amenaient cependant souvent à sortir de Londres et, un jour, alors qu'il se promenait dans les profondes forêts du Dartmoor, une voix émanant de la terre se mit à lui raconter des histoires tirées du folklore et des mythes de la région. Ces rencontres avec la nature le conduisirent jusqu'au monde des fées, et il entreprit de dessiner ces êtres fantastiques dans de fascinants ouvrages tels que *Les Fées* (voir annexe A).

« Elles étaient tout autour de moi, ces réelles impulsions d'énergie, d'esprit, d'émotion et de lumière. Elles ont pris forme pendant qu'elles s'accordaient dans mon art, couvertes par les formes de la nature et du mythe », explique Froud dans la préface à son ouvrage. Ces créatures enchantées ne cessèrent plus d'interférer avec sa vie quotidienne, inspirant ses dessins. Rien dans son art n'est fabriqué, les images qu'il crée lui sont communiquées directement par les fées.

Depuis sa première publication en 1978, le livre *Les Fées* s'est vendu à cinq millions d'exemplaires dans le monde et est devenu une référence en matière de livres sur les fées. Pour célébrer le vingt-cinquième anniversaire de cette parution, une nouvelle édition en a été publiée en 2003 ; elle s'est écoulée rapidement à plus de cent mille exemplaires. Les images de fées de Brian Froud ont été reprises dans deux films à succès, *Dark Crystal* (1983) et *Le Labyrinthe* (1986).

Brian Froud n'est pas le seul à avoir fait ce type d'expérience. Le plus souvent, ces rencontres se produisent dans un cadre naturel, où la nature est restée sauvage et n'est pas exploitée par l'homme. En outre, on dit que les fées ne se montrent qu'à ceux qui font preuve de bonté, de sincérité, de gentillesse et de douceur, qui ont l'esprit ouvert et sont respectueux d'autrui.

On a davantage de chances de trouver des fées à des endroits où deux éléments naturels différents se rencontrent, par exemple en bordure d'un lac, en bas d'une montagne, à la lisière d'un bois ou au pied d'un arbre, ou bien dans des moments de transition, lorsque lumière et obscurité convergent (à l'aube ou au crépuscule). Les cercles de fées et les collines sont également des endroits de prédilection des fées (voir comment « créer des cercles de fées », p. 71), ainsi que les cavernes et les petits ruisseaux, qui font écho à ce qu'il y a de plus profond en nous.

La rencontre avec des fées, des elfes ou d'autres créatures fantastiques constitue une expérience unique, qui peut provoquer un simple émerveillement aussi bien que des conséquences désastreuses selon la personne, son comportement et la nature des fées elles-mêmes. Cette rencontre est source d'une réelle magie qui rend tout possible et qui peut se comparer à une intervention divine, à cette différence près qu'elle a été provoquée par un elfe ou par une fée et non par un dieu ou une déesse - auquel cas on la qualifierait de « miracle » ; tout est donc question de perception. Le miracle a une implication divine, alors que la magie est perçue comme un tour de passe-passe, une illusion. Notre position refuse une distinction si nette entre magie et miracle, et nous préférons nous attacher au fait qu'il s'agit dans les deux cas d'événements extraordinaires s'inscrivant inopinément dans une réalité tangible.

Voyager dans le royaume des fées et s'ouvrir à leur magie entraîne généralement de profondes répercussions sur notre vie quotidienne, qui la plupart du temps ont un effet positif sur notre santé et sur notre créativité.

La magie des fées

Imaginons que nous nous trouvions en bord de mer, face à un coucher de soleil. Les derniers rayons orangés embrasent l'horizon et inondent la mer, et nous prenons alors conscience du ressac sur la plage jonchée çà et là de racines et de pierres. Prêtant davantage d'attention à nos sens, nous entendons la brise qui fait ployer les branches des pins, puis leur odeur nous parvient et notre perception s'aiguise jusqu'à ce que nous sentions presque chaque grain de sable sous nos pieds.

Soudain, quelque chose apparaît à l'extrême gauche de notre champ de vision, mais lorsque nous tournons la tête cette chose a déjà disparu. Une sensation étrange nous gagne, qui nous donne quelques frissons. Nous avons l'impression de ne plus pouvoir nous fier entièrement à nos sens ni même à notre esprit, et sentons que nous basculons dans un monde parallèle. Or ce monde n'est autre que le royaume des fées ; devant son entrée, on peut lire en grosses lettres : « Ce royaume est celui des fées, vous devez laisser à sa porte tout ce qui relève de la mesquinerie, de l'avarice ou d'un orgueil excessif, car les lois des mortels ne s'appliquent pas ici. »

On accède à la « magie des fées » en laissant derrière soi le monde ordinaire pour pénétrer le monde extraordinaire des fées. Dans ce royaume, on s'ouvre à toutes sortes d'expériences qui peuvent apporter de nouvelles perspectives à notre vie et nous aider à nous réaliser. Surtout, on y laisse s'exprimer l'être magique qui est en nous, cette part de nous-même qui persiste à croire en la magie. Dans *Un chant de Noël*, Charles Dickens a fort bien décrit, à travers le personnage principal, Ebenezer Scrooge, devenu grippe-sous et aigri, ces gens qui, lors des fêtes de fin d'année, rejettent cette partie de leur identité.

Détestant Noël et les dépenses que cette fête occasionne, Ebenezer Scrooge se retrouve seul le soir du réveillon. Pendant la nuit, plusieurs esprits viennent lui rendre visite pour lui énumérer ses défauts. Après s'être vu exposer son passé, son présent et l'avenir qui l'attend, Scrooge doit choisir entre la « lumière » salvatrice et l'« obscurité » ; ce qu'il voit durant cette nuit le persuade de choisir la lumière. Il comprend enfin ce qu'est la magie de Noël et devient un homme gai et généreux.

Sens magique

La **magie des fées** nous permet de quitter le monde ordinaire pour pénétrer le royaume magique de Faerie. Pour la percevoir, il convient de développer la magie qu'on a en soi et de ne pas l'oublier, le monde des elfes et des fées en étant tout à fait représentatif.

Un regain d'intérêt pour la magie

Si, dans des pays comme l'Écosse, l'intérêt pour la magie et pour les fées a toujours été présent, on a pu en constater un regain dans le reste du monde à travers les nombreux films, livres et chansons qui s'inspirent de ce thème, et le nombre croissant de festivals, d'œuvres d'art et d'articles (cartes postales, calendriers, T-shirts, objets de décoration ou déguisements) en rapport avec les fées et les elfes, à la vente tant en boutique que sur Internet.

Pour Brian Froud, ce regain d'intérêt a été provoqué par le royaume des fées lui-même qui, dit-il, fonctionne un peu comme la mer et ses marées : parfois, comme lors des grandes marées, le royaume des fées se trouve très éloigné de notre monde, et donc presque inaccessible, alors qu'à d'autres moments il est presque à portée de main ; il semblerait que nous soyons en ce moment dans une période de « marée haute », permettant un contact plus aisé.

Ari Berk, qui enseigne le folklore à la Central Michigan University, émet quant à lui l'analyse suivante : « Les fées sont en quelque sorte un moyen de véhiculer ce que nous ne pouvons exprimer ouvertement dans notre vie quotidienne. Elles ont toujours répondu au désir que l'homme a de communiquer avec son environnement. » Si son discours nous semble juste, c'est parce que les fées sont réellement devenues des symboles de la nature et de la relation que nous entretenons avec elle.

Comme nous l'avons mentionné, les fées sont des expressions de l'être magique qui est en nous. Elles symbolisent notre rapport à notre environnement, mais aussi notre rapport avec la magie présente dans le monde et en nous-même. Pour entrer en contact avec elles, nous devons affiner nos sens de manière à percevoir cette magie fluctuante qui arrive par vagues du fantastique royaume des fées.

Citation

« Chaque fois que quelqu'un déclare que les fées n'existent pas, l'une d'elles meurt », a écrit J.M. Barrie, l'auteur de *Peter Pan*. En revanche, chaque fois que quelqu'un déclare croire aux fées, l'une d'elles renaît et répand sa magie à travers le monde.

Pouvoirs magiques

Toutes les fées et toutes les créatures qui leur sont associées, telles que les brownies, les ellyllons (elfes gallois) ou les dryades (nymphes des bois), ont des pouvoirs magiques. Ceux-ci diffèrent parfois selon leur type, mais tous ont en commun :

- le pouvoir de voler ou de se téléporter,
- le pouvoir de se métamorphoser,
- le pouvoir de disparaître, puis de réapparaître,
- le pouvoir de transformer des choses extérieures,
- le pouvoir de la jeunesse éternelle.

Il existe différentes manières de se connecter à cette magie et de parvenir à puiser dedans, notamment la communion avec la nature et l'exécution de rituels. Le rituel est la traduction d'un mythe en action physique, qui ouvre symboliquement une porte entre notre monde et celui des elfes et des fées. Chaque fois que l'on exécute un rituel, on se connecte à une énergie magique ; la magie des fées survient lorsque toutes les énergies se réunissent, créant ainsi un pouvoir infini. Ce pouvoir est déjà présent en nous et ne demande qu'à être activé et libéré.

L'image que nous renvoient les elfes et les fées

Avez-vous déjà remarqué combien un enfant qui ouvre ses cadeaux à Noël ressemble à un petit elfe ? Son visage s'anime, la joie brille dans ses yeux, et tout son être exprime ce bonheur que les elfes et les fées nous apportent, que ce soit lors d'occasions comme Noël ou tous les autres jours de l'année.

Si on élargit cette idée au monde qui nous entoure, on est parfois frappé de voir à quel point chaque personne présente des similitudes soit avec un elfe, soit avec une fée, soit avec toute autre créature magique. L'été, sur la plage, certaines jeunes filles à l'aspect frêle et gracieux paraissent semblables à des elfes ; tel petit homme trapu, aux cheveux drus et aux doigts courts, assis sur sa serviette, évoque un gnome ; quant à cet immense homme qui marche vers la mer, il fait penser à un géant... Faites l'expérience suivante : asseyez-vous sur un banc public, à un endroit où il y a beaucoup de passage, et observez les gens ainsi que leur manière de se déplacer en vous demandant à quelle créature fantastique chacun d'eux vous fait penser. Grâce à cet exercice, vous vous apercevrez à quel point le monde des hommes reflète celui des elfes et des fées.

L'inverse est également vrai, car les elfes et les fées nous reflètent tout autant que nous les reflétons. Un lien énergétique existe entre eux et nous, qui nous informe sur nous-même autant que sur eux. Nous ne nous contentons pas de partager certaines caractéristiques avec ces êtres magiques, nous portons également en nous une petite part d'elfe ou de fée qui reste habituellement cachée, mais qui se laisse deviner dans certains moments de joie ou de bonheur.

L'elfe ou la fée qui est en nous

Pendant les vacances d'été, il n'est pas rare de voir des adultes participer à des jeux de plage avec l'enthousiasme de grands enfants, les plus âgés n'étant souvent pas en reste... Cette joie et cet enthousiasme laissent transparaître l'énergie des elfes et des fées qui les anime.

Cette énergie s'exprime en effet beaucoup par le jeu. En ce sens, on pourrait la comparer à celle d'un chaton pour qui la vie ne consiste qu'à jouer toute la journée : cette petite bête respire la magie, ne serait-ce que par la rapidité incroyable avec laquelle elle exécute certaines acrobaties, ou par sa curiosité insatiable qui l'amène à faire nombre de bêtises. Elle peut se transformer en un clin d'œil d'un véritable petit monstre en une adorable boule de poils câline ; son seul but dans la vie est de s'amuser de ce qui l'entoure – ce qui est exactement le comportement d'un elfe ou d'une fée.

Ce sont également les elfes ou les fées qui sont en nous qui nous incitent à inventer des blagues, et nous y prenons un tel plaisir que nous y avons même consacré une journée, le 1er avril. Ce jour-là, nous libérons l'elfe ou la fée que nous gardons habituellement cachés en nous et taquinons notre entourage, sans méchanceté et dans le seul but de rire et de faire rire.

La présence d'elfes et de fées en nous explique que nous gardions foi en la magie et restions persuadés du fait que le monde est fondamentalement bon. La période de Noël est propice au surgissement de l'enfant qui est en nous et ravive notre capacité à croire que, finalement, tout est possible. C'est une époque de l'année où nous sommes plus réceptifs à tout ce qui peut se passer d'extraordinaire, qui serait directement lié aux elfes et aux fées.

De l'autre côté du miroir

Dans *Alice au pays des Merveilles*, une petite fille passe de l'autre côté d'un miroir et constate que tout y fonctionne à l'envers. Ce jeu de reflets est le même que celui que l'on observe entre lumière et obscurité dans *Harry Potter* : si on fait le bon choix, on obtient pratiquement tout ce que l'on veut ; dans le cas contraire, tout devient très compliqué ; à nous de décider...

Le trou vertigineux dans lequel Alice se trouve emportée est similaire à ce qu'on appelle un « trou de ver », sorte de tunnel qui fait voyager très vite à travers le temps et l'espace. Les trous de ver produisent en effet une sorte de raccourci et permettent de parcourir de très longues distances en peu de temps.

Sens magique

Les **trous de ver** sont des sortes de voies rapides dans l'espace qui permettent de traverser plus vite les galaxies. Le scénario du film *Contact*, de Robert Zemeckis, s'est inspiré de ce phénomène : son personnage principal, joué par Jodie Foster, quitte notre monde et se retrouve dans une autre galaxie située à des années-lumière. L'existence des trous de ver prouve que le temps et l'espace sont liés, ce sur quoi se fonde la fameuse « théorie de la relativité » d'Einstein. D'un point de vue plus général, les trous de ver constituent des routes pour l'« Autre Monde », autrement dit le monde des fées et des elfes.

Certains miroirs nous renvoient une image inversée de nous-même, nous ouvrant une fenêtre sur notre monde intérieur habituellement caché. Au-delà des apparences, nous découvrons alors qui nous sommes vraiment. En réalité, cette image correspond à celle de l'elfe ou de la fée qui est en nous.

L'énergie des elfes et des fées va à l'encontre du conditionnement que nous subissons en devenant adulte ; la société nous contraint en effet à nous comporter comme des « grandes personnes » et nous oblige à nous conformer à cette image en niant notamment l'existence des elfes et des fées, malgré toutes les manifestations qui pourraient nous prouver le contraire. Nous nous persuadons que nous avons passé l'âge de nous amuser et qu'il n'y a que les enfants pour croire en la magie.

D'un point de vue psychologique, les elfes et les fées symbolisent l'enfant qui est en nous et que nous refoulons au fur et à mesure que nous grandissons. Car, pour devenir adulte, il faut devenir raisonnable. Comme l'explique le film *Peter Pan*, il arrive un moment où nous franchissons une frontière et cessons de croire aux elfes, aux fées et à toute la magie qui existe dans le monde. À partir de ce moment-là, nous rions moins souvent et nous amusons beaucoup moins, car tout ce qui était perçu comme un jeu devient un travail. Nous n'avons plus le temps de nous amuser et ne remarquons plus certains aspects nouveaux ou intéressants du monde. Celui-ci se trouve alors vidé de sa magie.

S'associer aux elfes et aux fées

En devenant adulte, nous oublions les elfes et les fées. Mais ceux-ci n'en continuent pas moins d'exister. Mieux vaut donc apprendre à vivre avec eux plutôt que de les ignorer ou, pire, de les contrarier. L'idée est de travailler dans le sens de ces énergies magiques plutôt que contre elles, afin d'en retirer une aide et non des répercussions négatives.

La première chose à faire pour s'associer aux elfes et aux fées est de sortir pour s'immerger dans un environnement naturel, un endroit beau et sauvage, où l'énergie des elfes et des fées est palpable. Il suffit de poser ses mains sur l'écorce d'un arbre pour sentir la force de la nature nous pénétrer par vagues, ou de respirer le parfum d'une rose et de se laisser gagner par sa beauté. Ces expériences simples nous permettent de renaître à la vie et nous réapprennent à puiser dans l'énergie des elfes et des fées pour l'exprimer à notre tour.

Plus généralement, l'idée est d'essayer d'exprimer son être magique, d'abord dans la nature, puis dans n'importe quel lieu où l'on se trouve, que ce soit à notre domicile ou à notre travail. Le but est toujours le même : se connecter à l'énergie des elfes et des fées. Brian Froud a écrit : « Ce n'est pas avec les yeux que l'on voit une fée mais avec le cœur. »

Attention ! Prenez garde...

Lorsqu'on se trouve en contact avec des fées, il convient de toujours vérifier que l'on ne porte rien sur soi en fer ou en acier (que ce soient des bijoux, une boucle de ceinture ou de chaussure, des boutons ou un quelconque objet dans les poches), car ces deux métaux sont mauvais pour elles. Il faut également toujours se montrer aimable et parfaitement honnête à leur égard, sous peine qu'au lieu de vous faire des faveurs elles s'opposent à vos projets.

La magie de la nature

En tant que symboles de la nature, les elfes et les fées rendent sa magie vivante. Efforcez-vous de vous connecter en permanence aux énergies naturelles de votre environnement, que ce soit dans un parc, dans un jardin ou sur un simple balcon. Ces énergies représentent la magie des elfes et des fées qui traversent votre vie, et plus vous vous mettrez en contact avec elles, plus vous entrerez en relation avec cette magie.

À chaque printemps, lorsque la nature commence un nouveau cycle, l'énergie des elfes et des fées semble atteindre son apogée. Une multitude de vies nouvelles diffusent leur lumière à travers le monde jusqu'à ce que tout s'égaye. Il suffit de planter une graine et de l'arroser un peu pour faire naître la vie ; or cet acte constitue la clé de la magie de la nature.

Les divers aspects de cette nature sont incarnés par différents elfes et fées, de même que les administrateurs d'un roi ou d'une reine s'attachent chacun à un domaine bien défini. Certaines traditions considèrent d'ailleurs la nature comme une reine toute-puissante, voire une déesse, et appellent les fées des « déesses ». Plusieurs ballades populaires font référence à la reine des fées comme à une « reine des cieux » ; ainsi, pour les paysans bretons, les fées étaient des « fées marraines », ce qui renvoie à leur association avec la déesse mère.

La magie de la nature s'exprime dans son cycle annuel de vie, de mort et de renouveau. Rien n'est linéaire à l'intérieur de ce cadre, mais plutôt circulaire ou cyclique. Chaque étape amène un changement dans la qualité magique de la vie. Dans ce cycle, la mort n'est pas tant une fin de vie qu'une transition mythique vers un autre niveau de vie. L'énergie des elfes et des fées peut vous aider à vivre ces transitions que représentent la mort et le renouveau.

Créer des cercles de fées

Les cercles de fées - aussi appelés cercles d'elfes ou ronds de sorcières - permettent d'entrer en contact avec l'énergie des elfes et des fées et de l'exploiter. Le cercle de fées est traditionnellement composé d'herbes hautes bordées de champignons, puis d'un deuxième cercle plus sombre, fait de terre ou de pierres. C'est un endroit où les fées adorent danser, et les soirs de pleine lune il arrive que la musique et l'ambiance de fête attirent les mortels dans leur royaume, ce qui peut avoir pour effet de les rendre heureux ou malheureux, de les guérir ou de les rendre malades, et de susciter de beaux rêves ou d'affreux cauchemars : tout dépend en fait de l'état d'esprit dans lequel on se trouve lorsqu'on va à leur rencontre.

Aménager son propre cercle de fées constitue un moyen d'attirer des elfes et des fées bienveillants, ainsi que des créatures divines telles que des déesses qui vous apporteront la bonne fortune sous forme de dons ou de faveurs enchantées.

En mettant soi-même en place un cercle de fées dans un but de rituel, de méditation ou de prières, l'avantage est que l'on crée un espace sacré empli de lumière sur lequel on a un contrôle total, qui est donc sûr par rapport aux cercles de fées que l'on peut trouver dans la nature et qui peuvent se révéler souvent extrêmement dangereux. On peut entrer sans crainte dans son cercle de fées personnel, s'y asseoir, s'y détendre et même y dormir. Cet espace s'apparente à la porte des étoiles dans le film *Stargate*, sorte de portail d'accès à l'Autre Monde, le royaume de Faerie. On laisse son corps derrière soi, et l'on expérimente la magie du pays des fées avec ses sens et son intuition.

Il est évidemment plus judicieux d'aménager un cercle de fées à l'extérieur, que ce soit dans un jardin, dans une arrière-cour, dans un bois, dans un pré, ou à proximité d'un point d'eau comme le bord d'un lac ou une plage. Dans tous les cas, il convient de choisir un endroit tranquille où l'on ne sera pas dérangé. On rencontrera plus facilement de gentilles fées ou de gentils elfes si l'on se trouve dans un environnement naturel ; mais si cela est impossible en raison de mauvaises conditions météorologiques ou d'autres facteurs pratiques, on peut fabriquer un cercle de fées chez soi en adaptant le concept à son espace. Au lieu de vous servir de clous ou d'objets pointus, utilisez un objet lourd pour fixer le fil au centre du cercle, et matérialisez le cercle avec de la farine, des brindilles ou des petites pierres blanches.

Pour aménager votre cercle de fées, suivez les instructions suivantes :

1. Procurez-vous une cordelette, une ficelle ou un ruban de 3 m de long au minimum, attachez l'une de ses extrémités sur un bâton et plantez-le dans le sol. Prenez l'autre extrémité, positionnez-vous de manière que le lien reste tendu et tracez un cercle avec votre talon en avançant dans le sens des aiguilles d'une montre.

2. Tournez une deuxième fois autour du cercle pour disposer des plantes ou des fleurs telles que brins de romarin, fleurs de lavande ou pétales de rose. Entrez ensuite à l'intérieur en invitant les bonnes fées à se joindre à vous. Vous pouvez utiliser cet espace pour méditer, accomplir une création artistique, tenir un journal, danser avec des êtres aimés, chanter, lire ou simplement vous asseoir et rêvasser.

3. Après que vous êtes sorti du cercle de fées, pensez à disperser les herbes et les fleurs et à effacer la marque du cercle avec votre pied - toujours dans le sens des aiguilles d'une montre - avant de remercier les fées.

Celui ou celle qui trouve un cercle de fées permanent près de sa maison a beaucoup de chance. Vous pouvez en créer vous-même un dont les fleurs repousseront chaque année et seront à chaque fois une bénédiction. Pour cela, il convient de se procurer, selon la place dont on dispose, 33, 66 ou 99 bulbes de jonquille (il s'agit de nombres magiques), ainsi qu'un peu d'engrais et du terreau. Rien n'interdit de choisir des bulbes autres que des jonquilles ou d'en mélanger plusieurs pour créer une harmonie de couleurs et obtenir un cercle de fées personnalisé.

Pour aménager un cercle de fées avec des fleurs, suivez les instructions suivantes :

1. Choisissez un endroit bien ensoleillé et tracez-y votre cercle (sa taille dépendra du nombre de bulbes que vous planterez). À l'automne, à l'aide d'une truelle, creusez des petits trous sur tout le pourtour du cercle. Disposez un bulbe de jonquille dans chaque trou, en suivant les instructions de plantation ; ajoutez un peu d'engrais, puis terminez de reboucher le trou avec du terreau. Arrosez si nécessaire.

2. Lorsque les bulbes sont plantés, faites trois fois le tour du cercle de fées dans le sens des aiguilles d'une montre ou de la course du soleil, en chantant un air gai. Dédiez le cercle de fées de fleurs aux fées bienveillantes, sans oublier les fées des fleurs et les elfes des bois.

3. Dès les premiers jours du printemps, les bulbes donneront de très belles fleurs blanches et jaunes qui formeront un magnifique cercle de fées dans lequel vous pourrez vous étendre, vous asseoir, danser, peindre, sculpter, faire des vœux, rêver ou méditer. Chaque année, de nouveaux bulbes apparaîtront, et le cercle de fées s'élargira et se densifiera.

Le minimum à savoir

- → Rencontrer des fées est une expérience magique qui peut être fort instructive.
- → La magie des fées opère dès qu'on pénètre dans leur royaume.
- → Les elfes et les fées reflètent notre être intérieur.
- → La magie de la nature est une expression de notre magie intérieure.
- → Créez vous-même votre propre cercle de fées pour attirer des ondes positives, embellir votre jardin et faire venir à vous de gentils elfes ou de gentilles fées.

Chapitre

7

Fées et elfes, entre tradition et modernité

Dans ce chapitre

→ Les traditions féeriques qui perdurent aujourd'hui

→ Le rapport entre les elfes, les fées et les quatre éléments

→ Les rituels qui donnent accès au royaume des fées

→ Comment relier passé et futur

→ Ce qui arrive quand tradition et technologie se rejoignent

De même que l'énergie magique des fées et des elfes, les traditions féeriques trouvent leurs racines dans les confins de la terre divine. Elles ont évolué durant des millions d'années, chaque génération apportant sa contribution tant dans des domaines pratiques (comme le fait de savoir quand planter et comment récolter) que spirituels (la communion avec le divin, par exemple).

Dans ce chapitre, nous allons nous intéresser aux traditions féeriques modernes, en suivant les aventures des rois et des reines des fées dans un monde magique où passé et futur se rejoignent.

Qu'est-ce qu'une tradition féerique ?

Un conte de fées suédois raconte l'histoire de trois frères qui se partagent l'héritage de leur père. L'aîné récupère la maison de famille, le puîné tout le mobilier, tandis que le benjamin hérite seulement d'une corde. Plein de ressources, le jeune garçon fait un nœud coulant avec la corde dont il se sert pour attraper un écureuil, puis un lièvre. Il est occupé à faire un nœud coulant encore plus grand pour pouvoir attraper un ours, lorsqu'un elfe des eaux apparaît et lui demande ce qui l'occupe. Le garçon lui répond qu'il s'apprête à attraper toute l'eau du lac, mais qu'il renoncera si l'elfe remplit son chapeau de pièces d'or ou s'il parvient à remporter les trois épreuves suivantes : grimper en haut d'un arbre plus vite que l'écureuil, gagner une course contre le lièvre, et enfin remporter un combat contre l'ours. L'elfe ne parvient à remporter aucune épreuve et accepte alors de le payer. Mais le jeune garçon a aménagé un trou sur lequel il pose son chapeau, après avoir pris soin d'en déchirer le fond, et l'elfe doit vider un tonneau entier de pièces pour parvenir à le remplir.

Devenu riche, le jeune garçon s'en retourne à la maison familiale, où ses deux frères le reçoivent, fort surpris. Il leur explique qu'il ne doit sa bonne fortune qu'à sa corde, et ses frères lui demandent de la leur céder en échange de la maison et de tout ce qu'elle contient. Le jeune garçon accepte, et récupère ainsi sa part d'héritage et beaucoup d'autres richesses.

Ce conte de fées illustre joliment l'idée des traditions féeriques pour trois raisons :

- Il y est question de magie féerique, en l'occurrence celle d'un elfe des eaux.
- Il démontre combien la magie féerique est liée à la nature, ici représentée par le lac et les animaux.
- Il souligne l'importance de l'héritage, et l'ancrage de ce concept dans la tradition.

Une tradition est une transmission d'informations, de croyances ou de coutumes héritées oralement ou transmises de génération en génération, qui créent une continuité au sein d'un groupe et d'une culture. Cette tradition s'inscrit dans la mythologie (à travers les histoires), ainsi que dans les pratiques sociales et spirituelles. Elle est donc liée au concept d'héritage et à la manière dont cet héritage se transmet, tout en évoluant et en se réinventant, de façon très semblable au cycle mythologique.

Les elfes et les fées appartiennent à notre mythologie et font par conséquent partie de notre héritage. On peut en déduire que leur magie se trouve également en nous et coule dans nos veines. Les films, les livres, les musiques et les œuvres d'art contemporains sont des manifestations modernes de cet héritage en constante évolution, de même que les contes de fées et les mythes témoignent des liens que les hommes entretenaient jadis avec cette énergie. Les elfes et les fées véhiculent le lien spirituel des mortels avec la terre et la nature, et ce lien, plutôt que de se rompre, évolue avec les générations.

Les traditions féeriques regroupent plusieurs sortes de traditions spirituelles et magiques en rapport avec l'énergie des elfes et des fées. Beaucoup d'entre elles ont des origines celtiques qui les font remonter jusqu'au peuple mystique des Tuatha De Danann. Nombre de traditions féeriques considèrent Dana, la déesse mère des Tuatha, comme la déesse primaire ou « mère » de toutes les fées ; au sein des cultures occidentales, l'influence celtique est forte et répandue.

La philosophie première qui sous-tend les traditions féeriques veut que tout dans ce monde et dans les autres mondes soit doté de vie et d'un esprit propre, ou d'une âme, ce qui rejoint une croyance qu'on appelle l'animisme, selon laquelle toute matière, vivante ou non, a une âme. Les arbres, les plantes, les fleurs, les pierres, l'eau, la foudre et même l'air seraient ainsi pourvus d'un esprit, et les elfes et les fées seraient des manifestations de l'énergie de ces esprits.

Si l'on remonte loin en arrière, on s'aperçoit que les elfes et les fées étaient jadis étroitement liés aux esprits naturels, mais qu'ils s'installèrent également dans d'autres endroits tels que des habitations humaines. De nos jours, on les trouve partout, que ce soit dans nos voitures ou dans nos ordinateurs, jusque dans nos télécommandes et téléphones portables. Le monde change, les elfes et les fées aussi. Ils se sont adaptés à de multiples bouleversements, et en sont venus, en partant des esprits naturels qu'ils étaient, à occuper nos appareils électroniques. C'est ce qui nous incite à penser qu'une voiture, par exemple, est plus qu'un simple assemblage mécanique, et à lui donner un petit nom, reconnaissant ainsi qu'elle contient l'« âme » d'un elfe ou d'une fée.

Un peu de magie...

Le terme **animisme** vient du latin *anima*, qui signifie « âme » ; il définit la croyance selon laquelle toute chose, qu'elle soit animée ou inanimée, est dotée d'une âme ou d'un esprit ; le monde du physique se trouve alors intimement lié au monde du spirituel.

Dans « Quand tradition et technologie se rejoignent » (voir p. 85), nous étudierons les implications des traditions féeriques dans l'ère technologique de notre société moderne. Mais commençons par nous intéresser aux racines de ces traditions féeriques, en partant de leur relation avec la Terre sacrée.

La Terre sacrée

Le fait de croire aux elfes et aux fées est lié à l'idée que tout est vivant et doté d'une âme, y compris la planète Terre elle-même. L'esprit de la terre est présenté dans les contes mythologiques comme étant sacré, du fait de sa relation directe avec la création. La terre est en effet le point de départ de la vie, ce qui la pose comme mère de tous les mortels, mais aussi des elfes, des fées et autres créatures féeriques.

Il est utile de comprendre le rapport qui existait entre les premiers hommes et la Terre sacrée, ou Terre nourricière, pour pouvoir étudier le lien spirituel qu'entretiennent les fées avec la terre d'une part, et avec les mortels d'autre part : la terre, parce que les elfes et les fées sont souvent rattachés à des paysages naturels, tels les lacs ou les forêts ; et les mortels, parce que lorsque les humains se sont mis à considérer la terre comme sacrée et mère de la création, ils lui attribuèrent des qualités magiques et spirituelles. Les elfes, les fées et autres créatures féeriques sont ensuite venus incarner ces qualités.

Ramenée à l'histoire de l'humanité, l'origine de la Terre nourricière semble remonter au temps où les hommes changèrent de type d'alimentation et d'habitudes de vie. Ils cessèrent de chasser pour se nourrir et se mirent à élever des animaux en les regroupant en troupeaux ; ils cessèrent également de pratiquer la cueillette et commencèrent à cultiver la terre. C'est à cette période que l'on se préoccupa davantage du cycle des saisons, car si la cueillette nécessitait uniquement de savoir quand les fruits ou les légumes seraient mûrs, pour cultiver sa propre nourriture on avait besoin de connaître le meilleur moment pour planter les graines, le meilleur endroit pour le faire, comment en prendre soin et de quelle façon procéder à la récolte et veiller à conserver des graines pour l'année suivante. Chaque plante renferme un potentiel, sa graine, qui permettra une récolte à venir. Ainsi, le processus à suivre pour se nourrir devint plus complexe et indissociable des cycles de la terre ; d'où l'aspect résolument sacré et féminin de cette dernière.

Bien que le fait de se procurer de la nourriture se soit complexifié, on en tira d'énormes avantages :

- La nourriture devint plus abondante, car on planta davantage de graines.
- Elle devint disponible à des moments prévisibles de l'année, lors des récoltes.
- Étant abondante et gérable, elle fut stockée.

Leur lien avec la terre se renforçant, les peuples anciens la considérèrent de plus en plus comme une entité vivante et génitrice de toutes choses. En observant ses cycles annuels, ils constatèrent deux choses : d'une part que ces derniers étaient semblables aux cycles de la fertilité et des récoltes ; d'autre part qu'ils paraissaient éternels puisqu'ils se reproduisaient chaque année. Cela ne fit qu'accentuer leur vision de la terre comme une entité divine, mère de toutes choses, jusqu'à l'associer à la déesse mère primitive.

Connue sous le nom de Dana chez les Celtes, la déesse mère s'appelait aussi Inanna (ou Ishtar) chez les Sumériens, Gaïa chez les Grecs anciens, Cybèle chez les Phrygiens, et Isis chez les Égyptiens. Les termes « mère primitive » et « déesse mère » ne renvoient pas exactement à la même chose, car certaines déesses mères ne sont pas nécessairement liées à la terre et peuvent n'être mères que dans le monde du divin. Rhéa, par exemple, est considérée comme une déesse mère dans le panthéon grec parce qu'elle est la mère de Zeus et de tous les autres dieux et déesses ; quant à la déesse grecque Gaïa, elle est la mère primitive qui enfanta le monde, et elle incarne également la terre, ce qui fait d'elle à la fois une mère primitive et une déesse mère.

La déesse mère était souvent perçue comme l'entité divine à la source de tout, les autres dieux et déesses étant considérés comme des aspects de celle-ci plutôt que comme des entités divines distinctes. Ainsi, chez les Grecs, Déméter (dont le nom dérive de la « Terre mère ») est la déesse des récoltes et des saisons, tandis que Poséidon règne sur les océans et que Perséphone incarne la fertilité du printemps : tous trois représentent un aspect divin de la déesse mère Gaïa.

Cette idée nous ramène à celle, fort comparable, des elfes et des fées comme incarnations de l'esprit de vie qui existe dans tous les aspects de la terre et de la nature. Dans les deux cas, il y a une entité individuelle au sein d'un tout. Les elfes et les fées appartiennent au royaume des fées, lequel fait lui-même partie de la Terre sacrée, mère de toutes les créatures, qu'elles soient magiques ou non.

Un peu de magie…

Lorsque les hommes apprirent à vivre en harmonie avec les cycles de la terre, ils se mirent à célébrer divers moments dans l'année, durant lesquels ils fêtaient l'énergie magique des elfes et des fées. On peut citer l'exemple de la fête irlandaise de Lughnassad, le 1er août, au moment des semences et des moissons.

La reine des fées

Les reines des fées ont toujours inspiré les artistes aussi bien en peinture, en musique, en poésie ou en littérature, comme l'attestent des chefs-d'œuvre tels que *La Flûte enchantée* de Mozart ou *Le Seigneur des anneaux* de J.R.R. Tolkien. Ces reines des fées ou des elfes peuvent être comparées aux mythiques rois celtes, dont l'énergie et le savoir restent en sommeil, attendant d'être exploités par les générations futures. Les similitudes entre ces rois - dont le plus fameux est le roi Arthur - et les reines des fées sont les suivantes :

- Ils sont directement connectés à la terre et à sa souveraineté divine.

- Ils fonctionnent par rapport à une énergie ancestrale et s'y réfèrent.
- Ce sont les gardiens d'une sagesse et d'un savoir anciens.

Traditionnellement, il n'y avait aucune différence entre une connexion divine avec la terre ou avec les ancêtres : les familles restaient durant des générations sur les mêmes terres, au point que chaque région finissait par développer un lien avec une famille donnée. Lorsqu'ils se promenaient en forêt près de chez eux, les habitants d'une contrée pouvaient sentir les énergies de leurs ancêtres, qui leur faisaient don de leur savoir ainsi que d'une protection énergétique contre les esprits malfaisants.

Avec le temps, les reines des fées se sont progressivement transformées en divinités et, comme les rois celtes, elles attendent que nous les invoquions pour redonner vie à leurs puissantes forces féminines et leur permettre d'emplir le monde de leur magie de façon nouvelle et étonnante.

Contes et légendes

On demanda un jour à Aeval, la reine des fées du « Midnight Court » (tribunal de nuit), de venir trancher un débat qui opposait des hommes à des femmes. Ces dernières prétendaient que leurs maris ne les satisfaisaient pas sexuellement. Aeval écouta toute la nuit les arguments des deux parties, puis elle décréta que les hommes étaient décidément trop pudibonds et leur ordonna de se plier davantage au désir des femmes.

Les idées auxquelles renvoient les traditions féeriques

La série télévisée *Star Trek* met en scène de drôles de créatures appelées « Borgs » qui sont dissociées physiquement mais qui psychiquement ne forment qu'une seule entité. Dans un épisode, M. Spock se connecte au cerveau d'une de ces créatures, ce qui lui permet de puiser dans l'esprit collectif des Borgs. Il parvient ainsi à résoudre le problème qui se pose et à mettre un terme au conflit existant.

L'idée globale qui sous-tend les traditions féeriques est semblable à ce cas de figure des Borgs : si l'on se connecte à l'énergie d'une fée ou d'un elfe, on se connecte du même coup à l'énergie globale du monde. Cette énergie peut nous servir à trouver des réponses, ou nous pouvons l'orienter vers un événement que nous souhaitons voir se réaliser. Les seules limites sont celles de notre imagination, mais si on lui laisse libre cours elle peut nous mener partout où nous souhaitons nous rendre, même dans le royaume des fées. Nous pouvons alors revêtir n'importe quelle identité et devenir à notre tour une créature polymorphe.

Les elfes et les fées étant des aspects vivants de la Terre sacrée, il est recommandé, pour communier avec leur énergie magique, de se rendre dans la nature et d'en faire l'expérience. Il est beaucoup plus facile de sentir la présence d'elfes ou de fées et de communier avec eux lorsqu'on se trouve dans un jardin fleuri au printemps, et que des papillons et des libellules volettent çà et là : ils semblent alors surgir d'un peu partout, répandant sur leur passage leur joie et leur bonne humeur.

Survol des quatre éléments

Pour se connecter à l'énergie des fées et des elfes, il faut passer par le biais de rituels féeriques. Un rituel est un moyen d'actualiser la relation mythique qui existe entre les mortels et les fées ; il permet de retisser des liens anciens qui perdurent depuis plusieurs siècles. Nous pouvons nous connecter à l'énergie magique des elfes et des fées par l'intermédiaire des quatre éléments, la terre, l'air, le feu ou l'eau, car tout dans la nature s'y rapporte.

Les elfes et les fées sont des créatures élémentaires indissociables des éléments naturels. Les dryades et les gnomes, par exemple, représentent l'élément terrestre, tandis que les fées qui volent ou qui sont dotées d'ailes représentent l'élément aérien, les salamandres le feu et les nymphes ou les farfadets l'eau. Les quatre éléments sont par essence des composants des énergies que l'on trouve dans la nature, ils résonnent de ces énergies, trahissant ainsi la présence des elfes et des fées.

Chacun des quatre éléments est doté de qualités physiques et abstraites propres, et le fait de connaître ces qualités peut aider à mieux comprendre quel type d'énergie va produire tel elfe ou telle fée. La liste proposée ci-après indique les qualités propres à chaque élément.

- **La terre.** L'élément terrestre est un corps solide et fertile. Les elfes et les fées qui sont rattachés à la terre, tels que les gnomes, les nains et les sidhes, habitaient à l'origine sous la terre. Tous ont une fonction précise : les gnomes excellent dans l'art de forger et de tailler les pierres et d'exploiter les richesses de la terre. L'élément terrestre a un effet stabilisateur magique, qui permet aux racines de s'ancrer profondément dans le sol. Il procure des bases stables, tant sur un plan physique qu'énergétique.
- **L'air.** L'air est un élément que l'on a physiquement du mal à appréhender, sauf lorsqu'il s'oppose à nous - comme lorsqu'on a le vent de face ou qu'on le respire. Les elfes et les fées qui se rapportent à cet élément sont les sylphides et les fées ailées, généralement

représentées avec des ailes de papillon ou de dragon. Le pouvoir magique de l'air consiste à se déplacer dans le monde de diverses façons nouvelles et innovantes. D'un point de vue énergétique, l'air renvoie au souffle créatif de la vie.

- **Le feu.** Physiquement, cet élément est très chaud et lumineux. Les elfes et les fées du feu comptent entre autres les salamandres et les farfadets de feu, qui adorent les noix et les glands et ne sont pas insensibles à la flatterie. Si le feu est l'élément magique de la chaleur et de la lumière, il se rapporte sur un plan énergétique au désir que l'on peut éprouver dans la vie, que ce soit dans le domaine de l'amour, de l'ambition ou d'une quête spirituelle.
- **L'eau.** Cet élément est physiquement fluide : chaque fois que nous tentons de le saisir, il nous coule entre les doigts. Les elfes et les fées de l'eau comptent les sirènes, les nixes, les selkies et les ondines. L'élément aquatique est un élément magique qui aide à circuler sans heurts d'un endroit à l'autre. D'un point de vue énergétique, il symbolise les émotions, les sentiments et la compassion pour autrui.

On appelle « esprit » l'énergie qui connecte tous ces éléments. Comme nous l'avons vu, tout dans ce monde ainsi que dans les autres mondes est doté d'un esprit qui lui confère un aspect magique ; il en résulte que l'esprit est souvent considéré comme le « cinquième élément », c'est-à-dire la synthèse de tous les autres éléments. Cette synthèse représente la quintessence divine. Lors de rituels liés aux fées, l'esprit est une composante clé qui se situe au centre du cercle, symbolisant son rôle de connecteur de toutes choses.

La magie des rituels de fées

Sans le savoir, nous accomplissons de nombreux rituels au quotidien, comme prendre un café le matin, prendre sa voiture pour aller travailler ou promener le chien le soir.

Toutes ces activités peuvent être appelées rituels car elles se décomposent en procédures simples aboutissant toujours à un même résultat. Si l'on prend l'exemple où l'on se rend en voiture au travail, il faut d'abord mettre le contact, retirer le frein à main, débrayer puis passer la première avant de pouvoir enfin démarrer.

Un rituel consiste à exécuter des actions de manière systématique et répétitive dans le but d'obtenir un résultat donné. Dans le cadre des traditions spirituelles rattachées aux fées, ces procédures ont évolué au fil des ans ; lorsque nous accomplissons des rituels traditionnels, nous réintroduisons du même coup le passé dans le présent, ce qui nous permet de renouer avec nos racines ancestrales. Les rituels nous donnent une indication quant à la manière d'interagir avec l'énergie des elfes et des fées et de s'en servir. Ils ne se pratiquent qu'à des moments choisis, lorsque cette énergie est la plus forte (voir le chapitre 11), car ils permettent de se connecter plus efficacement à la magie des elfes et des fées.

Les rituels liés aux fées nécessitent généralement un cercle de fées dans lequel on introduit les éléments utiles. Les gnomes des quatre points cardinaux montent la garde devant une porte élémentaire, autorisant les elfes et les fées bienveillants à la franchir, tout en interdisant l'accès au cercle à toutes les énergies indésirables. À chaque point cardinal correspond un élément :

- au nord : la terre ;
- à l'est : l'air ;
- au sud : le feu ;
- à l'ouest : l'eau.

Citation

D'après l'écrivain et mythologue Joseph Campbell, le fait de participer à un rituel génère une expérience directe de la réalité mythique. Selon ses propres mots, « un rituel est la transcription d'un mythe en actes, ces actes se référant aux actes de la vie dans lesquels vous êtes engagé. Lorsqu'on me demande quels genres de rituels existent encore aujourd'hui, je réponds toutes les tâches quotidiennes, y compris le fait de dîner avec ses amis ».

Des traditions vivantes

Les rituels que l'on pratique aujourd'hui invoquent souvent l'énergie de dieux ou de déesses féeriques, ou celle d'une reine des fées. Ces divinités ou assimilées apparaissent sous de nombreuses formes ; ainsi la tradition Feri, qui est une tradition orale initiatique de la sorcellerie moderne, voue un culte à la « Grande Déesse » dont tous les autres dieux et déesses ne représentent que divers aspects, de la même façon qu'avec la déesse mère.

Le fait d'introduire l'énergie de certains dieux ou déesses de Faerie dans son cercle magique ouvre une porte permettant de communiquer avec le royaume des fées et des elfes. Lorsque cette porte est ouverte, le cercle devient un portail vers l'Autre Monde, et l'on peut alors mieux s'informer sur la magie des elfes et des fées.

Les rituels féeriques modernes sont riches en croyances et en pratiques traditionnelles. Le cercle de fées est un concept qui remonte à plusieurs milliers d'années, ainsi que le fait d'avoir recours à des énergies fondamentales ; tous deux perdurent aujourd'hui et constituent, entre autres, ce qu'on appelle les « traditions vivantes ».

Les traditions modernes relatives aux fées ont recours à des techniques traditionnelles ainsi qu'à des techniques modernes qui améliorent leur efficacité. Elles ont su suivre l'évolution du monde, et l'on reconnaît leur valeur philosophique au fait qu'elles continuent à exister alors que le monde a radicalement changé. Les idées, en particulier celles qui sont de nature spirituelle, doivent s'adapter au comportement des hommes plutôt que de les obliger à se conformer à elles : c'est ainsi que l'on peut mettre à l'épreuve ce qu'on appelle une spiritualité moderne.

Un peu de magie…

Les traditions relatives aux fées sont des traditions vivantes parce qu'elles considèrent toute chose comme étant vivante, et se comportent elles-mêmes de manière vivante, en changeant et en évoluant sans cesse pour accomplir les tâches présentes et affronter les défis futurs.

Quand passé et futur se rejoignent

Depuis la mise en place des traditions féeriques, le monde a radicalement changé : la manière dont on produit la nourriture, dont on voyage et dont on communique a beaucoup évolué durant les derniers siècles, et les machines occupent maintenant une grande place dans notre vie quotidienne, au point que l'on se sent perdu sans elles.

Malgré tous ces changements, nous avons nous-mêmes, en tant qu'humains, étonnamment peu changé : nous sommes toujours en proie aux mêmes passions, aux mêmes peurs, et continuons de faire la guerre ou de surexploiter les ressources, souvent pour des questions d'argent ; et cela tout en continuant de rêver d'un avenir meilleur et en nous montrant parfois capables des plus beaux sacrifices.

Les traditions modernes liées aux fées opèrent un rapprochement entre passé et futur, ce qui nous aide à évoluer pour nous retrouver sur un pied d'égalité avec notre technologie. Nous devons apprendre à utiliser cette technologie avec sagesse afin qu'elle nous aide plutôt que de nous détruire. Les elfes et les fées sont par nature des êtres parfaits pour nous apprendre à créer un lien entre la nature et cette technologie, de manière que les deux puissent exister conjointement en s'enrichissant et en se préservant l'un l'autre.

Les traditions modernes féeriques nous instruisent dans les domaines du mystère et de la magie, tels qu'ils existent dans le royaume des elfes et des fées. Elles nous apprennent à croire en nous et en nos capacités, et à repousser les limites qui peuvent s'imposer à nous. L'énergie des fées consiste essentiellement à savoir repousser les frontières habituelles de la réalité pour se trouver un espace où se réaliser pleinement.

Quand tradition et technologie se rejoignent

Dans les cultures populaires traditionnelles irlandaise et écossaise, on pensait que c'étaient les fées qui provoquaient les maladies, et que, pour les soigner, il fallait donc avoir recours à un « médecin des fées » spécialisé dans la médecine des plantes. Pour se conformer aux traditions féeriques, on devait collecter les plantes d'une certaine manière si l'on voulait qu'elles aient un pouvoir de guérison optimal, et l'on observait certains rituels afin de renforcer le processus de guérison.

Par la suite, la technologie moderne et la médecine ont révélé que nombre de ces plantes utilisées traditionnellement pour soigner - la verveine, le millepertuis et l'euphraise, par exemple - ont de réelles propriétés curatives, c'est pourquoi elles sont recensées dans l'herboristerie médicale. Certaines de ces propriétés sont très difficiles, voire impossibles à reproduire en molécules de synthèse, ce qui explique pourquoi certaines plantes aux vertus reconnues redeviennent populaires aujourd'hui tant auprès des médecins que de leurs patients.

On voit ainsi que les traditions des fées empiètent parfois sur les technologies modernes. L'inverse est également vrai, notamment en ce qui concerne toutes sortes d'accessoires allant du « démagnétiseur » au pendentif favorisant la concentration des énergies positives sur la personne qui le porte ; on trouve même des baguettes magiques électroniques permettant d'actionner des appareils à distance ! Les ingénieurs s'efforcent en permanence d'améliorer notre quotidien, qu'il s'agisse de communiquer avec autrui ou d'exploiter l'énergie magique des elfes et des fées. L'essence même de la technologie réside dans son évolution permanente, il convient simplement de s'assurer que toutes ces innovations constituent un réel progrès.

À l'origine, les elfes et les fées n'étaient que des esprits de la nature - et c'est d'ailleurs ainsi qu'ils étaient perçus. Les populations primitives passaient l'essentiel de leur temps à l'extérieur, et avaient généralement un travail en rapport direct avec la terre et la nature. Tout ce qui les entourait leur apparaissait comme animé d'un esprit, avec lequel les elfes et les fées leur permettaient de communiquer.

La technologie qui a envahi notre monde a pénétré en même temps celui des elfes et des fées qui s'y sont fort bien adaptés. De nouveaux termes sont apparus pour signaler leur présence dans tel ou tel appareil, tels que « bug » ou « erreur fatale ». Qu'on l'admette ou non, certaines pannes sont si mystérieuses qu'on ne peut les imputer qu'à l'un de leurs mauvais tours, surtout lorsque l'appareil se remet à fonctionner parfaitement quelques minutes après une panne, alors qu'on l'a simplement éteint et rallumé !

Le minimum à savoir

- → Toute chose est dotée d'un esprit.
- → La terre est la déesse mère de tout, y compris des elfes et des fées.
- → Les reines des fées, tout comme les anciens rois, représentent une énergie féerique en sommeil.
- → Un rituel est une manière définie d'accomplir une chose en vue d'un résultat.
- → Les traditions liées aux fées font se rejoindre passé et futur.
- → Les elfes et les fées accompagnent les progrès technologiques de notre monde.

Chapitre

8

La magie des fées au XXIe siècle

Dans ce chapitre

- → Ce qui rend les fées et la nature indissociables
- → Plusieurs manières d'exploiter son rapport aux fées
- → Comment pratiquer la magie des fées, seul ou en groupe
- → Les prophéties des fées

Dans un conte turc, un jeune homme attrape un corbeau, lequel en réalité est une fée. Cette dernière lui promet qu'il obtiendra quelque chose de beaucoup plus précieux qu'elle s'il la relâche, et le jeune homme accepte. Quelque temps plus tard, un oiseau au plumage magnifique tombe dans ses filets ; le corbeau conseille au jeune homme d'en faire présent au sultan, lequel lui donne une bonne récompense. Au fil des événements, le sultan ordonne au jeune homme d'accomplir plusieurs tâches en le prévenant que s'il échoue il mourra. À chaque fois, le corbeau aide le jeune homme qui est ensuite récompensé par le sultan. Ses épreuves consistent à construire une tour d'ivoire pour l'oiseau, à trouver la reine des fées pour qu'elle fasse chanter l'oiseau, et enfin à concocter une potion qui puisse guérir la reine des fées. À la fin, le sultan épouse la reine des fées, tandis que le jeune homme s'unit à la fée corbeau, métamorphosée entre-temps en une merveilleuse jeune femme.

Ce conte est une parfaite métaphore de la manière dont opère la magie des fées. Le corbeau est un « peri », être surnaturel et bienveillant d'une grande beauté, parfois ailé, et que l'on assimile souvent à une fée. Il symbolise l'énergie des fées, à laquelle le jeune homme fait appel à chaque fois qu'il en a besoin. La magie des fées se résume ainsi à une intention qui se concrétise avec l'aide de l'énergie des fées. Sur un plan métaphysique, cela consiste à réunir les forces de l'au-delà et du monde terrestre dans un but précis.

Une magie des fées omniprésente

Ted Andrews, auteur notamment du *Tarot de sagesse animale* (Montréal, éd. du Roseau, 2006), raconte avoir été une fois guide dans un parc naturel pour un groupe d'enfants accompagnés de leur professeur et de quelques parents. Au gré de la promenade, le groupe se retrouva face à un grand monticule de terre, et Ted se mit à raconter une légende selon laquelle ces monticules abritent des communautés de fées et d'esprits. Le professeur intervint alors pour rappeler à ses élèves que plus personne ne croit aux elfes et aux fées, mais les enfants n'en demeurèrent pas moins très impressionnés.

Tout à coup, un petit garçon demanda comment les fées faisaient pour entrer dans le monticule, et Ted leur montra toutes les petites ouvertures au pied des arbres alentour, leur expliquant qu'elles étaient autant de portes d'entrée au royaume des fées. Une petite fille ajouta qu'elle avait lu que les elfes et les fées pouvaient entrer dans les fleurs, et tous regardèrent chacune des fleurs qui se trouvaient là.

Le groupe se remit en marche et arriva au bord d'un bassin. Ted raconta alors aux enfants que si l'on savait caresser l'eau de la bonne manière, on pouvait faire apparaître des fées libellules. Les quinze enfants essayèrent tous, sous le regard plutôt réprobateur des parents et du professeur, et tout à coup des centaines de libellules vinrent voleter autour d'eux, à leur grande joie. Ce moment leur parut chargé d'une magie qui ne pouvait être que celle des elfes et des fées...

Cette histoire illustre fort bien cette catégorie d'événements anecdotiques qui nous confrontent à la magie des fées. Quels que soient notre âge et l'insistance avec laquelle notre esprit rationnel cherche à nous convaincre que les fées et les elfes n'existent pas, il se passe de temps en temps quelque chose qui nous interpelle et nous pousse à remettre en question notre vision préétablie de la réalité. En tout cas, la nature prend grand plaisir à être le vecteur qui nous conduit à voir le monde sous un autre jour.

Ce genre d'expérience fait une forte impression, notamment sur le plan spirituel, ce qui explique l'attirance que l'on peut avoir pour la magie, qu'elle soit naturelle ou de nature féerique. Aujourd'hui encore, dans notre ère moderne, les elfes et les fées continuent par leur nature spirituelle à attirer de nombreux humains au seuil du royaume des fées.

Si les elfes et les fées sont de plus en plus populaires, les anges suscitent également un intérêt grandissant ; or, du point de vue de la mythologie, les elfes, les fées et les anges sont proches parents. La mythologie chrétienne en particulier raconte que les elfes et les fées sont en réalité des anges déchus qui auraient cédé à la tentation et auraient été bannis du royaume des cieux pour se retrouver dans un univers situé entre ce royaume et le monde terrestre. Certains contes expliquent de quelle façon ces elfes et ces fées sont tombés du ciel et ont été associés aux lieux où ils ont atterri.

On dit que les anges sont des êtres spirituels au service de la divinité, ce qui s'accorde parfaitement à l'image que l'on donne des fées au service de leur reine, métaphore du lien que constituent les elfes et les fées entre le monde des hommes et celui du divin. Les elfes et les fées représentent un vecteur entre ce monde et l'Autre Monde, et permettent d'accéder au royaume des divinités ; là résident ce qui fait l'essence de la spiritualité et ce qui motive la magie des fées.

On peut utiliser l'énergie des elfes et des fées pour faire l'expérience du divin. La spiritualité, qui n'est rien d'autre que l'aptitude à se connecter au divin, permet d'appréhender nos trois natures : humaine, féerique et spirituelle. L'association de ces trois aspects constitue notre identité complète.

Nous ne révélons ces trois visages qu'à certains moments et dans certaines situations. Lorsque nous apparaissons en public et dans tous les aspects de notre vie moderne, c'est notre visage humain qui prédomine. Notre visage féerique demeure le plus souvent caché (surtout lorsque nous sommes adulte), car il dévoile notre aspect magique, celui qui regorge de fantaisie, de mystère et d'enthousiasme. Notre visage divin, quant à lui, reflète le dieu ou la déesse qui est en nous, quel que soit le nom que nous lui donnions.

Contes et légendes

Les anges, également appelés messagers ou gardiens célestes, représentent, comme les fées, des entités intermédiaires entre le monde du fini et celui du divin.

Comment exploiter son rapport aux fées

Il existe plusieurs manières d'exploiter son rapport aux fées. L'une d'elles consiste à intégrer la magie des fées dans une base spirituelle préexistante, telle que le christianisme ou le druidisme chez les Celtes. On peut également faire de la magie des fées une base spirituelle en soi et y incorporer d'autres idées. Ainsi, on peut imaginer de travailler principalement sur les fées tout en faisant appel à l'énergie des anges.

Nous l'avons déjà évoqué, c'est durant la Première Guerre mondiale que l'écrivain J.R.R. Tolkien découvrit pour la première fois le royaume des fées, alors qu'il combattait dans les tranchées. Étant catholique et croyant, il a naturellement assimilé cette expérience spirituelle à ses croyances religieuses ; en réalité, ses bases spirituelles chrétiennes lui donnèrent un point de référence à partir duquel il parvint à comprendre et à intégrer les fées. Il est intéressant de noter que beaucoup d'autres récits parmi les plus frappants concernant une rencontre avec des elfes, des fées ou d'autres créatures magiques ont été faits par des prêtres catholiques, lesquels considèrent ces esprits de la nature comme faisant partie d'un ordre divin plus grand qui inclut - entre autres choses - les archanges et les esprits sacrés.

Le fait d'avoir déjà un chemin spirituel tracé fournit un cadre indiquant comment évoluer dans le monde, ainsi qu'une idée sur ce qu'est le divin. Lorsqu'on vit une expérience aussi forte que la rencontre avec des fées, on a la possibilité de la placer dans ce cadre et de l'intégrer à une perception préexistante. Ainsi, les chrétiens considèrent généralement les fées et les elfes comme des extensions de Dieu, et c'est pourquoi l'expérience des fées peut les aider à se rapprocher de Lui.

D'autres traditions spirituelles, telles que le druidisme dans la tradition celte, intègrent la magie des fées dans leur propre cadre. La relation qu'entretiennent les Celtes avec les fées est naturelle, parce que tous deux sont ancrés dans les mythologies irlandaise, écossaise et galloise, qui se sont développées dans des pays celtes. D'ailleurs, de nombreux dieux et déesses celtes sont considérés comme des fées, en particulier les déités relatives aux Tuatha De Danann.

Diverses pratiques spirituelles celtes sont comparables à celles des traditions féeriques :

- créer un cercle de lumière ;
- utiliser les éléments naturels ;
- conjurer l'énergie de la déesse autant que du dieu ;
- influer sur les énergies magiques pour qu'elles aient une influence positive plutôt que négative ;
- établir une passerelle entre les cieux et la terre.

Les deux approches courantes permettant d'avoir recours au royaume des fées en tant que base spirituelle sont l'approche traditionnelle et l'approche *New Age*, qui proposent plusieurs chemins menant au même but, mais de façon un peu différente. Certains chemins traditionnels demandent de rester fidèle à des traditions féeriques qui se sont transmises depuis des milliers d'années, tandis que d'autres voies tentent d'intégrer des techniques modernes aux pratiques traditionnelles.

L'approche *New Age* consiste à voir les fées comme une partie des énergies terrestres telles que les dévas de la nature (voir le chapitre 17), et à utiliser ces énergies. Cela transparaît dans les pratiques *New Age* telles que le *channeling*, la culture biologique et le fait de se servir de plantes, d'essences, de cristaux et de pierres précieuses. La communauté de Findhorn, au nord de l'Écosse, illustre cette approche, où la magie des fées associée à une culture biologique des terres a produit des résultats étonnants (voir le chapitre 18).

Quelle que soit l'approche que nous choisissons, nous pouvons exploiter notre relation aux fées tant en groupe que de manière solitaire. Chacune de ces deux pratiques a ses avantages et ses inconvénients : le fait d'être seul permet d'imprimer la vitesse et l'orientation que l'on souhaite, mais peut être un handicap lorsqu'on essaie d'analyser les changements physiques, mentaux et spirituels qui nous affectent. Le fait d'être en groupe permet aux participants de générer une quantité importante d'énergie, car chacun apporte sa contribution à l'ensemble, mais cela peut être frustrant lorsqu'on souhaite aller dans une direction en particulier et que le groupe s'y oppose ; on peut alors être freiné dans son élan. Voyons plus en détail ce qui peut distinguer ces deux manières de travailler avec les elfes et les fées.

C'est pas sorcier !

« Y Tylwyth Teg » constitue l'une des traditions galloises les plus anciennes. Elle a conservé ses racines celtes profondes en se répandant partout dans le monde. Aux États-Unis, l'Église d'Y Tylwyth Teg est présente dans tout le pays et travaille étroitement avec les royaumes de Faerie.

En solitaire

Traditionnellement, les êtres humains ont pratiqué la magie des fées en groupe parce qu'ils vivaient dans des communautés dont les membres avaient tissé des liens très étroits entre eux. Ils faisait tout ensemble, y compris dans le domaine de la spiritualité. Depuis, les hommes sont devenus plus mobiles, et la plupart des groupes ne sont plus aussi structurés, certains de leurs membres étant partis vivre ailleurs – dont certains pour réintégrer d'autres groupes. Cela explique pourquoi aujourd'hui beaucoup de gens pratiquent la magie des fées de manière solitaire.

Ce cheminement solitaire peut aider à comprendre qui l'on est et quelle perception nous avons du monde. La relation entre l'homme et le divin est en effet une relation individuelle : nous sommes seul face au Créateur. Le nombre important de livres, de films et d'ateliers que l'on peut trouver sur les elfes et sur les fées facilite l'accès à des informations permettant de progresser sur le plan spirituel. Une liste en est proposée dans l'annexe A.

C'est souvent au sein d'un groupe que l'on se trouve initié aux traditions féeriques, mais il arrive un moment où l'on ressent le besoin de prendre son indépendance. Le groupe génère une hiérarchie, avec un chef qui prend les décisions, ce qui peut paraître contraignant. Il est en outre source de conflits, car le simple fait de regrouper des gens engendre des désaccords. Certains décident alors de continuer seuls parce que la hiérarchie leur pèse et qu'une mésentente vient entraver leur épanouissement spirituel.

Afin d'appréhender au mieux la magie des elfes et des fées qui évoluent autour de vous dans la nature, commencez par choisir un lieu où les éléments naturels circulent librement. Un bord de mer par un temps ensoleillé est un lieu parfait, car vous y trouverez les quatre éléments : le sable (élément terrestre), le vent (élément aérien), le soleil (élément du feu) et l'océan (élément aquatique). La magie des elfes et des fées est particulièrement forte dans de tels endroits.

Installez-vous confortablement et prenez trois inspirations profondes, tout en imaginant un fil vert qui partirait de votre nombril pour vous relier à la terre.

Prenez à nouveau neuf inspirations, qui doivent renforcer chacune la conscience que vous avez de l'énergie élémentaire qui vous entoure, et déclarez à chacune d'elles : « Je suis la terre, je suis le vent, je suis la lumière et je suis l'eau. »

Prenez ensuite conscience de l'unité qui en fait un ensemble. Vos sens gagnent en puissance et en acuité, ce qui vous permet d'être à l'écoute de chaque sensation, de chaque bruit et de chaque odeur. Étendez davantage cette conscience en imaginant que tout dans la nature alentour est vivant, que ce soient les fleurs, les arbres, les rochers ou le paysage. Augmentez encore la portée de vos sens jusqu'à ce qu'ils atteignent le royaume des fées, puis pénétrez-y et laissez vos sens expérimenter les sensations magiques que procure la nature. Restez assis un moment pour jouir du spectacle des elfes et des fées dansant autour de vous.

En groupe

Je n'oublierai jamais ma première expérience de travail en groupe. Nous invoquions une guérison pour la terre. Nous nous tenions tous la main, dans une salle, en formant un cercle et en déclamant le nom de la reine des fées. L'énergie augmentait à chaque tour de cercle, et la présence des fées vint remplir l'espace. Lorsque l'énergie du groupe se libéra, une vibration très forte me parcourut et, durant tout le reste de la nuit, la salle et tout ce qu'elle contenait, y compris moi-même, me parurent briller d'une lueur propre.

Le fait de travailler en groupe peut être gratifiant car on conjugue alors l'énergie de plusieurs individus. On apprend en physique que plus on a d'énergie, plus celle-ci a d'impact. L'important est de concentrer cette énergie sur un but précis.

En travaillant en groupe sur la magie des fées, on peut échanger des idées et des expériences. Dans le domaine spirituel, celles-ci sont généralement abstraites (on les ressent plus qu'on ne les voit), et il est agréable de pouvoir les partager pour mieux en tirer profit. Il arrive souvent que d'autres personnes aient eu des expériences similaires et apportent des suggestions quant à la manière de les exploiter.

Attention ! Prenez garde...

Il faut toujours se méfier des groupes qui essaient d'avoir un contrôle sur nos pensées ou sur nos actes, allant parfois jusqu'à nous éloigner de notre famille et de nos amis. Remettez toujours en question un groupe qui tente de restreindre votre liberté ou de vous inculquer des idées qui ne sont pas les vôtres.

On l'a dit, le fait que les gens ne vivent plus toute leur vie au même endroit constitue la principale raison pour laquelle ils sont toujours plus nombreux à choisir d'œuvrer en solitaire. Lorsqu'on déménage, il est souvent difficile – en particulier lorsqu'on se retrouve loin de sa précédente habitation – de rencontrer des personnes partageant la même spiritualité. Par chance, les nouvelles technologies sont là pour faciliter les échanges, que ce soit au sein de sa région ou à l'échelle de la planète.

Les grandes tendances à venir

L'une des principales tendances actuelles est que les gens ont mélangé toutes les spiritualités pour créer une synthèse d'idées et de pratiques. Cela a eu pour effet, entre autres, de faire émerger un concept de spiritualité personnelle taillé à l'échelle individuelle et non par rapport à une religion organisée. En effet, chacun ressent des besoins propres en matière de spiritualité, il est donc difficile de développer un module général de règles spirituelles qui conviendrait à tout le monde.

Comme l'écrivain et mythologue Joseph Campbell l'a judicieusement fait remarquer, toutes les religions et spiritualités se rejoignent sur un point : elles proposent une voie d'accès au divin. Les perceptions et les méthodes proposées pour y parvenir peuvent être différentes, mais le but reste le même. Comme un chevalier à la quête du Graal, nous sommes engagés dans un cheminement spirituel qui pourra revêtir diverses formes mais qui nous mènera immanquablement à la fameuse coupe à laquelle nous boirons pour communier avec notre Créateur.

La magie des fées continue de fournir un courant spirituel dans lequel toujours plus de personnes puisent pour se rapprocher du divin. Les spiritualités individuelles intègrent de plus en plus souvent des concepts relatifs aux fées, et ces derniers se mêlent alors à d'autres concepts tirés de traditions telles que la chrétienté, le bouddhisme ou le chama-

Citation

Dans son livre *Earth Light* (Rockport, MA, Element Books, 1992), R.J. Stewart explique que, dans la tradition féerique, la sagesse universelle et la régénération ne se trouvent pas exclusivement dans les sphères célestes ou éthérées, mais également au cœur de la Terre sacrée, notre planète, la Terre mère.

nisme pour former un chemin que l'individu peut suivre afin de progresser jusqu'au divin.

Ceux qui n'ont pas de base spirituelle et qui rencontrent des fées ou qui font une autre expérience du même type se retrouvent généralement sur les rails d'un chemin spirituel. Quelque chose se réveille en eux, qui les amène vers la lumière divine et leur permet de trouver leur place spirituelle dans l'univers. Cela implique de ne plus faire qu'un avec l'esprit divin.

Quel avenir pour les fées ?

Tant qu'il y aura les hommes et la nature, les elfes et les fées continueront d'exister. Cette décision, prise par les dieux il y a fort longtemps, s'est trouvée confortée par des années d'expérience ; c'est lorsqu'on se met à oublier cet accord que les problèmes apparaissent, car il date du début de la création.

Aujourd'hui, le progrès et la technologie continuent leur course folle dans le but d'améliorer notre confort de vie. Dans le même temps, nos racines nous rattachent toujours à la terre et à la source de notre création. Lorsque nous essayons de réconcilier ces deux pôles, l'énergie des elfes et des fées exerce une attirance sur nous, car elle symbolise nos rapports à la fois passés, présents et futurs avec la nature et avec notre planète.

Même si l'on entend dire que le concept des elfes et des fées est dépassé, il n'en continue pas moins d'occuper notre conscience. Le royaume des fées ne subit pas les contraintes de temps ou d'espace, il ne peut donc pas se trouver limité par ceux-ci ; c'est pourquoi les elfes et les fées restent d'actualité, quel que soit l'endroit où l'on se trouve ou le temps qui a pu s'écouler.

Les elfes et les fées sont étroitement liés à ce que nous sommes en tant qu'être humain. Ils représentent certains aspects de nous-même qui se situent quelque part entre le mortel et le divin, et ils nous permettent d'embarquer pour le monde immortel du divin, comme le fait Frodon dans *Le Seigneur des anneaux* lorsqu'il prend le bateau avec les elfes - un lieu où l'on peut réaliser son désir de ne faire qu'un avec le dieu ou la déesse.

Prophéties de fées

Le monde des fées a toujours été riche en visions « prophétiques ». Le roi Arthur et Merlin l'Enchanteur descendent tous deux des elfes et des fées, et ont une parenté forte avec eux. Merlin a prédit des événements qui allaient provoquer la création de Camelot. Il prophétisa aussi le fait qu'Arthur tire une épée d'un rocher, épisode essentiel dans la mythologie qui allait suivre.

> **Sens magique**
>
> La **prophétie** renvoie à la capacité de prédire un événement avant qu'il se soit produit. Le terme « prophétie » renvoie à l'idée de parole, la prophétie mêlant souvent prédiction, prévision et divination. On considère généralement les prophéties comme des messages du divin, en raison de leur nature liée au psychisme et au spirituel.

Dans le livre de Geoffroi de Monmouth, *Histoire des rois de Bretagne*, les « prophéties de Merlin » sont fortement empreintes des traditions celtiques. On y trouve les prophéties que Merlin prononça toutes en même temps lorsqu'il était jeune et qui allaient couvrir le règne du roi Vortigern, l'accession du roi Arthur au pouvoir ainsi que l'histoire du royaume de Bretagne jusqu'au XXIe siècle.

Dans son livre *Merlin l'Enchanteur* (Paris, Retz, 1981), Jean Markale décrit comment Merlin reçut ses pouvoirs, à savoir : « Le don de clairvoyance (prophétie), de métamorphose et le pouvoir de se rendre invisible ; le pouvoir d'influer sur les éléments, de comprendre le langage des animaux et de les commander, ainsi que le don de soigner et de ressusciter les morts. Tous ces pouvoirs sont les mêmes que ceux attribués aux druides dans les traditions littéraires irlandaise et galloise. »

Cette histoire permet de comprendre que peu de choses distinguent en réalité la prophétie de la mythologie, car si la prophétie se réalise, elle se fond dans la mythologie moderne. C'est un peu la même chose qui se produit lorsqu'un joueur de football célèbre joue à un endroit donné et que son action entre dans le domaine du mythe.

Lorsqu'on a pénétré le royaume des fées et laissé derrière soi les frontières du temps et de l'espace, on assiste régulièrement à des prophéties. Une prophétie est l'aptitude à percevoir certains événements ainsi que la manière dont ils vont être amenés à se dérouler. Il peut être excitant d'interroger l'avenir pour savoir comment les choses vont se passer, mais il arrive qu'on préfère ne pas le savoir. Il vaut mieux être informé, car on a alors la possibilité d'agir en conséquence. Cela ne signifie pas que l'on va pouvoir changer le cours des choses, mais on pourra au moins en tenir compte. Sans la prophétie et une aptitude à voir dans le futur, on attend simplement que le destin s'accomplisse, en progressant à l'aveuglette. On tourne en rond, sans but précis, et l'on finit par baisser les bras, épuisé.

La prophétie des fées consiste à venir chercher dans le royaume des fées des signes permettant de savoir ce qui va se produire dans le futur. Ce royaume constituant un lieu où le temps et l'espace se confondent, il est idéal pour les prophéties. La prophétie féerique est un aperçu du futur, un peu comparable au fait de visionner un film que l'on connaît déjà, lorsqu'on sait à l'avance tout ce qui va se passer – sauf que devant un film on est obligé d'accepter le cours que prendra l'histoire, ce qui n'est pas le cas dans la vraie vie. Si l'on voit venir quelque chose et que l'on ne fait rien pour l'en empêcher, on en est en partie responsable, même si l'on n'en est pas l'instigateur ; c'est là l'un des paradoxes de l'existence.

Le minimum à savoir

- → Le pouvoir primaire des fées provient de l'esprit de la nature.
- → Les personnes qui ont déjà des bases spirituelles admettent généralement l'existence des fées.
- → On peut pratiquer la magie des fées aussi bien seul qu'en groupe.
- → Comme les anges, les elfes et les fées sont des intermédiaires entre les cieux et la terre.
- → La prophétie est une part inhérente des fées et de leur magie.

QCM

1 – *Le Seigneur des anneaux* a été publié dans les années...

❑ **A** - 1880
❑ **B** - 1910
❑ **C** - 1950

2 – Comment se nomme le « porteur de l'Anneau » dans *Le Seigneur des anneaux* ?

❑ **A** - Bilbon
❑ **B** - Frodon
❑ **C** - Gollum

3 – Quel est le titre du premier *opus* de la série *Harry Potter* ?

❑ **A** - *Harry Potter et la chambre des secrets*
❑ **B** - *Harry Potter à l'école des sorciers*
❑ **C** - *Harry Potter et la coupe de feu*

4 – Quel pouvoir est commun à toutes les fées ?

❑ **A** - la métamorphose
❑ **B** - la disparition suivie d'une réapparition
❑ **C** - la jeunesse éternelle

5 – Les voies qui permettent de traverser rapidement le temps et l'espace sont...

❑ **A** - des trous de ver
❑ **B** - des trous de souris
❑ **C** - des trous de taupe

6 – Que planter pour aménager un cercle de fées avec des fleurs ?

❑ **A** - des marguerites
❑ **B** - des jonquilles
❑ **C** - du muguet

7 – Quel nom les Celtes donnaient-ils à la déesse mère ?

❑ **A** - Dana
❑ **B** - Gaïa
❑ **C** - Cybèle

8 – À quel élément les sylphides se rapportent-elles ?

❑ **A** - à l'eau
❑ **B** - au feu
❑ **C** - à l'air

9 – À quel point cardinal la Terre correspond-elle ?

❑ **A** - à l'est
❑ **B** - à l'ouest
❑ **C** - au nord

10 – Quelles prophéties sont rapportées par Geoffroi de Monmouth dans son *Histoire des rois de Bretagne* ?

❑ **A** - celles de la fée Viviane
❑ **B** - celles de Merlin
❑ **C** - celles de la fée Morgane

Réponses

1:C-2:B-3:B-4:A, B et C
5:A-6:B-7:A-8:C
9:C-10:B

Nombre de bonnes réponses ❑

Si vous avez au moins 8 bonnes réponses, passez au chapitre suivant, sinon... faites quelques révisons !

Partie 3

Habitudes et habitats des elfes et des fées

Pénétrons encore plus avant dans le monde des elfes et des fées de manière à mieux cerner leurs habitudes et leur apparence, et à se préparer à les rencontrer. Dans cette partie, nous allons découvrir quels lieux ces êtres aiment fréquenter, quels sont leurs habitats et les diverses façons de les approcher ou de les éviter, selon ce que l'on souhaite…

Cette partie aborde également les jours magiques de célébration, ces moments où les elfes et les fées se retrouvent pour célébrer les cycles saisonniers et la nature. Enfin, elle livre des méthodes pour attirer les gentils elfes et fées et se prémunir des autres, en expliquant comment faire pour les distinguer.

Chapitre

9

Le comportement des elfes et des fées

Dans ce chapitre

- → À quoi ressemblent les elfes et les fées
- → Un aperçu de leurs habitudes et de leurs caractéristiques
- → Que faire lorsqu'on rencontre un elfe ou une fée
- → Ce qui lie les mortels aux fées
- → Quelle est la nature des elfes et des fées

« J'évoluais dans un monde subaquatique, plus précisément un lac dans l'ouest de l'Irlande, lorsque je rencontrai un roi paré de bleu et d'orange qui siégeait sur un trône. Une fontaine de feu mythique semblait en jaillir, que le roi alimentait comme si elle était sa source de vie. Tandis que je contemplais ce tableau, des groupes de créatures décolorées au point de paraître grises descendirent jusqu'à nous pour venir se poser près du trône et de la fontaine de feu. Elles s'approchèrent du roi pour déposer un baiser sur son cœur ; à peine entrées en contact avec lui, elles furent aussitôt propulsées vers la surface, magnifiques et radieuses, et passèrent de l'autre côté, comme si ce chef de leur monde leur avait octroyé une nouvelle vie. »

Cette description marquante d'une fée des eaux apparaît dans *The Fairy Faith in Celtic Countries* (Citadel Press, 1990, non traduit en français) de W.Y. Evans-Wentz. L'apparence des elfes et des fées et leurs habitudes ont été maintes fois décrites, de manières parfois un peu différentes, mais avec certaines constantes. Ce chapitre s'attache à les présenter, en incluant notamment leur comportement et leurs échanges avec les humains. N'attendons plus pour enfourcher notre « coomlaen » (destrier elfique), et envolons-nous à bride abattue vers le royaume des fées !

À quoi ressemblent les elfes et les fées

Les elfes et les fées étant capables de se métamorphoser, ils peuvent apparaître sous la forme qu'ils désirent. En ce sens, ces esprits revêtent un aspect matériel qui dépendra de l'image qu'ils projettent, mais aussi de l'image que nous serons le plus à même de percevoir. Ainsi les elfes et les fées se donnent-ils à voir parfois comme des êtres lumineux dont les contours physiques ne sont pas clairement définis.

Certains types d'elfes et de fées ont une apparence propre, qui est le plus souvent en conformité avec leur habitat. Par exemple, les elfes et les fées des forêts ont généralement des tons verts et bruns, comme les feuilles et les arbres, tandis que les elfes et les fées des eaux sont bleus ou couleur vert d'eau. On trouve également des elfes des bois à la peau claire et aux cheveux sombres, qui portent des vêtements marron ou couleur mousse. Les selkies ont quant à eux une apparence bien définie : ils sont décrits comme ayant de grands yeux ronds et noirs, de longs cheveux de jais et un corps souple avec une peau aux reflets argentés.

L'idée selon laquelle les elfes et les fées seraient petits est assez récente par rapport à leur histoire. Elle s'est certainement répandue dans la culture populaire parce que des êtres de petite taille font moins peur et s'apparentent plus à des enfants, et parce que cela explique pourquoi il est si difficile de les voir.

Citation

Dans ses écrits, un vieux maître d'école irlandais du début du siècle dernier affirme avoir rencontré des fées « grandes, très belles, et qui brillaient de toutes les couleurs de l'arc-en-ciel ».

Description habituelle d'un elfe

La représentation que l'on se fait des elfes a changé : traditionnellement, on les imaginait plutôt grands, minces, élégants, avec des traits fins et gracieux et des oreilles pointues et sans lobes. Avec le temps, ils ont beaucoup rapetissé et sont devenus plus vifs et plus espiègles, comme peuvent l'être les lutins du Père Noël. Cette transition s'est faite de manière graduelle, au fil des ans, et la seule exception notable concerne la trilogie du *Seigneur des anneaux*, où J.R.R. Tolkien a choisi de décrire les elfes de manière beaucoup plus académique et traditionnelle.

Tolkien décrit en effet des elfes de grande taille, majestueux et pleins de grâce, qui s'avancent dans une lumière irradiante comme le clair de lune et les étoiles. Cette lumière illumine leurs cheveux, leurs yeux, leur peau, leurs vêtements soyeux et leurs mains ornées de bijoux. Leurs cheveux font miroiter des reflets d'or, d'argent ou de jais. Leur voix est incroyablement mélodieuse, car ils sont la première race douée de parole.

Durant la période élisabéthaine, au XVIIe siècle, Edmund Spenser, dans *La Reine des fées* (Paris, Aubier, 1957), et lord Dunsany, dans *La Fille du roi des elfes* (Paris, Denoël, 2006), ont dépeint des elfes grands comme des humains ; à la même époque, dans ses œuvres *Henry IV* (avec la fée Night-tripping), *Roméo et Juliette* (la reine Mab) et *Le Songe d'une nuit d'été* (Obéron, Titania et leur cour féerique), William Shakespeare entreprit de décrire les elfes et les fées en les présentant comme un petit peuple d'individus de la taille d'insectes.

À l'époque victorienne, les elfes apparaissaient comme de petits bonshommes aux oreilles effilées, coiffés d'un bonnet en pointe. Cette image resta, et les elfes furent dorénavant perçus comme des êtres féeriques, habiles de leurs mains, et se situant dans la lignée des lutins du Père Noël. On en a déduit que c'étaient eux qui fabriquaient les jouets pour les enfants, et cette vision sympathique mais erronée a persisté jusqu'à nos jours.

Dans notre culture moderne, la création de jeux tels que *Donjons et Dragons* a contribué à définir encore davantage l'apparence des elfes. On y invente des mondes ainsi que des races d'elfes en puisant dans la mythologie et la littérature. La littérature moderne, avec la multitude de livres qu'elle compte sur les elfes et la mythologie, continue à faire évoluer la perception physique que l'on a des elfes.

Description habituelle d'une fée

Comme celle des elfes, l'apparence des fées a d'abord été façonnée par la mythologie avant d'évoluer. Les « fae », qui descendaient des Tuatha De Danann, étaient plus grandes que des humains, ou avaient au moins la même taille. Dans le folklore irlandais, et contrairement à la perception populaire, les fées (ou sidhes) sont décrites comme étant plutôt grandes. L'écrivain Evans-Wentz en a fait des êtres opalescents et mesurant pas moins de 4 m ! Sans aller jusqu'à un tel gigantisme, un consensus historique veut que, comme l'ont dit les prophètes irlandais, les fées soient au moins aussi grandes que les humains.

Les personnes qui ont rencontré des fées évoquent souvent leur caractère opalescent, le fait qu'elles semblent « emplies de lumière », et cette caractéristique a donné naissance à l'appellation « êtres de lumière ». La plupart du temps, on décrit les fées comme des êtres lumineux, qui éclairent tout l'espace autour d'elles. Evans-Wentz mentionne dans ses livres le pays de Ben Bulbin, dans le comté de Sligo, un endroit unique en Irlande où l'on raconte que l'on peut voir des fées. Les autochtones les appellent le « bon peuple », et la légende veut qu'elles habitent de merveilleux châteaux à l'intérieur des montagnes. Voici une description de cet endroit, datant du début du XXe siècle, faite par une personne qui rencontra une troupe de fées :

« Je fus d'abord aveuglé par un éclair de lumière, puis je réalisai qu'il provenait d'une grande silhouette dont le corps semblait à moitié transparent, ou opalescent, et qui était parcourue par un feu électrisant paraissant provenir de son cœur. Ses cheveux couleur or ondoyaient tout autour d'elle comme de longues flammes, et tout son corps irradiait une vive lumière. Cette vision me procura une impression de légèreté folle, mais aussi de bien-être et de joie. »

Les principales catégories de fées irlandaises sont les suivantes :

- les gnomes, gros et trapus, avec une tête ronde, qui mesurent entre 60 et 90 cm ;
- les leprechauns, qui s'apparentent à nos lutins, souvent barbus, petits et fripés ;
- le petit peuple, à la silhouette frêle et souple, et aux traits fins ;
- les sidhes, créatures délicates et au moins aussi grandes que les humains, dont la peau présente un aspect brillant.

Dans le folklore et la littérature, les fées ont peu à peu désigné toutes sortes de créatures avec des noms divers et des apparences variées. On trouve ainsi des mauvaises fées dotées de cornes, de grosses dents et de griffes, qui aiment se métamorphoser en chiens noirs hirsutes ; des ondines, très proches des humains en apparence, mais toujours très belles, avec une peau aux reflets bleu-vert qui leur confère une dimension aquatique ; des sylphides, de taille variable, qui sont ailés et qui baignent dans une lumière irradiante ; et

Citation

Certaines fées diffèrent par leur nom, mais sont presque identiques en apparence. Ainsi, dans ses *Fairy and Folk Tales of Ireland* (New York, Macmillan Publishing Co., 1983), W.B. Yeats s'interroge sur trois fées en particulier à propos desquelles, dit-il, chaque écrivain irlandais a son point de vue. Sont-elles les diverses formes et caractères d'un même esprit ? On peut se le demander ; en effet, mis à part leur nom, elles présentent des caractéristiques communes : toutes trois sont vieilles et desséchées, vivent seules et s'habillent un peu n'importe comment – ce qui n'est pas dans les habitudes des fées en général. Elles se différencient en outre des autres esprits sociables par le fait qu'elles jouent des tours à leur propre peuple.

des brownies, plus petits que les humains, à la peau sombre, au visage ratatiné et au corps tout poilu.

Les fées peuvent donc se présenter sous des centaines de formes différentes, sans compter le fait qu'elles ont souvent le pouvoir de se métamorphoser et qu'il est alors impossible de leur attribuer une apparence spécifique.

Habitudes et caractéristiques

De même que pour leur apparence, les elfes et les fées ont des habitudes personnelles qui présentent à la fois une similitude et un contraste avec celles des humains. Ces habitudes reflètent souvent leur pays d'origine, leur environnement ainsi que leurs caractéristiques propres : celles qui vivent en groupe ont tendance à se montrer plus sociables, tandis que les elfes et les fées solitaires n'aiment généralement pas être dérangés, surtout par des humains.

Bien que les elfes et les fées expriment des caractéristiques et des habitudes variées, on peut énumérer certaines généralités pour la plupart d'entre eux :

- Ils peuvent apparaître sous des formes différentes, et on les voit souvent plus petits qu'ils sont en réalité.
- Ils savent comment donner une apparence faussement jeune, faire paraître petit quelque chose de grand, et inversement.
- Ce sont d'excellents musiciens.
- Ils ont une voix magique, avec un timbre cristallin délivrant une mélodie à la fois douce et enlevée.
- Ils détiennent des pouvoirs magiques, notamment celui de voir à travers la matière.
- Ils peuvent vivre soit en groupe, soit de manière solitaire, mais les fées qui vivent en groupe - que celui-ci soit constitué de quelques membres seulement ou qu'il soit plus important - se déplacent accompagnées.
- Ils récompensent les gens qui se montrent généreux et méprisent les autres, voire les dépouillent de certains de leurs biens.
- Ils sont très joueurs et aiment beaucoup danser, ce qui est particulièrement vrai pour les fées vivant en groupe.
- Ils se montrent très malicieux et aiment faire des blagues aux humains.

- Ils aiment boire et bien manger.

Maintenant que nous avons une idée des habitudes et des caractéristiques générales des elfes et des fées, il est temps d'envisager ce à quoi on peut s'attendre lorsqu'on en rencontre – il est en effet préférable de connaître le protocole à suivre pour être en mesure de faire bonne impression.

Comment se comporter face à un être magique

Imaginez que vous vous promeniez en forêt, sur un sentier traversant une végétation très dense. Une mélodie vous parvient, portée par le vent qui agite le feuillage, et chantée par la plus belle voix qu'il vous ait jamais été donné d'entendre. Cette musique et le parfum délicieux des arbres et des feuilles vous incitent à vous arrêter et à prendre une profonde inspiration pour vous en imprégner. La beauté de l'endroit est telle que vous ne remarquez pas d'abord le petit elfe qui se tient devant vous, et êtes pris de court lorsque vous vous retrouvez face à lui. Comment réagir, et que dire ?

La race des elfes est beaucoup plus ancienne que celle des humains, et leur monde se situe à un niveau intermédiaire entre le nôtre et celui des esprits, ce qui leur confère une certaine respectabilité. Il convient donc avant tout de se montrer respectueux à leur égard. En général, les elfes apprécient les humains, mais ils détestent les gens trop bruyants, les égocentriques, ceux qui aiment se vanter ou qui se montrent grossiers, car tout cela va à l'encontre de ce qu'ils sont. Ils se sentiront agressés par ces types de personnalités, et ne voudront pas avoir affaire avec elles.

Les elfes vivent le plus souvent en groupe et se montrent très sociables aussi bien avec leurs congénères qu'avec les humains. Leurs rapports avec ces derniers étaient meilleurs dans le passé et se sont un peu durcis au cours de l'époque moderne ; mais il ne faut pas en déduire que les elfes n'aiment pas les hommes : ces derniers doivent seulement faire preuve de bonnes intentions à leur égard et respecter la nature. En réalité, les problèmes entre les elfes et les humains sont apparus lorsqu'on s'est mis à manquer de respect à Mère Nature et à la malmener.

Lorsque vous vous promenez dans la nature, efforcez-vous de prendre conscience des différentes réalités qui vous entourent de manière simultanée. Parfois, le simple fait de déplacer une grosse pierre ou de déterrer une plante peut avoir des conséquences sur l'écosystème, or celui-ci est directement lié au monde des elfes. Bien que vous ne puissiez pas toujours les voir, les elfes sont généralement présents autour de vous dans la nature, surtout en forêt ou dans tout autre espace boisé. Si vous respectez la nature et demeurez conscient de ses beautés, les elfes seront plus enclins à se lier d'amitié avec vous et à vous aider.

Dans son livre *The Fairy Faith in Celtic Countries*, W.Y. Evans-Wentz relate la première rencontre que fit une mère de famille avec une fée : elle était partie un matin ramasser des baies sauvages lorsqu'elle remarqua que quelque chose avait bougé dans un trou caché par un petit rocher. S'en approchant pour y regarder de plus près, elle découvrit un leprechaun, qu'elle décrivit comme à peine plus grand qu'une poupée, avec une bouche et des yeux très bien dessinés. Plus tard, les personnes à qui elle raconta son aventure s'exclamèrent qu'elle aurait dû essayer de l'attraper, car il est dit que quiconque attrape un leprechaun peut accéder à son trésor.

C'est pas sorcier

Si vous vous retrouvez face à un elfe, veillez, par respect pour lui, à adopter le même comportement que lui, avec une voix et une gestuelle douces. Il ne faut pas hésiter à mettre en avant vos bonnes intentions, car les elfes fuient les humains qui se montrent bruyants, vantards, grossiers ou égocentriques.

D'autres personnes ont raconté leur expérience de ce type de rencontres, tel cet homme qui expliqua comment le vent fit venir à lui la sensation étrange de pouvoir entendre et percevoir le « bon peuple », comme il l'appelait. Il pensait que certaines fées étaient les esprits d'ancêtres qui se réjouissaient lorsqu'on faisait bonne fortune et poussaient donc la chance à nous sourire. Ainsi, un jour, sa mère gagna un procès, et les fées fêtèrent l'événement le soir même dans le champ familial.

Attention ! Prenez garde…

Si vous rencontrez une fée, il ne faut en aucun cas goûter les mets ou les boissons qu'elle peut vous proposer, à moins que vous souhaitiez gagner le royaume des fées pour l'éternité… En effet, si l'on ingère une substance féerique, on ne peut plus manger une nourriture normale et l'on se trouve à jamais banni du monde des humains.

Beaucoup de gens rapportent avoir entendu de la musique juste avant d'avoir rencontré des fées. Cette musique envoûtante serait indissociable de la nuit, car elle cesserait dès les premières lueurs de l'aube. Elle serait portée par la brise qui agite le feuillage des arbres ; elle est décrite comme une musique qui parle à l'âme et qui éveille l'esprit. Les fées dansent à son rythme pendant toute la nuit, formant des files interminables qui vont se perdre à perte de vue dans le paysage.

Rapports avec les humains

Les humains ont longtemps entretenu une relation étroite avec les fées ; dans le folklore et la littérature, on disait de ceux qui pouvaient voir les fées qu'ils avaient le « don de double vue ». Ce don, qu'on appelle aussi « don de clairvoyance », permet d'outrepasser le spectre de la perception ordinaire et de percevoir de manière intuitive et psychique les êtres et les objets qui se situent dans le monde féerique. Dépassant la perception ordinaire, ce don n'est autre qu'une conscience extraordinairement aiguisée. Certaines personnes l'héritent de leurs ancêtres, alors que d'autres le développent d'eux-mêmes, de diverses façons : en apprenant à faire des rêves lucides, en recevant un coup sur la tête, en recevant une grosse décharge électromagnétique, ou tout simplement en prenant la main d'une personne dotée de ce don ou en entrant en contact avec elle.

Comme nous l'avons vu, les fées ont tendance à renvoyer aux humains qu'elles rencontrent une image semblable à la leur, restituant ainsi le type d'énergie qu'elles reçoivent. C'est pourquoi elles sont gentilles avec ceux qui se montrent bons envers elles, et beaucoup moins avec les autres. On retrouve immanquablement ce trait dans les contes, où les fées récompensent les mortels qui se montrent honnêtes et généreux, mais châtient ceux qui mentent ou qui sont pingres.

Les fées sont très sensibles aux humeurs, aux pensées, aux sentiments et aux émotions. Elles se vexent très facilement, à tel point que certains disent qu'il vaut mieux ne pas les évoquer directement, mais les désigner par un terme autre, tel que le « bon peuple ». Si les fées prennent facilement ombrage, elles sont toutefois promptes à se réjouir, il ne faut donc pas se priver de leur faire des cadeaux ou de leur témoigner de l'affection. Si on leur laisse une petite soucoupe de lait sur le rebord de la fenêtre pendant la nuit, elles apporteront chance et paix dans la maisonnée.

Sens magique

Le **don de double vue**, ou clairvoyance, est l'aptitude à percevoir par un biais psychique des choses qui se situent en dehors de la perception ordinaire, comme des êtres et des objets appartenant au royaume des fées.

Comment se comportent les fées en présence d'humains

Contes et légendes

La musique provenant du royaume des fées a envoûté plus d'un humain. On dit que Carolan, barde celte légendaire, s'endormit un jour dans un « rath » féerique où lui parvint la douce musique des fées. Depuis ce jour, il parcourt les campagnes en jouant ces airs magnifiques, pour le plus grand plaisir de ceux qui l'entendent.

Les fées se comportent parfois comme des humains, à la seule différence que leur énergie est beaucoup plus capricieuse. Cette grande impulsivité leur confère le caractère enfantin qu'on leur connaît.

Lorsqu'on les observe, on constate que les elfes et les fées adorent chanter, faire la fête, danser, faire l'amour et jouer (très bien) de la musique. De manière générale, les fées aiment s'amuser ! La seule fée qui se montre un peu travailleuse est le leprechaun, que le folklore représente souvent sous les traits d'un cordonnier. En Irlande, ces fées sont appelées « leithbrog », ce qui signifie « cordonnier d'une », parce qu'on les voit souvent travailler sur une seule chaussure.

Se jouer des mortels

Immortalisé par Shakespeare, le personnage de Puck représente un exemple typique de la manière dont les fées malicieuses interagissent avec les humains. Leurs méfaits, souvent accomplis dans la joie et sans réelle malice, ont pour but de montrer aux humains qu'ils se fourvoient dans leur démarche. Si une personne accorde trop d'importance à des considérations matérielles, les fées pourront ainsi venir lui « emprunter » l'un des objets auxquels elle tient pour l'obliger à le chercher et à s'énerver... jusqu'à ce que l'objet réapparaisse finalement, comme par miracle.

Les fées prennent grand plaisir à taquiner les individus grognons ou hautains, en salissant leurs vêtements ou en dispersant dans le vent certains de leurs papiers importants, ou encore en éteignant la lumière pour les plonger dans le noir dans les moments les plus inopportuns - par exemple lorsqu'ils prennent une douche. Plus la personne s'énerve, plus cela les amuse, car elles savent alors qu'elles ont réussi leur coup !

Qui n'a jamais entendu le petit rire d'une fée en cherchant désespérément une chaussette bien cachée, ou en s'escrimant sur un nœud récalcitrant ou sur un appareil ménager qui refuse de fonctionner ? La plupart du temps, il suffit de prendre un peu de recul et de sourire de la situation pour que les choses s'arrangent d'elles-mêmes : c'est signe que l'on commence à comprendre la nature malicieuse des fées ! Encore une fois, leur intention n'est pas de nuire, mais simplement de s'amuser tout en nous donnant une petite leçon... Tâchons donc de ne pas prendre la vie trop au sérieux et d'accepter certaines choses plutôt que d'essayer de lutter inutilement contre elles.

Les pixies sont particulièrement réputées pour aimer embêter les voyageurs et les amener à se perdre. Elles peuvent, par exemple, tourner une carte dans le mauvais sens, nous faire perdre le sens de l'orientation - même non loin de chez nous -, nous éloigner de plusieurs kilomètres de l'endroit où nous souhaitons nous rendre, ou tout simplement perdre nos clés de voiture. Lorsque nous prenons la route et que rien ne se passe comme on le souhaiterait, nous pouvons être sûrs que les fées ne sont pas loin !

Comprendre leur nature

Les fées sont des êtres insouciants qui aiment avant tout s'amuser. Elles sollicitent la partie de notre personnalité qui est tentée par des actions impulsives, imprévisibles et illogiques en apparence. Elles font ressortir l'enfant que nous étions et qui est toujours présent en nous, celui qui fait que nous aimons courir sur l'herbe tendre, nous laisser rouler au bas d'une colline, danser et chanter dans les herbes folles et nous émerveiller de notre monde.

Dans la mythologie, les fées ne sont pas suffisamment bienveillantes pour pouvoir appartenir au divin, mais elles ne sont pas non plus assez mauvaises pour être identifiées au mal. Elles sont déchues, mais non perdues, car elles n'ont jamais eu de réelle volonté de nuire. Cela reflète exactement la condition humaine, et permet d'expliquer pourquoi les elfes, les fées et les humains sont si proches.

Maintenant que nous connaissons les caractéristiques et les habitudes des elfes et des fées, nous allons explorer dans le chapitre suivant leurs habitats et les lieux qu'ils fréquentent. Autant de révélations sur les endroits magiques où l'on peut les trouver…

Citation

Dans l'ouvrage *Good Faeries, Bad Faeries* (New York, Simon & Schuster, 1998), l'écrivain britannique Brian Froud a écrit que, par rapport à sa propre expérience des fées, il les voyait comme des créatures « irrationnelles, poétiques, absurdes, pleines de paradoxes, mais en même temps d'une grande sagesse. Elles ont le don de faire venir l'inspiration, de provoquer des autoguérisons ou des métamorphoses… mais peuvent aussi semer le chaos dans nos vies en les perturbant violemment, en causant des ravages importants ou des changements drastiques ».

Le minimum à savoir

→ Les elfes et les fées sont de formes et de tailles très variées.

→ Les fées sont par essence des esprits, ce qui explique leur apparence souvent évanescente.

→ Montrez-vous toujours sous un jour positif à un elfe ou à une fée.

→ Certaines fées aiment taquiner les humains et leur jouer des tours pour s'amuser.

→ Les elfes, les fées et les humains présentent beaucoup de similitudes.

Chapitre

10

Où trouver des elfes et des fées

Dans ce chapitre

→ Les endroits que les elfes et les fées aiment fréquenter

→ Qui sont les fées de la terre, et où les trouver

→ L'univers des fées aquatiques

→ Des dragons et autres fées du feu

→ Les lieux où l'on peut voir voler des fées

→ Un exercice pour entrer en contact avec les fées des quatre éléments

Tous les elfes et les fées habitent le royaume des fées, appelé aussi « Autre Monde », mais beaucoup d'entre eux se trouvent également associés à un environnement spécifique qui appartient au monde des humains et qui constitue un espace idéal pour exercer leurs pouvoirs magiques.

Ainsi les gnomes vivent-ils sous terre dans des forêts denses, à l'abri des grands chênes, ce qui leur convient parfaitement parce qu'ils évoluent sous la terre avec aisance. D'autres types d'elfes et de fées partagent ce même type d'habitat, où se trouvent des portes ouvrant un passage vers l'Autre Monde.

Les habitats de base

Dans la mythologie, le peuple des Tuatha De Danann se retira dans les collines, appelées « sidhes », et engendra les premières fées connues sous le nom de « daoine sidhe », ou peuple des collines. Le terme « sidhe » reflète la connexion ancienne qui existe entre les fées et les collines, car il signifie à la fois « colline » et « fée ». Nous reviendrons en détail sur la relation entre les Tuatha De Danann et le royaume des fées dans le chapitre 14.

En ce qui concerne les elfes, leurs origines mythologiques mentionnent des mondes dans lesquels ils vivent encore aujourd'hui. Les elfes de lumière occupent le monde supérieur, tandis que les elfes sombres sont dans le monde inférieur :

- Les elfes de lumière sont naturellement attirés par des lieux qui se trouvent à la surface de la terre, tels que des forêts et des lacs.
- Les elfes sombres sont attirés par les lieux souterrains, tels que des grottes ou des cavernes.

Les elfes et les fées ont ensuite occupé toutes sortes d'endroits ; où que vous vous trouviez dans la nature – que ce soit à la mer ou à la montagne –, vous pouvez être sûr qu'ils s'y trouvent, incarnant l'esprit de la nature. Cependant, il faut parfois sortir un peu des chemins battus pour aller à leur rencontre.

Lorsque les elfes et les fées se mirent à diversifier leurs habitats, les caractéristiques de leur environnement les influencèrent et modelèrent progressivement toutes les variétés d'elfes et de fées que l'on connaît grâce aux livres, aux images et aux films. En outre, il en apparaît sans cesse de nouveaux que l'on découvre au fil des explorations et qui viennent s'ajouter aux elfes et aux fées traditionnels.

Les paragraphes suivants vous indiquent où vous rendre pour rencontrer certaines créatures féeriques, ainsi que le type d'elfes ou de fées que vous pourrez trouver en fonction de l'endroit où vous serez. Et qui sait, peut-être entendrez-vous la harpe dorée des nixes

Attention ! Prenez garde...

Lorsqu'on part à la recherche d'elfes ou de fées, il faut s'assurer de respecter leur habitat car ils n'aiment pas que celui-ci soit dérangé. Il faut donc faire attention à l'endroit où l'on met les pieds, car on peut facilement marcher sur une de leurs maisons. Soyez attentif à ce que vous faites et à ce que vous touchez, vous pourriez les déranger et cela pourrait se retourner contre vous. Surtout, lorsque vous quittez un endroit, veillez à le laisser tel que vous l'avez trouvé.

s'accorder au bruit d'une cascade la prochaine fois que vous pique-niquerez au bord de votre rivière préférée... ?

Où trouver des elfes

Dans *Le Seigneur des anneaux*, les elfes habitent un lieu appelé « Rivendell » : il s'agit d'un endroit secret, situé dans une vallée encaissée entre deux grandes rivières. Cette vallée boisée est protégée par des enchantements elfiques qui permettent aux rivières de sortir de leur lit pour repousser les envahisseurs, comme ce fut le cas lorsque les Cavaliers noirs, tentant de poursuivre Frodon et l'Anneau jusque dans le royaume de Rivendell, furent emportés par une crue soudaine.

Le folklore et la littérature mettent en relation plusieurs sortes de fées et d'elfes, comme les leprechauns et toute leur proche famille. Des livres et des films tels que *Harry Potter* ont également popularisé les fées domestiques en les présentant comme des « elfes de maison », c'est pourquoi ce type de fées est ici regroupé avec les elfes qui partagent le même habitat.

- Les elfes aiment s'installer dans les forêts denses ou aux bordures boisées des rivières et des lacs. Les elfes sombres, ou gnomes, vivent sous la terre, dans des collines ou des cavernes, ainsi que dans les tréfonds obscurs des forêts. Les elfes évitent en général le contact des humains, mais peuvent néanmoins accueillir et héberger ceux qui se montrent bons et sages.
- Les leprechauns se trouvent généralement près des sources, parmi les roseaux dans les zones humides, et au pied des haies délimitant les herbages. Ils aiment aménager leur maison dans des terriers abandonnés, des arbres creux ou des cavernes dont ils camouflent l'entrée avec des branchages. De manière générale, les leprechauns apprécient les endroits qui peuvent sembler peu romantiques et peu empreints de magie, mais qui leur permettent de se fondre dans le paysage et de passer inaperçus aux yeux des humains. Le leprechaun et ses parents proches peuvent être désignés par les termes suivants : luricaun, clurichaun, lurigadaune, luriceen, logheryman, luchryman, leith bhrogan, pixie, spriggin, ganconer, bonnet-rouge et far darrig.
- Les brownies sont des sortes d'elfes ou de fées domestiques qui s'installent dans des habitations humaines et qui apportent une certaine prospérité au foyer en terminant les petits travaux inachevés ou en s'occupant des animaux familiers. Cependant, si l'on a le malheur de les offenser, ils peuvent causer de grands ravages. Les fées urisk et les kobolds peuvent leur être rattachés.

Bien qu'au départ les elfes et les leprechauns n'aient pas les mêmes origines que les fées, les représentations littéraires et artistiques qui en ont été faites ont contribué à les

Sens magique

Dans un contexte féerique, le **glamour** est l'aptitude magique à modifier l'apparence de certaines choses aux yeux de ceux qui les regardent. Les elfes et les fées utilisent cette technique pour cacher leur maison et se rendre eux-mêmes invisibles aux humains qui n'ont pas le don de double vue.

rassembler dans un seul et même groupe ; ce sont tous des esprits de la nature et les gens ont d'eux une perception à peu près identique. C'est pourquoi nous avons pris le parti de ranger les elfes et les leprechauns dans la catégorie des fées.

La forme fluide des fées

Le recueil de Joseph Jacobs, *European Folk and Fairy Tales* (New York, G.P. Putnam's Sons, 1916), contient un conte de fées intitulé « All Change » dans lequel un homme, qui ne possède pour tout bien qu'un petit pois, s'arrange pour l'échanger contre beaucoup plus. Ainsi, un poulet passe par là et picore le petit pois ; l'homme décide de garder le poulet. Ce dernier se fait dévorer par une truie, qu'il récupère donc, et lorsqu'un cheval tue la truie d'un coup de sabot, il prend le cheval. La jeune fille qui s'occupe du cheval ayant perdu l'animal, l'homme déclare que la jeune fille est à lui, mais la tante de cette jeune fille parvient à le tromper en le persuadant de l'échanger contre un chien noir, qui n'est autre qu'un symbole des fées.

Ce conte portant sur le changement et la métamorphose est une variante de la légende celte de Gwion Bach, avec la poursuite magique qui s'ensuit. La déesse Kerridwen et son fils Gwion subissent une série de transformations, jusqu'à ce que le fils retourne dans le ventre de sa mère et renaisse au VIe siècle sous la forme du fameux barde Taliesin.

Les mythes et les contes de fées abordent tous l'inéluctable évolution de toute chose ou de tout être au fil du temps. Cette idée de transformation est parfaitement intégrée chez les fées, car celles-ci peuvent adopter presque toutes les formes qu'elles souhaitent. Ainsi, tant dans « All Change » que dans la légende de Gwion Bach, les personnages principaux ne cessent de se transformer, et leurs différentes formes reflètent leurs nombreux habitats. On constate que lorsque la forme évolue, l'habitat change, et inversement, ce qui souligne la relation très forte qui les lie.

Les fées ont une nature fluide et transmutable, elles évoluent librement d'un élément à un autre. En changeant de forme, elles peuvent ainsi adopter les caractéristiques physiques d'un des quatre éléments que sont la terre, l'eau, le feu et l'air, en intégrant dans leur magie les propriétés de cet élément. En outre, leur aspect les lie naturellement avec une énergie élémentaire spécifique, comme c'est le cas des sirènes qui ont une connexion évidente avec l'élément aquatique.

Les paragraphes suivants s'attachent à décrire les quatre habitats élémentaires, ainsi que les formes des fées qui fréquentent ces endroits. Ces éléments ne sont pas totalement distincts, ils se rejoignent et se chevauchent même, parfois jusqu'à se confondre. Les fées habitent très souvent dans un endroit où plusieurs espaces convergent, comme dans le cas d'une forêt bordée par deux rivières (éléments terrestre et aquatique mélangés). Dans ce type de configuration, l'eau est traditionnellement l'élément protecteur - ainsi, au Moyen Âge, les châteaux étaient-ils ceints de douves remplies d'eau servant à les protéger contre d'éventuels envahisseurs.

Les fées de la terre

Les dryades sont des fées habituellement décrites comme étant très belles, grandes, avec un corps souple et une peau aussi radieuse et délicate qu'un pétale de fleur au soleil. Un côté de leur corps serait marqué par un motif complexe représentant le tronc et les racines de leur « arbre parent », ou « arbre mère ». Leur chevelure épaisse et indomptable, d'une couleur vert marron avec des mèches blanches et or, descend souvent au moins jusqu'à leurs pieds. Les dryades sont des nymphes des forêts ; il existe aussi des nymphes des prairies, qui sont également des fées de la terre.

La terre est le principal habitat élémentaire des fées parce que c'est là qu'elles ont commencé à exister en tant que sidhes. Par conséquent, tous les elfes et toutes les fées sont intimement liés à la terre - d'ailleurs la plupart des fées sont des fées de la terre. C'est à partir de cet élément naturel qu'elles se sont diversifiées pour venir se mélanger aux autres aspects de la nature.

D'un point de vue mythologique, les fées de la terre sont liées à la déesse mère et à tout ce qui découle d'elle. Elles symbolisent la création, la force, la stabilité, la fertilité, la robustesse ainsi que la productivité. Déméter est la déesse grecque qui représente cette énergie divine. Il faut s'efforcer de lui plaire en lui rendant hommage et en lui témoignant reconnaissance et respect ; lorsqu'elle est satisfaite, le monde entier nous sourit.

Vous trouverez des fées de la terre en de nombreux endroits, que ce soit en forêt (généralement près des arbres), ou au pied des monolithes qui pointent la course du soleil et des saisons. Plus la forêt ou la prairie sera éloignée ou isolée, plus vous aurez de chances d'y trouver une fée de la terre.

- Les habitats élémentaires qui abritent des fées de la terre sont les forêts, les montagnes, les vallons, les prairies, les champs, les terrains rocailleux, les monolithes, les jardins, les vergers, les buissons, les fourrés, les cavernes et les mines.
- Les fées de la terre ont pour noms : elfes, nains, gnomes, dryades, hommes verts et femmes vertes, pillywiggins, knockers ou cogneurs des mines.

Les fées des eaux

L. Frank Baum, l'auteur du célèbre *Magicien d'Oz*, a également écrit d'autres livres tels que *The Sea Fairies* (Chicago, The Reilly and Lee Co., 1911), où Trot (dont le vrai nom est Mayre Griffiths) et le capitaine Bill rendent visite aux sirènes dans leur palais du fond des mers. La reine des fées leur explique pourquoi ils se déplacent avec autant d'aisance dans l'eau : « Vos corps ont été modelés exactement comme ceux des sirènes, pour que vous profitiez pleinement de votre visite. En réalité, vous n'êtes pas directement en contact avec l'eau, mais vous en êtes séparés par un tout petit espace, gros comme un cheveu, ce qui vous permet de rester toujours au chaud et au sec. L'air qu'il y a dans cet espace est constamment renouvelé et provient de l'eau environnante, ce qui explique qu'on puisse respirer aussi librement que si l'on était sur la terre ferme. »

Les fées des eaux constituent le deuxième groupe le plus important après celui des fées de la terre. De tout temps, les navigateurs ont rapporté des récits les concernant, les fées des eaux les ayant aidés ou ayant compliqué leur voyage. On montre parfois ces fées chevauchant des sortes de chevaux qu'on appelle « kelpies », ou on les dépeint comme des sirènes qui peuvent ensorceler un homme par leur chant, en le touchant ou en lui caressant les cheveux. Les malheureux les suivent alors dans les profondeurs de la mer et meurent.

Attention ! Prenez garde...

Méfiez-vous des fées des eaux, certaines sont dangereuses. Souvenez-vous notamment, dans l'*Odyssée* d'Homère, de l'histoire d'Ulysse qui réussit à se prémunir du chant ensorcelant des sirènes lors de son retour en bateau.

Les fées des eaux aiment se transformer en cygnes. Dans la mythologie nordique, le premier couple de cygnes de cette espèce habitait le puits de Mimir, situé sous les racines de l'Arbre-Monde Yggdrasil, et les autres fées cygnes résidaient dans un palais suspendu aux nuages par quatre chaînes d'or. Pouvant aussi bien voler que nager, les cygnes symbolisent le lien entre l'élément de l'eau et celui de l'air.

Dans le folklore, les nixes sont une ancienne race anglaise de fées des eaux ; elles sont très belles, avec une peau blanche translucide et de longs cheveux verts. Les ondines, aussi appelées « elfes des eaux », vivent quant à elles dans des palais de cristal au fond de lacs très profonds. Une autre fée légendaire habite la fontaine de Chancela, dans le Berry, et Pierre Dubois, dans sa *Grande Encyclopédie des Fées* (Paris, Hoëbeke, 2008), écrit à son propos qu'elle « habite cette fontaine, dont elle sort pour aller se promener dans le Pré à la Dame et le Champ de la Demoiselle. La nuit, on voit s'élever au-dessus de la source une gigantesque figure de femme, qui se perd dans le temps ».

Les merrows et les farfadets des eaux sont également des créatures aquatiques, généralement coiffées d'un bonnet rouge. Les merrows se servent de ce bonnet pour nager entre leur monde subaquatique et notre monde. Le folklore veut que si un humain attrape le bonnet d'une merrow, celle-ci ne peut plus rentrer chez elle et lui est promise en mariage ; c'est un peu la même histoire qu'avec les selkies ou les fées cygnes, qui doivent récupérer leur peau ou leur manteau de plumes pour pouvoir recouvrer leur liberté et retourner dans leur royaume sous les flots.

Les farfadets des eaux, eux, n'ont pas besoin de bonnet, ni de peau spéciale ou de manteau de plumes pour aller et venir d'un monde à l'autre. Ils peuvent éventuellement avoir pour coiffe un bonnet rouge, mais uniquement à titre décoratif. Lorsqu'ils sont sur terre, ils peuvent prendre l'aspect de petites vaches rouges et sans cornes.

- Les habitats élémentaires où l'on peut trouver des fées aquatiques sont les mers, les rivières, les lacs, les criques, les puits, les marécages et les fontaines.
- Les fées aquatiques ont pour noms : farfadets des eaux, merrows, sirènes, tritons et alvens.

Contes et légendes

La Dame de la Font de Chancela, fée d'une fontaine dans le Berry, était si belle qu'un seigneur du voisinage tomba fou amoureux d'elle. Il tenta de l'enlever, mais lorsqu'il la prit dans ses bras elle disparut aussitôt, lui laissant une impression de froid si profonde qu'elle éteignit sa flamme amoureuse et qu'il lui fallut plus d'un an avant de songer à un nouvel enlèvement. Il réessaya alors chaque année de l'emmener avec lui, toujours en vain.

Les fées du feu

Par certaines chaudes soirées d'été, on peut apercevoir dans l'air des étincelles de lumière, qui ne sont autres que des farfadets du feu. Le folklore et la littérature distinguent deux types de fées du feu : d'une part celles qui ressemblent à des farfadets du feu et irradient une grande quantité de lumière ; d'autre part toutes les créatures magiques s'apparentant au dragon et ayant recours à la chaleur et au feu pour manifester leurs pouvoirs.

Les lutins du feu sont beaucoup moins répandus que leurs proches cousins aquatiques ; on les décrit le plus souvent comme des êtres « brillants », l'élément feu se rapportant plus à sa lumière qu'à sa chaleur. D'un point de vue métaphysique ou spirituel, cette lumière est d'ailleurs associée au divin.

Dans le dessin animé *Dragon Tales*, un frère et une sœur détiennent une amulette qui leur permet d'évoluer parmi les dragons. Cet univers plus magique qu'effrayant permet de tirer des leçons sur le monde des humains. De la même manière que la fée cygne relie l'élément air à l'élément eau, le dragon fait le lien entre l'élément air et l'élément feu, car il peut voler en crachant du feu et d'énormes volutes de fumée.

On trouve des dragons – et autres créatures apparentées – dans presque toutes les cultures du monde. Ils partagent généralement avec les serpents les caractéristiques suivantes :

- Leur tête et leur langue sont celles d'un serpent.
- Leur corps est long et couvert d'écailles.
- Leur queue est semblable à celle d'un serpent.

Dans le folklore et la littérature, les dragons vivent soit dans des cavernes soit sous terre, et ils sont le plus souvent présentés comme des monstres qui terrorisent les populations. Il arrive cependant qu'ils soient là pour nous aider à vaincre nos propres peurs, ce qui illustre parfaitement la dualité de l'élément feu, qui d'un côté détruit et de l'autre régénère, et qui incarne les forces de la renaissance et de notre désir ardent d'aller vers l'avenir.

- Les habitats élémentaires où l'on peut trouver des fées du feu sont les déserts, les volcans, les sources chaudes, les lacs de montagne, les forêts reculées, les pierres et le sable chauffés par le soleil et les lieux d'activité géothermique.
- Les fées du feu ont pour noms : farfadets du feu, salamandres et dragons.

Citation

Pour l'écrivain J.R.R. Tolkien, les dragons avaient un rôle très important dans les contes de fées et dans leur royaume. Il a déclaré n'avoir jamais imaginé que le dragon puisse relever du même ordre que le cheval, et ce, non pas parce qu'il pouvait voir des chevaux tous les jours, alors qu'il ne pouvait apercevoir ne serait-ce que le bout de la queue d'un dragon, mais parce que ce dernier portait le sceau de la Faerie et ne pouvait qu'être issu d'un Autre Monde.

Les fées des airs

C'est sans doute en raison de l'aptitude des elfes et des fées à se mouvoir sans effort apparent dans les airs que nombre de dessinateurs les représentent avec des ailes dans le dos. En réalité, les elfes et les fées n'ont pas besoin d'ailes, car ils utilisent leur esprit pour voler. Il leur suffit de penser à l'endroit où ils souhaitent aller pour s'y rendre.

Il existe cependant des fées ailées qui jouent – un peu comme les dieux grecs et romains Hermès et Mercure – le rôle de messagers entre notre monde et l'Autre Monde, ce qui leur confère une dimension transcendantale. Lorsqu'on devient plus léger que l'air, on s'engage dans un lieu de transition qui symbolise le passage du monde physique au monde spirituel, de l'univers terrestre à l'univers divin.

Contes et légendes

Dans le folklore irlandais, les tourbillons et les tornades sont des fées qui se déplacent en groupe. Il faut se signer à chaque fois que l'on en voit, sous peine de risquer de se voir entraîner par les fées...

Les oiseaux-mouches, les libellules et les papillons que l'on trouve dans la nature sont tous des fées des airs. En général, ces dernières évitent le contact des humains, mais il arrive qu'au moment où l'on s'y attend le moins une libellule vienne se poser sur notre bras, ou qu'un papillon volette jusqu'à notre tête, touche nos cheveux puis reparte. À chaque fois, ces créatures nous envoient des signes qui peuvent nous suggérer d'emprunter une nouvelle direction. Lorsqu'on déploie ses ailes, on repousse les limites du possible et on ouvre une porte sur d'autres mondes et d'autres formes de vie.

Les chouettes, les cygnes, les aigles et les corbeaux sont les oiseaux les plus proches du royaume des fées ; ils représentent les formes qu'adoptent le plus fréquemment les fées des airs. Le ganconer, quant à lui, est un elfe des airs qui prend l'apparence d'un beau jeune homme pour charmer les jeunes filles. Dans l'ensemble, les fées ailées sont rapides, discrètes et se meuvent habilement.

Les fées des airs diffusent une lumière, une émotion et une énergie fluctuantes. Les forces éthérées qui les traversent expriment leur capacité à transcender ce qui est terrestre ; elles symbolisent la transmutation de la pensée lorsqu'elle se matérialise, ce qui constitue la base métaphysique de toute magie.

- On peut trouver des fées des airs partout où le vent souffle, dans les canyons et les vallées encaissées, en haut des collines ou des montagnes, dans les courants d'air, les tornades et même dans l'œil des cyclones.
- Les fées des airs ont pour noms : ganconers, sylphides et seelies.

Exercice préparatoire avant de rencontrer des elfes ou des fées

L'exercice qui suit permet d'entrer en contact avec les énergies féeriques élémentaires. Il convient d'abord de choisir quatre lieux représentant chacun un des quatre éléments, ou idéalement un seul qui les regroupe tous – par exemple une plage par temps venté et ensoleillé. Il faut veiller à ce que les quatre éléments soient représentés à peu près dans les mêmes proportions, sans que l'un prime trop sur les autres.

L'exercice consiste à franchir chaque élément féerique en suivant l'ordre traditionnel : terre, air, feu, eau. On peut cependant modifier cet ordre si on le souhaite ou si les circonstances l'exigent – par exemple si l'on se trouve dans un lieu où un, voire deux éléments prédominent. Ainsi, si l'on est assis sur une grosse pierre, cette dernière nous rattache directement à l'élément terre et le soleil à l'élément feu, mais si le vent est faible et qu'il n'y a pas de point d'eau très proche, les éléments de l'air et de l'eau étant beaucoup moins présents, il sera bienvenu de les traiter en priorité.

La terre

Trouvez tout d'abord un endroit calme en pleine nature, puis asseyez-vous ou allongez-vous à même le sol – qu'il soit constitué de terre, de cailloux ou de fibres végétales. Choisissez quelque chose qui symbolise l'élément terrestre, et appliquez-y vos mains. Vous pouvez par exemple vous asseoir à côté d'une souche ou d'un tronc d'arbre pour y poser les mains. À vous de décider si vous préférez garder les yeux ouverts ou fermés.

Respirez profondément plusieurs fois en tâchant de prendre conscience du contact instauré avec l'énergie terrestre. Laissez tous vos sens s'imprégner du processus en vous attardant sur ce que vous ressentez, tant au niveau des odeurs que des sensations tactiles ou des tonalités. Sur un plan métaphysique, tout en ce monde émet une tonalité, ou vibration, que nous percevons profondément en nous, à un niveau autre que celui de notre conscience. L'élément terrestre a une nature généralement stabilisante, qui soutient notre corps lorsqu'on est assis ou allongé par terre, et c'est avec les paumes des mains que l'on peut sentir cette énergie fondamentale.

Suggérez à votre conscience de s'accroître encore, jusqu'à ce que le champ énergétique produit par votre corps vienne se fondre dans celui de la terre. Imaginez que vous prenez la place d'un esprit de la terre que vous appréciez, qu'il s'agisse d'un elfe, d'un gnome ou d'une dryade. Essayez de vous percevoir dans la peau de cette créature en prenant le temps d'évoluer dans le cadre de votre environnement et de l'appréhender.

Puis asseyez-vous et méditez sur cette expérience qui vous a permis de comprendre ce que cela fait d'être une fée de la terre. Avant de vous relever pour reprendre le cours normal de vos activités, faites quelques étirements en vous concentrant sur chacun de vos gestes.

L'air

Choisissez un endroit en extérieur où l'air circule librement. Vous pouvez vous asseoir ou rester debout, être immobile ou bouger, et même danser pour suivre le mouvement des masses d'air ; dans tous les cas, étendez vos bras et ouvrez vos mains pour offrir le plus de prise possible à l'air.

Respirez profondément plusieurs fois, puis mettez tous vos sens en éveil en vous concentrant sur l'élément aérien qui vous enveloppe. Sentez comme il circule en permanence, interrogez-vous sur les sons et sur les odeurs qu'il transporte, puis visualisez l'air que vous inspirez, et les turbulences qu'il crée lorsque vous expirez. Restez concentré sur votre respiration pendant quelques minutes.

Répandez ensuite votre propre champ énergétique autour de vous, jusqu'à ce qu'il imprègne l'élément air et se fonde avec son énergie. Imaginez que vous devenez une fée des airs, que des ailes vous poussent et que le vent vous emporte. Laissez-vous aller partout où votre imagination vous mène, et volez quelques instants entre le monde des humains et l'Autre Monde, celui des fées.

Enfin, asseyez-vous et méditez sur ce que cela fait d'être une fée des airs ; vous pourrez exploiter cette réflexion lorsque vous rencontrerez une fée de ce type.

Le feu

Pour vous connecter à l'élément feu, choisissez une journée bien ensoleillée et habillez-vous au minimum afin de profiter de la lumière et de la chaleur. Tout ce qui est sable, roche et terre a tendance à emmagasiner le soleil, c'est pourquoi les fées du feu affectionnent particulièrement les endroits avec ce type de sol. Mettez vos bras en croix, la paume des mains tournée vers le haut afin de vous exposer le plus possible au soleil.

Respirez profondément plusieurs fois, puis mettez vos sens en éveil pour prendre conscience de toutes les manières dont l'élément feu pénètre votre espace personnel. Sentez sa caresse sur votre peau, sa lumière qui vous traverse et se connecte à votre propre lumière intérieure, et sa chaleur qui se fond à la vôtre.

Par un effort de volonté, déployez encore davantage vos sens jusqu'à ce qu'ils perçoivent l'énergie du feu et s'y mélangent. Imaginez que vous devenez un dragon ou quelque autre créature du feu. Votre corps grossit, se couvre d'écailles, de grosses ailes poussent dans votre dos et vous vous mettez à cracher du feu. Vous sentez une énergie croître en vous, qui ne demande qu'à être libérée pour que vous réalisiez pleinement votre potentiel. Vous ne faites plus qu'un avec cette lumière divine qui brille partout, sur la terre et dans les cieux.

Enfin, asseyez-vous et méditez sur ce que cela fait d'être une fée du feu. Demandez-vous comment faire venir un peu de ce feu dans votre propre vie, afin de constituer ce petit supplément d'énergie qui nous fait parfois défaut…

Attention ! Prenez garde…

Ne vous exposez jamais au soleil sans avoir au préalable appliqué de la crème solaire sur votre peau dénudée, surtout entre dix heures et seize heures, et tâchez de ne pas oublier chapeau ni lunettes de soleil.

L'eau

La meilleure façon d'entrer en contact avec l'élément eau consiste à s'immerger, de quelque manière que ce soit, de préférence en extérieur. Vous pouvez choisir de rester immobile dans l'eau ou d'y évoluer, car cet élément est - tout comme l'air - fluide et doté d'une dynamique propre. Étendez les bras et posez vos mains à plat sur l'eau, paume tournée vers le bas.

Respirez plusieurs fois profondément, tout en éveillant vos sens pour prendre conscience de l'élément eau. Attachez-vous à la sensation que produit l'eau sur votre peau, à son odeur. Est-elle plutôt chaude ou plutôt froide ? Quels sons émet-elle ? Visualisez tous les fluides qui circulent, tant ceux de votre propre corps que celui de l'élément eau.

Puis, par un effort de volonté, déployez encore vos sens jusqu'à ce que vous rencontriez l'énergie de l'élément eau et que vous vous confondiez avec elle. Percevez sa fluidité, et imaginez que vous vous transformez en sa fée des eaux préférée. Projetez-vous ensuite évoluant gracieusement dans les flots - comme si vous vous rendiez, par exemple, jusqu'à votre palais de cristal.

Enfin, asseyez-vous et méditez sur ce que cela fait d'être une fée des eaux. Le but de cette expérience est de comprendre ce que ressent une fée évoluant dans son élément ; elle se révélera utile pour savoir où chercher des fées et des elfes les prochaines fois que vous vous promènerez dans la nature.

Le minimum à savoir

- → Les elfes et les fées peuvent changer de forme et on peut les trouver partout.
- → Les fées de la terre sont les plus nombreuses et sont partout, que ce soit dans les jardins, dans les prairies ou dans tout autre endroit sur terre.
- → On trouve les fées de l'air là où il y a du vent ou de la brise.
- → Les fées du feu préfèrent les lieux où abondent lumière et chaleur.
- → Les fées de l'eau apprécient la pluie, la neige, la grêle, la rosée du matin et tous les autres éléments aquatiques.
- → On peut entrer en contact avec les différentes énergies féeriques en se connectant aux quatre éléments que sont la terre, l'air, le feu et l'eau.

Chapitre

11

Les festivités des elfes et des fées

Dans ce chapitre

- → Quand le monde des fées se rapproche le plus du nôtre
- → Les moments du jour et de la nuit que préfèrent les elfes et les fées
- → Les jours où l'on célèbre le monde magique des fées
- → Comment créer ses propres rituels de célébration
- → La recette du gâteau de fées et autres réalisations

À l'heure où la rosée scintille sous les premiers rayons du soleil, il arrive qu'on perçoive de légers mouvements qui trahissent les ébats joyeux des elfes et des fées dans les champs ou dans les prés. De même, à la tombée du soir, la lumière rasante du soleil qui perce à travers les feuillages vient parfois révéler les ombres de ces créatures féeriques lorsqu'elles surgissent discrètement hors d'un buisson ou derrière un arbre.

Après avoir abordé l'apparence et l'habitat des elfes et des fées, il convient de savoir à quels moments on peut les rencontrer et festoyer avec eux. Ce chapitre nous apprend également à organiser nos propres célébrations en l'honneur de ces êtres magiques.

Les moments où leur monde se rapproche du nôtre

Le royaume des fées côtoie notre propre monde de manière si proche que l'on parvient parfois à l'apercevoir brièvement, mais à peine a-t-on cligné des yeux qu'il a déjà disparu de notre champ de vision. Le royaume des fées n'est donc pas tout à fait invisible : si habituellement la plupart d'entre nous ne parvient pas à le voir, le voile entre nos deux mondes est si ténu que même sans avoir le don de double vue, il est quelquefois possible d'entrevoir des elfes ou des fées.

La course du Soleil et de la Lune détermine certains moments qui permettent aux fées comme aux humains d'aller et venir plus librement d'un monde à l'autre. Il est intéressant de remarquer que ces moments coïncident avec le sabbat des anciens druides, et qu'ils correspondent à des événements particuliers pour les astronomes : lorsque la polarité entre la lumière et l'obscurité s'équilibre ou s'inverse.

Dans notre monde, tout fonctionne de manière bipolaire : les notions de chaud et de froid, de lumière et d'obscurité, de bien et de mal... L'énergie est une sorte de courant alternatif qui fluctuerait entre ces pôles et s'auto-entretiendrait. Lorsqu'on transpose cette notion à notre quotidien, elle explique parfaitement ce que nous appelons les « bons jours » et les « mauvais jours » : parfois, tout marche comme nous voulons et une grande confiance nous anime ; d'autres fois, tout semble aller de travers et nous avons l'impression de n'avoir aucune prise sur les événements. Si ces deux types d'expérience peuvent paraître à première vue totalement opposés, seule une nuance de perception les sépare d'un point de vue énergétique, et un rien suffit souvent à tout faire basculer de l'autre côté. Le fait d'en prendre conscience nous permet d'être sensibilisé à une réalité autre qui existe parallèlement à la nôtre.

Le monde des fées est un royaume où les polarités et les dimensions – telles que les dimensions spatiales et temporelles – se confondent ; c'est pourquoi les moments où les polarités se rejoignent offrent des ouvertures temporaires vers l'Autre Monde, qui constituent des occasions rêvées pour rencontrer des elfes et des fées.

Sens magique

Les anciens Celtes appelaient sabbat les moments de l'année où le Soleil et la Terre se retrouvaient sur un certain alignement, comme lors des solstices et des équinoxes. Pour les druides, il s'agissait de périodes magiques, où les forces divines de la Terre mère étaient particulièrement actives.

L'aube et le crépuscule : quand lumière et obscurité convergent

Le jour symbolise le monde du visuel et du manifeste, alors que la nuit représente l'invisible et le non-manifeste. La plupart du temps, ces deux mondes restent distincts, sauf lorsque le jour cède la place à la nuit, et inversement. La frontière entre lumière et obscurité s'estompe alors, créant les meilleures conditions pour rencontrer les elfes et les fées.

Comme en témoignent de nombreux récits, les principales inversions de polarité à l'échelle d'une journée se font à l'aube et au crépuscule, lorsque le voile entre lumière et obscurité est extrêmement ténu ; et cela est encore plus vrai les jours de fête et de pleine lune.

Sur un cycle annuel, les pôles de lumière et d'obscurité se rejoignent au moment des solstices, des équinoxes et quelques autres jours de fête. La magie des elfes et des fées bat alors son plein, créant les conditions idéales pour les rencontrer.

Le film *Ladyhawke* (1984) résume parfaitement cette idée de polarités qui s'inversent : il raconte l'histoire d'un couple, la femme se transformant le jour en faucon et l'homme la nuit en loup. Les deux amants ne disposent que d'un court moment à l'aube et à la tombée de la nuit pour se retrouver sous leur aspect humain, avant que l'un d'eux se métamorphose à nouveau. Cette intrigue évoque le monde des fées et celui des humains, entre lesquels un décalage subsiste, si ce n'est à ces deux moments de la journée où il leur est possible de se contempler quelques instants.

Avec sa lumière faible et rasante, l'aube constitue un moment privilégié pour rencontrer des elfes et des fées, car elle ouvre une fenêtre sur leur royaume. C'est lorsque les dernières nappes d'obscurité se dissipent que l'on peut déceler la présence des elfes et des fées qui ont passé toute la nuit dehors et qui s'apprêtent à regagner l'Autre Monde. Si l'on se montre attentif et réceptif à ce type d'expérience, les chances de rencontrer des elfes et des fées en seront considérablement accrues.

C'est au crépuscule, autre instant où les polarités de lumière et d'obscurité s'inversent, que les fées pénètrent dans notre monde : la porte de leur royaume s'ouvre alors sur le nôtre, les laissant se déverser en grand nombre. Elles dansent, chantent et font la fête toute la nuit, et si elles

Contes et légendes

La légende veut que, tous les neuf ans, lorsque la pleine lune monte dans la nuit du solstice d'été, les selkies sortent sur des plages désertes pour s'y réunir. Elles font alors des jeux, laissant voir la beauté classique de leur visage, leur corps totalement imberbe diffusant des reflets argentés.

apprécient le couvert de l'obscurité, elles aiment également qu'une belle lune éclaire le ciel et auréole d'un doux éclat leur entrain et leur bonne humeur.

Lorsque les derniers rayons du soleil viennent baigner le fond des collines et des océans, on peut voir apparaître les ombres mouvantes des elfes et des fées. Ceux-ci adaptent leur comportement à celui des humains qu'ils croisent, se montrant tantôt bienveillants, tantôt indifférents ; et lorsqu'ils ont affaire à des humains colériques ou mesquins, ils sont capables de leur renvoyer leur mauvaise énergie en se transformant notamment en croque-mitaines et en leur jouant de mauvais tours – et parfois ils se changent en trolls quand la personne leur déplaît vraiment !

Citation

À l'aube, les premiers rayons de lumière transforment les gouttes de rosée en perles scintillantes, et l'on dit que les fées récoltent ces gouttes, comme le déclare la fée dans *Le Songe d'une nuit d'été* de Shakespeare : « Mais il me faut chercher une rosée vermeille/ Pour pendre à chaque fleur une perle à l'oreille. »

Les elfes et les fées aiment le soir, car l'obscurité ambiante leur permet d'être moins visibles. C'est pourquoi on les rencontre plus fréquemment à des heures tardives, comme nombre de contes de fées l'attestent ; il faut donc toujours se montrer prudent lorsqu'on s'aventure seul dehors la nuit : on court le risque de se fourvoyer et de se perdre dans le royaume des fées...

C'est à minuit que la soirée revêt sa plus forte implication magique. C'est l'heure des sorcières, l'heure aussi où le carrosse de Cendrillon se retransforme en citrouille. Nous allons voir que cet horaire a également une signification particulière lors de plusieurs fêtes liées à la magie.

C'est pas sorcier

À midi, moment magique de la journée s'il en est, le soleil est au zénith. La lumière est extraordinairement forte ; et si ce n'est pas l'instant où l'on a le plus de chances de voir des êtres magiques, cela reste un moment privilégié pour expérimenter la magie des elfes et des fées, tout particulièrement celle des fées du feu et des fées du jardin.

Les fêtes magiques de commémoration

Les fêtes liées à la magie correspondent à des jours où les pôles de lumière et d'obscurité se rejoignent, comme cela se produit à l'aube et au crépuscule. Pendant que la Terre évolue autour du Soleil, les cycles de lumière et d'obscurité changent, ce que nous percevons fort bien. Ces jours sont traditionnellement considérés comme des jours de magie où les portes du royaume des fées s'ouvrent momentanément.

Sur une période d'un an, c'est au moment des solstices et des équinoxes que les pôles de lumière et d'obscurité s'inversent. Le solstice d'hiver correspond au jour le plus court de l'année et annonce le moment où les journées se mettent à rallonger, tandis que le solstice d'été marque le jour le plus long, connu sous le nom de « Saint-Jean ». Les équinoxes sont les deux moments où le cycle de lumière et d'obscurité est parfaitement équilibré, le jour et la nuit étant de durée égale. L'équinoxe de printemps correspond au premier jour du printemps, tandis que l'équinoxe d'automne désigne le premier jour de l'automne.

Il arrive que l'on célèbre les fées à d'autres moments que lors d'un solstice ou d'un équinoxe : c'est le cas de la fête de Beltaine, qui a lieu entre l'équinoxe de printemps et le solstice d'été, et de la fête de Samain, qui se produit après l'équinoxe d'automne et avant le solstice d'hiver. Pour les Celtes et les premiers Gallois, Beltaine annonçait le début de l'été et Samain l'entrée dans l'hiver. C'est pourquoi l'anglais désigne le solstice d'été par le terme *Midsummer*, car il arrive au milieu d'un été qui commencerait au début du mois de mai. Les fêtes de Beltaine et de Samain marquant le début des saisons, on leur accordait traditionnellement beaucoup d'importance et on les considérait comme des jours de célébration des fées.

Citation

Selon le poète W.B. Yeats dans son livre *Fairy and Folk Tales of Ireland* (New York, Macmillan Publishing Co, 1983), « Au début de l'été, quand des feux de joie sont allumés sur chaque colline en l'honneur de saint Jean, les fées sont extrêmement joyeuses, et parfois elles enlèvent de beaux mortels pour les épouser. En novembre, elles sont d'humeur sombre, or, selon les calculs des anciens Gaëls, cela correspond à la première nuit de l'hiver. »

Samain/Halloween

Cette fête a lieu fin octobre ou début novembre et symbolise la fin de la saison « claire » et l'entrée dans la saison « sombre ». On dit que les portes entre notre monde et le royaume des fées s'ouvrent alors grand pour ceux qui souhaitent visiter l'un ou l'autre. C'est un excellent moment pour découvrir le royaume des fées ou pour rencontrer des fées dans notre propre monde.

Dans son conte de fées *Jamie Freel and the Young Lady,* W.B. Yeats décrit Jamie de la manière suivante : « Ses voisins disaient de lui qu'il était le meilleur fils qu'on puisse rêver d'avoir. Mais il avait aussi d'autres voisins, dont pour le coup il ne connaissait pas l'opinion, et qui pourtant vivaient aussi tout près de lui. Ceux-là, il ne les avait jamais vus, et à vrai dire peu de mortels pouvaient les voir, sauf le 1er mai et le jour de Halloween. »

Puis Yeats continue de décrire la scène : « Un château en ruines, non loin de la cabane de Jamie, était réputé être la résidence du "petit peuple". À chaque Halloween, ses vieilles fenêtres s'éclairaient et les gens qui passaient par là pouvaient voir des petites silhouettes voltiger dans les pièces, tandis que leur parvenait la musique de pipeaux et de flûtes. »

Lors de Halloween, la tradition veut que l'on porte des masques et des déguisements effrayants afin de repousser les esprits de l'Autre Monde. Cette fête désigne en effet une période où, comme Jamie Freel, on tente de rencontrer des fées, mais où l'on doit aussi se protéger de celles qui sont indésirables ou nuisibles (pour connaître les techniques permettant d'attirer les bonnes fées et de se protéger des mauvaises, voir le chapitre 12).

Noël

Cette fête, qui existe depuis bien longtemps, coïncide plus ou moins avec le solstice d'hiver qui a lieu le 21 décembre. Elle comprend la venue d'un être magique qui apporte des cadeaux aux enfants, avec l'aide de ses lutins et de ses rennes capables de voler. La fête de Noël concentre de nombreux éléments féeriques, dont le fait que ceux qui se sont bien comportés pendant l'année écoulée se voient récompensés - ce qui correspond à l'idée selon laquelle les êtres et les créatures magiques réparent les injustices de ce monde.

Noël est également la période de l'année où les jours sont les plus courts et les nuits les plus longues, mais où la polarité entre les deux s'inverse, ce qui fournit un point de contact entre notre monde et celui des fées. Ainsi, la tradition voulait que l'on ne s'offrît pas seulement des cadeaux entre humains, mais qu'on en proposât aux fées et qu'on en reçût de leur part. La coutume consistant à laisser du lait et des gâteaux dans sa maison pour le Père Noël illustre cette idée d'échange.

Le rituel qui consiste à orner un sapin de boules brillantes et autres décorations lumineuses pour le célébrer en tant que « roi des forêts » est fort ancien. On suspend également du gui - plante que les anciens druides révéraient déjà pour ses pouvoirs magiques - au-dessus de sa porte d'entrée pour favoriser l'amour et se protéger du mauvais sort. Noël représente depuis longtemps l'occasion de célébrer le renouveau sous toutes ses formes, et c'est encore aujourd'hui un moment de l'année où la magie des enfants, des elfes et des fées prend toute sa puissance.

Imbolc/la Chandeleur

Cette fête, qui a lieu au début de février, célèbre le moment où les animaux de la ferme se remettent à produire plus de lait, ce qui annonce le début du cycle printanier avec sa nourriture abondante et signale la fin des restrictions de l'hiver.

La tradition irlandaise voulait que l'on dansât autour d'un monticule appelé « butte aux fées » ou « feu de Bridget », jusqu'à arriver progressivement en haut de celui-ci où un grand bûcher attendait d'être allumé. Chaque participant y lançait sa torche pour y mettre le feu, et chacun rapportait ensuite un peu de ce feu chez lui, où il continuait de brûler dans l'âtre jusqu'à l'année suivante.

Bridget était à la fois une reine des fées et la déesse celte du feu ; elle symbolisait la volonté et la détermination du peuple de rapporter la lumière, avec l'aide des fées, dans un pays plongé dans l'obscurité. On scandait autour du feu de joie : « Bridget, Bridget, nom sacré, Bridget, Bridget, flamme sacrée », et ces paroles étaient reprises dans toutes les maisons de la communauté.

Ostara

Cette fête se déroule à l'équinoxe du printemps, autour du 21 mars. À ce moment de l'année, la lumière et l'obscurité sont parfaitement équilibrées, tout comme le jour et la nuit. C'est à cette période que l'on sème et que l'on plante, avec la bénédiction des elfes et des fées et l'assurance d'avoir de bonnes récoltes.

Le lapin de Pâques est une créature magique, dont le statut dans la mythologie est devenu comparable à celui du Père Noël. Les œufs symbolisent la fertilité et une vie nouvelle, mais ceux dont le lapin de Pâques remplit notre panier portent également en eux le germe de la fertilité créatrice et la magie de la vie. Comme les œufs, les lapins représentent la fertilité et le renouveau et sont liés à l'ordre cosmique, ce qui explique en partie pourquoi c'est un lapin albinos qui introduit une petite fille prénommée Alice au royaume féerique d'*Alice au pays des Merveilles*, de Lewis Carroll.

Beltaine

Beltaine est fêtée début mai ; on utilise alors une couronne de fleurs ainsi qu'un « mât de mai » pour célébrer le proverbe : « En avril, ne te découvre pas d'un fil, en mai, fais ce qu'il te plaît ! » Beltaine marque le commencement des six mois les plus lumineux de l'année, et représente en cela le contre-pied de la fête de Samain, qui marque le début des six mois les plus sombres. Dans les deux cas, il s'agit de moments où il n'y a presque plus de séparation entre notre monde et le royaume des fées.

Le jour de la fête de Beltaine, les elfes et les fées mélangent de l'orge à de la rosée recueillie aux douze coups de minuit, créant ainsi un breuvage aux propriétés très actives. La tradition veut que, ce soir-là, on laisse devant sa porte quelque chose à boire et à manger pour les fées, afin de gagner leurs faveurs et de résoudre un éventuel problème de cœur, car on dit que c'est un jour propice pour la vie sentimentale et une bonne occasion pour déclarer sa flamme.

Les fées adorent les fleurs et l'amour, c'est pourquoi Beltaine est une fête chère à leur cœur. Lorsqu'on fait cadeau à quelqu'un d'une plante ou de fleurs, on lui offre un cadeau de fée, car il s'agit d'un « échantillon » de la nature. L'amour est lui aussi une merveilleuse fleur féerique que l'on doit cultiver pour qu'elle puisse s'épanouir et grandir ; si l'on ne fait pas cet effort-là, on se prive du vrai souffle de la vie.

La Saint-Jean

Cette fête coïncide avec le solstice d'été et marque la fin de la plus longue journée de l'année ainsi que le début de la plus courte nuit, moment où la séparation entre les mondes s'estompe au point de presque disparaître. *Le Songe d'une nuit d'été* de Shakespeare s'articule autour de ce moment particulier, qui a généré de multiples célébrations partout en Europe. La plupart de ces festivités se terminent par un feu de joie ; en Irlande, on prétend que le lendemain de la Saint-Jean de nouveaux cercles de fées apparaissent, qui n'existaient pas la veille.

« Main dans la main, emplis de grâce/ Chantons, bénissons cette place », proclame la reine des fées Titania dans *Le Songe d'une nuit d'été* pour bénir la chambre nuptiale de Thésée et d'Hippolyte. Un roi et une reine des fées, un philtre d'amour et la magie d'une nuit d'été, tous les ingrédients chers à la Saint-Jean sont ici réunis. À la fin, comme il se doit, l'amour l'emporte, ainsi qu'en témoigne cet autre passage : « Le battant de métal a compté douze coups. Au lit, amants ! Déjà l'heure des fées approche. »

C'est pas sorcier

Les plantes que l'on cueille à minuit lors du solstice d'été sont réputées plus actives car elles contiennent un peu de l'énergie des fées. Les bâtons divinatoires coupés cette nuit-là prédiront plus efficacement l'avenir, et toutes les eaux naturelles puisées à ce moment ont des vertus médicinales. Dans cette période où l'été bat son plein, l'esprit magique des fées est particulièrement fort.

Lughnassad

Cette fête, nommée également « Lammas » dans les célébrations chrétiennes, a lieu début août. Elle marque la maturité des cultures et le début de leur récolte. Littéralement, Lughnassad signifie « fête des noces de Lugh ». Par cette fête, les gens avaient coutume de célébrer l'abondance des récoltes, et les premiers grains servaient à cuire des pains qui étaient ensuite bénis par les esprits divins de la nature.

Lugh est le roi celte du soleil couchant qui règne sur la partie de l'année où les jours raccourcissent. Son banquet de mariage eut lieu à l'occasion de son union avec la merveilleuse reine des fées Rosemerta. Traditionnellement, on escalade des montagnes, des collines et autres places hautes où l'on dépose des offrandes pour Lugh ainsi que pour les elfes et les fées. On donne ensuite de grandes fêtes pour célébrer le mariage divin du dieu et de la déesse ainsi que le début des récoltes.

Le dimanche précédant Lughnassad et le dimanche suivant, appelés tous deux « Garland Sunday », les gens escaladent des montagnes pour déposer à leur sommet des offrandes telles que des fleurs ou du blé, ainsi que d'autres cadeaux. On appelle également ces dimanches « Bilberry Sunday », car, au cours de leur ascension, les participants avaient l'habitude de cueillir des baies ressemblant à des myrtilles avec lesquelles ils confectionnaient des bracelets qu'ils offraient ensuite aux amoureux comme un gage d'amour. Ces baies étaient réputées porter chance.

Fête des moissons et des récoltes

C'est au moment de l'équinoxe d'automne (vers le 22 septembre) que l'on célèbre la fin des moissons. Les elfes et les fées, qui adorent bien manger et bien boire, sont particulièrement actifs durant cette période, et l'on disait d'ailleurs que les brownies venaient aider pour les récoltes. On a aussi parfois raconté que c'étaient les pixies qui faisaient apparaître les cercles de fées en chevauchant les animaux de la ferme et en les faisant tourner en rond de manière frénétique.

Pendant la célébration, on réserve la dernière gerbe de la récolte à la fabrication d'une sorte de poupée qu'on habille d'une robe et de rubans. Elle symbolise l'esprit de la récolte et représente la déesse ou la reine des fées qui, grâce à son lien avec la création, a rendu la récolte possible. Peu à peu, on a pris l'habitude de choisir une jeune femme pour en faire cette « reine des récoltes », qui représente de la même manière la déesse et les esprits de la nature, ces derniers renvoyant à leur tour aux elfes et aux fées.

La tradition veut que la fête de la moisson se termine par une célébration visant à remercier les forces divines de la création et les esprits magiques de la nature. On fait des offrandes de boisson et de nourriture aux elfes et aux fées afin de les remercier pour les récoltes récentes et de s'assurer de leur soutien pour l'année à venir. Les festivités de la moisson marquent des périodes fastes et ont pour symbole l'image de la corne d'abondance, très semblable à l'un des quatre anciens trésors des Tuatha De Danann, le « chaudron d'abondance », qui présentait la même source inépuisable de nourriture.

Festoyer avec les elfes et les fées

Les elfes et les fées apprécient qu'on les célèbre lors des fêtes magiques de commémoration, mais on peut aussi choisir un jour de pleine lune, car ils aiment beaucoup chanter et danser ces soirs-là près des lacs, dans les champs et dans les forêts. Quand la nuit est pâle, leurs silhouettes se détachent en nombre impressionnant à l'horizon, et le vent qui fait bruisser les feuillages souffle une mélodie légère et féerique, à nulle autre pareille.

L'une des activités préférées des elfes et des fées est de faire la fête, comme l'attestent les cercles de fées que l'on retrouve sur place le lendemain matin, après qu'ils ont passé la nuit à danser. Nous, humains, sommes cordialement invités à nous joindre à leurs festivités, et eux-mêmes prennent grand plaisir à participer aux nôtres. Durant les jours de célébration des fées comme aux jours de pleine lune, la séparation entre nos deux mondes s'estompe au point qu'il nous est possible de nous réunir pour fêter ensemble la magie de la vie.

En participant à ce type de manifestation, nous admettons l'existence dans la nature d'une force spirituelle et d'une force de vie, et reconnaissons le fait qu'elles sont très importantes pour nous. Si les célébrations ont pour but de rassembler les individus et les énergies et de renforcer les liens qui les unissent, les divers rites permettent de se connecter aux esprits de la terre ainsi qu'aux esprits de nos propres ancêtres.

C'est pas sorcier

Une année compte normalement douze pleines lunes, mais il arrive qu'il y en ait une treizième, que la tradition celte désigne sous le nom de « lune d'orge ». Les années où il y a treize pleines lunes en comptent deux sur un même mois, qu'on appelle « lune bleue ».
Il s'agit d'une période où la magie des elfes et des fées est particulièrement forte.

Les coutumes et traditions rattachées aux festivités

Partout à travers le monde, et plus particulièrement aux États-Unis, au Canada et en Europe, les célébrations liées aux fées consistent à se réunir et à exécuter divers rituels afin d'entretenir notre lien spirituel avec la nature. Ces rituels impliquent généralement de former un cercle, qui sert à honorer les rois et les reines des fées régissant les différents moments de l'année, comme Bridget à la période d'Imbolc ou Lugh à Lughnassad. Tout en rendant hommage aux esprits féeriques, on leur demande leur bénédiction pour l'année à venir.

Lorsque les rituels sont accomplis, les célébrations de fées se poursuivent par une fête qui renforce les liens entre les fées et les humains, et entre les humains eux-mêmes. Les fêtes ont toujours été des occasions de se réunir : on dispose plats et boissons sur une grande table, et chacun peut se servir, y compris les elfes et les fées pour lesquels une part est toujours prévue.

Les célébrations de fées impliquent parfois que les participants se déguisent ; ainsi certaines jeunes filles s'habillent-elles en « reines des moissons » lors des fêtes des moissons, tandis qu'à Halloween on se déguise en sorcière. Certaines pièces de théâtre constituent également des célébrations de fées, en particulier *Le Songe d'une nuit d'été* de Shakespeare, où une partie des acteurs portent des costumes de fées.

Les grandes tablées, les bals masqués et les fêtes de Halloween découlent tous des traditions liées aux célébrations des fées. Lorsqu'on se déguise, on adopte une autre identité qui permet de laisser s'exprimer l'être féerique qui est en nous et que nous tenons habituellement caché. En outre, le fait de partager de la nourriture avec d'autres, surtout si on l'a cuisinée soi-même, constitue une occasion d'échanger une part de nous-même avec le groupe. C'est également une manière de remercier les énergies naturelles qui ont permis à ces produits d'exister.

> **C'est pas sorcier**
>
> Lors d'une célébration, il faut se rappeler que les fées aiment qu'on les appelle le « bon peuple ». Si l'on se réfère à elles de cette manière, elles apporteront chance et prospérité.

S'amuser à la manière des fées

Voici quelques suggestions de réalisations permettant d'agrémenter une célébration ou simplement de s'amuser comme les fées (pour d'autres recettes magiques, voir le chapitre 21).

Le pain de Noël

Ce pain convient parfaitement à des buffets, mais on peut également en faire offrande aux elfes et aux fées, car c'est l'un de leurs mets favoris. Pour confectionner un pain, il faut :

1 sachet de levure
1 tasse d'eau tiède pour diluer la levure
4 tasses de farine
$^1/_4$ de tasse de sucre blanc
$^3/_4$ de tasse de sucre roux
1 c. à c. de sel
1 tasse de lait tiède stérilisé
1 œuf légèrement battu
1 tasse de beurre, de margarine ou d'huile
1 c. à c. d'extrait de vanille
1 tasse de raisins secs
1 tasse de noix, d'amandes ou de noix de cajou

Dissoudre la levure dans l'eau tiède, puis mélanger dans un bol la farine, le sucre blanc, le sucre roux et le sel. Battre dans un autre bol le lait tiède, l'œuf battu et la vanille avec le beurre, la margarine ou l'huile, puis y incorporer le mélange de l'autre bol, et enfin la levure. Verser les raisins et les noix dans la préparation, puis pétrir la pâte jusqu'à ce qu'elle soit encore humide sans coller aux doigts. La disposer dans un moule huilé et la laisser reposer dans une pièce assez chaude pour qu'elle double de volume. La pétrir à nouveau, puis la laisser gonfler une nouvelle fois. Disposer ensuite le pain dans un plat en verre et le faire cuire à 150 °C pendant une bonne demi-heure, jusqu'à ce qu'il brunisse sur le dessus. Attention de pas trop le cuire, car il se dessécherait.

La « boîte à récoltes »

De la même manière que la poupée « reine des récoltes » constituée avec une gerbe de blé représente l'esprit des moissons et l'énergie des fées, la boîte à récoltes symbolise l'esprit de ce qu'on a pu récolter, au propre comme au figuré : il peut aussi bien s'agir d'une relation avec quelqu'un, d'une condition physique obtenue grâce à un entraînement que l'on suit, d'une réussite professionnelle ou d'une expérience spirituelle – en fait, cela peut concerner tout ce qui nous amène à produire des efforts et nous en récompense. Pour fabriquer la boîte, il faut :

- une boîte en carton ou en bois,
- divers objets ayant un rapport avec les récoltes,

- de la peinture, des feutres, des morceaux de tissu, des photos, de la colle et autres accessoires de décoration.

La boîte doit être suffisamment grande pour contenir tout ce que l'on souhaite y mettre, la seule condition étant de ne sélectionner que des éléments en rapport avec les moissons, que ce soient des fleurs séchées, des photos ou encore des talons de tickets pour une exposition florale.

La peinture, les feutres et les autres accessoires serviront à décorer l'extérieur de la boîte. On peut lui donner toutes les apparences imaginables, sans avoir peur de se montrer créatif et d'exprimer ses goûts.

Par la suite, on peut soit conserver sa boîte à récoltes telle qu'elle est si l'on veut y entreposer quelque chose d'inaltérable, soit l'agrémenter de temps en temps d'une nouvelle décoration, pour marquer de nouveaux succès dans sa vie, par exemple. Ainsi, la simple contemplation de la boîte ou de son contenu renverra aussitôt un sentiment positif et rappellera combien l'énergie des elfes et des fées peut être utile.

La bûche de Noël

Avoir une bûche de Noël dans sa cheminée ou en conserver un petit morceau dans sa maison protège son domicile et favorise abondance et prospérité.

Commencez par sélectionner un rondin de bois sec, dont la taille soit adaptée à votre cheminée. Traditionnellement, la bûche de Noël est faite dans un bois dur tel que le chêne, afin qu'elle brûle longtemps. Vous pouvez l'arroser avec du cidre ou de la bière, et la décorer avec toutes sortes de produits naturels comme des aiguilles et des pommes de pin, des branches de cèdre ou des feuilles de vigne, des rubans de couleur, du coton et de la cire. Il est également possible de la saupoudrer de blé et de farine de maïs, mais il ne faut pas utiliser de peinture ni d'autres produits pouvant libérer des gaz toxiques lors de la combustion. L'idée est de la rendre décorative tout en lui faisant incarner votre perception de la vie et de votre rapport à la nature. Enfin, en décorant votre bûche, pensez à toutes les bonnes choses qui se sont produites durant l'année écoulée, ainsi qu'à toutes les perspectives agréables de l'année à venir.

Après avoir décoré votre bûche de Noël, disposez-la dans la cheminée puis allumez un feu en prenant soin de remercier les elfes et les fées avec la bénédiction suivante :

Je remercie le bon peuple pour ses vœux,
Que l'année à venir soit encore plus magique et prospère.
Qu'il en soit ainsi !

Laissez la bûche se consumer entièrement, jusqu'à ce qu'il ne reste plus que des cendres. Chaque fois que vous la regarderez brûler, imaginez que les flammes propagent les bonnes ondes des elfes et des fées et en font bénéficier ceux qui vous sont chers. Si vous avez décoré la bûche uniquement avec des éléments naturels, dispersez ses cendres refroidies au pied d'un arbre, de préférence un chêne ou un pin.

Le minimum à savoir

- → L'aube et le crépuscule sont les moments de la journée où la séparation entre notre monde et celui des fées est la plus ténue.
- → Durant les jours de commémoration de la magie des fées, les portes de leur royaume sont ouvertes. Nombre de ces occasions continuent d'être célébrées de diverses manières.
- → Les elfes et les fées aiment que les humains organisent des fêtes en leur honneur.
- → Pour ces fêtes, on peut confectionner un pain de Noël, une « boîte à récoltes » ou une bûche de Noël.

Chapitre 12

Comment attirer les bonnes fées et se prémunir des autres

Dans ce chapitre

- → Ce qui distingue les bons elfes des mauvais
- → Comment attirer les bons elfes et les bonnes fées
- → Comment reconnaître les mauvais elfes et les mauvaises fées, et comment s'en prémunir
- → Votre nom secret et ses effets magiques

Même si, fort heureusement, nous ne nous sentons pas toujours tiraillés entre le bien et le mal, ces deux notions restent constamment présentes dans notre vie ; tantôt nous peinons à les distinguer, tantôt leur opposition nous paraît aller de soi. Dans tous les cas, elles exercent une contrainte continuelle sur notre vie, définissant sa forme et ses limites.

Le but de ce chapitre est de nous apprendre à capter les énergies qui nous permettent de repousser ces limites et de résister aux forces qui peuvent nous nuire. L'idée est d'attirer les bons elfes et les bonnes fées tout en se prémunissant contre les autres, afin de vivre de manière plus positive et plus créative.

Bons, mauvais ou neutres

Un conte de fées irlandais intitulé *The Fairies' Dancing-place* raconte l'histoire d'un homme qui décide un jour de construire une maison pour sa famille à l'emplacement d'un cercle de fées. Les fées, qui utilisent ce cercle pour danser les nuits de pleine lune, lui font savoir qu'elles vont détruire sa maison, mais l'homme s'en charge à leur place et en rebâtit une autre ailleurs. Lorsqu'il commence à creuser les fondations de sa nouvelle maison, il y trouve un trésor que les fées et les elfes ont placé là pour lui.

Un des aspects intéressants de ce conte est qu'il montre à quel point les fées peuvent se montrer hostiles envers ceux qui les contrarient – comme ici le personnage principal de l'histoire –, tout en opérant un revirement total dès que l'on se décide à aller « dans leur sens ». L'histoire se conclut d'ailleurs par ces mots : « En restituant aux fées leur espace de jeux, l'homme devint plus riche qu'il ne le serait jamais devenu s'il n'était pas entré en contact avec elles. »

L'aptitude des elfes et des fées à la métamorphose leur permet de montrer aux humains un visage tour à tour bon, mauvais ou neutre, leur choix dépendant du type d'énergie perçu. C'est pourquoi les humains dotés d'un caractère gai et qui font preuve de bonnes dispositions à leur égard auront toutes les chances de les voir sous leur bon jour, ce qui leur apportera chance et fortune.

Comme le Père Noël, les elfes et les fées possèdent une liste des humains qui les ont bien traités et une liste des personnes qui, au contraire, se sont mal comportées envers eux. Ils se montrent toujours secourables à l'égard des premiers, leur apparaissant comme des êtres joyeux et pleins de fantaisie.

Si un mauvais elfe ou une énergie négative fait irruption dans votre vie, il faut l'interpréter comme le signe que quelque chose ne va pas. En général, cela a un rapport avec :

- un aspect de votre comportement ;
- le comportement d'une tierce personne (généralement vous concernant) ;
- une mauvaise nouvelle, comme une maladie ou un décès ;
- le fait que votre énergie s'épuise, et que vous devez alors la protéger ou la renforcer.

Si une mauvaise fée vient vous visiter, en rêve ou à l'état de veille, c'est un signe grave qui doit vous alerter sur vous-même et sur ce que vous êtes en train de vivre. Ces fées existent dans tous les mythes et contes de fées. Appelées « banshee » dans le folklore et la mythologie celtes, elles se reconnaissent à leurs pieds palmés et à leur manteau vert, et hantent les points d'eau isolés où elles sont occupées à laver les vêtements tachés de sang des mourants. Le fait de les rencontrer signe votre arrêt de mort, sauf si vous parvenez à vous interposer entre elles et l'eau et si vous les obligez à exaucer trois de vos vœux, puis à répondre sans mentir à trois questions.

Si les elfes et les fées peuvent afficher de bonnes ou de mauvaises dispositions à l'égard des humains, ils peuvent également faire preuve d'une indifférence totale, comme c'est souvent le cas pour les fées solitaires qui préfèrent qu'on les laisse tranquilles. Pour entrer en contact avec elles, il est préférable que ce soient elles qui fassent le premier pas. Si vous percevez de l'indifférence de la part d'un elfe ou d'une fée, le mieux est que ce soit lui ou elle qui se manifeste pour communiquer avec vous.

C'est pas sorcier

Écoutez toujours ce que vous disent les fées ! En Angleterre, à Knowle, dans le Warwickshire, il avait été décidé de bâtir une église sur une colline surplombant le puits de Sainte-Anne, où des fées s'étaient établies. Des maçons commencèrent à en poser les fondations, mais chaque nuit les fées venaient pour retirer les briques et les déplacer. Les maçons finirent par comprendre et construisirent l'église à l'emplacement qu'indiquaient les fées, où elle existe encore aujourd'hui.

Les bons elfes et les bonnes fées

Dans *Le Seigneur des anneaux*, J.R.R. Tolkien évoque une ancienne alliance qui s'est forgée entre les elfes et les humains dès leur naissance, semblable à celle qui existe entre les fées et les premiers Irlandais. Bien qu'au fil des temps ces alliances aient été soumises à rude épreuve, elles continuent d'exister et font désormais partie de notre histoire.

Les elfes et les fées énumérés ci-dessous ont la réputation d'être amicaux et serviables :

- **Les blue ladies** : leur peau et leurs cheveux scintillent comme de la glace, et elles s'occupent principalement de planter des fleurs sauvages sur les montagnes. Ces jeunes filles féeriques auraient maintes fois sauvé des humains pris dans des avalanches, et auraient montré aux mortels les bénéfices d'un amour inconditionnel, ainsi que les vertus curatives des plantes. Si l'herbe d'une prairie est longue et d'un vert profond, on peut être sûr que des blue ladies sont passées par là.

- **Les brownies** : les brownies sont en général timides et très discrets. Ils ont longtemps aidé les fermiers, que ce soit à la ferme ou pour les travaux des champs ; ils savaient battre le grain, le vanner et le stocker dans de grands sacs, mais aussi laver le linge, baratter la crème et désherber le jardin. La seule chose qu'un brownie demande en échange de ses travaux, c'est un endroit où il puisse être tranquille ainsi qu'un bol de lait frais, éventuellement agrémenté d'un peu de pain de Noël (voir le chapitre 11). Ne leur offrez jamais de vêtements ni de gages, ils penseraient que vous leur demandez de quitter les lieux.
- **Les seelies** : ces fées ne se déplacent qu'en groupe, accompagnant les mouvements du vent, de la pluie, de la neige ou de la lumière. Les seelies ont la réputation d'avoir bon cœur et d'être très serviables ; elles voyagent à cheval sur le vent à la recherche de personnes en détresse, en émettant de la lumière. On appelle le groupe qu'elles forment « seelie court » (« cour bénie »), car il apporte des céréales et autres nourritures de base aux plus démunis.

C'est pas sorcier

Un observateur a écrit au sujet du repas du brownie : « On lui accorde de petits festins, son préféré consistant en des gâteaux faits avec la farine du moulin, cuits sur les braises et couverts de miel. La maîtresse de maison doit les préparer et les disposer avec attention dans un coin où il pourra les trouver par hasard » (William Henderson, *Folk-Lore of the Northern Counties*, Folk-Lore Society, Londres, 1879). C'est ce gâteau qui a pris depuis le nom de brownie.

Les mauvais elfes et les mauvaises fées

Au vu de nombreux témoignages, on pourrait penser que les elfes et les fées existent plus dans leurs formes mauvaises que dans les bonnes ; en réalité, les deux versions s'équilibrent. La liste qui suit, regroupant les « mauvais » elfes et fées (ce qualificatif n'étant dû qu'à la perception discutable qu'en ont les humains), n'est donc pas plus longue que la précédente.

Les mauvaises fées ont généralement un aspect déplaisant, voire très laid, et sont animées de tendances destructrices. Lorsqu'elles s'approchent d'une personne, elle a l'impression de recevoir un présage ; il arrive même que ses cheveux se dressent sur sa tête. Parfois, ces créatures néfastes apparaissent sous la forme de bonnes fées merveilleusement belles, mais leurs paroles ou leurs actes les trahissent immanquablement.

- **Les boggarts** : leur méchant caractère fait d'elles l'exact contraire des brownies. Elles raffolent des vilaines blagues et adorent casser toutes sortes de choses. On les trouve généralement dans les vieilles maisons, où elles prennent un malin plaisir à retirer les couvertures des gens pendant leur sommeil, à déplacer des meubles en pleine nuit, à frapper aux portes ou à faire sonner le téléphone à des heures incongrues. Si vous les laissez faire, elles finissent par vous rendre fou à force de perturber en permanence votre quotidien, c'est pourquoi vous devez absolument vous en prémunir ou vous en débarrasser (voir les conseils p. 145).

- **Les sirènes** : elles ont ensorcelé plus d'un marin avec leur voix merveilleuse, les poussant à les suivre jusque dans le fond des mers et à se noyer. On les reconnaît facilement à leurs magnifiques yeux verts et à leur corps parfait dénudé, arborant comme seule parure des colliers de coraux et de coquillages. Lorsqu'on s'en approche, elles se transforment en créatures hideuses, dotées de griffes et d'un corps d'aigle, ainsi que d'une queue de poisson. On dit qu'elles peuvent prédire l'avenir et prévenir par leur chant ceux, peu nombreux, qui ont leurs faveurs lorsqu'une tempête arrive. Selon leurs besoins, elles sont capables de se métamorphoser en oiseaux ou en poissons et, de même que les trolls, elles détestent le feu.

- **Les trolls** : dans la mythologie scandinave, les trolls étaient des fées très puissantes. Avec le temps, ils sont devenus une race magique, à mi-chemin entre les nains et les géants. Les trolls sont très antipathiques et peuvent même devenir redoutables pour peu qu'on les importune. Ils courent plus vite que n'importe quel humain, et seul le soleil peut les arrêter car ses rayons les changent en pierre.

Attention ! Prenez garde...

Une banshee est une femme fée connue pour ses cris et ses grognements. Elle est souvent porteuse d'un message funeste, et il est très mauvais signe de la voir, de l'entendre ou de rêver d'elle.

Attirer les bons elfes et les bonnes fées

Avant de chercher à attirer des elfes et des fées, on doit d'abord se demander pour quelles raisons on le souhaite. En effet, si les « bons » sont nombreux, il en existe tout autant qui peuvent nous motiver à ne pas solliciter leur énergie, et il ne s'agit pas de tomber sur l'un ou l'une des mauvais elfes et fées qui sévissent.

Parmi les motivations qui peuvent nous inciter à vouloir rencontrer des elfes et des fées, on peut citer les suivantes :

- Nous saurons mieux cultiver les plantes, les arbres et les fleurs de notre jardin ou de notre maison, et comprendrons mieux la vie sauvage.
- Nous apprendrons à mieux utiliser et orienter les énergies naturelles élémentaires pour en tirer un plus grand bénéfice.
- Cela nous procurera un peu de gaieté enfantine, de la magie, de la lumière et de la joie, tant durant les vacances qu'au quotidien.
- Les bons elfes et les bonnes fées nous protégeront, nous et ceux qui nous sont chers, des mauvaises fées ainsi que des personnes ou des pensées négatives.
- Ils nous aideront à atteindre nos objectifs personnels et professionnels.
- Ils nous permettront de mieux comprendre nos origines et nos inclinations.
- Nous améliorerons nos capacités psychiques et aurons de meilleures intuitions.
- Nous renforcerons notre connexion spirituelle avec la déesse mère, ou Mère Nature, qui est notre mère à tous, que nous soyons humain, elfe ou fée.

Et voici quelques-unes des raisons pour lesquelles il n'est nullement souhaitable d'attirer des mauvais elfes ou des mauvaises fées :

- Ils font généralement entrer le chaos dans notre vie – à cause d'eux tout va de travers !
- Ils contrent ou saccagent tous nos objectifs et nos rêves.
- Ils nous font faire des cauchemars, nous soumettent à la tentation, nous tirent vers l'obscurantisme, la dépression et le mal en général. Ils peuvent nous blesser, nous mutiler, voire nous tuer, et s'attaquer de la même manière à nos proches.

C'est pourquoi, lorsque nous souhaitons attirer l'énergie des elfes et des fées, nous devons absolument savoir de quel type d'elfes et de fées il s'agira. Comme dans toute magie, il faut se montrer très précis, sous peine de ne pas obtenir le résultat escompté. Imaginez par exemple que vous fassiez venir une boggart au lieu d'un brownie : au lieu de vous aider dans la maison et le jardin, elle ne ferait qu'amplifier vos problèmes !

Les elfes et les fées sont des esprits de la nature et, à ce titre, ils se trouvent concernés par ce que subit notre environnement naturel. Lorsqu'on sollicite les elfes et les fées, il est donc très important de se montrer respectueux tant envers la nature qu'envers eux. En se promenant en extérieur près de leur habitat, il est impératif de veiller à ne rien déranger alentour, sinon il y a peu de chance de les attirer à soi.

Quand on a décidé quelle sorte d'elfes et de fées on souhaite approcher, il convient d'identifier ce qu'ils aiment et ce qu'ils n'aiment pas : outre le fait que cela aidera à les attirer, cela permettra de conserver leurs faveurs pour ne pas risquer de les voir se retourner contre soi.

Comment faire venir ces êtres magiques vers soi

De manière générale, les elfes et les fées aiment qu'on les appelle le « bon peuple » ou le « petit peuple ». Ils préfèrent être à l'initiative des contacts avec les humains, et apprécient qu'on leur offre des petites portions de nourriture fraîche et de boissons. Ils adorent la musique, danser et faire la fête en général. Il est très facile de leur faire plaisir et, en retour, ils peuvent se montrer d'une grande aide, quelle que soit notre situation.

Une excellente manière d'attirer les bons elfes et les bonnes fées consiste à aménager pour eux un jardin de fées, en plus du cercle de fées (voir le chapitre 6). Pour peu que ce lieu soit fréquenté par des colibris, des papillons et des libellules, les elfes et les fées s'y trouveront irrésistiblement attirés. Ce jardin devra être très fleuri pour que le petit peuple s'y sente vraiment chez lui (voir tous les conseils au chapitre 20).

En récoltant les légumes produits dans son potager, il ne faut jamais oublier de remercier les elfes et les fées pour leur participation ; ce sont eux qui veillent sur l'évolution des plantations et qui font mûrir les légumes et les fruits, c'est pourquoi la coutume veut qu'on leur réserve le premier ou le dernier fruit de la récolte.

On peut laisser sur l'arbre ou sur la plante les fruits, les légumes, les noix ou les baies qui leur sont destinés ; il faut alors décréter à haute voix qu'on les dédie au « gentil peuple de la terre, de l'air, du feu et de l'eau qui a contribué à créer ces beaux produits ». Il est également possible de disposer son offrande dans un panier, une assiette ou un bol ; c'est alors l'occasion de se montrer imaginatif dans la présentation, ce qui traduira nos efforts sincères pour communiquer et travailler avec les fées et les elfes.

Contes et légendes

Si l'on réussit à verser sept larmes sincères dans la mer, une selkie apparaîtra devant nous pour nous servir. On peut la retenir auprès de soi et s'unir à elle si l'on s'approprie sa peau, semblable à celle d'un phoque.

Boissons et mets magiques

Les elfes et les fées aiment les produits très frais, il faut donc veiller à ne pas leur proposer un produit abîmé ou avarié, car ils le prendraient comme une insulte. On ne doit en outre jamais proposer à un homme ou à un animal une denrée qui serait restée dehors toute la nuit ; il faut immédiatement l'enterrer ou s'en servir pour le compost. Cette nourriture est en effet réputée avoir été « vidée » de sa substance, l'idée étant que les fées en ont extrait l'esprit et ont laissé de côté la matière.

Parmi les nourritures et les boissons préférées des elfes et des fées, on peut citer :

- **Le beurre et le lait frais.** Le lait que l'on renverse et le beurre qui reste sur le couteau à tartiner sont traditionnellement destinés aux fées ; on dit que celles-ci aiment tellement le beurre qu'à l'occasion de la fête de Beltaine elles chapardent tous les morceaux que les humains laissent sans surveillance.
- **Les fruits, les légumes, le pain et les gâteaux frais.** La coutume veut que lorsqu'un pain ou un gâteau cuit, il faille en réserver une tranche pour les fées - cela vaut particulièrement les jours de célébration des fées.
- **L'hydromel ou une bonne tisane.** Ces boissons auront encore plus de succès pendant les périodes de fêtes. (Pour trouver la liste complète de ce que mangent les fées et les elfes, se reporter au chapitre 21.)

Se prémunir des mauvais elfes et des mauvaises fées

Il arrive qu'on se sente épuisé, voire « vidé » de son énergie, comme si quelque chose ou quelqu'un puisait dedans. En réalité, il est fréquent que ce phénomène soit dû à une attaque de mauvais elfes et de mauvaises fées, et il convient alors de réagir vite sous peine de tomber réellement malade. Leur présence peut également susciter d'autres symptômes, comme le fait de :

- se sentir continuellement triste et déprimé,
- manquer d'énergie et d'ambition,
- se sentir malade, notamment en présence de certaines personnes ou dans certaines situations,
- mal dormir et faire des cauchemars,
- avoir des visions de mauvaises fées,
- se sentir perdu, sans prise sur le monde qui nous entoure.

Attention ! Prenez garde...

Les pixies adorent semer la confusion chez les voyageurs et les amener à se perdre. Pour se prémunir de leurs méfaits, on doit porter ses vêtements à l'envers, en les retournant avant de les mettre.

Si on présente un ou plusieurs de ces symptômes, on doit les combattre aussitôt pour éviter de se trouver mentalement affecté.

Comment contrer les énergies négatives

Si vous sentez que vous perdez totalement prise sur votre vie et que vous êtes sans cesse tenaillé par l'envie de rire ou de pleurer (en fonction de votre caractère), il ne vous reste plus qu'à recourir aux méthodes suivantes, qui sont toutes des manières traditionnelles de contrer l'action néfaste des mauvais elfes et des mauvaises fées.

- La nuit, si vous vous sentez poursuivi par une énergie négative, sortez de chez vous et trouvez un cours d'eau, aussi petit soit-il. Enjambez-le ou sautez par-dessus, il retiendra le mal de l'autre côté et vous en serez ainsi débarrassé.
- Si, en vous promenant, vous sentez se lever un vent étrange, mieux vaut vous signer pour éviter qu'une troupe de fées vous emmène dans l'Autre Monde. Elles n'ont pas forcément de mauvaises intentions, mais elles interrompraient le cours de votre vie, ce qui pourrait s'avérer perturbant… Ces vents étonnants qui transportent les fées se lèvent toujours de manière inattendue, alors qu'il n'y avait l'instant d'avant aucune brise apparente. Ils sont généralement constitués d'air chaud, mais parfois ils peuvent être glacials. La meilleure manière de s'en prémunir est de rester parfaitement immobile, d'inspirer profondément et de réciter une courte prière.

Contes et légendes

Selon un vieux dicton populaire, les mères doivent suspendre du liseron au-dessus du berceau de leur nouveau-né, après avoir pris soin d'en brûler les extrémités. On dit que cela permet de neutraliser les mauvais sorts que de méchantes fées pourraient lui jeter, et que cela les empêche également d'enlever l'enfant pour lui en substituer un autre.

- Si vous bâtissez votre maison sur un terrain occupé par des fées (ou au bord d'une route qu'elles empruntent), vous ne rencontrerez que des ennuis (rappelez-vous le conte irlandais du début de ce chapitre). Vous n'aurez alors qu'une chose à faire : reconstruire votre maison ailleurs. Les elfes et les fées seront trop heureux de vous désigner un autre emplacement, et vous aurez intérêt à les écouter.

Magie de base pour se protéger

Lorsqu'on se sent submergé par des énergies négatives, il faut absolument réagir vite et les combattre, sous peine que la situation empire. Pour cela, le seul recours est la magie, qui permet de nettoyer et de protéger son espace personnel.

Il existe plusieurs méthodes pour se débarrasser des énergies négatives ; la première consiste à employer un son spécifique tel qu'un son de cloche, un bruit de tambour ou encore le tintement du cristal, tout en invoquant un dieu ou une déesse en fonction de la nature païenne ou chrétienne du rituel. Une deuxième méthode implique de se munir d'une croix et de prononcer au choix l'une de ces invocations traditionnelles :

« *Faites, Seigneur, que le mal s'en aille.* »

Ou

« *Faites, [nom du dieu ou de la déesse], que le mal s'en aille.* »

Une troisième méthode pour se protéger consiste à imaginer une sorte de filet énergétique qui nous enveloppe, nous et notre espace. On peut lui prendre comme « points d'accroche » les arbres alentour, le toit de la maison ou les étoiles qui scintillent au-dessus de notre tête. Personnellement, quand je dispose ce genre de filet, j'en conçois un qui bloque les énergies négatives et les renvoie là d'où elles viennent, tout en laissant entrer les énergies positives.

En installant mentalement votre filet de protection, imaginez que les feuilles des arbres, les tuiles de votre toit et les étoiles qui brillent dans le ciel sont autant de cristaux qui scintillent et qui constituent les points de maille de votre filet. Déclarez tout haut que ce filet lumineux repousse toutes les énergies négatives et vous protège des mauvaises fées ainsi que de toute autre attaque d'ordre psychique, et n'oubliez pas d'ajouter qu'il est perméable aux énergies positives et à l'amour qui, eux, peuvent le traverser pour venir baigner votre vie.

Les cristaux et les pierres précieuses ont également des vertus protectrices, qui varient selon leur type. On doit les choisir en fonction de ses besoins, et l'on peut invoquer les énergies des elfes et des nains pour renforcer leur pouvoir protecteur. Pour avoir la liste complète des propriétés magique et métaphysiques de toutes les pierres, se reporter au *Guide des pierres de soins* de Reynald Boschiero (Paris, Marabout, 2007).

On peut enfin fabriquer une simple grille protectrice constituée de quatre pointes de quartz transparentes, chacune environ de la grosseur d'un doigt. Avant de les disposer, assurez-vous qu'elles sont propres en les passant au moins une minute sous l'eau fraîche, la pointe vers le bas. Prenez ensuite chacune de ces pointes dans vos mains pour y emmagasiner une lumière blanche protectrice : chargez la pierre en imaginant qu'une lumière vive et blanche s'écoule de vos mains et de votre front pour venir la remplir. Pour renforcer le processus, prononcez une prière afin de la bénir et de la protéger.

Enfin, disposez vos cristaux dans votre maison en prenant soin que leurs quatre pointes indiquent la direction des quatre points cardinaux. Pour développer l'énergie protectrice des cristaux, consacrez-leur quelques minutes chaque jour afin de les remplir mentalement de lumière vive, blanche et protectrice. Si vous trouvez d'autres belles pierres dans la nature, vous pouvez en agrémenter votre grille, cela ne fera que renforcer son pouvoir.

C'est pas sorcier

Certains métaux comme le fer et le plomb, ou tout alliage en contenant peuvent être utilisés pour repousser les mauvais elfes et les mauvaises fées. Ainsi, on met traditionnellement un clou dans sa poche pour les tenir à l'écart ; mais n'oubliez pas qu'en gardant ce type de métaux sur vous, vous tenez également à distance les bons elfes et les bonnes fées.

La technique du nom secret

La technique du nom secret, ou personnel, est un procédé magique qui existe depuis fort longtemps, tant chez les fées et les elfes que chez les humains. Les elfes et les fées se définissent par un nom générique, comme « leprechauns », mais ils ont également un nom propre, ou nom secret. Si l'on connaît ce nom, leur magie ne peut rien contre nous. Le conte de fées *Grigrigredinmenufretin* illustre parfaitement cette idée : dans cette histoire, la femme doit deviner le nom de la fée pour pouvoir rompre l'enchantement et garder son enfant.

Comme les elfes et les fées, nous avons tous un nom secret. Il constitue une protection extrêmement efficace et, si le fait de connaître le nom secret de quelqu'un rend sa magie inopérante, le fait de détenir soi-même un nom secret crée un bouclier protecteur contre la magie négative des autres – notamment celle des mauvaises fées.

La technique dévoilée ici vous aidera à trouver votre nom secret, puis à apprendre à vous en servir et à le protéger. La première étape consiste à découvrir ce fameux nom, ce qui requiert essentiellement un travail de mémoire. Votre nom secret n'est autre que votre nom véritable, celui qui transcende votre vie présente et vous rattache au divin, c'est pourquoi il est important de demander l'aide des énergies divines pour pouvoir le découvrir. Voici quelques-unes des actions que vous pouvez entreprendre pour faciliter ce processus :

- Déclarez votre intention de découvrir votre nom secret à voix haute, pour vous-même, à intervalles réguliers dans la journée – par exemple lorsque vous vous levez, lors d'une pause dans votre travail ou quand vous allez vous coucher.
- Avant de vous endormir, suggérez-vous à vous-même de vous remémorer votre nom secret dans vos rêves.

- Chaque matin, au réveil, prenez le temps de vous rappeler vos rêves et cherchez s'ils ne vous livrent pas votre nom secret.
- Utilisez les énergies divines avec lesquelles vous êtes en contact pour vous aider dans votre recherche.

Il vous faudra peut-être une journée, peut-être une semaine ou peut-être un mois pour découvrir votre nom secret ; la seule chose qui est sûre, c'est que, lorsque vous l'aurez trouvé, vous aurez la certitude qu'il s'agit du bon nom. Le tout est de se fier à votre intuition et de continuer à le chercher tant que le doute subsiste.

Ne révélez jamais votre nom secret et ne l'écrivez nulle part, car cela permettrait à des êtres doués de pouvoirs magiques de s'en emparer et de s'en servir contre vous ; ce serait dommage, d'autant que vous vous priveriez du même coup d'une de vos meilleures armes contre les énergies négatives, y compris celles des mauvaises fées.

Créez un cercle de fées en suivant les explications fournies au chapitre 6, puis asseyez-vous en son centre et commencez à énumérer à voix haute tous les surnoms qu'on a pu vous donner, en prenant le temps d'expliquer pour chacun d'eux pourquoi ce n'est pas votre vrai nom. À chaque fois, répétez cette phrase : « Un seul nom désigne mon vrai moi, c'est mon nom secret. » Répétez ensuite trois fois à voix haute votre nom secret, et concluez par les propos suivants : « Personne ni aucune magie ne peut me nuire tant qu'il ne connaît pas mon vrai nom, mon nom secret. Et ce nom, personne ne peut en user contre moi avant d'avoir dénombré tous les elfes et toutes les fées qui peuplent l'univers depuis la nuit des temps. »

À chaque fois que vous sentez qu'un elfe, une fée ou une personne prépare une attaque énergétique contre vous, tracez un cercle de fées et répétez ces paroles pour réactiver le pouvoir protecteur de votre nom secret.

Le minimum à savoir

→ Les elfes et les fées nous renvoient généralement le même type d'énergie que celle qu'on leur transmet.

→ Les bons elfes et les bonnes fées peuvent nous aider dans de nombreux domaines.

→ L'apparition de mauvaises fées peut être le signe que quelque chose ne va pas dans notre vie.

→ C'est en se montrant respectueux envers les elfes et les fées qu'on a le plus de chances de les attirer.

→ On doit parfois créer une protection énergétique contre ceux qui nous veulent du mal.

QCM

1 – Selon le folklore irlandais, les fées sont...

❑ **A** - aussi petites que des insectes
❑ **B** - de la taille des enfants
❑ **C** - au moins aussi grandes que les humains

2 – La plupart des elfes et des fées sont d'excellents...

❑ **A** - musiciens
❑ **B** - couturiers
❑ **C** - potiers

3 – Quelles créatures féeriques sont réputées pour perdre les voyageurs ?

❑ **A** - les pixies
❑ **B** - les leprechauns
❑ **C** - les gnomes

4 – Où habitent les brownies ?

❑ **A** - près des sources
❑ **B** - dans des forêts denses
❑ **C** - dans des habitations humaines

5 – Lesquelles sont des fées des eaux ?

❑ **A** - les salamandres
❑ **B** - les merrows
❑ **C** - les tritons

6 – Quelle fête est célébrée fin octobre ou début novembre ?

❑ **A** - Samain
❑ **B** - Ostara
❑ **C** - Imbolc

7 – Selon la tradition, que fait-on le jour de la fête de Beltaine ?

❑ **A** - on dépose à manger pour les fées au seuil des maisons
❑ **B** - on allume un feu de joie
❑ **C** - on danse autour du « feu de Bridget »

8 – À quoi reconnaît-on les « banshee », ou mauvaises fées ?

❑ **A** - leurs mains ont quatre doigts
❑ **B** - leur langue est verte
❑ **C** - leurs pieds sont palmés

9 – Lesquelles de ces créatures sont néfastes ?

❑ **A** - les sirènes
❑ **B** - les blue ladies
❑ **C** - les brownies

10 – Les fées sont particulièrement friandes de...

❑ **A** - fromage blanc
❑ **B** - beurre
❑ **C** - lait caillé

Réponses

1 : C - 2 : A - 3 : A
4 : C - 5 : B et C - 6 : A
7 : A - 8 : C - 9 : A - 10 : B

Nombre de bonnes réponses ❑

Si vous avez au moins 8 bonnes réponses, passez au chapitre suivant, sinon... faites quelques révisons !

Partie 4 La dimension spirituelle des elfes et des fées

Dans cette partie, nous allons nous intéresser aux aspects extraordinaires et surnaturels des elfes et des fées. Comme nous l'avons vu, c'est à l'origine le peuple des Tuatha De Danann qui s'installa dans l'Autre Monde et se mit à incarner les esprits divins de la nature, ainsi que ses divinités. De là ont découlé nombre de rituels, de méditations et de prières liés aux elfes et aux fées. Le monde des elfes et des fées compte une multitude d'êtres magiques capables de changer de forme, de voler ou de vivre éternellement ; mais qu'en est-il de leur dimension spirituelle ? Pour le découvrir, poursuivons notre aventure dans ce monde enchanté.

Chapitre

13

Immortalité et pouvoirs surnaturels

Dans ce chapitre

- Les différences et les ressemblances qui existent entre les fées et les humains
- Les pouvoirs surnaturels des créatures féeriques
- La question de l'immortalité des elfes et des fées
- La dimension mythique des elfes et des fées

En 1851, John Ruskin publia un conte de fées intitulé *The King of the Golden River, or The Black Brothers*, qui raconte l'histoire d'une vallée aux trésors bénie par les esprits de la nature. Trois frères vivaient dans cette vallée, qui était très fertile et prospère car il y faisait toujours beau. Les deux aînés, Schwartz et Hans, étaient avares et avaient mauvais caractère, alors que le cadet, Gluck, était tout le contraire. Un jour, un esprit de la nature vint leur rendre visite sous l'aspect d'un vieil homme. Gluck lui offrit l'hospitalité, mais lorsque ses frères rentrèrent à la maison, ils mirent le vieil homme à la porte en se moquant de ses avertissements. Le lendemain matin, au réveil, ils s'aperçurent que la vallée avait été saccagée par un ouragan. Le vieil homme (ou plutôt l'esprit de la nature) avait laissé un mot sur la table de leur cuisine laissant entendre qu'il était l'auteur de ce cataclysme.

Cette histoire illustre les pouvoirs extraordinaires que peuvent détenir les esprits de la nature – ici, le fait de maîtriser le vent. Les elfes et les fées étant des esprits de la nature, il est logique que leurs pouvoirs soient liés à elle. Dans le même temps, ils élèvent ce concept de nature à un niveau supérieur, ce qui a donné naissance au terme « surnaturel ». Les elfes et les fées ont donc réellement des pouvoirs surnaturels, ce qui les différencie des humains.

Qu'est-ce qui différencie les elfes et les fées des humains ?

Au commencement des temps, les fées, les elfes et les humains n'étaient tous que de la poussière d'étoile. Nous sommes tous issus de la même source cosmique et sommes donc identiques pour ce qui est de notre essence et de notre esprit. Mais nous avons évolué différemment d'un point de vue physique : nous, les humains, avons puisé dans le monde physique et matériel pour y trouver sens et substance, tandis que les elfes et les fées ont concentré leurs énergies sur le monde magique. C'est ce choix qui a provoqué la séparation entre fées et humains, et cette séparation n'a fait qu'augmenter depuis que les hommes se sont enfermés dans des structures en plastique, en béton et en acier.

Aujourd'hui, les humains misent sur la magie de la technologie ; leurs pouvoirs sont devenus fort différents de ceux des elfes et des fées, lesquels peuvent changer de forme à volonté, se déplacer dans l'espace à la vitesse de l'éclair et ne jamais vieillir, du moins en apparence. Les humains, au contraire, se montrent résistants à la plupart des mutations physiques, ont recours à des moyens mécaniques pour se déplacer rapidement et ne cessent de se préoccuper de leur âge et de leur condition de mortels.

Avec le temps, le monde des humains et celui des elfes et des fées n'ont fait que s'éloigner de plus en plus, à tel point qu'à certaines époques beaucoup de gens sont allés jusqu'à réfuter l'existence du monde magique des fées. Certains scientifiques se sont acharnés pendant des années à essayer de prouver que la magie n'était qu'une invention - sans bien sûr y parvenir…

En réalité, les elfes et les fées ont certains côtés très humains : ils aiment faire la fête, manger, boire, danser et flirter ; physiquement ils ressemblent beaucoup à des hommes. Mais ils sont également dotés de pouvoirs qui nous paraissent tout à fait extraordinaires et que l'on qualifie de « magiques ».

La mythologie et le folklore regorgent d'histoires d'elfes et de fées enseignant la magie à des humains. Avec le temps, nous avons perdu la clé d'une bonne partie de cette magie. Nous sommes trop absorbés par notre propre petite vie et oublions de prendre le temps d'admirer la nature, si belle et si majestueuse. Heureusement, les elfes et les fées sont là pour nous rappeler que la magie existe et pour nous inciter à rester proches de la nature.

Le fait d'étudier les différences et les similarités entre les créatures féeriques et les humains permet de mieux comprendre la nature spirituelle de chacun. Après tout, l'existence des fées et des elfes s'explique en partie par le fait qu'ils sont des manifestations de notre spiritualité et de son lien avec la nature. Ils nous aident à résoudre nos problèmes avec notre environnement et avec nous-même. Nous pouvons ainsi nous confronter à ces énergies et trouver un accord avec elles, qui nous donne l'impulsion nécessaire pour continuer notre aventure magique dans la vie.

Chaque fois que le soleil se lève, une nouvelle page de notre vie se tourne, plus belle et plus surprenante que la précédente. Plus on accumule d'expérience, plus la vie est riche et intéressante. Nous construisons cette expérience avec nos cinq sens et avec ce qu'on appelle notre « perception extrasensorielle », et plus ces vecteurs sont sollicités, plus notre vie gagne en profondeur et en sens.

Citation

« Tandis qu'au ciel la Lune, pâle
[souveraine, veille
Et poursuit sa course,
Les elfes à minuit s'égaillent à l'orée
[d'un bois
Ou au bord d'une fontaine,
Sous les yeux ébahis de quelque
[villageois attardé,
S'efforçant par leurs chants joyeux
[et leurs danses de charmer son cœur
Bondissant d'allégresse et d'effroi. »

Extrait du *Paradis perdu*, de John Milton.

Ils sont comme nous...

Dans la mythologie nordique du *Seigneur des anneaux*, de J.R.R. Tolkien, les elfes sont présentés comme ayant une apparence en tous points semblable à celle des humains. Ils partagent les mêmes besoins, dont celui d'aimer et d'être aimé, et sont tout comme nous attirés vers la lumière plutôt que vers l'obscurité. Cette propension à aimer la lumière, l'optimisme et tout ce qui est positif correspond à une tendance universelle chez l'homme, ce qui permet d'affirmer que les humains et les elfes souhaitent la même chose, mais qu'ils n'utilisent pas les mêmes moyens pour arriver à leurs fins.

Les fées, comme on le sait, aiment chanter, boire, manger, s'amuser et faire la fête à chaque fois que l'occasion se présente. Or la plupart des humains sont comme elles ! Elles nous ressemblent beaucoup du point de vue du caractère, se montrant facilement ennuyées ou agacées, voire furieuses si on se montre irrespectueux envers elles. Quand on connaît leurs pouvoirs surnaturels, on sait que cela peut les rendre extrêmement dangereuses, mieux vaut donc ne pas avoir affaire à elles lorsqu'elles sont dans ces états-là.

Comme la plupart des humains, les elfes et les fées aiment travailler pour mériter leur nourriture et leur gîte. Ils apprécient qu'on reconnaisse la valeur de ce travail, qu'il ait été effectué dans la maison, au jardin, ou qu'il s'agisse d'un coup de pouce qu'ils ont donné pour porter chance à une famille. Leur donner un peu de pain, quelques baies ou une soucoupe de lait et de miel est un moyen de reconnaître ce travail et de les en remercier.

Nous l'avons dit, les elfes et les fées sont des miroirs dans lesquels les humains peuvent se contempler à la fois sous leur pire et sous leur meilleur jour. Les humains se montrent parfois si bons qu'ils s'apparentent à des anges ; d'autres fois ils paraissent pires que des monstres. Cette nature paradoxale dont nous avons hérité nous procure une source d'anxiété continue et peut même engendrer de la folie. Mais elle nous donne en même temps une liberté totale pour devenir qui nous voulons, tant que cela suit le fil de notre destin. Comme toujours, il y a deux facettes à chaque chose qui doivent absolument s'équilibrer.

C'est pas sorcier

Dans le système des runes, Gebo est le signe du partage, qui désigne aussi bien le fait de donner que de recevoir. Il est représenté par un « X », dont les deux traits croisés représentent l'échange entre celui qui donne et celui qui reçoit, ainsi que leur connexion divine.

... ou presque

Dans le conte de fées *La Légende de Knockgrafton*, un jeune bossu répondant au nom de Lusmore aide les fées à terminer l'une de leurs chansons ; pour le récompenser, celles-ci le débarrassent de sa bosse. Arrive alors un autre bossu, nommé Jack Madden, qui se montre impatient et fait peu de cas de la chanson des fées ; celles-ci le punissent de son irrespect en l'affublant d'une deuxième bosse, celle de Lusmore.

Ce conte n'illustre pas seulement le fait que les elfes et les fées récompensent ceux qui ont leurs faveurs et les traitent avec respect, il montre également qu'ils sont capables d'opérer des transformations physiques sur les humains. Aucun être humain ne possède le pouvoir de retirer ou d'ajouter une bosse à quelqu'un : cela relève de capacités surnaturelles propres aux elfes et aux fées. Dans l'ensemble, leurs pouvoirs extraordinaires de guérison ou de tout autre type d'intervention sur les corps constituent l'une des différences les plus importantes avec les hommes.

En tant qu'intermédiaires entre le divin et les humains, les elfes et les fées vont et viennent entre ces deux mondes. Pour nous, les elfes et les fées apparaissent immortels parce qu'on a l'impression qu'ils ne vieillissent jamais. En réalité ils prennent de l'âge, mais si lentement que les humains ne peuvent s'en rendre compte. En cela aussi, ils sont différents de nous, qui passons si vite de l'état de bébé puis d'enfant à celui d'adulte, et enfin de vieillard.

Outre cette immortalité apparente et le fait qu'ils peuvent guérir les gens, les elfes et les fées sont capables de parcourir de grandes distances en très peu de temps, de se métamorphoser et de transformer les autres.

Contes et légendes

Dans un conte irlandais intitulé *The Mountain Elf*, le narrateur rencontre ce qu'il appelle une « figurine de petit garçon », qui a été abandonnée là par les fées. Ce petit garçon, raconte-t-il, « peut absolument tout faire, aussi bien voler de maison en maison que s'élancer très haut dans le ciel et aller aussi loin qu'il le veut. Parfois il est à un endroit, et parfois à un autre, distant de plusieurs kilomètres. »

Des superhéros aux pouvoirs particuliers

Dans le film et la série télévisée *Stargate*, les personnages passent par une porte d'entrée circulaire pour entrer dans un « trou de ver », sorte de tunnel traversant le temps et l'espace, qui leur permet de parcourir de grandes distances en très peu de temps. Ce système est assez semblable à celui que les elfes et les fées utilisent pour voyager dans l'espace, sauf qu'au lieu d'emprunter un trou de ver créé grâce à la technologie, ils partent du royaume des fées qui les envoie où ils veulent en moins de temps qu'il en faut pour le dire.

Les principaux pouvoirs surnaturels des elfes et des fées sont les suivants :

- se déplacer rapidement dans l'espace (en volant) ;
- se métamorphoser et transformer les humains ;
- vieillir très lentement dans le monde des humains, et rester longtemps jeune dans celui des fées.

Au royaume des fées, les notions de temps et d'espace ne sont pas semblables à celles que nous connaissons, et le temps s'y écoule beaucoup plus lentement que dans notre monde. Ceux qui y résident ne connaissent ni la vieillesse ni la mort ; ils peuvent voyager absolument partout, reliant en un instant deux points du globe comme le Tibet et l'Amérique du Nord, ou s'y trouvant même simultanément – car on dit des elfes et des fées que l'on peut les voir dans plusieurs endroits à la fois.

Pour ce qui est du pouvoir de métamorphose, les elfes et les fées y ont recours lorsqu'ils le décident – on l'a vu dans les chapitres précédents. La forme existe en partie par l'idée qu'on s'en fait, elle peut donc se modifier de manière inhérente. Ainsi les elfes et les fées se métamorphosent-ils très naturellement : leur esprit produit une pensée qui est une forme d'énergie ; doublée d'une intention, cette énergie se transmet au physique.

Certaines fées plus petites comme les skillywiddens n'ont pas le pouvoir de se métamorphoser ; d'autres, telles les each uisge, ne peuvent emprunter que deux formes différentes : celle d'un jeune homme ou celle d'un cheval. En revanche, les brownies, les boggarts et les hobgobelins sont de grands adeptes de la métamorphose.

Les coomlaen, ou destriers elfiques, apparaissent généralement sous la forme de grands chevaux gracieux, blancs ou argentés. Ils peuvent prendre toutes les formes qu'ils désirent, mais doivent garder l'apparence d'un cheval au moins six heures dans la journée.

Petit exercice de métamorphose

Depuis toujours, les elfes et les fées sont indissociables des arbres. Ceux-ci sont considérés comme des entités sacrées, car ils incarnent les trois mondes : le monde souterrain avec leurs racines, la Terre du Milieu avec leur tronc, et le monde céleste avec leurs branches et leurs feuilles. L'arbre constitue ainsi une passerelle vers l'Autre Monde, qui est le royaume des fées.

Lorsqu'on se trouve en présence d'un arbre vivant, il est fort probable qu'il abrite une dryade ; il nous suffit alors de faire appel à notre instinct, à notre imagination et à notre volonté pour vivre une expérience constructive. Pour s'imprégner de son essence, on peut respirer dans un mouchoir quelques gouttes d'huile essentielle de l'arbre en question, par exemple de l'huile essentielle de pin s'il s'agit d'un pin. Pour des arbres comme le laurier, c'est encore plus facile : il suffit d'en arracher quelques feuilles et de les froisser pour humer leur parfum.

Cette expérience aura deux effets. Tout d'abord, elle vous rendra plus fort en vous connectant à l'énergie et aux essences des arbres, qui comptent parmi les plus anciennes entités vivantes de notre planète. Elle vous permettra également de ressentir, comme les elfes et les fées, les sensations inhérentes à tout changement de forme. Ainsi, vous comprendrez mieux ce que cela fait d'être un elfe ou une fée.

1. Lors d'une promenade dans la nature, si vous trouvez un lieu calme, asseyez-vous au pied d'un arbre que vous trouvez particulièrement beau ou attirant. Détaillez son aspect et les sensations qu'il vous procure en le touchant et en l'admirant, et ressentez l'énergie qu'il dégage.
2. Adossez-vous contre lui en vous installant le plus confortablement possible. Prenez conscience de tout ce qui vous entoure - les plantes, les animaux et les bruits alentour.
3. Respirez l'air à pleins poumons, puis expirez à fond. Recommencez plusieurs fois pour vous aider à vous détendre et à vous concentrer.
4. Imaginez que vous respirez non pas de l'air, mais une lumière blanche. À chaque inspiration, dites : « Je suis l'arbre », et à chaque expiration : « L'arbre, c'est moi. » Continuez pendant quelques minutes.
5. Imaginez que vous ne faites plus qu'un avec l'énergie de l'arbre et l'âme de la fée ou de la dryade qui l'habite. Poursuivez l'expérience jusqu'à prendre la forme de l'arbre lui-même et jusqu'à sentir ses racines, leur force incroyable ainsi que la terre humide qui les enserre.
6. Respirez encore plusieurs fois lentement et profondément, et fondez-vous dans le tronc de l'arbre de manière à ne faire plus qu'un avec lui. Comme lui, affrontez de toute votre hauteur le temps et les saisons. Conservez la même respiration et imaginez que vos bras sont de grosses et longues branches feuillues qui vont jusqu'au ciel.
7. Prenez une dernière grande inspiration pour laisser la lumière, la puissance et la sagesse de l'arbre et de la dryade vous emplir complètement.
8. Attendez quelques minutes, puis relevez-vous lentement et remerciez la dryade de l'arbre.

Elfes et fées, êtres immortels

Dans *Le Seigneur des anneaux*, la princesse elfe Arwen décide de rejoindre celui qu'elle aime, Aragorn, renonçant ainsi à l'immortalité. En choisissant de devenir l'épouse d'un humain, elle s'oblige à vivre dans le monde des hommes et doit partager leur sort de pauvres mortels.

Cette histoire illustre la relation qu'entretiennent les elfes et les fées avec le concept d'immortalité. Tant qu'ils se trouvent dans le royaume des fées, ils restent éternellement jeunes, mais dès qu'ils entrent dans le monde des hommes, le processus de vieillissement s'enclenche. Toutefois, même dans ce monde mortel, les fées ne vieillissent pas aussi vite que les humains, et il arrive souvent qu'elles retournent dans le royaume des fées

Contes et légendes

L'étoile à sept branches est réputée être l'étoile des fées ou des elfes. Chacune de ces pointes représente une des sept étoiles de l'amas des Pléiades. Ces étoiles, connues dans la mythologie comme l'« amas des sept sœurs », occupaient le centre de l'univers et baignaient ainsi dans le divin et l'immortalité.

lorsqu'elles atteignent un certain âge, ce qui leur permet de suspendre le processus de vieillissement et de redevenir immortelles.

Si les elfes et les fées aiment tant venir visiter notre monde, c'est parce que cela les fait progresser, tout comme nous progressons à leur contact. Ils prennent ainsi davantage conscience du caractère extraordinaire de leurs capacités ; ils ont en outre tout intérêt à ce que nous nous préoccupions de notre environnement, tant pour le préserver que pour en comprendre et en exploiter la magie. Parfois, à l'instar d'Arwen dans *Le Seigneur des anneaux*, des elfes et des fées tombent amoureux d'humains ; ils choisissent alors généralement de rester dans notre monde.

Un conte d'Andrew Lang, intitulé *Crimson Fairy Book* (Dover Publications, 1966), aborde la notion de relativité du temps, en particulier en référence aux elfes et aux fées. Il raconte l'histoire d'un jeune prince qui décide d'aller conquérir la « Terre de l'Immortalité » ; au début de son voyage, il rencontre un aigle occupé à déchiqueter un immense arbre. Lorsqu'il se présente à lui, l'aigle prend la forme d'un roi et lui offre de vivre dans son royaume, lui garantissant que personne ne pourra y mourir tant que l'arbre ne sera pas complètement détruit - et cette tâche va lui prendre six cents ans. Le prince répond au roi que six cents ans représentent une durée longue mais pas infinie, et il poursuit sa route, toujours en quête d'immortalité. Il rencontre ensuite un homme en train de creuser avec sa pelle un énorme trou au sommet d'une montagne. L'homme lui demande de rester dans son royaume où, dit-il, personne ne mourra tant que la montagne n'aura pas entièrement disparu, ce qui prendra au moins huit cents ans. Là encore, le prince décline l'offre et continue son chemin. Il rencontre alors une jeune femme qui vient d'être couronnée reine. Elle lui propose de rester en l'informant qu'aucun sujet de son royaume ne mourra tant qu'elle n'aura pas utilisé pour sa couture toutes ses aiguilles, qui remplissent une salle entière, et que cela lui prendra mille ans. À nouveau, le prince refuse et poursuit son voyage.

À la fin, le prince finit par trouver la Terre de l'Immortalité. Il s'y installe et épouse la reine. Mais il exprime par la suite le souhait de s'aventurer de nouveau dans le monde des mortels. Avant son départ, la reine lui confie le pouvoir de ressusciter les êtres. Sur son chemin de retour, le prince constate que toutes les aiguilles ont servi, que la montagne a disparu et que l'arbre a été détruit. Il permet aux trois personnages qu'il avait rencontrés de ressusciter, puis il rejoint sa reine au pays de l'Immortalité.

Cette histoire, qui décrit la relation qu'entretiennent les elfes et les fées avec l'immortalité, est une métaphore intéressante de cette notion. Dans le monde des mortels, certaines choses durent six cents ans, d'autres huit cents ans, voire mille ans, mais aucune n'est immortelle.

Comme dans *Le Seigneur des anneaux*, cette histoire révèle l'équilibre fragile que doivent maintenir les elfes et les fées en passant d'un monde mortel à un monde immortel. Bien que ces deux mondes se reflètent et soient parfois très proches, ils restent différents en termes de dimensions temporelles. Les mortels perçoivent le temps de manière linéaire, c'est-à-dire dans un mouvement d'un point *a* à un point *b*, puis à un point *c*, etc.

Dans le royaume des fées, le temps linéaire n'existe pas, tout se produit de manière simultanée. Les choses ne vieillissent pas parce qu'elles demeurent dans une sorte de présent perpétuel. Il n'existe ni passé ni futur, seule compte l'expérience présente.

L'Autre Monde : plusieurs noms pour un même lieu

Que ce soit dans le folklore, dans la mythologie ou dans la littérature, on trouve divers noms pour désigner le royaume des fées : « l'Autre Monde », « l'Autre Côté », « Alfheim », « Avalon », « la Terre bénite » et « Tir-na-n-Og ». Bien qu'ils soient différents, tous ces noms se réfèrent au même lieu, la Terre de l'Immortalité et la Demeure des Dieux. C'est un endroit où l'on vit éternellement heureux et en bonne santé.

Dans la mythologie celtique, Tir-na-n-Og est la résidence des dieux et des déesses et, en tant que telle, elle constitue la terre divine de l'immortalité. Son nom signifie « Terre des jeunes », en référence au fait que ce lieu ne connaît ni la vieillesse ni la mort.

Les contes populaires et la mythologie désignent également Tir-na-n-Og comme le royaume des fées, ainsi que l'endroit où le roi Arthur et Merlin l'Enchanteur se retirèrent lorsqu'ils moururent. C'est un lieu mystique, dissimulé dans les brumes du temps et de l'espace, un lieu où les morts acquièrent l'immortalité et où l'immortel se mue en divin.

Il existe une vision plus moderne, qui montre Tir-na-n-Og comme un paradis où se retrouvent les esprits du bien lorsqu'ils s'échappent du monde des mortels. Comme pour les Celtes, cet endroit est peuplé de dieux et l'on y reste jeune pour toujours.

Contes et légendes

On ne connaît qu'un seul mortel qui soit allé à Tir-na-n-Og, le barde Oisin. Il s'y rendit avec sa compagne, la fée Niamh, en chevauchant l'écume des vagues sur un cheval blanc, et vécut là-bas trois cents ans. Puis il décida de revenir dans le monde des mortels pour retrouver ses amis, mais il s'aperçut alors que ceux-ci étaient morts depuis bien longtemps. Lui-même se mit à vieillir de manière accélérée lorsqu'il regagna le monde des mortels, révélant son grand âge.

À la différence des humains, qui ont tendance à rester au même endroit et à ne plus en bouger - à moins d'être fortement motivés -, les elfes et les fées sont capables de passer très facilement d'un monde à l'autre. Les hommes s'efforcent continuellement de trouver des modèles qui fonctionnent, pour évoluer ensuite dans le monde à la seule lumière de ces modèles figés, tandis que les elfes et les fées usent de leurs pouvoirs surnaturels pour nous aider à nous défaire de ces carcans culturels que nous affectionnons tant.

Parvenir, grâce à la magie, à sortir du moule dans lequel la société nous a mis constitue l'une des principales étapes de notre développement spirituel. Le fait que notre statut social conditionne notre façon d'agir est peut-être une bonne chose, mais il nous nuit dans notre rapport aux elfes et aux fées : nous nous trouvons en effet conditionnés très jeunes à ne pas croire en eux, et à considérer comme fous, ou du moins un peu farfelus, ceux qui ne pensent pas comme nous. Il faut donc s'efforcer de dépasser ce préjugé d'ordre sociologique.

Le minimum à savoir

- → Les elfes et les fées ont à peu près les mêmes besoins que nous, ce sont leurs pouvoirs extraordinaires qui les différencient radicalement.
- → Les elfes et les fées ont le pouvoir de se mouvoir rapidement dans l'espace et d'adopter toutes les formes qu'ils souhaitent.
- → Les elfes et les fées sont immortels, à condition qu'ils restent dans le royaume des fées.
- → Le royaume des fées peut être désigné par plusieurs noms, tels « l'Autre Monde », « Avalon », « la Terre bénite » et « Tir-na-n-Og ».
- → « Tir-na-n-Og » signifie « Terre des jeunes », il abrite la résidence divine des dieux et des déesses.

Chapitre 14

L'Irlande et la Grande-Bretagne, creusets de la mythologie

Dans ce chapitre

- → Un aperçu des mythes et de la magie qui imprègnent l'histoire de l'Irlande
- → Les quatre talismans qu'ont apportés les Tuatha De Danann
- → La mythologie légendaire autour du roi Arthur
- → Pourquoi la bataille se poursuit entre lumière et obscurité
- → Comment les elfes et les fées peuvent nous aider à nous connecter à notre divinité personnelle

L'étude de la mythologie celtique irlandaise permet de comprendre pourquoi ce pays est devenu la terre de prédilection des elfes et des fées, et l'est encore aujourd'hui. L'histoire des îles britanniques et celle du roi Arthur et de Merlin l'Enchanteur expliquent également pourquoi les elfes et les fées sont particulièrement présents dans ces régions.

Dans ce chapitre, nous évoquerons les nombreuses invasions mythiques qu'a connues l'Irlande, et apprendrons comment les rencontres avec les fées peuvent nous aider à nous connecter avec notre entité divine.

Petite histoire de l'Irlande ancienne

En raison de leur caractère insulaire et de leur localisation géographique à l'ouest de l'Europe, l'Irlande et la Grande-Bretagne ont subi une vague d'invasions qui, avec le temps, ont pris un caractère mythique. Leurs premiers envahisseurs furent les Cesair, descendants de la fille de Bith, qui lui-même était fils de Noé, le légendaire personnage biblique. La légende veut que Bith ait construit sa propre arche avec l'aide de ses compagnons Fintan et Ladra, puis ait parcouru les mers pendant sept ans avant de s'échouer sur les côtes de l'Irlande. Fintan serait le seul à avoir survécu au déluge en se transformant en saumon, préfigurant la longue tradition de métamorphose des elfes et des fées.

Les principaux envahisseurs de l'Irlande furent :

- Le peuple de Cesair, descendants de Noé et originaires d'Égypte.
- Les Partholoniens et les Némédiens, descendants de Magog, fils de Japhet et petit-fils de Noé. Lorsqu'ils envahirent l'Irlande, ils se heurtèrent à la farouche résistance des Fomores, dieux des fonds marins que l'on dépeint souvent comme sinistres et violents, et ils finirent par quitter cette terre.
- Les Fir Bolg, survivants némédiens qui regagnèrent l'Irlande après avoir été faits esclaves en Grèce, où on leur faisait porter des sacs de terre (fir bolg signifie « hommes-sacs »). Certains récits mythologiques les désignent comme les premiers habitants de l'Irlande et les décrivent comme de véritables géants.
- Les Tuatha De Danann viendraient d'îles situées dans la région la plus reculée du nord de la Grèce ; certains prétendaient qu'ils venaient de l'Hyperborée. Arrivant du ciel, ils envahirent l'Irlande à la date symbolique du 1er mai, et remportèrent la bataille contre les Fir Bolg, lesquels battirent en retraite jusqu'aux îles d'Aran. Leur nom signifie « peuple de Dana », une déesse mère dont le pouvoir s'étend jusqu'à la région du fertile Danube où migrèrent de nombreuses tribus germaniques, dont les Celtes et les Nordiques.
- Les Milésiens, ancêtres des Gaëls et connus comme les « fils de Mil d'Espagne », étaient, comme leur nom l'indique, originaires d'Espagne. Ils remportèrent plusieurs grandes batailles contre les Thuatha De Danann, et sont à l'origine des tribus celtiques et du druidisme. C'est également à cette période que le peuple extraordinaire des Tuatha De Danann se fondit dans la nature.

Cette succession d'invasions alimenta la mythologie et la croyance en la magie. Les deux premiers groupes d'envahisseurs avaient des liens de parenté avec Noé. Les Fir Bolg se transformèrent en fées et en géants dans la mythologie ; quant aux premiers membres des Tuatha De Danann et des Milésiens, ils furent associés aux reliefs de la campagne environnante ainsi qu'à certains types de fées, en particulier les bean nighe, fées de mauvais augure qui sont des descendantes des fils de Mil.

Les Tuatha De Danann et les Milésiens fondèrent des traditions tribales qui se perpétuèrent dans l'histoire irlandaise. Le mot « Tuatha » signifie tribu ou peuple : l'Irlande en connut plusieurs, comme la tribu barde Tuatha De Kerridwen. Chaque Tuatha avait ses propres reine et roi des fées, ainsi que sa propre manière de faire de la magie. Les prêtres étaient appelés des « druides ».

Parmi les druides les plus célèbres, il faut citer Merlin l'Enchanteur, qui conseilla le roi Arthur et lui servit de médiateur entre ce monde et l'Autre Monde. On lui a attribué de nombreuses prophéties incroyables, et il a contribué à bien des succès d'Arthur, lui permettant par exemple de prendre l'avantage lors d'une bataille en faisant s'écrouler simultanément toutes les tentes et tous les pavillons ennemis.

Les druides ont recueilli et cultivé les traditions magiques des fées et ont initié de nombreuses traditions celtes qui se sont perpétuées jusqu'à nos jours. Certains de leurs personnages ont été élevés à un rang proche du divin, comme Japhet, fils de Noé, qui a des liens de parenté avec les Partholoniens et avec les Némédiens. Quant à Magog, petit-fils de Noé, il est devenu un véritable dieu dans les traditions spirituelles celtes et féeriques.

Sens magique

Les **druides** étaient des bardes, des herboristes et des prêtres de la nature dotés de connaissances en magie et qui maîtrisaient, entre autres, l'art de se rendre invisible ou de se métamorphoser. Ils jouissaient d'un statut officiel, à la fois en tant que conseillers auprès des reines et des rois de leur tribu, et en tant qu'émissaires auprès de l'Autre Monde.

Ils disparurent dans les collines

Lorsque le peuple des Tuatha De Danann se fondit dans les collines environnantes, il passa d'un état physique à un état spirituel et son essence imprégna chaque rocher, chaque cours d'eau, chaque arbre et chaque plante. Ses membres, comme toutes choses vivantes, ne disparurent pas totalement mais vécurent une expérience qui les transfigura, les menant à un niveau supérieur, plus « éclairé ».

Tout ce qui a trait aux Tuatha De Danann est devenu magique et mythique, à commencer par la manière dont ils sont apparus. On raconte en effet qu'ils arrivèrent dans le Connaught le jour de la fête de Beltaine, à bord de voiliers voguant dans le ciel. Un brouillard opaque obscurcit le ciel au point qu'il cacha le soleil pendant trois jours, le temps qu'il fallut aux Tuatha De Danann pour vaincre les Fir Bolg et conquérir l'Irlande grâce à leur magie.

Le *Livre des invasions*, ou *Leabhar Gabhála*, qui raconte l'histoire des premiers habitants de l'Irlande, rapporte les propos suivants à propos des Tuatha De Danann : « Ils sont tellement intelligents et doués qu'ils ont probablement des origines célestes. » Le fait est qu'ils apportèrent, en magie et en science, des connaissances que n'avaient pas leurs prédécesseurs. Ils firent venir des druides, ou prêtres de la nature, qui jouaient le rôle de médiateurs entre ce monde et l'Autre Monde.

Les Tuatha De Danann apportèrent également avec eux quatre talismans :

- **Le chaudron de Dagda**, ou chaudron d'abondance. Dagda fut l'un des grands rois des Tuatha De Danann, et devint par la suite un roi celte. Ce chaudron, également appelé « chaudron de renaissance », provenait de l'île de Murias et avait le pouvoir de nourrir toute une armée, de guérir les malades et de ressusciter les morts. La légende veut que seule une personne qui en était digne pût bénéficier de ses pouvoirs.

- **La lance de Lug.** Elle fut forgée par le forgeron de Falias pour Lug, un autre grand roi des Tuatha De Danann qui devint par la suite un dieu celte. Cette lance, qu'on appelle parfois « lance de la victoire », et qui dans certaines histoires a la faculté de faire des massacres sur les champs de bataille, venait de la région de Gorias et avait le pouvoir magique de rendre invincible celui qui la détenait.

- **La pierre de Fal**, ou pierre du destin. Originaire de l'île de Falias, elle fut installée près de la colline de Tara. On dit que c'est elle qui maintient l'Irlande au-dessus des flots, et qu'elle se met à gémir dès qu'un roi légitime s'approche d'elle.

- **L'épée de Nuada**, ou épée de lumière. Nuada fut le premier roi des Tuatha De Danann. Cette épée, qu'on appelait aussi Fragarach (le Répondant), venait de Findias, et lorsque par magie elle se trouvait tirée de son fourreau, personne n'échappait au tranchant de sa lame.

Citation

Nuada fut le premier roi des Tuatha De Danann qui régna depuis Tara. Par la suite, les rois d'Irlande furent appelés « rois de Tara », en référence à cette place forte sacrée située au milieu des cinq provinces. La fête de Samhain était l'occasion d'y organiser des événements tels qu'une foire, un marché, des courses de chevaux ou des rituels liés aux moissons.

Les Tuatha De Danann repartirent d'Irlande comme ils y étaient venus, dans un halo de magie et de mythes. Lorsqu'ils furent vaincus par les Milésiens, ils privèrent les Gaëls de maïs et de lait, et négocièrent ces denrées afin de s'accorder pour diviser l'Irlande en deux : la moitié nord revint aux Milésiens, et la moitié sud leur échut - cette partie constituant symboliquement un miroir magique du monde « supérieur », ou monde des fées. Lorsque les Milésiens leur infligèrent une nouvelle défaite, ils tirèrent devant eux un voile permanent d'invisibilité, ce qui divisa encore l'Irlande en deux mondes, celui du visible (le monde ordinaire) et celui de l'invisible (le monde magique). Ils se fondirent dans les collines, devenant les esprits qui peuplent les divers aspects de la nature, et se retirèrent dans l'Autre Monde, le royaume des fées, où ils demeurent encore à ce jour.

En réalité, à quoi les Tuatha ont-ils donné naissance ? Ils figurent dans la légende et la mythologie des êtres magiques, dont on disait qu'ils étaient descendus du ciel. Ils avaient donc déjà des origines magiques et spirituelles, qu'ils retrouvèrent tout naturellement lorsqu'ils regagnèrent le monde spirituel ; ils conservèrent cependant leur attachement à la terre et leur connexion énergétique avec elle, au point que leur esprit ne fit plus qu'un avec celui de la terre.

Les membres des Tuatha De Danann se répandirent un peu partout en Irlande, et incarnèrent progressivement les nombreux esprits et aspects de la nature qui occupent aujourd'hui chaque relief de la campagne irlandaise. Ils ont engendré les reines et les rois des fées que l'on continue de célébrer de nos jours.

L'invasion des Tuatha De Danann, leur vie et le fait qu'ils se sont fondus dans la nature représentent une métaphore de l'esprit qui transite du physique vers le spirituel. Lorsqu'un individu meurt, il quitte le monde physique pour entrer dans celui de l'esprit, or la philosophie des anciens Irlandais voulait que l'esprit d'une personne vînt s'incarner dans un endroit de la terre. Ainsi, cette terre, avec ses arbres, ses rochers, ses collines, ses cours d'eau et ses criques, regorge-t-elle des énergies de ces ancêtres.

Lorsque cette énergie ancestrale se fut intégrée à la terre, les générations futures purent l'invoquer et l'utiliser. Elle a été perpétuée par les Tuatha De Danann, ainsi que par les rois d'Irlande et d'Angleterre qui leur succédèrent. Parmi les rois irlandais, on peut citer Finn Mac Cumhaill et Conchobar Mac Nessa, et parmi les rois anglais le célèbre roi Arthur, héros des chevaliers de la Table ronde. Le roi Arthur est un exemple classique du « roi dormant », motif que l'on retrouve à la fois dans les contes populaires et dans la mythologie.

Sens magique

Le thème du « roi dormant » est récurrent dans la mythologie et dans les contes de fées. Il désigne un roi qui, lorsqu'il est vaincu ou meurt, se fond dans les terres du pays ; là où cela se produit, on voit parfois naître une montagne ou une colline au sein de laquelle l'esprit du roi attend que des générations futures fassent appel à lui pour se manifester à nouveau.

Le roi Arthur, personnage mythique et magique

Arthur, fils d'Uther Pendragon, était un prince de l'une des tribus des Britons, appelée Silures, qui occupait un territoire situé au sud du pays de Galles. Il accéda au statut de chef suprême qui lui donnait autorité sur tous les rois de Grande-Bretagne. On raconte qu'il leur permit ainsi de remporter douze victoires sur les Saxons, lesquels cessèrent d'être un problème pour les Britons après la bataille de Badon. Suivirent alors vingt années de paix, auxquelles la révolte de Modred – le neveu d'Arthur – mit fin ; lors de la bataille de Camlan, dans le Cornwall, Modred eut la gorge tranchée et Arthur fut mortellement blessé.

De même que les contes se rapportant aux Tuatha De Danann, ceux concernant le roi Arthur ont une dimension magique et mythique. L'une de ces légendes, qui met en scène la fameuse épée Excalibur, raconte qu'un jour, au terme d'une cérémonie, l'évêque souhaita que Dieu lui envoyât un signe. À la sortie de l'église, tout le monde put voir une grosse pierre dans laquelle était fichée une épée portant l'inscription suivante : « Je suis Excalibur, et celui qui parviendra à m'avoir sera roi. » On y vit un signe divin, et tous les nobles et chevaliers présents tentèrent de tirer l'épée de la pierre, en vain. Arthur, qui cherchait une épée pour sir Kay afin qu'il pût participer à un tournoi, se présenta alors et sortit l'épée de la roche sans difficulté. Il fut ainsi désigné comme le véritable roi d'Angleterre. Cette histoire est comparable à celle de la pierre de Fal des Tuatha De Danann, qui avait eu le pouvoir de désigner le roi d'Irlande.

Une autre légende magique liée au roi Arthur concerne sa relation avec Merlin l'Enchanteur. Merlin aida Arthur à accéder au trône, et il se servit de sa magie pour assurer son emprise sur la Grande-Bretagne, ce qui jeta les premières bases de la légende de Camelot et de ses preux chevaliers.

Merlin aurait eu pour mère une fée, ce qui explique ses pouvoirs magiques. Il était capable de se faire obéir de tous les animaux et pouvait se métamorphoser. Il avait pour disciples la fée Morgane et Viviane (qu'on appelle également la « Dame du Lac »), qui allaient devenir des symboles vivants des reines et des prêtresses dormantes. Comme les rois dormants, on pouvait les invoquer lorsqu'on avait besoin d'elles. Morgane et Viviane sont associées aux fées et au pouvoir de la terre. Elles finirent par accéder, au même titre que les membres des Tuatha De Danann, au statut de déesses celtes.

Le roi Arthur fut mortellement blessé lors de la bataille contre Mordred, et les fées Morgane et Viviane, aidées de la reine de North Galis, le transportèrent jusqu'à Avalon, appelé aussi le « pays des Pommes », afin qu'il pût malgré tout poursuivre son combat contre les forces obscures. Dans ce lieu se trouve la pierre tombale d'Arthur, qui porte l'épitaphe suivante : « Ci-gît Arthur, qui fut roi autrefois et le demeurera à jamais. »

Contes et légendes

Des rois dormants tels que le roi Arthur ont suscité de nombreuses légendes ; parmi elles, celle de l'empereur germain Frédéric Barberousse, dont on dit qu'il resta très longtemps enfermé dans la montagne Kyffheuser, assis à une table ronde en pierre et dormant en se tenant la tête dans les mains. Dans la légende, sa barbe avait tellement poussé qu'il aurait pu l'enrouler deux fois autour de la table, mais il devait attendre qu'elle pût en faire trois fois le tour pour se réveiller. Une autre légende disait qu'un nain avait conduit un berger à l'intérieur de la montagne, et que ce dernier y avait joué une musique si belle qu'elle avait tiré l'empereur de sa torpeur. Ce dernier lui demanda alors s'il avait vu des corbeaux planer au-dessus de la montagne ; le berger lui ayant répondu oui, il déclara que cela signifiait qu'il lui fallait encore dormir cent ans.

La bataille pour la Terre du Milieu

Dans *Le Seigneur des anneaux*, les habitants du royaume magique combattent côte à côte avec les humains pour vaincre les forces obscures. Cette bataille entre la lumière et l'obscurité - entre le bien et le mal - est menée sur plusieurs fronts. La Terre du Milieu est le nom que portait notre monde, à la fois si merveilleux, si fragile et si tragique, dans la mythologie nordique. Il arrive que nous sortions victorieux de notre bataille contre les orques, les trolls et les hobgobelins, alors qu'à d'autres moments ils semblent nous jeter dans un chaos indescriptible. Le principal est de parvenir à rester calme - là est la vraie magie !

Dans l'histoire de l'Irlande, les invasions commencèrent avec les Milésiens et se poursuivirent avec les Nordiques, les Romains puis les chrétiens. Les premiers habitants continuèrent toutefois de pratiquer leurs rites en secret, et la tradition de magie préservée par les druides perdura pendant les périodes d'obscurantisme durant lesquelles les forces du mal dominèrent. Depuis, nous sommes revenus dans un cycle de lumière marqué par le progrès, ce qui constitue une période propice aux bons elfes et aux bonnes fées.

Toutes les traditions spirituelles reprennent le même combat entre lumière et obscurité, qui en constitue même souvent le thème principal. La lutte entre ces polarités primaires se produit à tous les niveaux et dans tous les aspects de la vie. Elle se produit dans la nature, dans chaque groupe et même au sein de chaque individu. Cette lutte existe également dans le monde des dieux et celui des fées, où l'on trouve aussi bien des dieux et des déesses malfaisants que des mauvais elfes ou des mauvaises fées.

Dans les contes de fées et la mythologie, le monde des humains (ou Terre du Milieu) semble être le lieu le plus indiqué pour que s'affrontent lumière et obscurité. Les elfes et les fées bienfaisants s'emploient à aider les gens qui ont un bon cœur, qui sont créatifs ou dans le besoin, tandis que les mauvaises créatures féeriques tourmentent les autres en contrecarrant leurs projets et en les empêchant de progresser, tant matériellement qu'humainement. Le pôle obscur est toujours matérialisé par un élément perturbateur ; c'est encore le cas dans le film *Sinbad, la légende des sept mers* (2003), dans lequel la déesse du Chaos espère pouvoir voler le livre de la Paix afin de jeter le monde dans un état de guerre perpétuel.

Les fées, les elfes et les humains sont parties prenantes d'une même lutte contre les forces obscures. Cette lutte nous engage aussi bien physiquement qu'intellectuellement ou spirituellement ; à chaque fois que nous évoluons dans le monde, nous avons le choix entre deux forces qui s'opposent. Il arrive que l'une d'elles revête une apparence trompeuse – il est alors difficile de savoir où est la lumière et où est l'obscurité. Dans ce cas, nous devons nous fier autant à notre raison qu'à ce que notre cœur nous dicte et faire confiance à notre intuition : si quelque chose nous gêne dans la voie pour laquelle nous avons opté, il faut savoir tout remettre en question, le but ultime étant d'apporter plus de lumière dans notre vie.

Attention ! Prenez garde...

Les forces obscures et le mal tentent en permanence de s'approprier la Terre du Milieu, en introduisant notamment le chaos dans nos vies. Lorsque vous sentez qu'elles sont proches, il vous faut absolument prendre du recul, vous détendre, méditer, aller vous promener dans la nature, chanter ou écouter votre air préféré ; vous pouvez également faire de l'exercice, danser ou jardiner. En fait, il convient de trouver une activité qui empêche de sombrer dans la colère ou la contrariété, car cela indiquerait que vous avez cédé aux forces obscures.

Vers un statut divin

À la fin du *Seigneur des anneaux*, Frodon accepte d'accompagner les elfes sur un bateau en partance pour la Terre d'Immortalité. Il quitte alors le monde des humains pour accéder à celui des dieux et, comme les Tuatha De Danann, il opère ainsi une transition entre le physique et le spirituel.

On peut établir un parallèle entre cette histoire et la progression que connaissent les narrations d'événements et les descriptions de personnages qui passent du statut de simple histoire à celui de conte, puis à celui de mythe. Les protagonistes de ces légendes acquièrent alors des qualités magiques qui transcendent les faits quotidiens se produisant dans le monde des mortels et, ayant acquis un statut mythique, ils se chargent en énergies divines que nous pouvons invoquer lorsque nous nous trouvons en difficulté dans la bataille entre lumière et obscurité.

Il arrive un moment, au cours de notre cheminement spirituel, où nous devons prendre la mesure de notre entité divine et faire en sorte qu'elle s'épanouisse. Les traditions orientales appellent cela « accéder à la lumière », car nous entrons alors dans un état où le pôle d'obscurité disparaît.

C'est pas sorcier

Siddhartha, de Hermann Hesse, raconte une histoire semblable à celle du Bouddha : cherchant à comprendre le sens de la vie, le personnage principal commence par essayer plusieurs moyens physiques, sans succès. Il y parvient lorsque son esprit se connecte à l'esprit de la nature (la rivière) et qu'ils ne font plus qu'un. Se connecter à la nature est l'un des meilleurs moyens de réaliser son être divin.

Lorsque nous prenons conscience de notre entité divine, nous nous apercevons que nous réfléchissons tous la lumière divine, de même que la lune et la terre réfléchissent la lumière du soleil. Notre expérience divine est alors perçue à la fois comme tournée vers l'extérieur – il en est ainsi lorsque nous allons nous promener dans la nature et que nous rencontrons des elfes ou des fées – et tournée vers l'intérieur, lorsque nous sentons que nous fusionnons totalement avec le divin. Nous sommes le divin ; en réalité, la magie est en nous, et il en a toujours été ainsi !

Les elfes et les fées nous fournissent une voie nous permettant d'entrer en contact avec notre entité divine. Lorsque nous rencontrons l'un de ces êtres magiques, nous nous écartons instinctivement du physique pour évoluer vers le spirituel, ce qui nous propulse vers le monde des elfes et des fées. Cette expérience nous fait prendre conscience du fait que nous ne sommes pas seulement des personnes physiques ; à partir de là, la voie est toute tracée pour accéder à notre entité divine. Notre perception s'en trouve soudainement altérée, et nous acquérons le don de double vue qui nous permet de voir à la fois dans le monde invisible et dans le monde visible. Les elfes et les fées abondent autour de nous, et notre aventure sur terre prend un tour magique et enchanteur.

Nous vous proposons ci-après une méditation magique, détaillée étape par étape, qui peut vous aider à entrer en contact avec l'énergie des elfes et des fées. Le plus souhaitable est de la pratiquer en extérieur, dans un endroit où vous ne serez pas dérangé - mais vous pouvez également vous installer devant une fenêtre ouverte ou sur une terrasse, et, si vous le souhaitez, écouter une musique douce qui évoquera la magie et vous plongera plus facilement dans l'ambiance.

1. Installez-vous le plus confortablement possible, assis ou allongé, et prenez de longues et profondes respirations.

2. Fermez les yeux, puis imaginez que vous respirez une lumière blanche, chaude et magique, le temps de plusieurs inspirations et expirations.

3. Imaginez à présent que vous respirez la lumière verte et magique des fées et des elfes. Continuez plusieurs minutes, jusqu'à ce que vous soyez à la fois détendu et concentré.

4. Figurez-vous ensuite que vous rencontrez une fée ou un elfe farceur mais amical. Essayez de détailler et de percevoir le plus précisément possible cet être magique qui se tient face à vous en vous aidant par une respiration profonde.

5. Souhaitez poliment et respectueusement la bienvenue à l'elfe ou à la fée, en vous montrant sincère dans vos propos. Demandez-lui gentiment son nom, et mémorisez-le.

6. Restez attentif, et demandez-vous si la fée ou l'elfe vient vous délivrer un message ou un cadeau. Gardez une respiration lente pour vivre pleinement cette expérience.

7. Remerciez la fée ou l'elfe pour son message ou son cadeau. Visualisez la lumière blanche magique et chaude qui entre et sort de vos poumons, et laissez cette lumière divine emplir votre corps de sa force et de sa magie. Dites-vous bien que vous pourrez aller rendre visite à votre ami quand vous le souhaiterez, simplement en ralentissant votre respiration, en fermant les yeux et en prononçant son nom.

8. Lorsque vous êtes prêt, ouvrez les yeux et revenez au temps et au lieu présents. Si vous le voulez, vous pouvez noter votre expérience dans votre journal intime ou dans un cahier consacré à vos aventures féeriques.

Le minimum à savoir

- → L'histoire de l'Irlande comprend toute une série d'invasions mythiques.
- → Les Tuatha De Danann ont apporté avec eux quatre talismans.
- → Le roi Arthur est un « roi dormant », qui attend qu'on l'invoque pour revenir.
- → Les forces de lumière et d'obscurité se disputent la Terre du Milieu.
- → En communiant avec les elfes et les fées, on exprime plus facilement sa part de divin.

Chapitre

15

Une nature emplie d'énergies

Dans ce chapitre

- L'Arbre Cosmique, ou Arbre de Vie
- Comment les elfes et les fées récompensent la gentillesse et punissent le mépris
- Le karma immédiat
- Comment la nature nous aide à retrouver notre unité

Lorsque les Tuatha De Danann se mêlèrent à la nature, ils lui inculquèrent l'énergie de leurs esprits et leurs pouvoirs magiques. Ensuite, ils donnèrent naissance à des divinités irlandaises et celtiques, tandis que cette énergie magique produisait une multitude d'esprits de la nature qui prirent toutes sortes d'aspects, y compris celui d'elfes ou de fées.

L'un des rôles de ces esprits de la nature est de maintenir l'équilibre global de la nature et, en tant qu'elfes ou fées, de veiller à ce qu'on la respecte et vive en harmonie avec elle. Ainsi, si vous cultivez des plantes dans votre jardin et que vous prenez la peine de produire du compost pour lui apporter de l'engrais, votre terre sera riche et fertile, alors que si vous vous contentez de cultiver la terre sans rien lui rendre en retour, elle deviendra à terme stérile. Ce chapitre entreprend d'expliquer comment créer et maintenir une relation harmonieuse avec la nature, considérée aussi bien dans son ensemble que comme lieu de vie commun aux hommes, aux elfes et aux fées.

La création divine

Un conte de fées danois raconte l'histoire de trois garçons qui héritent de leur père un pré où poussent de nombreux pommiers, dont un seul aurait des fruits aux vertus curatives. Le problème est que nul ne sait de quel arbre il s'agit. Les deux frères aînés se partagent le terrain et ne laissent au benjamin qu'un seul arbre, mais sans la terre en dessous afin de pouvoir toujours ramasser ses pommes.

> **Contes et légendes**
>
> Lorsqu'il est question de pommes dans un conte populaire, vous pouvez être sûr qu'il est également question de magie ! La pomme est en effet un aliment magique, aux vertus hautement curatives. Ainsi dans les contes des *Mille et Une Nuits*, le prince Ahmed possède une pomme qui soigne toutes les maladies. Outre cette qualité, les pommes sont aussi liées à l'Autre Monde et symbolisent l'immortalité, la divination et le don divin.

Peu de temps après, la nouvelle se répand que la fille du roi est très malade, et que le roi offrira le royaume et la main de sa fille à qui saura la guérir. Les deux frères aînés ramassent aussitôt toutes leurs pommes dans de grands sacs et partent pour le château. Sur leur chemin, ils rencontrent une vieille femme qui en fait est une fée et qui leur demande ce qu'ils ont dans leurs sacs. Le premier frère lui répond méchamment que cela ne la regarde pas, puis il lui dit que son sac est rempli de crapauds. « Si vous le dites, ce doit être vrai », déclare alors la vieille femme. Le deuxième garçon, quant à lui, raconte qu'il transporte des serpents et des vers, ce à quoi elle répond par les mêmes propos. Lorsque les deux frères arrivent au château et ouvrent leurs sacs, ils y trouvent, horrifiés, des crapauds, des serpents et des vers, et se font chasser comme des malpropres.

Le benjamin, de son côté, cueille quelques pommes dans son arbre et se met en route pour le château. Il rencontre à son tour la fée déguisée en vieille femme, qui lui demande ce qu'il transporte. Le jeune homme lui répond qu'il a dans son sac des pommes qui auront le pouvoir de guérir la princesse, et la vieille femme lui déclare la même chose qu'à ses deux frères. Le jeune homme poursuit son chemin, et se trouve amené à aider un poisson, un essaim d'abeilles et enfin un corbeau, qui tous en retour lui promettent de l'aider lorsqu'il en aura besoin.

Il arrive au château et sauve la princesse en lui faisant croquer l'une de ses pommes. Avant d'épouser cet inconnu, la jeune fille souhaite cependant que son père le soumette à plusieurs épreuves afin qu'il démontre son caractère valeureux. La première épreuve consiste à aller chercher au fond des mers une bague que le roi a perdue vingt-quatre ans auparavant. Avec l'aide du poisson, le jeune homme accomplit cette épreuve avec succès. Il doit ensuite construire un château de cire qui brillera comme de l'or ; cette fois ce sont les abeilles qui lui prêtent main forte. Enfin, le corbeau apporte sa contribution à la troisième épreuve, qui consiste à rapporter du monde souterrain les trois plus anciens morceaux de charbon existant sur terre. Au terme de ces trois épreuves, la princesse est conquise et le jeune homme l'épouse, se voyant ainsi attribuer la moitié du royaume.

Dans ce conte de fées, on retrouve trois concepts primordiaux concernant les elfes, les fées et la puissance de la nature.

1. L'arbre est à la base de l'ordre cosmique, tandis que la pomme symbolise la bonne santé.

2. Les elfes et les fées apportent souvent des « karmas immédiats », dans le sens où les humains ont une réponse instantanée à leurs actions.

3. La nature est magique et peut se montrer un allié puissant lorsque les humains gagnent ses faveurs.

Examinons ces trois points plus en détail.

L'Arbre Cosmique

Diverses traditions spirituelles reprennent le concept d'un « Arbre Cosmique », ou « Arbre de Vie », qui pousserait au centre de l'univers. L'Arbre de Vie est un grand arbre florissant qui contient tout le savoir et dont les branches soutiennent les nombreux mondes et niveaux d'existence. Il ne perd jamais ses feuilles ni ses fleurs, et il est chargé de fruits. Celle ou celui qui mord dans l'un de ces fruits acquiert l'immortalité.

Dans la mythologie nordique, l'Arbre Cosmique est un frêne géant qu'on appelle Yggdrasil.

Cet arbre est l'axe cosmique qui supporte les neuf mondes, dont celui des elfes et des nains. C'est l'arbre de la création divine, et il existe depuis la nuit des temps. On dit que le puits de Mimir, source de la connaissance et de la sagesse, alimente l'une de ses racines.

En Irlande, on appelle l'Arbre de Vie « crann bethadh » ; dans la tradition celtique, il s'agit généralement d'un pommier, dont les fruits sont des cadeaux divins apportant santé et sagesse. Cet arbre, qu'on appelle aussi « Arbre Mère », symbolise les connexions entre les mondes car ses racines descendent dans les profondeurs du monde souterrain, tandis que ses branches s'élèvent vers les cieux.

De manière générale, les arbres sont perçus comme des entités vivantes et magiques, qui apportent leurs bénédictions depuis l'Autre Monde. Leurs racines et leurs branches leur permettent d'être connectés aux mondes spirituels supérieur et inférieur - plusieurs légendes relatent d'ailleurs comment un arbre sacré a fourni un accès vers l'Autre Monde. On raconte aussi que Thomas le Rhymer, poète écossais du XIIIe siècle, s'assit un jour au pied d'un arbre cosmique et fut emporté par la reine des elfes.

Aimons notre Mère Nature

Le deuxième enseignement que l'on peut tirer du conte danois des pommes miraculeuses, c'est que les fées et les elfes se comportent avec nous comme nous nous comportons avec eux. Dans l'histoire, les deux frères aînés ont mal répondu à la fée ; en retour celle-ci ne les a pas ménagés. Elle a en revanche exaucé le vœu du plus jeune frère qui s'est montré courtois et gentil, faisant en sorte que ses pommes aient le pouvoir de guérir.

Cette idée selon laquelle les elfes et les fées se montrent gentils envers ceux qui le sont et méprisants ou méchants envers les autres est un thème récurrent dans les contes. Dans *La Fée* ou dans *La Légende de Knockgrafton*, par exemple, la personne qui se montre bonne est récompensée, tandis que celle qui est avare ne parvient pas à gagner les faveurs des fées : non seulement sa tentative de s'enrichir échoue, mais elle se voit punie.

Dans un sens, ces rencontres avec les elfes et les fées évoquent le karma, et notamment le karma immédiat. Le karma renvoie à l'idée que toutes les actions que l'on entreprend dans sa vie auront un impact sur nos vies futures. En d'autres termes, si l'on se comporte mal dans une vie, on aura sans doute à en rendre compte plus tard lorsqu'on se trouvera confronté aux mêmes esprits dans des situations ou sous des aspects différents. Le karma immédiat correspond à une réaction du même type mais presque instantanée, qui se produit dans la même vie.

Sens magique

Le **karma** correspond à l'idée que tout ce que nous accomplissons dans notre vie aura de bonnes ou de mauvaises répercussions dans nos vies futures. Dans les philosophies orientales telles que le bouddhisme, le karma permet ainsi à l'individu de progresser spirituellement. Quant au karma immédiat, il correspond à un retour très rapide des conséquences de nos actes se produisant au cours d'une même vie. Les elfes et les fées agissent de manière similaire, car ils ont recours à une magie dont les effets se font très vite ressentir.

Dans les traditions celtes et féeriques, le concept de la déesse mère renvoie à la terre comme entité divine. L'esprit de la déesse mère appartient à la terre et transparaît dans les nombreux aspects magiques et divins de la nature. Au printemps, cette dernière sort de sa torpeur et se met à prospérer, et l'été ses fleurs, ses fruits et toutes ses richesses viennent nourrir la planète. À l'automne, ses branches portent la dernière récolte de l'année avant de produire les graines nécessaires pour le printemps suivant. L'hiver, elle hiberne pour se protéger du gel et du givre, et attend le retour du printemps où la chaleur du soleil la fera de nouveau s'épanouir.

Les elfes, les fées et les autres esprits de la nature incarnent à la fois les nombreux aspects de la déesse mère et ceux de la terre. Ils deviennent ainsi des arbres, des collines, des rochers, des fleurs, des cours d'eau et tout ce que la nature produit. Ce sont également eux qui protègent la Terre mère, car ils subissent les mêmes choses qu'elle.

Le fait que les elfes et les fées se comportent envers les humains exactement comme les humains se comportent envers eux laisse supposer que les créatures féeriques leur répondent favorablement ou négativement selon la manière dont ils traitent la terre. L'effet pourra être le même que celui d'un karma immédiat, car certaines actions produisent des résultats très rapides, et parfois extrêmes, positifs ou négatifs selon nos intentions et la manière dont nous agissons sur notre environnement naturel.

Attention ! Prenez garde...

Nous, les humains, possédons un grand pouvoir destructeur sur la nature, que ce soit en matière de déforestation, de pollution des eaux, de surexploitation des sols ou de mauvaise gestion des déchets.

Notre Mère Nature répond à ces agressions en tarissant les sols et autres sources de nourriture ; si l'on continue à la traiter ainsi, il est probable qu'une autre espèce plus respectueuse de la terre remplacera un jour la nôtre.

Par conséquent, nous devons aimer notre Mère Nature et nous occuper d'elle ; en retour, elle se montrera plus aimante et plus protectrice. Mieux vaut planter des jardins et ménager des espaces qui attireront les elfes et les fées plutôt que de laisser des terrains en friche, qui les feraient fuir. Nous devons garder à l'esprit le fait que la nature est une entité vivante, et faire la paix avec les elfes, les fées et les autres esprits magiques de la nature en apprenant à aimer notre Mère la Terre. Dans ce contexte, nous avons retranscrit une prière féerique pouvant lui être adressée.

Prière féerique pour notre Mère Nature

Vous pouvez prononcer cette prière n'importe quand et à n'importe quel endroit, l'idéal étant de vous trouver devant un beau paysage, si possible un lever ou un coucher de soleil. Quel que soit l'endroit que vous ayez choisi, commencez par respirer lentement et profondément pour vous concentrer et inviter l'énergie des elfes et des fées dans votre espace.

Récitez trois fois à voix haute la prière suivante, en laissant votre énergie croître progressivement. Puis levez vos bras afin de la libérer, et tapez trois fois fort dans vos mains pour concrétiser la prière.

Mère divine de la création,
Vous qui êtes toutes choses
Je me joins aux esprits de la nature
Pour nourrir et soigner la terre
Donnez-moi la main,
Elfes et fées des terres sacrées
Que nous plantions ensemble nos graines
Pour que l'amour pousse toujours sur terre.

Une magie omniprésente

Le troisième concept important qui ressort de l'« Arbre de Vie » est que la nature est magique et peut devenir un allié puissant lorsque l'on gagne ses faveurs. Dans l'histoire précédemment évoquée, le plus jeune frère remet à l'eau un énorme brochet qui s'est échoué, alors qu'il aurait pu le laisser mourir ; il sera récompensé de cette bonne action. Ensuite il rencontre un essaim d'abeilles et un corbeau qui se combattent, et il parvient à les séparer en leur conseillant de partir chacun dans une direction différente, ce dont les abeilles et le corbeau le remercieront par la suite.

Dans cette histoire comme dans la plupart des contes de fées, les animaux sont des créatures magiques, très certainement des elfes et des fées. Cette dernière supposition devient évidente lorsqu'on découvre dans la suite du conte que le poisson est capable de rapporter la bague du roi du fond des mers, que les abeilles peuvent bâtir un magnifique château en cire et que le corbeau va chercher les trois plus vieux charbons sous la terre : de toute évidence, ces animaux sont loin d'être ordinaires - ils sont d'ailleurs doués de parole. Ils servent à révéler la magie qui réside non seulement dans les esprits de la nature, mais aussi dans la nature prise dans sa globalité.

L'esprit des elfes et des fées occupe tous les aspects de la nature, les rendant ainsi vivants et magiques. Partout où nous allons la magie est présente ; elle transparaît aussi bien dans le rouge éclatant d'un champ de tulipes que dans la force de vie que peut libérer un torrent cascadant joyeusement dans un jeu d'eau et de lumières.

Contes et légendes

Dans « Le Langage des bêtes », conte recueilli par Jean Fleury dans *Les Littératures populaires de toutes les nations*, (1883), un homme envoie son fils à l'école pour le faire instruire en toutes choses. Trois mois après, il lui demande s'il fait des progrès ; son fils lui répond : « Oui, Père, je comprends maintenant ce que disent les chiens lorsqu'ils aboient. » Son père se fâche et le renvoie à l'école pour qu'il apprenne quelque chose de plus utile. Trois mois plus tard, il lui repose la même question ; et son fils de répondre : « Oui, mon père, je me suis bien appliqué et je sais le parlement des grenouilles. » Après l'avoir grondé, son père le renvoie de nouveau à l'école, puis il lui repose pour la troisième fois la même question. « Je sais maintenant ce que disent tous les oiseaux lorsqu'ils pépient dans les arbres », dit le fils ; le père, furieux, le met à la porte et lui interdit de revenir.
Heureusement, les talents magiques du jeune garçon l'aideront à sauver une princesse et même à devenir pape, seule chose qui finira par impressionner son père.

L'énergie des elfes et des fées dans la nature

Dans le chapitre 10, nous avons vu les nombreuses formes que peut adopter l'énergie des elfes et des fées. Ces créatures ne se contentent pas d'habiter les quatre éléments présents dans la nature que sont la terre, l'air, le feu et l'eau, elles leur donnent également vie. Lorsque la silhouette bleu-vert d'une ondine glisse avec grâce à la surface de l'eau, nous comprenons que l'élément liquide a pris vie, et en croisant son regard nous nous sentons submergé par une émotion qui nous traverse comme une vague. Nous prenons alors conscience que nous venons d'entrer en contact avec l'énergie inhérente aux elfes et aux fées.

Les elfes et les fées peuvent se métamorphoser à volonté ; ils en tirent profit pour aider les humains méritants, pour en aider d'autres à se rendre compte de leurs erreurs, et parfois aussi pour punir ceux qui semblent être des cas désespérés. Cependant, leur premier réflexe n'est jamais de punir, ils cherchent avant tout à nous mettre au contact de l'énergie de la nature et à nous apprendre à en prendre soin.

En tant qu'esprits de la nature, ils nous aident à mieux nous connaître et à découvrir notre identité spirituelle à différents niveaux, car, indépendamment de notre existence physique, nous sommes également constitués d'autres types d'énergies, telles les énergies spirituelles. Or celles-ci fluctuent en fonction de notre relation au divin, aux elfes et aux fées, qui se situent à un niveau intermédiaire entre le physique et le divin, c'est-à-dire dans une position idéale pour nous seconder dans notre relation au divin.

Ne faire qu'un avec la nature

À l'origine, nous, les humains, sommes issus de la même soupe cosmique que tout le reste de la création, esprits de la nature compris. Au tout début, nous ne faisions qu'un avec la nature et, comme le racontent de nombreux contes mythologiques, nous étions capables de parler avec les animaux, les considérant comme nos égaux. Nous pouvions également voir et parler aux esprits de la nature tels que les elfes et les fées.

Citation

La fée : Par collines et vallons,
Bois, bruyères à la ronde,
Par-dessus parcs, haies, buissons,
À travers la flamme ou l'onde,
Je vais plus vite en tous lieux
Que la lune sur sa sphère ;
Je sers la reine des fées
Et j'humecte de rosée
Ses cercles dans les clairières.
Les plus hautes primevères
Sont sa garde, en livrée d'or,
Ces taches rousses, rubis
Qu'y ont semés les esprits ;
Leur parfum suave en sort.

Extrait du *Songe d'une nuit d'été* de William Shakespeare.

Avec le temps, nous nous sommes peu à peu dissociés de la nature, jusqu'à ce que notre rapport à elle change complètement. Nous nous sommes mis à penser que nous étions plus intelligents et que nous lui étions en quelque sorte supérieurs. La nature a fini par représenter une entité primitive, dans laquelle seuls des enfants pouvaient imaginer voir des esprits. Nous ne nous sentons plus liés à elle, mais bien distincts. La nature est devenue quelque chose que nous pensons pouvoir contrôler et manipuler, et le schisme entre elle et nous s'est radicalisé.

Il a fallu attendre le XXe siècle pour que nous nous interrogions à nouveau sur notre relation à la nature et que nous comprenions qu'en nous coupant d'elle nous nous sommes aussi coupés d'une part essentielle de nous-mêmes. Nous avons alors décidé de nous rapprocher de nouveau de la nature, et nous sommes en train de nous rendre compte que cela pourrait bien nous permettre de retrouver une intégrité que nous avons perdue.

Exercice pour se fondre dans la nature

Dans la nature, la pratique de l'exercice suivant vous aidera à vous intégrer à tous ses aspects, tant naturels que magiques, en vous attachant d'abord aux détails pour aller progressivement vers une vision d'ensemble. Vous devez prendre le temps de nommer chacun des éléments naturels qui vous entourent et de vous identifier à eux un moment.

L'exemple donné ici concerne une promenade en forêt, mais vous pouvez l'adapter à tous les autres environnements naturels, en identifiant puis en nommant ce que vous voyez. Plus vous répéterez cet exercice, mieux vous pourrez vous identifier aux esprits de la nature et à la nature elle-même. Il vous aidera en outre à progresser dans votre propre cheminement spirituel.

Choisissez un coin d'herbe confortable, avec si possible des arbres alentour. Concentrez-vous d'abord sur votre respiration, qui doit se faire plus profonde et plus lente. À chaque inspiration, imaginez que vous emplissez vos poumons d'une énergie naturelle qui va circuler dans tout votre corps. En expirant, rejetez ensuite la conscience de votre entité physique dans la nature qui vous environne. Soyez sensible à chaque odeur, à chaque son, à chaque image et à chaque sensation.

Après plusieurs respirations du même type, commencez à répéter la litanie suivante, en l'adaptant au besoin à votre environnement – l'idée étant de vous fondre dans ce qui vous entoure. Partez de chaque composant de la nature pour tendre à sa globalité.

Je suis l'herbe verte ; cette herbe verte, c'est moi.
Je suis la rosée dans l'herbe ; cette rosée, c'est moi.
Je suis la racine d'arbre ; cette racine d'arbre, c'est moi.
Je suis le tronc d'arbre ; ce tronc d'arbre, c'est moi.
Je suis l'écureuil ; cet écureuil, c'est moi.
Je suis le rocher ; ce rocher, c'est moi.
Je suis la fleur ; cette fleur, c'est moi.
Je suis la branche d'arbre ; cette branche d'arbre, c'est moi.
Je suis la feuille ; cette feuille, c'est moi.
Je suis l'arbre tout entier ; cet arbre, c'est moi.
Je suis le nuage ; ce nuage, c'est moi.
Je suis le ciel bleu ; ce ciel bleu, c'est moi.
Je suis un elfe ; cet elfe, c'est moi.
Je suis une fée ; cette fée, c'est moi.
Je suis la terre ; cette terre, c'est moi.
Je suis l'univers ; cet univers, c'est moi.
Je suis tout cela ; tout cela, c'est moi.

Découvrir son « côté sauvage »

Lorsque nous prenons le temps de nous intéresser aux esprits de la nature et d'entrer en contact avec eux, nous redécouvrons cette partie de nous qui prend plaisir à courir pieds nus sur l'herbe, à se faire éclabousser par les vagues et qui peut s'enivrer du simple parfum d'une rose.

De nombreux guides, livres et ateliers délivrent des méthodes pour découvrir et dévoiler son « côté sauvage », qui renvoie à cette part de nous qui existait déjà au temps où les humains vivaient en harmonie avec la nature. On parle parfois de part « animale » ou « primaire », mais le terme « naturelle » est le plus approprié pour désigner cette partie de nous qui s'apparente aux elfes et aux fées.

C'est pas sorcier

Le « temps du rêve », ou *dreamtime*, est un concept aborigène qui rejoint celui des elfes et des fées. Il se réfère à un commencement qui précéderait notre propre mémoire, temps où les esprits ancestraux occupaient la terre et la façonnèrent à leur idée. Ces êtres primordiaux sommeillent dans chaque colline et chaque rocher, et l'on peut, par le biais de la médiation, se connecter à eux et ne faire plus qu'un avec leur grande énergie créatrice.

Lorsque nous nous mettons en relation avec les esprits de la nature, ils nous font découvrir des aspects de nous-même dont nous ignorions l'existence. Chaque animal et chaque plante rencontrés renvoie à une certaine partie de notre être, et il en va de même avec les différentes sortes d'elfes et de fées. Il arrive que l'on se sente comme un elfe, c'est-à-dire d'humeur bienveillante et amicale, empli d'une énergie positive ; il arrive également que l'on se sente négatif, perturbé ou renfermé sur soi-même - on a alors l'impression de ressembler à un troll. Ces créatures magiques totalement opposées représentent toutes deux des parties de nous-même (voir le chapitre 23).

Tenter d'effacer la séparation qui s'est produite entre les hommes et la nature revient à se réapproprier cette partie de nous-même qui nous semblait encore récemment complètement étrangère ; cela nous permet de libérer des sentiments et des émotions que nous gardions prisonniers. Nous nous ouvrons à un pouvoir supérieur qui réside dans tout être et dans toute chose, sans nous sentir dépossédés de rien, bien au contraire : nous en ressortons plus vivants et mieux armés pour évoluer dans le monde et y semer les germes de la vie et de la création. Les énergies de la nature nous donnent une force avec laquelle nous les alimentons à notre tour ; c'est une relation à double sens, bénéfique tant pour nous que pour la nature.

Le minimum à savoir

- → L'Arbre Cosmique symbolise notre rapport à la création.
- → Les elfes et les fées se montrent gentils lorsqu'on est gentil avec eux, et méprisants lorsqu'on les méprise.
- → Notre relation à la terre a des implications karmiques.
- → Les esprits de la nature sont magiques et se tiennent partout autour de nous.
- → En prenant le temps de méditer et d'expérimenter les nombreux aspects de la nature, on retrouve une intégrité totale.

Chapitre 16

Rituels, méditations et bénédictions magiques

Dans ce chapitre

- → Les rituels et les méditations qui aident à se connecter aux elfes et aux fées
- → Le pouvoir que peut générer un rituel
- → Le mode d'emploi de quelques méditations et rituels simples
- → Comment entrer en contact avec l'Autre Monde

Pour Joseph Campbell, célèbre anthropologue américain spécialisé en mythologie comparée, les rituels ne sont rien d'autre que la mise en pratique des mythes. Lorsque nous pratiquons un rituel, nous mettons en scène notre connexion mythique avec l'Autre Monde, et en ouvrant le cercle sacré nous ouvrons également un portail énergétique qui nous donne accès au royaume des divinités, des elfes et des fées.

Comme nous allons le voir dans ce chapitre, les rituels et les méditations permettent de communiquer directement avec les énergies spirituelles, ce qui est enrichissant tant pour nous que pour elles.

Le pouvoir des rituels et des méditations

Le pouvoir des rituels et des méditations réside dans leur capacité à influencer positivement notre vie. Ils permettent de concentrer l'énergie et de l'orienter vers une intention précise, en invoquant certaines énergies divines ou des esprits de la nature tels que les elfes et les fées.

Les méditations et les rituels nous offrent la possibilité de créer un espace sacré où nous pouvons pratiquer notre spiritualité et nous sentir solidaires de l'ensemble de la création. Ces méthodes se pratiquent depuis la naissance de l'humanité et, comme le dit Joseph Campbell, « l'idée d'un espace sacré où les limites temporelles s'effacent pour laisser place à la magie apparaît aussi ancienne que peut l'être la race humaine ».

Par leur biais, nous nous connectons à notre entité spirituelle, et la magie peut alors s'exercer à tous les niveaux. Nous laissons de côté nos anciens schémas et évoluons de manière positive, en conformité avec nos aspirations et avec l'image que nous avons de nous-même ; en cela, on peut dire que les méditations et les rituels nous aident à nous réaliser sur un plan personnel.

Le pouvoir divin des rituels

Un rituel correspond à une manière systématique de faire les choses, une procédure que l'on doit suivre pour obtenir un résultat voulu. Outre le fait que les rituels proposent un espace dans lequel rendre hommage au divin, ils permettent également d'influer sur les énergies et de les orienter, notamment celles liées aux elfes et aux fées. Certains mots ou certains vers, couplés à un début de formulation d'intention ou de désir, peuvent ouvrir les bonnes fenêtres qui laisseront affluer la magie dans notre vie.

Par l'intermédiaire des rituels, nous pouvons remplir de magie chacune de nos journées et entrer en contact avec les énergies divines de l'univers. Lorsque nous accomplissons un rituel, nous invoquons des pouvoirs divins, et cette connexion divine est la clé qui nous permet de communiquer avec les elfes et les fées, et de renforcer nos liens avec eux.

Les rituels impliquent d'utiliser des accessoires tels que des bougies ou de l'encens, pour les parer d'une forme sensuelle. Les baguettes, épées, calices, bougies, encens, cristaux et autres huiles parfumées sont autant d'accessoires de rituels possibles, mais la musique est le meilleur moyen d'intensifier cette expérience. Sa mélodie autant que son rythme et ses paroles don-

Sens magique

Les **accessoires de rituel** regroupent tout ce qui peut intensifier le caractère sensoriel du rituel ; ils incluent des instruments, des arômes tels que l'encens, et surtout de la musique.

neront de la force à votre rituel, tandis que les accessoires l'agrémenteront à un niveau visuel, gustatif, olfactif ou sonore, en lui donnant un côté ludique et amusant.

Création du cercle magique

Le cercle de fées fait en quelque sorte office de pont de lumière reliant le monde des humains et celui des fées. Avant de pratiquer un rituel, vous devez toujours commencer par tracer un cercle de fées (voir les explications fournies au chapitre 6). Emplissez d'eau une coupe ou un calice et versez-en quelques gouttes sur la bordure intérieure de votre cercle de fées, en évoluant dans le sens des aiguilles d'une montre. Puis levez votre main dominante, paume tournée vers l'extérieur. Tournez-vous face à l'est, et effectuez une lente rotation sur vous-même dans le sens des aiguilles d'une montre, en imaginant qu'une vive lumière féerique d'un blanc bleuté s'échappe de votre main pour créer un halo autour de vous. Doublez ce cercle de lumière blanc bleuté en traçant un cercle de lumière verte elfique autour de vous avec votre main dominante, puis, toujours en vous tenant au centre de ces deux cercles, prononcez les paroles suivantes :

> **Sens magique**
>
> La **main dominante** est la main active, celle dont on se sert pour envoyer de l'énergie ou un pouvoir. Si vous êtes droitier, il s'agit de votre main droite. La main passive est celle par laquelle on reçoit un pouvoir ou de l'énergie. Si vous êtes droitier, il s'agit de votre main gauche.

> « *Que nos amis les elfes et les fées*
> *Bénissent ce cercle de leur lumière céleste*
> *Ainsi soit fait !* »

L'invocation des points cardinaux

Après avoir créé votre cercle magique, convoquez les gardiens qui se posteront aux portes de cet espace sacré. Leur rôle consiste à se tenir aux quatre points cardinaux et à y rester jusqu'à ce que vous preniez congé d'eux.

Placez-vous au centre de votre cercle, face à l'est. Munissez-vous d'une petite cloche, faites-la sonner trois fois, puis levez les bras et prononcez d'une voix audible :

> « *J'invoque la présence du gardien de la tour est qui garde les cieux et qui gouverne cet élément. Nous t'invitons à te joindre à notre célébration et à nous prodiguer tes influences bénéfiques. Ainsi soit fait !* »

Tournez-vous ensuite vers le sud, saluez, levez les bras et dites :

> « *J'invoque la présence du gardien de la tour sud qui garde le feu sacré et qui gouverne cet élément. Nous t'invitons à te joindre à notre célébration et à nous prodiguer tes influences bénéfiques. Ainsi soit fait !* »

Puis tournez-vous vers l'ouest, saluez, levez les bras et dites :

> « *J'invoque la présence du gardien de la tour ouest qui garde les eaux sacrées et qui gouverne cet élément. Nous t'invitons à te joindre à notre célébration et à nous prodiguer tes influences bénéfiques. Ainsi soit fait !* »

Vous terminerez en saluant au nord et en prononçant ces paroles :

> « *J'invoque la présence du gardien de la tour nord qui garde la terre et qui gouverne cet élément. Nous t'invitons à te joindre à notre célébration et à nous prodiguer tes influences bénéfiques. Ainsi soit fait !* »

Les gardiens de votre cercle sont maintenant en place.

Fermeture du cercle

Après avoir positionné vos gardiens, vous devez ajouter un portillon à votre cercle. Ce portillon est en fait un portail permettant d'entrer dans le cercle magique ou d'en sortir sans perturber son flux énergétique. Idéalement, il doit être aménagé sur le côté est du cercle, mais pour des raisons de commodité il peut aussi être placé face à la porte qui permet d'entrer dans la pièce. Effectuez son tracé avec la main dominante. Par la suite, à chaque fois que vous entrerez dans le cercle ou que vous en sortirez, n'oubliez pas de faire le geste de l'ouvrir et de le fermer.

Quelques exemples de rituels

À présent que vous connaissez les bases indispensables pour instaurer un rituel, les exemples de rituels que nous donnons vont vous aider à mettre vos connaissances en pratique. Le premier permet de découvrir son nom elfique, le deuxième se pratique en vacances, et le troisième n'est autre que le « rituel de la rose dans le septagramme ».

Rituel du nom elfique

On choisit un nom pour ce qu'il représente, c'est-à-dire un mélange de sons et de symboles qui à l'origine étaient dotés d'un sens magique. Pour mieux comprendre les elfes, nous vous invitons à découvrir votre propre nom elfique.

Les elfes sont de puissants esprits de la nature. On les appelle les « premiers-nés », « ceux qui parlent », le « peuple aîné » ou le « peuple de la forêt ». Ce sont les plus féeriques des créatures terrestres, celles qui s'émerveillent de tout ce qu'offre la nature - ses points d'eau, ses bois, ses fleurs et ses étoiles. Leurs sens sont plus aiguisés que ceux des humains, ils peuvent communiquer par la télépathie et sont dotés d'une curiosité insatiable. Ils n'ont pas besoin de dormir, car ils se reposent en faisant des rêves lucides.

Votre nom elfique révèle sur vous des choses magiques et mystérieuses ; il est important de se servir de ce nom lors d'un rituel ou lorsqu'on se trouve au contact d'elfes. En outre, la force créative de ce nom constituera pour vous une source d'enrichissement. Il existe toutes sortes de noms elfiques, mais les plus courants sont « Églantine » (rose sauvage), « Ellette » (petit elfe), « Titania » (reine des fées), « Alfred » (ami des elfes), « Aubrey » (roi des elfes), « Dain » (nain mythique) ou « Obéron » (roi des fées).

Pour découvrir votre nom elfique, respectez les étapes suivantes :

1. Sortez une nuit de pleine lune et trouvez un endroit tranquille pour observer l'astre, ou, à défaut, asseyez-vous près d'une fenêtre d'où vous pouvez le voir. Tracez un cercle de fées et convoquez les gardiens des points cardinaux.

2. Installez-vous confortablement - que vous soyez debout, assis ou allongé - dans un endroit inondé par le clair de lune. Concentrez-vous sur la lune et faites en sorte que votre respiration devienne plus lente et plus profonde. Prononcez tout haut les paroles suivantes :

   « *Lune à la lumière blanche magique,*
   Révèle-moi ce soir mon nom elfique. »

3. Puis imaginez que vous emplissez vos poumons de la lumière blanche de la lune et des étoiles. Laissez leur lumière vous emplir totalement et, tout en restant concentré sur la lune, imaginez que vous êtes une forêt primaire peuplée d'elfes. Répétez trois fois à voix haute :

   « *Peuples des bois, soyez bénis,*
   Dites-moi mon nom elfique je vous prie. »

4. Visualisez la forêt baignée par la lumière pâle de la lune, votre nom elfique doit briller dans le ciel étoilé qui la surplombe. Mémorisez ce nom ; il est probable qu'il vous soit familier et vous procure une sensation de joie ou au contraire d'anxiété. Dites trois fois à voix haute votre nom elfique, puis déclarez :

   « *Que la grâce des elfes soit avec moi*
   Ainsi soit fait ! »

5. Quand le rituel est terminé, saluez les gardiens des quatre points cardinaux, placez-vous au centre du cercle et faites sonner la cloche une fois en disant :

   « *Gardiens des quatre tours, nous vous remercions de votre présence et de votre protection pour ce rituel.*
   Au revoir et merci ! »

Faites sonner encore une fois la cloche, et ajoutez :

   « *Ainsi soit fait !* »

6. Effacez alors votre cercle magique en vous orientant vers l'est et, votre main dominante tendue devant vous, tournez lentement sur vous-même dans le sens inverse des aiguilles d'une montre. Imaginez dans le même temps que votre main aspire la lumière blanc bleuté du cercle, puis répétez les mêmes gestes pour retirer la lumière verte du cercle. Effacez son pourtour avec un pied ou une main, toujours dans un mouvement inverse à celui des aiguilles d'une montre. Lorsque vous avez terminé, faites face à ce qui était le centre du cercle et déclarez en faisant sonner la cloche :

   « *Ainsi soit fait !* »

Rituel de vacances pour les joyeux elfes et fées

Si le vert est la couleur préférée des elfes et des fées, c'est parce qu'il s'agit de la couleur de la nature – d'ailleurs, en Irlande, les elfes et les fées sont tous habillés en vert. C'est également une couleur qui fait penser aux vacances. Par ailleurs, les elfes et les fées adorent le rouge, couleur très estivale !

Le rituel suivant consiste à honorer les elfes et les fées par le biais de ces deux couleurs, le vert et le rouge. Il prévoit également un arbre décoré de clochettes en guise d'offrande pour les elfes et les fées de Noël, ainsi qu'un cône de lumière blanche à l'intention du pays des fées. Il vous permettra d'entrer plus facilement en contact avec les joyeux elfes et les joyeuses fées, et de vous attirer leurs faveurs.

Il vous faut des vêtements verts et rouges, une musique entraînante, un petit arbre en pot, du ruban argenté et douze clochettes dorées.

1. Ce rituel doit être pratiqué douze jours avant le solstice d'hiver, à minuit. Commencez par mettre une musique gaie que vous aimez écouter, et enfilez vos vêtements verts et rouges. Pendant que vous vous habillez, chantez les mots suivants :

   « *Puisque je m'habille en rouge et vert*
   Que les joyeux elfes et fées me vénèrent ! »

2. Délimitez un cercle de fées (à l'aide de glands ou de petites pierres blanches), puis tracez-en le pourtour et invoquez les gardiens des points cardinaux. Disposez l'arbre au centre de votre cercle, puis décorez-le en prenant vos clochettes une à une, en les faisant tinter sept fois après y avoir noué un ruban et avant de les accrocher aux branches. Pour chaque clochette, déclarez :

   « *Que les joyeux elfes et fées me bénissent !* »

3. Lorsque vous avez terminé de décorer l'arbre, apposez vos mains légèrement au-dessus de son sommet et prenez le temps de vous fondre en lui. Répétez trois fois :

   « *Je suis l'arbre, l'arbre, c'est moi, nous ne faisons qu'un.* »

4. Inspirez profondément en imaginant qu'une vive lumière féerique blanc bleuté vient remplir vos poumons. Expirez lentement cette lumière, puis imaginez que vous inspirez et expirez une lumière verte elfique, tout aussi lentement.

5. Portez votre main dominante au-dessus de l'arbre, paume tournée vers lui, et imaginez que cet arbre est en relation directe avec les elfes et les fées. Sentez et visualisez une forte lumière blanche jaillissant de votre main et venant envelopper l'arbre d'un cône d'énergie blanc. Imprimez à votre main un mouvement circulaire dans le sens des aiguilles d'une montre afin de ramasser cette lumière et d'en faire une boule d'énergie, et continuez jusqu'à ce que cette boule devienne plus intense et plus brillante. Puis, en pensée, faites-la tournoyer de plus en plus vite pour accroître sa force et sa brillance. »

6. Utilisez la force de votre pensée pour envoyer le cône transformé en boule vers les cieux, en imaginant que vous le destinez aux elfes et aux fées comme cadeau de bienvenue. Accompagnez votre pensée d'un geste de vos mains et d'une parole encourageante prononcée à voix haute ; cela aura pour effet de propulser la lumière là où vous souhaitez qu'elle aille. Après avoir envoyé le cône aux elfes et aux fées, frappez fortement dans vos mains à trois reprises.

7. Quand le rituel est terminé, saluez les gardiens des points cardinaux en vous tenant debout ou assis au milieu du cercle et, après avoir sonné une fois la cloche, déclarez :

   « *Gardiens des quatre tours, nous vous remercions de votre présence et de votre protection pour ce rituel.*
   Au revoir et merci ! »

Faites encore sonner une fois la cloche, et concluez par :

« *Ainsi soit fait !* »

8. Effacez alors votre cercle magique en vous tournant face à l'est et, votre main dominante tendue devant vous, tournez lentement sur vous-même dans le sens inverse des aiguilles d'une montre. Imaginez dans le même temps que votre main aspire la lumière blanc bleuté du cercle, et répétez ensuite les mêmes gestes pour retirer la lumière verte du cercle. Effacez son pourtour avec un pied ou une main, toujours dans un mouvement inverse à celui des aiguilles d'une montre. Lorsque vous avez terminé, faites face à ce qui était le centre du cercle et déclarez en faisant sonner la cloche :

   « *Ainsi soit fait !* »

9. Rempotez l'arbre décoré afin de le conserver en extérieur et de pouvoir l'admirer toute l'année. Prenez-en soin, car il attirera sur vous et sur votre maison les faveurs divines et joyeuses des elfes et des fées.

Contes et légendes

Dans ses chroniques, Raoul de Coggeshall raconte qu'on aurait trouvé un étrange garçon et une étrange fille à la sortie d'un grand cratère ; ils avaient la peau verte, se nourrissaient exclusivement d'aliments de couleur verte et parlaient une langue incompréhensible. Le garçon mourut assez vite, mais la fille apprit la langue du pays et elle se mit alors à évoquer un royaume qui ressemblait fort au royaume des fées.

Rituel de la rose dans le septagramme

L'étoile des elfes, ou septagramme, est une étoile à sept branches. Chacune d'entre elles symbolise une direction : l'est (élément de l'air), le sud (élément du feu), l'ouest (élément de l'eau) et le nord (élément terrestre), plus ce qui est au-dessus (les étoiles au-dessus de nos têtes), ce qui est en dessous (les étoiles sous nos pieds), et enfin au centre (notre âme). Le chiffre sept correspond également au nombre des couleurs visibles de l'arc-en-ciel, aux sept chakras de base, ainsi qu'aux notes de musique (*do*, *ré*, *mi*, *fa*, *sol*, *la*, *si*).

Le parfum des roses constitue une force particulièrement attirante pour les fées : invitez donc les fées des roses dans votre jardin, elles apporteront magie et joie à votre quotidien ! Pour cela, il vous faut une cloche, un jeune rosier, une pelle et un peu d'eau.

1. Accomplissez ce rituel dans votre jardin, à midi, par une journée de printemps ou d'été. Vous pouvez utiliser un rosier miniature, avec un bac et du terreau. Tracez un cercle de fées autour de l'endroit où vous allez planter le rosier, puis invoquez les gardiens des quatre points cardinaux.

2. Servez-vous de la pointe d'une pierre ou d'un bâton pour tracer dans le sol (ou dans le bac) une étoile elfique à sept branches, à l'endroit où vous allez planter le rosier. Faites sonner la cloche sept fois, et creusez un trou au centre de l'étoile avec la pelle. Plantez-y le rosier, puis faites à nouveau sonner trois fois la cloche en chantant :

   « *Bénies soient les fées des roses.* »

3. Après avoir bien tassé la terre autour du rosier, ajoutez un peu d'eau et éventuellement de l'engrais, selon les instructions fournies avec la plante. Disposez ensuite sept cailloux autour de sa base, faites sonner la cloche sept fois et tournez autour du rosier dans le sens des aiguilles d'une montre en déclarant :

   « *Bénies soient les fées des roses,*
   Qu'elles prennent soin de ce rosier
   Aussi bien au crépuscule, à l'aube
   Qu'à toute heure de la journée. »

4. Quand le rituel est accompli, remerciez les fées des roses en vous plaçant au centre du cercle et, après avoir fait sonner une fois la cloche, déclarez :

   « *Gardiens des quatre tours, nous vous remercions de votre présence et de votre protection pour ce rituel.*
   Au revoir et merci ! »

Faites sonner la cloche encore une fois avant d'ajouter :

   « *Ainsi soit fait !* »

5. Effacez votre cercle magique avec un pied ou une main, toujours dans un mouvement inverse à celui des aiguilles d'une montre. Lorsque que vous avez terminé, placez-vous face à ce qui était le centre du cercle, faites sonner la cloche et déclarez :

   « *Ainsi soit fait !* »

6. Arrosez régulièrement votre rosier et entretenez-le pour qu'il fleurisse et prospère.

Méditer sur les elfes et sur les fées

Certaines traditions spirituelles orientales telles que l'hindouisme et le bouddhisme préconisent depuis longtemps la méditation comme un moyen permettant de se rapprocher du divin. Ces derniers temps, la méditation a connu un regain de popularité dans le monde entier, notamment parce qu'elle est bénéfique pour la santé : on sait en effet qu'elle permet d'abaisser la tension artérielle, de combattre le stress et la dépression.

La méditation permet de rester conscient de ce qui nous entoure tout en se sentant extrêmement détendu. Ses effets positifs sont une meilleure capacité d'introspection, une plus grande clairvoyance ainsi qu'un état de relaxation profonde. Le rythme cardiaque ralentit, on respire moins vite, et même la transpiration, la tension musculaire et la pression sanguine diminuent. On se sent plus calme, sans perdre en aucune manière sa vivacité d'esprit. Le cerveau produit davantage d'ondes *alpha*, ce qui nous plonge dans un état où l'on est plus à même de rencontrer des créatures d'un autre monde telles que des elfes ou des fées.

C'est pas sorcier

Avant d'entrer en méditation, pensez à éteindre votre téléphone portable et à baisser au maximum le volume de votre répondeur ; mieux encore, débranchez-le. Dites à votre entourage que vous ne voulez pas être dérangé, et faites sortir les éventuels animaux de la pièce pour qu'ils ne risquent pas d'interrompre la séance.

Lisez les méditations d'elfes et de fées qui suivent, en vous arrêtant à chaque phrase pour vous en imprégner avant de lire la suivante. Vous pouvez vous aider en fermant les yeux après chaque phrase, afin de mieux visualiser l'image qu'elle vous suggère.

Attention ! Prenez garde...

La méditation incite à la détente. Ne pratiquez donc aucune activité qui nécessiterait de l'attention – telle que conduire un véhicule, courir, faire de l'exercice, regarder la télévision, faire du vélo, travailler ou téléphoner – pendant que vous méditez. Il importe de se concentrer uniquement sur le processus de méditation.

Une autre méthode consiste à enregistrer ces méditations avec sa propre voix ; pour cela, choisissez un endroit calme, mettez une musique douce et enregistrez-vous lentement, en marquant des pauses entre les phrases et les paragraphes. Vous pourrez ensuite vous servir de ces enregistrements aussi souvent que vous le voudrez.

Pour rendre votre méditation plus efficace et intensifier l'expérience, placez-vous au centre d'un cercle de fées. Ces méditations sont des aides pour accéder à des visions que l'on peut invoquer quand on le souhaite.

Exemples de méditations

Les méditations suivantes vous permettront de vous connecter au divin, ainsi qu'aux elfes et aux fées. La première méditation est celle du jardin magique, la deuxième celle de l'anneau, la troisième celle du château de conte de fées. Plus vous les pratiquerez, plus vous emmagasinerez en vous l'énergie des elfes et des fées.

Méditation du jardin magique

Installez-vous confortablement, assis ou allongé, dans un endroit calme, de préférence dans votre jardin ou dans les bois. Si vous ne pouvez être en extérieur, disposez devant vous la photo d'un très beau jardin.

Prenez plusieurs respirations profondes, imaginez que vous inspirez une lumière pure et blanche et ne vous préoccupez que d'une chose lorsque vous expirez : éliminer toutes vos tensions. Si vous êtes en extérieur, concentrez-vous sur la beauté de votre environnement, sinon regardez la photo et « entrez » dedans. Continuez à respirer profondément et régulièrement tout en fermant les yeux.

Imaginez maintenant que vous êtes sur la plus haute marche d'un escalier en terre. Vous descendez ces marches une à une, et vous vous retrouvez dans un magnifique jardin magique bordé de belles montagnes vertes. C'est un endroit joyeux et paisible, peuplé de toutes sortes d'elfes et autres êtres magiques, avec des fleurs de toutes les couleurs, des végétaux variés, ainsi que des arbres fruitiers et de vénérables arbres centenaires. Une rivière coule sur une colline en surplomb et se transforme en une somptueuse cascade qui vient se jeter dans un bassin paisible au beau milieu du jardin magique.

Vous vous trouvez devant un arbre imposant et montez à califourchon sur l'une de ses branches basses. Vous sentez la force de cet arbre, ainsi que l'énergie qui monte de la terre en dessous, et vous vous connectez à l'essence de l'arbre. Ses racines sont vos ancêtres, son tronc est le fondement de votre vie, et ses branches constituent vos divers aspects ; quant aux feuilles, qui sont autant de capteurs de lumière, elles s'apparentent à vos pensées.

Vous percevez une présence et comprenez qu'il s'agit de la dryade de l'arbre, un esprit au long corps, dans les tons vert-brun ; puis vous prenez conscience de tous les nains et gnomes qui vivent sous la terre, dans des grottes, des cavernes ou des montagnes pierreuses. Des leprechauns et des brownies surgissent çà et là, ainsi que des fées ailées brunes, vertes ou multicolores, qui voltigent parmi les fleurs et les arbustes. Sous le couvert de la chênaie, au loin, vous voyez des elfes des bois qui dansent, et une musique enchanteresse vous parvient.

La musique devient plus forte et de superbes fées ailées apparaissent, irradiant une lumière céleste, tandis que des fées du vent, aux ailes plus larges que leur corps, se mettent à évoluer dans le jardin magique. Il y a aussi des salamandres dans les cours d'eau et des tritons dans les mares. Le jardin tout entier paraît enveloppé d'une lumière magique qui éclaire ses coins sombres et lui confère un éclat irréel.

Pendant que vous vous pénétrez de la beauté du jardin et que vous vous détendez complètement, imaginez que le bruit de l'eau vous raconte une histoire ancienne, une histoire qui n'a pas besoin de mots, que vous connaissez déjà et que vous comprenez. Les fées des eaux et les ondines, belles comme un rêve, accompagnent cette histoire de leur chant, et leur voix merveilleuse vous emplit de joie.

Jouissez encore quelques minutes des beautés de votre jardin en conservant une respiration calme et profonde. Puis, lorsque vous vous sentez prêt, retrouvez en pensée l'escalier de terre, dont il vous faut gravir les marches. Montez-les une à une, lentement, en sentant une fraîcheur et une énergie monter en vous. Reprenez conscience de votre propre corps en remuant vos mains et vos pieds, et ouvrez lentement les yeux pour retrouver lieu et temps présents.

Méditation de l'anneau

Il n'est pas nécessaire d'être Frodon dans *Le Seigneur des anneaux* pour vivre des aventures mystérieuses : cette méditation vous permet de voyager dans l'Autre Monde, alors que vous êtes confortablement assis ou allongé sur votre canapé. Pour accomplir la méditation de l'anneau, mettez d'abord une musique instrumentale douce, puis installez-vous confortablement et déboutonnez au besoin vos vêtements pour être tout à fait à l'aise. Prenez une profonde inspiration en comptant trois battements de cœur, puis bloquez votre respiration pendant trois autres battements de cœur et expirez sur les trois battements de cœur suivants. Répétez le même processus plusieurs fois pour vous détendre et vous concentrer.

Imaginez ensuite que deux arbres se tiennent devant vous. Celui de gauche est argenté, celui de droite doré. Vous remarquez entre les deux, par terre, un anneau doré qui vous paraît étrange. Quand vous le passez au majeur de votre main gauche, le sol s'ouvre brusquement devant vous.

Descendez dans le trou béant qui s'est formé, et cheminez dans le long tunnel pentu qui vous fait face. Il débouche sur un autre monde, aux lumières et aux couleurs vives. C'est un royaume féerique, dans lequel on trouve des parterres de fleurs formant des cercles où se mêlent l'orange, le doré, le vert, le bleu, le pourpre, le rose, l'argenté et le blanc. Prenez le temps de bien observer ces cercles, ils symbolisent les cycles de votre vie.

Au cœur de ce royaume féerique se tient une fontaine qui dispense les eaux de la vie. L'eau s'écoule de la bouche d'un dragon. Vous levez les yeux et voyez arriver par les airs un autre grand dragon, dont les ailes aux couleurs de l'arc-en-ciel brillent dans la lumière irréelle de cet autre monde. Il se pose près de la fontaine et s'adresse à vous par télépathie :

« Ton esprit, comme ton être, a une volonté.
Ton cœur a une volonté. Ton âme a une volonté.
Chacun a le pouvoir d'influer sur le cours du destin. »

Après avoir prononcé ces paroles, le dragon s'envole et disparaît sans un bruit, tandis qu'une brume bleutée vient tout envelopper, diffusant une douce chaleur. Le paysage qui vous entoure baigne dans un océan de lumière féerique qui vous pénètre et vous emplit d'énergie.

Imaginez alors que vous recueillez cette brume dans vos mains et que vous en faites une boule de lumière bleue. Laissez sa chaude lumière vous envelopper complètement, et emplissez-en vos poumons pendant quelques minutes.

Retrouvez ensuite en pensée le tunnel qui vous a mené jusque-là, et engagez-vous dedans pour revenir dans le monde ordinaire. Retirez l'anneau, et déposez-le où il se trouvait, entre les deux arbres ; ainsi, vous pourrez toujours le retrouver. Remuez doucement vos doigts et vos orteils pour revenir au temps et au lieu présents.

Contes et légendes

Dans son *Yellow Fairy Book* (Dover Publishing, 1966), Andrew Lang raconte l'histoire d'un anneau magique que le roi du monde souterrain offre en récompense à un jeune homme nommé Martin qui a sauvé sa fille. Chaque fois que Martin passe cet anneau du doigt d'une main à celui de l'autre main, douze jeunes hommes apparaissent devant lui et exécutent sa requête, quelle qu'elle soit, en une seule nuit.

Méditation du château de conte de fées

Commencez par mettre une musique instrumentale et féerique, puis installez-vous confortablement et défaites les vêtements qui peuvent vous serrer. Respirez profondément pendant plusieurs minutes pour vous détendre. Lorsque vous êtes prêt, imaginez un château de conte de fées, et choisissez dans quel monde ou royaume vous voulez le situer, ainsi que son style et sa forme. Il peut être en pierres précieuses ou constitué de végétaux, d'eau ou même de poussière d'étoiles. Ce château merveilleux représente un lieu où vous pouvez venir puiser l'énergie des fées, ne serait-ce que quelques instants.

Adoptez une respiration lente, puis franchissez le seuil du château et pénétrez à l'intérieur. Tous vos sens s'éveillent, et vous constatez que le château magique est peuplé d'êtres féeriques amicaux de toutes sortes : des fées des fleurs, des elfes sylvestres, des fées ailées et des lutins. Prenez le temps d'explorer le château et de détailler tous ses elfes et ses fées, et goûtez la sensation de joie qui monte en vous. Quand votre méditation est terminée, redirigez votre pensée vers le temps et le lieu présents, remuez les mains et les pieds, puis ouvrez les yeux. Enfin, tapez dans vos mains trois fois. Vous pouvez effectuer cette méditation aussi souvent que vous le souhaitez.

Bénédictions pour toutes les occasions

Pratiquer une bénédiction consiste à bénir ou à sanctifier par le biais d'un rite ou de paroles spirituelles ; cela permet d'invoquer le divin afin qu'il veille sur notre vie personnelle et professionnelle. Il faut accepter les bénédictions divines des fées et des elfes qui peuvent s'offrir à nous, car elles permettent à ces êtres magiques de nous communiquer un peu de leur énergie et de leur gaieté, ainsi qu'une petite part d'imprévu qui agrémentera notre vie.

C'est lorsqu'on ouvre les yeux le matin et que l'on a l'esprit encore tout embrumé de ses rêves que l'on se trouve le plus réceptif aux suggestions de toutes sortes ; ce moment est idéal pour pratiquer des prières ou des bénédictions et pour communiquer avec notre subconscient.

Une bénédiction est à la fois une suggestion que l'on se fait à soi-même et une requête d'une aide divine. Plus on la répète, plus son sens s'intègre à notre psyché et ouvre la voie à la transformation. Lorsqu'on invoque l'énergie des elfes et des fées au cours d'une bénédiction, on influe de manière positive sur ce processus.

Sens magique

Une **bénédiction** est un encouragement ou une forme d'acceptation qui peut influer sur votre bonheur et votre bien-être.

Quand on prononce une bénédiction, on crée un champ énergétique qui peut s'étendre jusqu'au monde onirique si on se réveille à peine ou si on est sur le point de s'endormir. De gentils elfes et de gentilles fées ainsi que d'autres créatures magiques se manifestent alors dans nos rêves pour nous guider.

Exemples de bénédictions

Les bénédictions suivantes servent à invoquer l'énergie des elfes et des fées dans le monde réel et dans celui des rêves : elles comprennent une bénédiction des fées des fleurs, une bénédiction des rêves de fées ainsi qu'une bénédiction du feu étoilé des elfes. Vous pouvez recourir à ces bénédictions aussi souvent que nécessaire pour faire venir l'énergie des fées et des elfes dans votre espace personnel.

Bénédiction des fées des fleurs

Allez dans la nature, et choisissez les fleurs qui vous paraissent les plus belles. Accroupissez-vous ou asseyez-vous, et pensez à quelqu'un qui aurait besoin de la bénédiction des fées des fleurs, par exemple une personne de votre entourage en mauvaise santé. Concentrez-vous sur les fleurs et prêtez attention à leurs qualités, que ce soit la forme de leurs pétales, leur couleur, leur parfum ou leur texture.

Imaginez ensuite toutes les fées des fleurs et les esprits divins qui les habitent et qui les aident à rester aussi belles. Ces fées peuvent vous apparaître ailées, blanches, roses, dorées ou bleues, avoir la forme de sphères vertes ou de points lumineux, ou encore ressembler à de grands elfes ; vous pouvez également les percevoir d'une manière autre que visuelle. Veillez seulement à garder une respiration lente et profonde.

Pensez à la personne à qui vous souhaitez adresser votre bénédiction en demandant aux fées des fleurs de voler vers elle et de lui transmettre leurs pouvoirs de guérison. Prenez une profonde inspiration, et imaginez qu'en expirant vous les faites toutes s'envoler vers la personne souffrante pour l'emplir d'une lumière divine qui va l'aider à guérir. Maintenez ce flux positif pendant cinq minutes au moins, en restant concentré sur les fées des fleurs pour qu'elles continuent d'envoyer leur énergie bienfaisante. Sachez que vous pouvez aussi adresser cette bénédiction à une personne décédée.

Bénédiction des rêves de fées

Pour cette bénédiction, il vous faut une pochette en tissu, une feuille de papier format A5, un stylo à encre verte et une petite pierre trouvée dans la nature. À l'aide du stylo, écrivez sur le papier l'un de vos vœux les plus chers - choisissez-en un qu'il soit réellement possible d'exaucer. Pliez trois fois le papier, glissez-le dans la pochette et prenez-la dans vos mains en invoquant la bénédiction des fées et en déclarant trois fois de suite :

« *Bonnes fées, faites que mon rêve devienne réalité.* »

Déposez la pochette près de votre lit - par exemple sur votre table de nuit ou dans le tiroir de votre bureau - et chaque matin en vous levant ainsi que chaque soir en vous couchant, prenez-la et répétez la même bénédiction.

Gardez à chaque fois la pochette quelques minutes dans vos mains, en pensant fort à votre rêve, et soyez convaincu qu'il se réalisera.

Répétez la bénédiction tous les matins et tous les soirs, jusqu'à ce que votre vœu soit exaucé.

Bénédiction du feu étoilé des elfes

Attendez minuit pour contempler la nuit étoilée. Imaginez que votre conscience se transforme en étoile lumineuse, et faites évoluer cette étoile dans le ciel jusqu'à tournoyer avec elle dans l'immensité obscure. Vous vous éloignez de votre propre corps et sentez une lumière d'étoiles blanche vous emplir. Inspirez profondément pour vous en imprégner davantage en comptant jusqu'à trois ; bloquez votre respiration, puis comptez à nouveau jusqu'à trois avant d'expirer lentement. Recommencez trois fois avant de prononcer la bénédiction suivante adressée à un être cher :

« Que les elfes et tout le gentil peuple te bénissent,
[Prononcez le nom de la personne]
Puisse la lumière des étoiles illuminer ton visage
Et t'éclairer d'une grâce éternelle. »

Le minimum à savoir

- → Les rituels de méditation et de bénédiction sont des outils puissants qui permettent d'opérer des changements positifs.
- → Un rituel consiste à accomplir une chose de manière systématique pour un résultat donné.
- → Les hommes ont toujours eu recours à la méditation pour accéder au divin.
- → Une bénédiction permet de remercier le divin ou de l'invoquer.
- → Toutes les sortes de rituels de bénédiction et de méditation permettent de se connecter à l'Autre Monde.

QCM

1 – L'un des principaux pouvoirs des elfes et des fées consiste à...

❑ **A** - se métamorphoser
❑ **B** - vivre huit fois plus longtemps que les humains
❑ **C** - créer des illusions

2 – Lequel constitue une passerelle vers l'Autre Monde ?

❑ **A** - le rocher
❑ **B** - l'arbre
❑ **C** - la cascade

3 – Quel est le nom de la résidence des dieux dans la mythologie celtique ?

❑ **A** - Einherjar
❑ **B** - Tir-na-n-Og
❑ **C** - Niflhel

4 – Lequel n'est pas un talisman rapporté par les Tuatha De Danann ?

❑ **A** - le chaudron de Dagda
❑ **B** - la pierre de Fal
❑ **C** - le bouclier de Thor

5 – Quel était le nom de l'épée du roi Arthur ?

❑ **A** - Excalibur
❑ **B** - Andúril
❑ **C** - Durandal

6 – Dans la mythologie nordique, la Terre du Milieu correspond au monde des...

❑ **A** - elfes
❑ **B** - hommes
❑ **C** - esprits

7 – Quel concept retrouve-t-on dans différentes traditions spirituelles ?

❑ **A** - l'Arbre Cosmique
❑ **B** - la Danse Cosmique
❑ **C** - l'Œuf Cosmique

8 – Qu'évoquent les rencontres avec les elfes et les fées ?

❑ **A** - le karma
❑ **B** - le Nirvana
❑ **C** - le yin et le yang

9 – Sous quelle forme les créatures magiques apparaissent-elles dans de nombreux contes de fées ?

❑ **A** - de jeunes enfants
❑ **B** - des animaux
❑ **C** - des plantes

10 – Quelle est la couleur préférée des elfes et des fées ?

❑ **A** - le blanc
❑ **B** - le vert
❑ **C** - le jaune

Réponses

1:A - 2:B - 3:B - 4:C - 5:A
6:B - 7:A - 8:A - 9:B - 10:B

Nombre de bonnes réponses ❑

Si vous avez au moins 8 bonnes réponses, passez au chapitre suivant, sinon... faites quelques révisons !

Partie 5 Se connecter à l'esprit de la nature

Les elfes et les fées sont des manifestations essentielles de l'esprit de la nature, tout comme le sont les dévas et les divinités. Dans cette partie, nous allons nous intéresser au rapport que nous entretenons avec cet esprit de la nature, ce qui nous amènera à explorer le monde des dévas et à comprendre comment certains humains, ayant appris à s'associer à eux, ont obtenu des résultats spectaculaires, voire miraculeux.

Pour se connecter à l'esprit de la nature, le mieux est d'aller en pleine nature ou de jardiner ; on peut également laisser davantage s'exprimer la part de nature que l'on a en soi, et se détendre en compagnie des elfes, des fées et de leurs bons amis les dévas de la nature. Par ailleurs, ce chapitre dispense des conseils pour créer un véritable jardin féerique.

Chapitre

17

Les dévas de la nature

Dans ce chapitre

- → Le monde des dévas, forces créatrices de la nature
- → Comment les dévas peuvent nous aider à communiquer avec les animaux et les plantes
- → Comment vivre en harmonie avec les énergies de la terre
- → Des techniques purifiantes et énergisantes pour se connecter aux dévas

En tant qu'esprits de la nature, les dévas sont très semblables aux elfes et aux fées sur un plan énergétique. Comme eux, ils sont issus des énergies créatrices de l'univers et ont un lien fort avec toutes les formes de vie. Comme eux, ils émanent du royaume invisible de l'Autre Monde et ne peuvent être perçus par les humains que comme des esprits, ce qui signifie que nous ne les voyons que lorsque nous le souhaitons ou lorsque eux-mêmes le décident. Le fait qu'ils se résument à une simple essence leur permet de nous aider à nous connecter au monde des plantes et des animaux ; ils favorisent en outre la perception selon laquelle toutes les choses vivantes font partie d'un tout dans ce qui serait une grande toile énergétique.

Au travers de ce tout, nous formons nous aussi une partie de l'esprit divin de la nature ; si nous prenions conscience de cette connexion spirituelle, nous pourrions apprendre à vivre en harmonie avec les énergies de la terre. Ce chapitre délivre certaines techniques pour équilibrer nos énergies et les harmoniser avec les dévas ainsi qu'avec l'esprit divin de la terre.

Que sont les dévas ?

Lorsque vous prenez une graine et que vous la plantez dans la terre, vous initiez un processus que l'on peut qualifier de magique. La graine n'a besoin que d'un peu d'eau pour se mettre à germer et déployer les premiers signes de vie. À partir de ce stade embryonnaire, la plante croît et développe une racine et une tige ; la première s'ancre dans la terre et la seconde monte vers la lumière. C'est à ce moment du cycle de la vie que ressortent les caractéristiques propres à l'espèce, qui déterminent comment va s'exprimer son énergie de vie. Or cette dernière se rattache au pouvoir créateur de toutes choses plus qu'aux qualités purement physiques de son ADN.

Les arbres fruitiers et les plants de légumes subissent de multiples métamorphoses : ils produisent des fleurs, lesquelles se transforment en pêches, en pommes, en tomates, en haricots verts... en fonction du type de l'arbre ou de la plante. Si l'on reste assis et qu'on regarde toutes ces transformations depuis la graine de départ jusqu'au fruit ou au légume, on n'observe rien d'autre que le travail des esprits de la terre qui appartiennent aux trois catégories suivantes :

- les esprits élémentaires,
- les dévas,
- les elfes et les fées.

Les esprits élémentaires sont issus des éléments de base ; ils servent à créer la forme, en œuvrant là où l'énergie créatrice entre en contact avec la forme physique. Les dévas, quant à eux, donnent du sens aux énergies élémentaires. Ainsi, l'esprit élémentaire sera par exemple à l'origine d'une graine de pin, alors que le déva sera en rapport avec l'essence et l'esprit de tous les pins.

Chaque espèce de plante ou d'animal a son déva qui incarne son énergie essentielle et son esprit. Les esprits élémentaires dirigent l'énergie essentielle du monde non manifeste vers le monde manifeste, alors que le déva décide de la forme que cette énergie va prendre et agit comme un lien qui relie toutes ces formes énergétiques particulières en une sorte de grande toile unique. Si l'on reprend l'exemple du pin, on peut dire que le déva du pin veille à ce que toute l'énergie créatrice contenue dans la graine s'emploie à créer la forme d'un pin. Lorsqu'on crée un lien énergétique avec un pin, on se connecte en réalité à tous les pins qui existent, ainsi qu'à leur esprit.

> **Sens magique**
>
> Dans la mythologie hindoue, les **dévas** sont des divinités ou des esprits de la nature. En sanskrit, le mot « déva » signifie « être de lumière », ce qui se réfère aux Veda (les Écritures sacrées de l'Inde antique). On compte trente-trois dévas dans la cosmologie hindoue, onze pour chacun des trois mondes.

Avez-vous déjà eu l'occasion d'examiner une portée de chiots ? Dès la naissance, chacun possède une personnalité propre. En général, on parvient à les distinguer les uns des autres dès qu'ils ont une heure ou deux de vie : l'un se montre plus actif, un autre plus doux, un troisième plus amical et un autre encore jappe sans cesse.

Bien que chacun de ces chiots ait une identité, tous partagent avec leurs congénères des caractéristiques propres à leur race, comme la curiosité, le fait d'aboyer et de posséder un flair développé : il s'agit là de manifestations du déva du chien.

L'influence des dévas sur nos vies

Certaines personnes semblent plus douées que d'autres pour faire pousser les plantes : on dit qu'elles ont « la main verte », sans toutefois l'expliquer par le fait qu'elles ont des connaissances particulières ou qu'elles prennent plus soin de leurs cultures. Elles entretiennent une relation fusionnelle avec les plantes qui leur permet de mieux les comprendre.

Citation

Monty Roberts, l'auteur de *L'Homme qui sait parler aux chevaux* (Paris, Albin Michel, 1997), explique : « Je ne murmure pas à l'oreille des chevaux, je communique avec eux dans leur langage. Les chevaux ont un langage non verbal très efficace et très impliquant. Ce qui est fabuleux avec leur mode de communication, c'est que ces animaux n'ont pas besoin d'interprète. Où qu'ils se trouvent sur terre, ils communiquent tous dans leur langage commun qui existe depuis des milliers d'années. »

D'autres personnes parviennent à manipuler des serpents très dangereux sans jamais se faire mordre ; elles expliquent généralement qu'elles se retrouvent dans un état de symbiose tel avec l'animal que celui-ci le ressent et comprend qu'on ne lui veut pas de mal. Peut-être parviennent-elles à se mettre en contact avec le déva des serpents, qui en retour les protège tant qu'elles restent spirituellement en accord avec lui.

Certaines tribus ont ce qu'on appelle des « totems », qui représentent une espèce particulière d'animal. La coutume veut que le déva de ces animaux protège tous les membres de la tribu ; pour cela, la tribu doit protéger et honorer son animal totem, en l'excluant par exemple de son régime alimentaire.

Même si nous avons tendance à nous éloigner de la nature, nous ne pouvons nous en couper tout à fait, car cela reviendrait à nous priver d'oxygène. Que nous le voulions ou non, nous sommes programmés pour être connectés au royaume des elfes, des fées, des êtres élémentaires et des dévas de la nature.

Un esprit de la nature conçu en tant qu'énergie nous affecte d'abord de manière purement spirituelle. L'énergie progresse ensuite du spirituel vers le mental et le physique : elle commence par influer sur notre mental, ce qui finit par avoir des conséquences sur notre physique. La maladie et les techniques de guérison suivent habituellement la même progression, correspondant à un schéma qui passe des domaines de l'énergie et du spirituel aux domaines du mental et du physique.

Faire entrer l'énergie des dévas dans sa vie

La meilleure manière de faire entrer l'énergie des dévas dans notre vie est de comprendre les énergies naturelles de notre planète Terre et d'œuvrer dans leur sens. De même que les elfes et les fées, ces énergies naturelles ont un esprit qui leur procure un sens de vie. La pratique qui consiste à agir dans la même direction que les énergies de la Terre est appelée « géomancie ».

Citation

« Comment se rend-on au royaume
[des fées ?
Ma foi, c'est fort simple, écoutez,
Attendez que la Lune jaune paraisse
Au-dessus de la mer empourprée
Et qu'elle trace sur les eaux
Un sillage de lumière
Plus brillant que le diamant,
Et si nulle force occulte n'est là
Pour vous conduire
Et si vous connaissez la formule magique
Capable de jeter un sort,
Enfourchez la tige d'un chardon
Et si le vent est bon
Laissez-vous transporter
Au royaume des fées
Sur ce rayon de lumière. »

Extrait de *La Route du pays de Faerie*, d'Ernest Thompson Seton.

La géomancie combine des connaissances scientifiques à d'anciennes pratiques spirituelles qui soulignent l'importance d'être en harmonie et en équilibre avec les énergies de la Terre. Des recherches scientifiques ont permis de mieux comprendre la relation qu'entretiennent les humains avec les animaux et leur environnement. Cela inclut le fait de saisir l'effet des champs énergétiques qui traversent tant la Terre que le corps humain.

De nombreux travaux ont été menés pour comprendre comment les formes archétypales affectaient ces rapports. On appelle cette étude « géométrie sacrée », « langage de la lumière » ou « langage de création » ; elle repose sur l'idée selon laquelle l'énergie fluctuerait en fonction de certains motifs prévisibles, ces motifs universels affectant tous les aspects de l'énergie lorsqu'ils prennent une forme physique. La Terre crée des ondes d'énergie, le corps humain également, et le plus souhaitable est qu'elles puissent s'harmoniser entre elles.

La géométrie sacrée et les dévas reposent tous deux sur le concept selon lequel une qualité unique et universelle infiltrerait tous les aspects de notre monde. Les principes de cause et d'effet se fondent sur l'idée que lorsqu'on accomplit une certaine action, celle-ci produit un effet donné qui n'est autre que le résultat direct de cette action.

Sens magique

La **géométrie sacrée** repose sur le postulat selon lequel certaines formes archétypales existent partout dans notre univers et influent sur tout ce que nous faisons ; d'où l'idée que l'énergie circulerait dans le cadre de schémas universels, qui eux-mêmes contribueraient à définir toutes les formes.

L'étude de la géomancie permet également d'avancer le fait qu'il existe des lignes géopathiques d'énergie qui se répercutent sur le corps humain. On peut comparer ces lignes d'énergie au réseau naturel de « ley lines » ou « flux sacrés » qui constitue une sorte de maillage autour de la Terre ; toutefois l'énergie géopathique peut être nuisible pour l'homme en créant un déséquilibre dans son système énergétique humain et en générant un stress susceptible de mettre à mal son système immunitaire, le fragilisant tant physiquement que mentalement.

Les quatre principales sources d'énergie géopathique sont :

- **Le champ Hartmann** : dans les années 1950, Ernst Hartmann, un professeur allemand, a découvert l'existence d'un maillage de lignes autour de la Terre. Il faut éviter de dormir ou de travailler dans un lieu où ces lignes se croisent, car elles créent un nœud énergétique qui peut nuire gravement au système énergétique humain.
- **Les zones géopathogènes** : ces champs électromagnétiques peuvent être générés par la Terre, ou de manière artificielle par la présence de pylônes électriques, de lignes à haute tension, de compteurs à fusibles ou de fours à micro-ondes.
- **Les zones personnelles** : ce sont les humains eux-mêmes qui dégagent ces énergies, que l'on perçoit souvent comme irritantes ou dérangeantes. Il peut suffire qu'une personne pénètre dans notre espace personnel pour que se crée ce type de zone, à laquelle même les animaux sont sensibles.
- **Les lignes d'interférence** : l'effet énergétique produit par la pensée ou l'énergie d'une personne crée un rayonnement qui peut interférer avec l'énergie d'une autre personne.

On peut établir un parallèle entre ces lignes géopathiques et les « chemins de fées » qu'empruntent les elfes et les fées lors de leurs sorties nocturnes hors du royaume des fées. Si l'on s'avise de bâtir quelque chose sur l'un de ces chemins, ou sur tout autre espace fréquenté par les fées, on crée un déséquilibre dans le champ énergétique qui engendre un stress pouvant nous affecter tant physiquement, mentalement et spirituellement.

Le feng shui est une discipline chinoise ancestrale visant à nous aider à aménager notre espace de vie pour privilégier santé et harmonie. On y retrouve l'idée de ces zones et lignes géopathogènes, appelées « shars ». Les shars sont la conséquence d'une énergie qui s'écoule mal ou ne s'écoule plus du tout. Dans cette discipline, l'énergie est appelée « chi » ; lorsqu'elle circule bien, cela apporte chance et santé. Lorsque le chi ne circule pas bien, cela ne présage rien de bon ; il est donc important de toujours veiller à avoir une énergie qui ne soit pas parasitée et qui circule librement.

Il existe heureusement des moyens de contrer l'impact des ondes générant un stress géopathique, le meilleur étant de se connecter aux dévas de la nature et d'utiliser leur énergie exempte de toute pollution pour nettoyer et emplir notre espace.

Les techniques pour se connecter aux dévas

La première technique permet de débarrasser notre espace externe des énergies indésirables ; la seconde explique comment insuffler à cet espace une énergie favorable aux dévas, afin d'instaurer une zone où l'on pourra se connecter à eux.

Il est souhaitable de se connecter aux dévas de la nature pour augmenter l'apport d'énergie naturelle dans le processus de nettoyage et d'énergisation. Il est également important de débarrasser son espace de tout mauvais chi ou d'éventuelles mauvaises énergies qui peuvent se révéler néfastes pour notre santé. En outre, le fait de disposer d'un espace chargé en énergie positive permet de venir s'y ressourcer à chaque fois que l'on en ressent le besoin.

Si l'on constate que l'énergie de notre espace est fragilisé par une mauvaise énergie ou un mauvais chi, il convient d'appliquer ces techniques en respectant l'ordre dans lequel elles ont été énoncées. Globalement, il est recommandé de nettoyer et de réinjecter de l'énergie propre dans son espace au moins une fois par mois. Ces techniques sont très efficaces dans les périodes de pleine lune, parce que l'énergie des elfes, des fées et des dévas de la nature y est la plus forte. (Pour plus d'informations concernant les meilleurs moments pour œuvrer avec les esprits de la nature, voir le chapitre 11.)

La technique de nettoyage : préparer la place pour les dévas

Si l'on omet de la nettoyer régulièrement, l'énergie a tendance à s'accumuler et à prendre une polarité. La technique suivante a pour but de vous aider à évacuer l'énergie de votre jardin ou d'un autre espace extérieur où vous souhaitez attirer les dévas de la nature, mais vous pouvez également l'utiliser à l'intérieur de votre maison pour nettoyer votre espace personnel.

Il existe un certain nombre de méthodes traditionnelles pour nettoyer énergétiquement une zone : l'utilisation du sel, de la boue, le recours à un rituel, le fait de taper sur un tambour ou de faire sonner une cloche, pour ne citer que les plus courantes. Pour rester dans l'esprit des elfes et des fées, nous reprendrons la technique de la cloche ; la pratique populaire veut en effet qu'on utilise des cloches en argent pour appeler le petit peuple.

La pratique consistant à faire sonner une cloche ou à la porter au cou existe partout dans le monde et a toujours le même but : protéger la personne qui, grâce à sa cloche, garde en respect les esprits du mal et échappe ainsi à leurs atteintes physiques. Tous les peuples, depuis les Indiens d'Amérique du Sud jusqu'aux chamanes de Sibérie, utilisent cette pratique pour libérer un espace d'une énergie ou d'esprits indésirables. Le grand prêtre d'Israël portait également une tunique sur la doublure de laquelle étaient cousues des clochettes dorées, comme le préconisait Dieu. Leur tintement le protégeait des démons lorsqu'il évoluait à l'intérieur de son espace sacré ou en dehors de celui-ci, car l'on dit que les esprits malins se trouvent souvent aux abords des sanctuaires spirituels.

Contes et légendes

Les cloches sont un peu comme les elfes et les fées, elles peuvent s'offusquer de la manière dont on les traite et le faire savoir. Un conte relate ainsi l'histoire d'une cloche au son particulièrement doux que le roi de France aurait prise à Sens pour la faire installer chez lui à Paris. Arrivée dans la capitale, la cloche devint muette et le resta en dépit de tous les efforts. Il fallut la rapporter à Sens pour qu'elle se remette à sonner gaiement, faisant ainsi entendre sa joie d'être de retour chez elle.

Pour réussir votre nettoyage, commencez par bien choisir votre cloche. Il faut qu'elle produise un son net et agréable, qui vous paraisse parfaitement en harmonie avec votre personnalité. Si son tintement vous incommode ou suscite en vous des sentiments discordants, vous devez absolument la remplacer par une autre.

Lorsque vous nettoierez l'espace, faites sonner la cloche dans une direction donnée, par exemple vers le nord. Évoluez ensuite sur le pourtour de votre espace, dans le sens des aiguilles d'une montre, sans cesser de faire sonner la cloche. Ce faisant, déclarez :

> « *Que le malheur et la malchance disparaissent*
> *Au nom du bon peuple !* »

Si la cloche émet un son plein et vivant, celui-ci se propagera dans tout l'espace et le débarrassera de ses énergies et de ses esprits négatifs. Associé à votre propre énergie, le son de la cloche agira comme un faisceau de lumière et éclairera les zones d'ombres ; vous instaurerez ainsi un environnement propice aux dévas de la nature et pourrez partager avec eux cette zone d'énergie naturellement positive.

La technique d'énergisation : se connecter aux dévas de la nature

Comme nous l'avons vu dans le chapitre 16, nous disposons de divers moyens – qu'il s'agisse de rituels, de méditations ou de bénédictions – pour apporter de l'énergie dans notre espace. La technique d'énergisation détaillée ici implique de se munir d'une pierre de quartz transparente. Cette pierre est depuis longtemps associée aux elfes et aux fées, parce qu'elle a la propriété de s'harmoniser à toutes les fréquences énergétiques. En d'autres termes, vous pouvez la programmer pour tout ce que vous souhaitez.

Commencez par choisir un beau quartz transparent agréable à tenir en main. Nettoyez la pierre de son énergie en la prenant dans votre main dominante (si vous êtes droitier, il s'agit de votre main droite). Imaginez que l'eau très pure d'un torrent de montagne traverse la pierre en cascade. Inspirez puis expirez fortement par le nez tout en visualisant l'image d'un cours d'eau de montagne pénétrant la pierre et sa structure. Répétez cette respiration trois fois.

Ensuite, toujours en tenant la pierre dans votre main dominante, pensez à toutes les choses auxquelles vous souhaitez apporter de l'énergie ; sentez par exemple les forces créatrices des dévas de la nature entrer dans la pierre et en imprégner la structure.

Lorsque vous estimerez que toute l'énergie est entrée dans la pierre, respirez de nouveau trois fois en expirant fort par le nez, de manière à ancrer l'énergie dans la mémoire de la pierre jusqu'à ce que les deux deviennent indissociables. Votre pierre est maintenant chargée en énergie.

De même que pour la technique de nettoyage, partez d'un point précis pour évoluer sur tout le périmètre de votre espace, toujours dans le sens des aiguilles d'une montre. Levez haut la main qui tient votre pierre et sentez son énergie se diffuser dans son environnement immédiat. La pierre transmet l'énergie que vous lui avez insufflée dans tout l'espace que vous souhaitez charger en énergie. Progressivement, vous pourrez sentir un changement de nature dans l'énergie de votre espace et remarquerez que les dévas de la nature vous rendront plus volontiers visite : vous aurez créé un environnement qui leur est favorable.

Le minimum à savoir

- À chaque espèce de plantes ou d'animaux correspond un déva de la nature.
- La géomancie est l'art de maintenir un équilibre entre des schémas humains et des schémas ou des énergies naturelles.
- Il est important de nettoyer régulièrement l'énergie de son espace personnel.
- Apporter une énergie positive à son espace personnel aide à entrer en contact avec les dévas de la nature.

Chapitre

18

Le pouvoir magique de la nature

Dans ce chapitre

- → Les légumes fantastiques qui poussent à Findhorn, un potager au nord de l'Écosse
- → La ferme de Lily Hill, où les elfes aident activement à la récolte des raisins
- → Le jardin organique de Perelandra, dont les méthodes sont directement inspirées de la nature
- → Comment les esprits de la nature aident à restaurer l'équilibre entre les hommes et la nature

Des endroits tels que le potager de Findhorn, en Écosse, sont d'authentiques témoignages du pouvoir des dévas de la nature. À chaque fois que l'on parvient à faire des cultures dans une terre soi-disant inculte, c'est signe qu'il se produit quelque chose qui sort de l'ordinaire. Or à Findhorn - terre située très au nord et donc réputée incultivable -, il existe un potager dans lequel poussent des légumes plus beaux que ceux de n'importe quelle terre fertile bénéficiant d'un climat tempéré. Comment cela peut-il s'expliquer ?

En réalité, il existe autre chose que ce que nous pensons être le « réel », une autre réalité, insaisissable parce qu'elle est en constante mutation. La seule manière dont on peut espérer l'appréhender, c'est en se joignant à son mouvement et en se fondant en lui. Cette réalité constitue un espace où les énergies convergent et où les polarités de temps et d'espace s'effacent ; on entre alors dans un royaume où tout est possible - et même probable –, à condition de disposer de l'aide qui convient. Ce chapitre nous emmène à la découverte d'endroits où l'homme et la nature travaillent en harmonie, produisant des résultats que l'on peut qualifier de spectaculaires.

Comment tout a commencé

Comme c'est souvent le cas pour ce qui relève de la magie, Findhorn, qui allait ensuite donner naissance à quelque chose d'extraordinaire, ne fut à l'origine qu'un simple petit jardin. Ce qui allait devenir la fondation Findhorn fut initié en 1962 par six personnes seulement. La communauté de Findhorn, enregistrée comme association à but non lucratif, compte aujourd'hui plusieurs centaines de personnes et comprend un écovillage où l'on peut vivre en équilibre et en harmonie avec les énergies de la terre, ainsi qu'un collège qui dispense des cours et s'attache à l'étude de projets variés.

Après une carrière en tant qu'officier dans l'armée de l'Air royale, Peter Caddy vint s'installer en 1957 dans la ville de Forres, dans le nord de l'Écosse, avec sa femme et leurs trois fils. Lui et sa femme Eileen avaient été engagés pour prendre la direction de l'hôtel Cluny Hill ; peu après leur arrivée, Eileen se mit à percevoir au cours de ses méditations des appels d'une source divine qu'elle appela « une petite voix paisible en elle-même ». Cette voix lui communiqua certaines instructions pour que l'hôtel soit une affaire rentable. Eileen et Peter suivirent ces conseils et transformèrent l'hôtel en un restaurant gastronomique qui connut un large succès.

La famille quitta ensuite l'hôtel et décida d'aller s'installer dans le village côtier voisin de Findhorn, avec l'une de leurs amies, Dorothy Maclean. Cette région proche du cercle arctique est connue pour ses hivers longs et rigoureux. Logeant dans des caravanes, la petite communauté s'adonna à des pratiques spirituelles et métaphysiques et créa des groupes de méditation ainsi que des groupes de discussion sur la métaphysique.

Se trouvant sans travail et sans véritable projet d'avenir, la famille Caddy se tourna tout naturellement vers la méditation pour savoir quoi faire et, selon les dires de Peter, la « petite voix » leur conseilla de vivre le moment présent, en tâchant d'en profiter davantage ; elle ajouta que Findhorn deviendrait un jour un endroit célèbre.

Ne pouvant subsister avec ses seules allocations chômage, la communauté eut l'idée de créer un jardin potager. Quand la décision fut prise, tous se montrèrent immédiatement déterminés et enthousiastes, mais la nature du sol, constitué principalement de sable et de cailloux, et le climat rigoureux suscitèrent un certain scepticisme autour d'eux. L'opinion des gens allait cependant vite changer lorsque, avec l'aide des elfes, des fées et autres dévas de la nature, la famille Caddy et Dorothy Maclean réalisèrent quelque chose de tout à fait incroyable.

La création du jardin

Avant de créer le jardin, il fallut commencer par préparer le terrain, et Peter entreprit d'arracher quelques buissons. Cela déplut aux elfes qui vivaient là et qui menacèrent de partir. Le groupe accomplit alors un rituel au cours duquel Peter s'excusa auprès des elfes. Ces derniers se réunirent et décidèrent de rester.

Dans le groupe, chacun méditait et priait pour être guidé dans ses accomplissements. Lors d'une de ces méditations, Dorothy communiqua avec un esprit végétal qui n'était autre que le déva du petit pois. Celui-ci exprima sa volonté d'aider le groupe dans son projet. Ayant très peu à perdre et beaucoup à gagner, les membres de la communauté suivirent ses conseils car, comme Peter le rapporta par la suite, ils savaient que « les dévas sont cette part de la hiérarchie angélique qui détient le schéma archétypal de chaque espèce de plante, et qui envoie l'énergie nécessaire pour qu'une plante accède au plan physique ». Or le déva du petit pois s'était manifesté pour les aider, ce qui était inespéré !

Le déva se mit à leur communiquer toutes les informations nécessaires pour cultiver au mieux les petits pois : le type de sol le plus adapté, l'espace à y consacrer, la quantité d'eau nécessaire et les façons de lutter contre leurs parasites ou de pratiquer les boutures. Constatant que le groupe communiquait réellement avec le déva du petit pois et suivait ses instructions, d'autres dévas se manifestèrent dans ce jardin qui n'en finissait plus de prospérer. Bientôt il y eut le déva du chou, puis celui du brocoli, celui de la rose, enfin celui de la pluie, jusqu'à ce que tous les dévas de la terre et de la mer s'associent pour faire du jardin de Findhorn un vrai jardin d'Éden. Dans leurs messages, ces dévas prodiguaient des conseils sur la manière de planter et de tailler en insistant sur le fait que tout devait être réalisé avec amour.

Avec l'aide de tous ces dévas, le jardin produisit bientôt d'incroyables récoltes. Les légumes, les fruits et les fleurs y poussaient à foison et à des tailles incroyables. Quelques mois après le début de l'aventure, le jardin fournissait plus de nourriture que la communauté pouvait en consommer.

Le bruit selon lequel des choses extraordinaires se produisaient dans le jardin de Findhorn commença à se répandre, et des experts horticoles firent le voyage depuis l'autre bout du monde pour constater les faits sur place. Ce qu'ils virent les stupéfia : d'énormes fruits et légumes poussaient dans le climat le plus rude de la mer du Nord, là où les chances de survie de n'importe quel végétal semblaient d'emblée compromises ! Comment se faisait-il qu'un jardin situé dans un milieu aussi hostile prospérât comme s'il se trouvait sous des latitudes ensoleillées et bénéficiant d'une très bonne terre ? Aucune étude scientifique classique ne put répondre à cette question, et le jardin de Findhorn devint un exemple célèbre du pouvoir incroyable des dévas de la nature.

C'est pas sorcier

Presque tous les livres sur le jardinage divisent le monde en grandes zones de cultures, les régions les plus froides ayant généralement une production limitée, ainsi que celles qui se trouvent situées à des latitudes élevées – proches du cercle arctique, par exemple – et qui reçoivent ce qu'on appelle un ensoleillement « indirect ». Or la communauté de Findhorn semble contredire totalement ces constats.

Des événements extraordinaires

À chaque fois que quelque chose se produit qui défie toute explication scientifique, cela doit attirer notre attention et nous servir d'enseignement. Dans le cas de Findhorn, le phénomène semble provenir des esprits divins, des elfes et des esprits de la nature. Bien que la science traditionnelle perçoive une explication de ce type comme simpliste et empreinte de superstition, celle-ci n'en demeure pas moins étayée par des preuves physiques, doublées des premières expériences du groupe qui participa à ce phénomène. Il existe indubitablement une relation directe entre la communication qu'il a su établir avec les différents dévas et les résultats extraordinaires qu'il a obtenus dans son jardin.

Étant donné les circonstances, il est difficile d'expliquer ce qui s'est produit autrement qu'en supposant une communication directe entre les esprits de la nature (elfes, fées, créatures élémentaires et dévas) et les humains. En communiquant par le biais de la méditation, ces esprits de la nature ont donné des instructions précises que les membres du groupe Findhorn ont suivies, ce qui leur a permis d'obtenir des récoltes prodigieuses.

C'est à la fin des années 1960 et dans les années 1970 que le jardin fut le plus prospère, donnant des choux qui pesaient plus de dix fois le poids moyen, des brocolis si gros qu'on ne pouvait pas les soulever du sol, ainsi que des plantes et des fleurs qui atteignaient environ deux fois leur taille habituelle. On trouva des choux qui pesaient vingt kilos, et même un qui pesait vingt et un kilos ! Une seule fleur de brocoli suffit pour nourrir les six membres de la communauté Findhorn pendant quatre mois !

D'autres personnes, telles que David Spangler et Ogilvie Crombie, se joignirent plus tard à eux et perpétuèrent cette tradition qui consistait à travailler avec les dévas de la nature. Ogilvie pouvait voir les dévas et leur parler. Les esprits du monde naturel continuèrent de fournir à la communauté des instructions sur la manière de planter, de cultiver et de gérer le jardin. Dans les années 1970, Findhorn devint une communauté *New Age* modèle, démontrant les avantages extraordinaires qu'il y avait à travailler en accord avec les dévas de la nature.

Même lorsque Findhorn acquit la réputation d'être un « nouveau jardin d'Éden », Eileen continua de recevoir des messages de la « petite voix » qui lui rappelait qu'elle et les autres membres du groupe ne se limitaient pas à cultiver des légumes géants : ils présentaient au monde un exemple de coopération unique entre le monde végétal et celui des hommes. Comme le dit Peter Caddy, « une vraie coopération commence lorsqu'on comprend que les humains, les esprits de la nature et les dévas sont des parties d'une même force de vie ».

Autres miracles de la nature

En dehors de Findhorn, il existe d'autres endroits où des personnes ont œuvré avec la nature pour obtenir des résultats parfois miraculeux. Ces exemples illustrent ce qui peut se produire lorsque les hommes vivent en harmonie avec la terre et les esprits de la nature tels que les elfes, les fées et les dévas.

La ferme de Lily Hill

Lorsqu'en 1987 Penny Kelly et son mari firent l'acquisition d'une propriété à Lawton, dans le Michigan, ils ne se doutaient pas de ce qu'ils allaient y vivre. Cette propriété, située dans des terres de vignoble, comptait treize hectares de terres qui n'étaient plus entretenues depuis des années. Diplômée en sciences humaines, Penny n'était pas spécialement préparée à cet environnement agricole. Elle savait qu'elle aurait besoin d'aide, mais elle n'aurait jamais imaginé en recevoir de la façon dont cela se produisit.

Durant l'une de ses longues promenades dans la propriété, Penny vit trois elfes s'avancer vers elle. Elle n'en crut d'abord pas ses yeux, puis finit par accepter le phénomène qui se présentait à elle. Les elfes lui dirent qu'ils s'appelaient Mairlinna, Alvey et Kermots, et ils lui reprochèrent de n'avoir pas su répondre aux besoins de la terre ni aidé la propriété à se reconstruire. Ils passèrent ensuite un accord avec elle qui allait bouleverser à la fois sa vie et l'avenir de la ferme de Lily Hill.

Ils lui dirent qu'ils allaient l'aider à remettre le vignoble en état, à condition que ce soit en harmonie avec la nature. En contrepartie, Penny pourrait produire une tonne de raisins à partir de ses seuls treize hectares. Pour

Citation

« Vous avez transféré votre magie à quelque chose d'extérieur à vous-même et cela vous a laissé plein d'incertitude, de peur et d'angoisse. Vous ne pouvez pas abandonner votre pouvoir sans en payer les conséquences. »

Alvey l'elfe, dans *The Elves of Lily Hill Farm : A Partnership with Nature* (Les Elfes de la ferme de Lily Hill : un partenariat avec la nature), de Penny Kelly (1997).

compliquer le tout, ils lui interdirent d'utiliser tout engrais ou pesticide. Penny releva le défi et remplit sa mission qui consistait à reconstruire et à réparer la ferme.

Durant tout le temps où elle remplit le contrat passé avec les elfes, Penny se sentit exactement comme Alice plongée au pays des Merveilles. Elle se retrouva subitement immergée dans le monde des plantes, des insectes, des animaux, des dévas et des êtres élémentaires, lieu où l'interaction et la communication prévalent mais où, comme dans le pays des Merveilles d'Alice, toutes les lois sont différentes. Les elfes étaient décidés à lui donner quelques leçons concernant la lutte qui s'était instaurée entre les humains et la nature depuis qu'ils ne communiquaient plus.

L'une des premières tâches que Penny et son mari durent effectuer fut de remettre en état la terre qui avait été mise à mal par des années de produits chimiques. Les elfes leur prodiguèrent les informations suivantes pour les encourager à restaurer un environnement naturel et sain :

- Les fruits, les légumes et les graines qui poussent dans une bonne terre contiennent 22 % de protéines en plus et sont riches en oligo-éléments et en sucre, ce dernier étant nécessaire à la formation de protéines. Après la récolte, ils se conservent mieux car ils se déshydratent au lieu de pourrir. Ils contiennent en outre davantage d'enzymes naturels favorisant la digestion.
- Les insectes et autres parasites sont plutôt attirés par les plantes en mauvaise santé, car les plantes saines contiennent un pourcentage élevé de sucres qu'ils digèrent mal.
- Les graines biologiques ainsi que les variétés anciennes n'ont pas besoin de pesticides, d'herbicides ou de fongicides, car elles sont naturellement plus robustes.

Sens magique

Les **graines biologiques** sont reproductibles, ce qui les aide à s'adapter à des environnements variés. Les fruits et les légumes qu'elles produisent sont généralement plus colorés, meilleurs au goût et de texture plus agréable.

Au cours de ce processus, Penny et son mari comprirent mieux l'importance de la biodiversité, et les elfes leur apprirent à sélectionner leurs graines en fonction de leur bonne aptitude génétique à s'adapter, de leur résistance aux maladies, de leur goût et de leur texture, ainsi que de leurs qualités nutritives et de leur fiabilité dans le temps. Ils apprirent également à utiliser des graines biologiques qui permirent d'améliorer le rendement et le goût de leurs fruits. Penny trouva son expérience avec les elfes fort éclairante, et elle en retira une meilleure compréhension de l'équilibre entre les hommes et la nature : lorsque cet équilibre est établi, tout devient possible, y compris produire une tonne de raisins sur une surface de treize hectares ! Dans son livre *The Elves of Lily Hill Farm :*

A Partnership with Nature (Llewellyn Publishing, 1997, « Les elfes de la ferme de Lily Hill : un partenariat avec la nature »), Penny Kelly confie : « Nous sommes là, avec notre terre, notre eau et les autres créatures vivantes, petites ou grandes, végétales ou animales, et nous partageons tous le même air, la même eau et la même terre, ce qui nous permet d'être ici, en vie, et de nous sentir bien. Comme Alvey l'avait dit, nous, les hommes, nous trouvons au sommet de cet ensemble et avons besoin de tout ce qui s'y trouve, alors que lui n'a absolument pas besoin de nous. »

Perelandra

En 1975, Machaelle Small Wright inventa le jardin de Perelandra, situé dans les Blue Ridge Mountains, en Virginie. Elle aussi travailla en accord avec les esprits de la nature, qu'elle appelait « intelligences de la nature », et reçut des informations de leur part. Elle souligne l'importance d'un équilibre entre les hommes et la nature, et déclare avoir voulu « en apprendre davantage sur la nature, grâce à la nature elle-même », et avoir commencé à collaborer avec l'intelligence de la nature dans un effort conscient et coordonné, d'où naquit le concept de « cocréativité ».

Dans un jardin rond de trente mètres de diamètre, elle créa un environnement autosuffisant fondé sur des principes d'équilibre naturel, sans utiliser ni insecticides, ni pesticides, ni désherbants, ni engrais chimiques. Elle tira de ce travail des lignes de conduite que chacun peut suivre pour favoriser l'harmonie dans des espaces modernes tels que des appartements ou des maisons de ville avec jardin.

En réalisant ce jardin, son intention était de créer un environnement au sein duquel tous les occupants, qu'ils soient animaux ou plantes, amélioreraient leur vie et leur santé. En

Citation

Dans son livre *Summer with the Leprechauns* (Blue Dolphin Publishing, 2004, « Un été avec les leprechauns »), Tanis Helliwell raconte être partie en Irlande pour y retrouver ses racines. Elle loua une petite maison sur Achill Island, dans le County Mayo, où elle rencontra dès la première nuit une famille de leprechauns qui lui dit : « Tu vis sur une terre hantée, où certaines entités élémentaires sont hostiles aux humains. Pour vous, les hommes, nous sommes des gnomes, des nains, des lutins, des elfes ou des fées, alors qu'en réalité nous sommes tous des entités élémentaires et appartenons à cette espèce, tout comme vous appartenez à l'espèce humaine. Il existe de nombreux types d'humains, de même qu'il existe de nombreux types d'entités élémentaires. Maintenant, sache que, pour notre part, nous veillerons sur toi pendant tout l'été. »

1984, elle commença à produire des essences florales telles qu'une essence de rose qu'elle mit en vente, et continua de communiquer avec les esprits de la nature pour trouver de nouvelles manières de restaurer le lien entre les hommes et la nature.

L'esprit de la nature

Toutes les rencontres avec les esprits de la nature qui ont été rapportées sont relativement récentes, elles reposent sur les témoignages de personnes encore vivantes et sont donc dignes de crédibilité. Toutes soulignent le fait que, aujourd'hui, les hommes n'ont plus une relation équilibrée avec la nature, et que, si l'on restaure cet équilibre, de véritables miracles peuvent se produire. Ces témoignages démontrent également que l'on peut cultiver des produits sans engrais ni pesticides chimiques, ce qui est meilleur pour la terre, car cela ne la pollue pas, et bénéfique pour les consommateurs qui n'ingèrent pas de produits chimiques.

Toutes les personnes qui ont vécu ce type de rencontre - en général par le biais de la méditation - ont perçu à leur manière l'esprit de la nature et l'ont qualifié différemment. Voici le ou les nom(s) que chacune d'elles lui a donné :

- Eileen Caddy l'appela au début « la petite voix paisible en moi », puis « Dieu » ;
- Dorothy Maclean l'appela « dévas de la nature » ;
- David Spangler nomma l'énergie ou l'être avec lequel il communiquait « amour et lumière sans limite » ;
- Ogilvie Crombie pouvait aussi bien parler aux esprits de la nature et aux elfes que les voir ;
- Penny Kelly appela l'esprit de la nature « elfes » ;
- Machaelle Small Wright le nomma « intelligence de la nature ».

Vivre en harmonie

Chacune de ces rencontres avec les esprits de la nature instaura la mise en place d'une relation harmonieuse entre les hommes qui y participaient et les énergies de la nature. Tous tirèrent ensuite la sonnette d'alarme pour dire que le fossé entre les hommes et la nature ne faisait que s'agrandir, et que cela aurait des conséquences sur la vie de notre planète. Le problème principal est que les hommes ne croient plus dans les esprits de la nature et ne communiquent plus avec eux ; ils ont perdu le contact avec la nature et vont jusqu'à la détruire.

On cultive encore des légumes à Findhorn, mais ces derniers ont aujourd'hui une taille plus normale, ce que Peter Caddy explique par le fait qu'aucune des personnes présentes à Findhorn ne poursuit le dialogue que Dorothy Maclean avait instauré avec les dévas de la nature, et que ceux-ci ont fini par partir.

Findhorn illustre parfaitement la manière dont nous pouvons travailler avec les dévas, et à quel point cela peut être précieux. Il faut faire l'effort de maintenir ce lien, car, si l'on y parvient, les dévas peuvent nous aider, nous bénir et nous guider. Dans le cas contraire, ils n'ont d'autre choix que de s'en aller.

Les occupants de la ferme de Lily Hill et du jardin Perelandra ont poursuivi leur communication avec la nature, bien que les elfes ne promettent plus une production annuelle d'une tonne de raisins ! Ces jardins restent cependant un très bel exemple d'harmonie et d'équilibre avec la nature.

Ainsi, bien que notre esprit rationnel nous assure que les elfes, les fées et les dévas de la nature n'existent pas, nous nous trouvons constamment confrontés à des manifestations qui nous prouvent le contraire, au point qu'il est parfois difficile de distinguer les faits de la fiction. Ces jardins naturels renouent nos anciens liens avec les esprits de la nature tout en nous expliquant comment cultiver notre nourriture de manière biologique. Dans le prochain chapitre, nous nous intéresserons de plus près à la synthèse entre science et nature.

Exercice pour se connecter aux dévas de la nature

Commencez par choisir le déva de la nature avec lequel vous souhaitez vous connecter, que ce soit le déva du petit pois, le déva de la rose ou le déva du chien. Créez ensuite une représentation de ce déva : pour le déva du petit pois, par exemple, procurez-vous sa plante, et s'il s'agit du déva du chien, approchez-vous d'un chien. Placez-vous devant cette représentation du déva afin de l'avoir bien en vue, installez-vous confortablement et respirez profondément plusieurs fois. Lorsque vous inspirez, sentez l'énergie emplir vos sens et, lorsque vous expirez, sentez votre corps se libérer de ses tensions.

Sollicitez vos sens pour appréhender l'objet qui représente le déva placé devant vous, faites corps avec lui en imaginant que vous êtes ce végétal ou cet animal. S'il s'agit d'une plante, imaginez qu'il vous pousse des racines, une tige, des branches et des feuilles ; s'il s'agit d'un chien, imaginez que vous avez de la fourrure, une queue et un flair très développé. En bref, identifiez-vous le plus possible à cette représentation, et essayez d'imaginer comment elle perçoit le monde.

À présent, concentrez-vous dans son énergie afin de vous y transférer. Dans le cas de la plante, sortez de la plante qui se trouve devant vous pour venir incarner toutes les plantes de la même espèce. Imaginez que vous suivez un chemin énergétique qui vous conduit au déva. Fondez-vous dans ce déva de la nature, et tirez-en profit pour l'écouter et lui poser des questions.

Enfin, laissez lentement votre conscience regagner votre corps. Au besoin, bougez et massez vos mains ou vos pieds pour retrouver plus facilement la perception du moment présent.

Le minimum à savoir

- → Le succès du jardin de Findhorn repose sur la bonne communication qu'entretinrent ses occupants avec les dévas de la nature, lesquels leur indiquèrent ce que les plantes aiment et n'aiment pas.
- → C'est le contrat que passa Penny Kelly avec les elfes qui permit à la ferme de Lily Hill de voir le jour.
- → Machaelle Small Wright développa le jardin de Perelandra en respectant l'intelligence de la nature.
- → Toutes ces expériences soulignent et illustrent la nécessité d'un bon équilibre entre les hommes et la nature.

Chapitre 19

Lorsque nature et science se complètent

Dans ce chapitre

- → Comment les chamanes ont combiné spiritualité et science
- → La séparation entre religion et science à la Renaissance
- → Les champs morphiques et leur rapport avec les elfes et les dévas de la nature
- → Comment créer une amulette féerique qui associe spiritualité et science

À l'instar du chamanisme, les traditions féeriques considèrent la nature comme emplie d'une essence de vie. Cette dernière correspond aux champs énergétiques inhérents à toute entité vivante ainsi qu'à toute chose, qu'elle soit animée ou non. Il y a encore peu de temps, la science jugeait cette idée ridicule, primaire et résultant de la superstition.

Or, à la lumière de découvertes récentes, la science a dû corriger sa vision mécanique du monde et reconnaître le fait que tout se trouve soumis à un schéma énergétique, lequel peut adopter une infinité de formes ; cela a contribué à faire passer l'existence des elfes et des fées de la fantaisie à l'hypothèse scientifique. Certaines de ces découvertes incluent la physique quantique et l'idée de champs énergétiques morphiques. Confectionner une amulette féerique - comme nous allons le faire à la fin de ce chapitre - constitue l'une des manières de créer un champ morphique - dans le cas présent, dans un but de protection.

Les visions traditionnelles de la nature

Ayant compris qu'une relation harmonieuse avec la nature était cruciale pour leur survie, les sociétés tribales confièrent à des prêtres appelés chamanes la tâche d'en garantir l'harmonie. Ces derniers s'en acquittèrent en se connectant aux esprits de la nature qui vivaient dans chaque animal, plante, rocher ou cours d'eau, et en communiquant avec eux. Ce concept d'esprit de la nature est similaire à celui des elfes, des fées et des dévas.

C'est pas sorcier

Le mot **chamane** vient du toungouse *saman*, qui signifie « savoir », ce qui renvoie au rôle du chamane en tant que gardien de la connaissance.
Ce savoir est constitué d'un mélange de compétences scientifiques et spirituelles.

À l'aube de l'histoire des sociétés humaines, diverses cultures dans le monde pratiquaient le chamanisme. On trouvait des chamanes en Sibérie, en Afrique, en Amérique du Nord et en Amérique du Sud ; tous avaient recours à des techniques spirituelles telles que des rituels pour passer dans le royaume des esprits de la nature. Ils percevaient ces esprits comme une combinaison d'énergies ancestrales élémentaires et de pouvoirs divins.

De même que les anciens druides, les chamanes pensaient que la nature avait une forme physique et une essence de vie. Celle-ci est l'esprit qui se trouve dans tout. C'est elle qui donne vie à la nature et qui la remplit d'énergie. Parmi les noms que lui donnent les différentes cultures et traditions spirituelles, on trouve :

- *mana*, en Polynésie et en Mélanésie ;
- *kami*, dans la tradition shinto japonaise ;
- *sacredness*, chez les aborigènes ;
- esprit du monde, en Grèce ;
- elfes et fées, en Irlande.

Le royaume spirituel dans lequel le chamane d'une tribu pénètre pour communiquer avec les esprits naturels et maintenir l'harmonie avec la nature correspond au royaume féerique que nous avons exploré dans ce livre. Les chamanes n'entrent pas dans ce royaume spirituel par accident, mais intentionnellement, dans le but de trouver une information qui pourrait bénéficier au bien-être de la tribu ou permettre de guérir un malade.

Le rôle traditionnel du chamane était à la fois spirituel et scientifique. Outre le fait qu'il contactait les esprits de la nature et communiquait avec eux, le chamane était également médecin, astronome et naturaliste. Il savait guérir par les plantes, pouvait interpréter la course des étoiles et connaissait les plantes et les animaux. Ce savoir spirituel et scientifique se transmettait de génération en génération, le chamane choisissant un jeune apprenti qui par la suite devait lui succéder.

Cette combinaison entre spirituel et scientifique perdura jusqu'à la Renaissance. Dans de nombreux cas, les prêtres spirituels et les dirigeants religieux exerçaient un contrôle sur les découvertes scientifiques. La science n'avait pas le droit de remettre ouvertement en cause les principes de l'Univers, elle devait au contraire confirmer et valider les croyances religieuses dominantes. L'Église chrétienne en constitue un excellent exemple, en particulier durant le Moyen Âge. On attendait alors des astronomes qu'ils réunissent des preuves corroborant la thèse de l'Église selon laquelle la Terre était au centre de l'Univers. Lorsque Copernic et Galilée firent part de leurs découvertes qui indiquaient que la Terre tournait autour du Soleil, ils furent persécutés et menacés de mort.

Avec l'avènement de la Renaissance, peu après la découverte du Nouveau Monde par Christophe Colomb, l'Église chrétienne commença à perdre son contrôle sur les scientifiques, ce qui marqua le début d'une nouvelle ère. Isaac Newton émit son postulat sur les lois de la gravité, Thomas Hobbes écrivit ses lois de la nature, et Descartes annonça au monde qu'un nouvel âge de raison était en train d'émerger, dans lequel la nature pourrait être décryptée par des moyens mécaniques ou scientifiques.

Au XVIIe siècle, une réelle scission fut instaurée entre science et spiritualité. La religion était déléguée aux affaires de moralité, tandis que la science s'attachait à expliquer ce qui composait l'Univers, comme s'il s'agissait des parties d'une machine. Les scientifiques étaient convaincus qu'avec un nombre suffisant d'informations techniques ils pourraient parvenir à tout comprendre. Certes, ils expliquèrent beaucoup de phénomènes qui se produisent dans l'Univers, comme le fait que la Terre est une sphère qui tourne sur elle-même et qu'elle tourne en orbite autour du Soleil en 265,25 jours. Toutes ces informations scientifiques nous ont permis de mieux appréhender de nombreux aspects de notre monde, mais, dans le même temps, certains phénomènes qui ne se mesurent pas de manière physique, tels que les elfes et les fées, demeurèrent difficiles à comprendre. La science a eu tendance à écarter ce qu'elle ne parvenait pas à expliquer, le mettant sur le compte d'esprits illuminés ou trop créatifs ; cela est particulièrement vrai en ce qui concerne les elfes, les fées et les esprits de la nature.

Citation

« La science sans religion est boiteuse, la religion sans science est aveugle. »

Albert Einstein.

La science s'est progressivement intéressée à la culture populaire et a mis en avant les incohérences de la religion. Un affrontement entre ces deux sphères en a résulté, les dirigeants religieux considérant le travail d'individus tels que Darwin comme allant dans le sens opposé à celui de leur système de croyances. Selon la Bible, Dieu a créé le monde en sept jours, or Darwin contredit cet énoncé en déclarant que le monde est issu d'une évolution de plusieurs millions d'années. De leur côté, la plupart des scientifiques ne comprenaient pas que les prêtres pussent remettre leurs croyances entre les mains de Dieu, celui-ci n'ayant aucune existence scientifiquement prouvée. Certains se demandèrent alors si une réconciliation entre ces deux domaines serait un jour possible.

Lorsque les chemins se rejoignent

Alors qu'on pouvait penser que Dieu, de même que les elfes, les fées et les autres créatures magiques, était en train de disparaître – exactement comme la fée Clochette à la fin de *Peter Pan* –, la perception des gens se mit à changer, et la croyance dans les esprits de la nature resurgit, plus forte que jamais. Par ailleurs, des découvertes scientifiques telles que la physique quantique et l'existence de champs morphiques allaient apporter de nouvelles façons d'appréhender l'interconnexion entre les champs spirituel et physique dans le fonctionnement de l'Univers. Aujourd'hui, il semble que la voie de la spiritualité et celle de la science se soient remises à converger sans qu'aucune des deux essaie de prendre le contrôle sur l'autre, comme cela a pu être le cas dans le passé.

Grâce à leurs recherches, les scientifiques ont compris que l'Univers ne peut être réduit à l'idée d'une grande machine constituée uniquement de rouages mécaniques. La Terre, et tout ce qui en fait partie, est également dotée d'une énergie propre. En réalité, chaque élément, du plus petit atome à la plus grande galaxie, n'est qu'énergie. Cette énergie est vivante et en perpétuel mouvement. Elle est sujette à la répétition, suit des schémas et a une forme. Et certaines de ces formes énergétiques sont précisément des esprits de la nature tels que des elfes et des fées.

Attention ! Prenez garde...

Il est important d'avoir l'esprit ouvert et de ne pas se cantonner à une conception figée des choses, car le monde et la perception que nous pouvons en avoir sont en perpétuel changement.
Les peuples primitifs croyaient que c'étaient les esprits malfaisants qui généraient les maladies, mais la science démontra par la suite que ces idées n'étaient que superstition. Or des recherches scientifiques récentes tendraient à démontrer que des énergies négatives peuvent bel et bien jouer un rôle décisif dans l'évolution des maladies.

Les découvertes scientifiques récentes

L'un des concepts inhérents à la nouvelle physique est qu'au niveau quantique, tout est énergie. Cette dernière a des tendances qui lui confèrent une répétition, un schéma et une forme. Cette idée s'applique également à la théorie des particules et des ondes, les particules étant les parties individuelles et les ondes les schémas énergétiques que suivent les particules en se déplaçant.

La recherche quantique a mis en lumière le fait que les chercheurs peuvent exercer une influence sur l'objet de leurs recherches par leur simple observation. Quelque chose se produit à un niveau énergétique très subtil qui influe sur le mouvement et sur le schéma de l'énergie. Ainsi, la pensée humaine et d'autres énergies extérieures peuvent influencer ces tendances énergétiques. La pensée produit de l'énergie, qui elle-même produit une forme et un schéma. Cela signifie que nos pensées sont plus que des entités abstraites dans nos têtes. Ce sont des faisceaux d'énergie que nous projetons dans le monde et qui peuvent avoir une influence réelle sur d'autres énergies.

Outre le travail effectué en physique quantique, une autre découverte scientifique a permis de réconcilier spiritualité et science grâce aux efforts d'individus tels que le biologiste anglais Rupert Sheldrake. Ses recherches l'ont conduit à développer le concept de « champ morphique ». Comme pour l'énergie quantique, les champs morphiques sont essentiellement liés aux tendances et à la structure de l'énergie. Sheldrake appelle ces tendances des « habitudes » et, selon lui, « pour simplifier, les champs morphiques sont des champs créés par une habitude de pensée, une habitude d'actions et une habitude de parole ».

Les champs morphiques influencent la manière dont sont façonnées les formes des systèmes autonomes tels que le corps humain. Cette influence se produit aussi bien au niveau atomique qu'au niveau holistique. Les champs morphiques sont également la base pour l'unité globale qu'observent les scientifiques, l'ensemble équivalant à plus que la somme de ses parties. Le corps humain, avec son tronc, ses jambes, sa tête et ses bras,

Sens magique

Les **champs morphiques** sont des champs énergétiques qui traversent et qui baignent des unités de formes ou d'organisations (atomes, molécules, cristaux, organelles, cellules, tissus, organes, organismes, mais aussi sociétés, écosystèmes, systèmes solaires et planétaires, et galaxies). Ces champs morphiques peuvent être des champs d'énergie tant morphogénétique que comportementale, sociale, culturelle ou mentale.

forme quelque chose (le corps et son énergie) qui représente plus que la somme de ses parties. Le champ morphique du corps est créé par l'assemblage organisé de ces parties.

Le champ morphique d'un organisme peut en outre être perçu par un autre organisme. Sheldrake a testé cette idée en recherchant le lien énergétique qui peut exister entre les animaux familiers et leurs maîtres. Dans son livre *Ces chiens qui attendent leur maître et autres pouvoirs inexpliqués des animaux* (Monaco, Éditions du Rocher, 2001), il cite des cas de chiens sensibles au champ morphique de leur maître. Pour le prouver, il a notamment organisé des expériences où le maître s'absentait, sans que le chien pût savoir quand il devait revenir. Il a alors observé que le comportement du chien changeait à l'approche du retour de son maître : lorsque l'heure du retour approchait et que le maître se mettait en route, son chien, qui était resté couché, se levait pour faire des va-et-vient devant la porte d'entrée.

Sheldrake explique que la capacité du chien à « anticiper le retour [de son maître] semble découler d'un lien télépathique ». Cela ne peut être lié à une quelconque habitude, car les expériences ont été réalisées en dehors des heures de sortie habituelles du maître, en prenant soin qu'il ne fasse pas de bruit et que personne dans la maison n'alerte l'animal. Sheldrake justifie donc les manifestations de l'animal par la présence d'un champ morphique qui le relierait à son maître et à travers lequel les intentions du maître seraient transmises au chien.

C'est pas sorcier

Le concept de résonance morphique peut se comparer à celui des dévas et des esprits de la nature. En entrant dans le contexte du champ morphique, les elfes et les fées sortent du domaine de l'imaginaire pour investir celui de l'hypothèse scientifique.

De la même façon que les champs morphiques influent sur la structure des organismes qui leur sont connectés, ils peuvent à leur tour être influencés par ce qu'on appelle la « résonance morphique » – mémoire collective que chacune des parties d'un tout possède. Ainsi, n'importe quel chien se verra influencé par tous les chiens qui ont vécu avant lui, ce qui constitue la « mémoire collective » des chiens. Cette mémoire collective, ou résonance morphique, qui rappelle la théorie de Carl Jung sur l'« inconscient collectif », est une énergie pouvant être perçue par des sujets individuels. Si on la rapporte aux chiens, elle revient à dire que chaque chien est en contact avec la mémoire collective des chiens.

Le concept de la résonance morphique est très similaire à l'idée des dévas de la nature que nous avons étudiés dans les chapitres 17 et 18. De façon assez étonnante, la recherche scientifique a apporté des preuves à la conception spirituelle selon laquelle chaque chose, chaque groupe ou chaque partie d'un ensemble est doté d'une énergie ou d'un esprit. Le champ énergétique qui englobe le tout est appelé « champ de l'unicité ».

Une religion qui évolue

À l'origine, la religion cherchait à contrôler les pensées et les actions des individus, y compris celles des chercheurs et des scientifiques. À la Renaissance, alors que les connaissances scientifiques progressaient très rapidement, les dirigeants religieux durent renoncer à exercer ce contrôle ; il leur fallut s'adapter aux découvertes scientifiques afin de maintenir leur influence. La science obligea la religion à accepter ses idées et à évoluer pour admettre son point de vue. Alors qu'on avait cru durant tout le Moyen Âge que la Terre était placée au centre de l'Univers, il fut démontré qu'elle n'était qu'un satellite du Soleil.

La tendance récente est à un retour vers la spiritualité, tout en se détachant des religions existantes. La spiritualité orientale a exercé une influence certaine sur la culture occidentale, et a conduit beaucoup d'individus à chercher leur propre chemin spirituel. Des personnes comme Joseph Campbell ont fait ressortir les similitudes existant entre différentes religions et spiritualités, en particulier en ce qui concerne la création, la mort et le divin. Ces rapprochements ont permis aux gens d'associer des concepts spirituels variés pour obtenir quelque chose qui leur convienne personnellement.

Sens magique

La **spiritualité** désigne un ensemble de croyances en rapport avec la mort, la création et le divin, alors que la **religion** est une spiritualité organisée, dont la structure exerce un certain contrôle sur ses adeptes.

Trouver un terrain d'entente

La combinaison d'idées scientifiques - telles que la physique quantique et les champs morphiques - et d'idées spirituelles a fourni un socle commun pour la spiritualité et la science. Aujourd'hui, la science est moins prompte à rejeter les questions de l'esprit et du divin. En partant de l'idée que tout est énergie et que cette énergie a un schéma et une forme, les chercheurs scientifiques ont ouvert une porte sur le royaume spirituel. De plus, l'idée que la pensée peut influer sur cette énergie et sur cette forme est exactement la même que celle qui fonde la magie traditionnelle ainsi que les traditions féeriques.

Les techniques de magie traditionnelle sont fondées sur un parcours en trois étapes : l'intention, le désir et la fusion. Vous devez tout d'abord avoir une image claire de ce que vous voulez. Ensuite, vous devez concentrer votre énergie sur l'objet de votre intention. Enfin, vous devez vous fondre dans le divin et ne faire plus qu'un avec votre intention et votre désir. En procédant ainsi, vous libérez l'énergie que vous avez accumulée et la transmettez au schéma énergétique ou magique que vous souhaitez produire.

La spiritualité et la science ont également trouvé un terrain d'entente avec l'idée que tout est doté d'un esprit vivant. Dans la spiritualité, cet esprit vivant trouve sa source dans les forces divines de la création, et il est dans tout. Du point de vue de la science, il fait partie du champ énergétique qui entoure et englobe tout. Ces champs individuels d'énergie en créent d'autres, de plus en plus larges, qui finissent par aller jusqu'à l'infini, ce qui, en termes spirituels, équivaut au divin. La science et la spiritualité suivent des chemins différents pour aboutir finalement à la même chose.

C'est pas sorcier

Les traditions spirituelles et religieuses ont longtemps cru que les animaux et les végétaux avaient une âme – c'était même la doctrine officielle de l'Église catholique au Moyen Âge. Cela explique pourquoi le mot « animal » a pour racine latine *anima*, qui signifie « âme ».

Ce qui se profile à l'horizon

La spiritualité et la science doivent continuer à travailler ensemble. Elles ne peuvent en aucune manière se séparer ou s'exclure l'une l'autre, mais doivent s'aider mutuellement sur le long terme pour résoudre les nombreuses énigmes de notre monde. Les questions portant sur la création, sur la mort et sur les énergies divines ne sont plus exclusivement du ressort de la spiritualité, tandis que les questions relatives à la façon dont fonctionne l'Univers ne sont plus uniquement du domaine de la science.

Les elfes et les fées, quant à eux, sont passés d'un royaume purement magique à un monde des possibles et des probables. Partant de ce constat, la route qui se présente à nous prend une tout autre tournure. C'est particulièrement vrai alors que de nouvelles découvertes continuent de rapprocher notre monde de celui qu'imaginaient les écrivains de fantaisie et de science-fiction.

Voyons à présent les techniques de fabrication d'une amulette féerique qui ont recours soit à des éléments spirituels, avec l'usage de la magie, soit à des éléments scientifiques, avec des champs d'énergie morphique.

Créer une amulette féerique

Les amulettes étaient traditionnellement des charmes protecteurs que l'on portait en bague ou en pendentif. On pouvait également les suspendre chez soi, et l'on disait qu'elles repoussaient ou chassaient des énergies négatives telles que des mauvais elfes ou des mauvaises fées. Semblables à des talismans, les amulettes sont le plus souvent faites de métal ou de pierre, ces matériaux étant les plus efficaces pour retenir une charge énergétique.

Lorsque vous fabriquez une amulette, vous créez dans un morceau de métal ou dans une pierre un champ d'énergie morphique, qui s'étend plus largement. Le métal et la pierre sont des conducteurs naturels des champs énergétiques. Puis c'est avec vos pensées et vos intentions que vous créez un champ d'énergie morphique rayonnant autour de l'objet.

Commencez par sélectionner un morceau de métal ou une pierre dont vous voulez faire une amulette. Nettoyez l'objet de son énergie en le prenant dans le creux de vos mains jointes et en imaginant un cours d'eau limpide dans la montagne. Expirez de manière forcée tout en visualisant le cours d'eau en train de traverser l'objet et de le nettoyer de toutes ses énergies.

Prenez une feuille de papier blanche et notez-y la liste de toutes les qualités dont vous souhaitez doter votre amulette. Dans le cas présent, vous allez vous en servir pour une protection, énumérez donc toutes les manières dont elle pourra vous protéger. Faites la liste des types d'énergie dont elle va vous prémunir, et déterminez la portée du champ énergétique de l'amulette.

Ouvrez un cercle de fées en suivant les instructions données p. 187 (paragraphe sur les rituels, chapitre 16) ; puis invitez l'énergie de la reine des fées Dana dans votre cercle en déclarant :

> « *Dana, reine des fées,*
> *Bénis, je te prie, mon cercle de ton énergie.* »

Asseyez-vous confortablement au milieu du cercle, votre morceau de métal ou votre pierre étant posé sur la paume tendue de votre main dominante (votre main droite si vous êtes droitier). Posez à côté de vous et de manière à bien la voir la feuille de papier où sont inscrites les qualités dont vous voulez doter votre amulette. Respirez profondément plusieurs fois en vous concentrant sur ces qualités.

Lorsque l'image des qualités protectrices que vous voulez faire entrer dans l'amulette est claire dans votre esprit, déclenchez le processus en disant :

« Dana, confère à cette pierre
Le pouvoir de repousser tous les envahisseurs.
Protège-moi de toute énergie destructrice.
Ainsi soit fait. »

Tapez trois fois dans vos mains avec force. Votre amulette est maintenant prête à vous protéger contre les mauvaises fées et les mauvais elfes.

Le minimum à savoir

- → Traditionnellement, la spiritualité et la science étaient intimement mêlées.
- → C'est à la Renaissance que s'opéra une séparation entre les deux.
- → Toute forme qui se maintient par elle-même a un champ d'énergie morphique en elle et autour d'elle.
- → Spiritualité et science se sont remis à converger au XXIe siècle.
- → Les amulettes sont entourées d'un champ morphique d'où elles tirent leur pouvoir de protection.

Chapitre

20

Créer un jardin féerique

Dans ce chapitre

- → Le monde magique des jardins féeriques
- → Choisir l'emplacement idéal pour un jardin féerique
- → Quelles fleurs et quels arbres planter
- → Comment importer chez soi la beauté de la nature

Le pouvoir magique des elfes et des fées se manifeste dans la nature, qu'elle soit sauvage ou exploitée par l'homme. Les créatures féeriques vivent dans les arbres, dans les fleurs, sous les rochers, dans les collines et les montagnes. Elles apparaissent dans les prairies de fleurs et d'herbe grasse, dans les forêts profondes, dans les jardins fleuris ou dans les potagers, ainsi que près des fontaines, des puits, des lacs, des rivières, des criques et des océans. Elles protègent et régulent l'abondance et la fertilité de la terre.

Créer un jardin féerique permet de donner toute l'énergie des elfes et des fées à son espace extérieur. Pour que celui-ci soit véritablement « enchanté », il faut que l'emplacement soit bon ; il convient également de choisir avec la plus grande attention les arbres et les fleurs que l'on plantera. Ce chapitre vous indique comment procéder.

Un jardin des délices

Je ne suis jamais aussi heureuse que lorsque mon jardin reprend vie au printemps. Tout à coup bulbes et bourgeons se mettent à fleurir, les feuilles poussent, et les plantes et les légumes sortent de terre. Pour moi, mon jardin et la forêt alentour sont les endroits les plus merveilleux pour observer l'œuvre de la nature. Je ressens la présence des fées dans les arbres et parmi les fleurs, et lorsque j'effectue ma modeste part de magie dans mon jardin, je sens que je fais moi-même partie de cette nature. Je m'emploie à travailler en bonne intelligence avec la nature, les elfes et les fées, afin de faire pousser de magnifiques fleurs et de délicieux fruits et légumes.

Créer un jardin féerique est le meilleur moyen d'attirer de bons elfes et de bonnes fées dans sa vie. Pour ce faire, on peut composer un grand jardin qui comprenne tous les arbres, toutes les fleurs et tous les légumes que les elfes et les fées affectionnent particulièrement, mais on peut aussi créer plusieurs petits jardins dans lesquels on fera pousser différents légumes ou fleurs, qui attireront les fées et elfes concernés. Si vous ne disposez que d'un petit espace, vous pouvez faire pousser des fleurs et même certains arbres et légumes dans de grands pots, instaurant ainsi un havre féerique sur une terrasse, un patio ou même un petit balcon. Dans la mesure du possible, choisissez des espèces appréciées des fées afin de vous attirer leur bienveillance.

Si vous entretenez votre jardin avec amour et attention, les fées vous honoreront de cadeaux magiques. Le simple plaisir d'être dans votre jardin pour toucher et respirer de belles plantes et des fleurs parfumées vous reconnectera à la beauté de la nature, et plus particulièrement aux elfes, aux fées et aux dévas de la nature.

Tout jardin reflète les goûts de celui ou de celle qui s'en occupe ; il agit comme un miroir magique, qui laisse entrevoir une image du pays des fées. Si nous gardons à l'esprit le fait que les elfes et les fées nous traiteront de la même manière que nous les traitons, ces créatures nous béniront de leurs dons magiques. Nous œuvrerons alors en harmonie avec une nature généreuse qui nous nourrira et nous enrichira en retour.

Les jardins féeriques sont source d'inspiration. Des êtres magiques flottent sur le doux parfum des fleurs, et il peut arriver, par un après-midi un peu venté, que l'on entende leurs rires, leurs chants joyeux et leurs murmures discrets. Un jardin constitue un havre magique où l'on entre facilement en contact avec l'elfe ou la fée qui est en nous, et où l'on ressent mieux les saisons. Lorsqu'on se trouve dans son jardin, il est important d'écouter les messages que nous envoient les créatures féeriques ainsi que les esprits de la nature, de manière que le jardin prospère grâce aux bénédictions du petit peuple.

En concevant votre jardin, n'ayez pas peur de vous montrer créatif ! Jouez avec les harmonies de couleurs pour l'équilibrer : du rouge pour mettre de la passion dans votre vie, du rose pour lui offrir une touche de romantisme et du doré pour vous apporter des richesses féeriques. Ajoutez des petites maisons de fées, des cabanes pour les oiseaux, ainsi que des ruches. Ces ajouts raviront vos petits amis fées et elfes. Vous pouvez également aménager un endroit avec de l'herbe grasse afin qu'ils puissent y danser et s'amuser. Si vous disposez d'un terrain assez grand, vous pouvez prévoir un buisson fleuri pour licornes, ou un monticule pierreux pour les nains.

Les jardins de fées sont des endroits parfaits pour un rendez-vous galant, pour déclarer sa flamme, pour se marier ou organiser un *handfasting* (cérémonie de mariage féerique ou païenne, symbolique de l'union de la mère et du père divins). Après tout, la reine des fées Titania et le roi Obéron ne se sont-ils pas mariés dans un petit jardin magique d'herbe et de mousse, au sommet d'un monticule entouré de roses blanches et de jasmin en fleur au parfum suave ? Les elfes et les fées qui assistaient à la cérémonie étaient sagement assis dans la verveine citronnelle, tenant à la main des bouquets de muguet et de myosotis pour la mariée.

Chaque jardin de fées contribue à la beauté naturelle de notre planète. Pour cette raison, tout le monde devrait s'essayer à en cultiver un. Cela permet de comprendre que l'on fait partie de la nature, que l'on n'en est pas distinct. En communiquant avec les elfes et les fées, on s'ouvre à l'esprit de la beauté et aux sentiments de l'amour et de la compassion. Lorsque le vent se lève, on se rend compte qu'il s'agit de son souffle. Lorsque l'arbre prend de la force, on en prend également. Lorsque le bouton de rose éclot et dévoile sa beauté, on s'ouvre à sa belle âme intérieure.

Citation

« Des pétales de roses rouges et blanches
Lui serviront de courtepointe ;
Les rideaux du lit
Seront des fleurs impériales
Bordées d'une frange
[de campanules azur ;
Les oreillers seront des lis
Garnis de duvet de papillon. »

Extrait de *Nymphidia*,
de Michael Drayton.

Préparatifs

Commencez par chercher le meilleur endroit où aménager votre jardin de fées – comme on le ferait pour obtenir la meilleure acoustique avant d'écouter de la musique : il faut avant tout ressentir de « bonnes vibrations ». Cet endroit peut aussi bien se trouver dans le jardin, sur une terrasse, sur un petit balcon ou dans des pots en terre cuite. Il faut surtout qu'il bénéficie de la bonne dose de soleil et de fraîcheur pour que les plantes que vous avez l'intention d'y planter s'y épanouissent. L'emplacement doit être lumineux et paisible, afin que vous soyez à même d'y sentir le souffle doux des elfes et des fées sur votre peau.

Vous pouvez agrémenter votre jardin de toutes sortes d'accessoires. Les décorations de jardin sur le thème des fées sont de plus en plus répandues dans les ouvrages et les magazines de décoration d'extérieur, sur Internet et dans les jardineries. On trouve des accessoires d'elfes et de fées, des fées ailées, des nains de jardin, des fontaines ornées de sirènes, des orbes de verre, des girouettes en forme de dragon et des carillons magiques. On peut également peindre soi-même des elfes et des fées sur les pots de fleurs, et agrémenter le tout de petites pierres ramassées dans la nature. Pour les oiseaux, nichoirs, mangeoires et petites baignoires seront les bienvenus, ainsi que des fontaines ou autres points d'eau.

Votre jardin s'épanouira d'autant mieux que vous vous en occuperez avec bonne humeur. Communiquez avec la nature qui vous entoure, écoutez les messages qu'elle vous transmet. En collaborant avec les esprits de la nature, on participe à la création de sa propre féerie et l'on connaît mieux les plantes aux vertus curatives, celles qui aident à accéder au pays des rêves, et celles qu'on utilise en magie. En outre, si une plante, un arbre ou un animal est en détresse à proximité, on est mieux à même de le ressentir et de l'aider.

Citation

Dans *Le Songe d'une nuit d'été*, la description que fait Obéron de la charmille de Titania est d'une fraîcheur exquise :

« Je connais un coin de bois où le thym [exhale ses senteurs,
Où croissent les grandes primevères [et les violettes à la tête penchée,
Et que recouvrent presque comme [un dais les chèvrefeuilles [à l'odeur délicieuse,
Les suaves roses musquées [et les églantines. »

Le choix des plantations et autres considérations pratiques

Pour choisir ce que l'on va planter, il est utile d'avoir une bonne connaissance de la flore et de la faune environnantes. Pour ce faire, il suffit de consulter des livres sur les fleurs et les oiseaux, ou de s'inscrire à une association ornithologique ou à un club de jardiniers.

Avant de commencer à planter votre jardin, asseyez-vous dans l'espace que vous avez choisi et détendez-vous. Communiez avec les fées et les elfes qui sont derrière toutes les sortes de fleurs, de plantes et d'arbres que vous allez planter. Demandez-leur conseil pour créer le plus beau jardin et savoir comment aider ces plantes et ces arbres à pousser.

Les elfes et les fées des jardins aiment particulièrement le thym, le trèfle et la digitale. Pour les attirer, on peut aussi planter des pensées, des gueules-de-loup, des myosotis, des roses, des tournesols, du chèvrefeuille, du millefeuille, du lilas ainsi que de la verveine, des marguerites, du romarin et de la lavande. Les jacinthes des bois attirent les fées aimant danser et chanter, tandis que le romarin attire les fées des mers et les papillons. Pour inviter les bonnes fées à visiter vos rêves, plantez des coquelicots, et des gueules-de-loup pour vous protéger des mauvaises fées. N'oubliez pas de toujours laisser une petite partie de votre jardin en friche en l'honneur de vos amis les fées et les elfes. Les fées apprécient en effet aussi bien les fleurs cultivées que les fleurs sauvages, ainsi que les fleurs issues de ce qu'on appelle les « mauvaises herbes ». Tout jardin de fées doit avoir du trèfle ainsi qu'un petit serpent qui vienne le visiter.

Si l'espace dont vous disposez vous le permet, n'oubliez pas de planter quelques arbres associés aux fées, comme le pommier. En vous adossant à un pommier en fleur ou à un chêne bourgeonnant, vous pourrez ressentir le pouvoir et la sagesse des elfes.

Si votre espace est limité et que vous disposez d'un petit patio, d'un balcon ou d'une simple avancée devant une fenêtre, privilégiez les fleurs, les légumes ou les arbres les plus adaptés à ces lieux. Au printemps, optez par exemple pour des pensées plantées dans des bacs ou de grands pots. Les pensées aiment avoir du soleil et de la fraîcheur, et elles sont très résistantes. Si vous en avez la place, ajoutez des rosiers miniatures. Vous pouvez également faire pousser des légumes : des jeunes plants de tomates s'accommoderont fort bien de bacs larges et profonds disposés sur un balcon ensoleillé. Consultez une jardinerie pour savoir ce qui pousse le mieux dans votre région et dans l'espace dont vous disposez. Ce type de magasin est une mine d'informations pour faire de votre jardin de fées une vraie réussite !

Citation

« Le jardin est une méditation à ciel ouvert, un secret révélé à qui le mérite. »

Ghislaine Schoeller.

Chaque année, j'esquisse sur une feuille de papier la manière dont je vais disposer les graines dans mon potager. J'aime faire tourner mes cultures de manière que rien ne pousse à la même place deux années de suite, ce qui a pour effet de rendre mon jardin toujours différent. Le fait que des plantes ou des légumes que je n'ai pas plantés germent régulièrement contribue également à faire de mon jardin un tableau sans cesse en mouvement. La première année, ce sont des plants de laitue qui sont apparus à plusieurs endroits. L'année suivante, c'étaient des melons, et la troisième année des courges blanches m'ont servi à décorer ma maison à l'automne. Ces plantes que l'on n'attend pas sont des cadeaux des fées et de la déesse mère divine que l'on appelle plus communément Mère Nature ou Terre nourricière.

Si vous entretenez correctement la terre de votre jardin de fées, il produira des légumes et des fleurs magnifiques. Apprenez à connaître le type de sol dont vous disposez ainsi que la nature de votre climat. Demandez aux jardiniers locaux quelles fleurs, quels légumes ou quels arbres poussent le mieux dans votre région, cela vous épargnera certaines déconvenues.

Pour vous assurer que les fées vous conservent leur protection, réservez-leur le premier et le dernier fruit de vos récoltes. Les fées des fleurs apprécieront que vous disposiez près des fleurs de l'hydromel, des bonbons ou du vin. Montrez-vous généreux avec elles et elles béniront votre jardin. Lorsque vous plantez des fleurs ou des herbes elfiques ou féeriques, prononcez une bénédiction simple et sincère, avec ces mots par exemple :

> *« Que les elfes et les fées bénissent cette fleur (ou plante) en lui donnant grâce et beauté. »*

Lorsque vous plantez des semis (ou des plants) de légumes, dites :

> *« Que les elfes et les fées bénissent ces graines (ou plants) et leur apportent lumière et nutriments. »*

De même, lorsque vous plantez un arbre féerique, prononcez cette bénédiction :

> *« Que les elfes et les fées bénissent cet arbre en lui apportant force et sagesse. »*

Citation

« Avec cette rosée des champs consacrée
Que chaque feuille aille de son côté,
Et répande des bénédictions
[d'une douce paix
Sur chaque chambre de ce palais,
Dont le possesseur sera béni,
Et vivra toujours en sécurité.
Puis, partons légèrement,
Ne nous attardons pas
Et venez me rejoindre à la pointe du jour. »

Extrait de la tirade finale d'Obéron dans *Le Songe d'une nuit d'été.*

Les fleurs préférées des fées

Les elfes et les fées adorent les fleurs, elles ont même donné leur nom à une espèce de rosier, le « Fairy Rose », dont le feuillage vert foncé luisant et les fleurs en forme de pompons rose frais constituent un excellent choix pour un jardin féerique. Parmi les autres variétés à privilégier, citons les pivoines herbacées rose pâle, les hémérocalles et les rosiers miniatures. Plantez également des myosotis et faites courir vos mains sur leurs fleurs, cela vous aidera à voir les fées des fleurs.

Les fleurs raviront vos petits amis magiques et vous apporteront, à vous et à votre famille, des heures de bonheur dans votre jardin. N'oubliez pas non plus de rendre toutes les fleurs à la terre une fois qu'elles se sont fanées, par respect envers les elfes et les fées. Faites-le en gratifiant d'un simple « merci » les bons elfes et les bonnes fées.

Planter un arbre pour les fées

L'arbre symbolise les trois mondes : le monde souterrain (par ses racines), la Terre du Milieu (avec son tronc) et le monde céleste (avec ses branches et ses feuilles). Les fées et les elfes le bénissent et le protègent, il peut donc servir de passerelle vers l'Autre Monde, ou royaume des fées.

Il existe de nombreux moyens de se mettre en rapport avec les elfes et les fées des arbres. Vous pouvez vous asseoir, méditer, dormir ou simplement rêvasser à l'ombre d'un arbre que vous chérissez, vous inviterez ainsi les elfes et les fées à communiquer avec vous. S'il s'agit d'un arbre fruitier et que ses fruits sont mûrs, vous pouvez en détacher un et le déguster pour ne faire qu'un avec l'arbre et son esprit. Vous pouvez vous adosser à un arbre ou monter sur ses branches et chanter un air que vous aimez pour faire venir à vous la magie. Enfin, vous pouvez éparpiller dans votre cercle de fées des morceaux de l'arbre - ses feuilles ou son écorce - pour attirer l'aide des bons elfes et des bonnes fées.

Les arbres des jardins de fées feront venir dans votre jardin les elfes et les fées qui leur sont liés, en particulier les dryades. Ces esprits divins font des arbres des entités vivantes - ce que les elfes et les fées ont toujours su, à la différence des humains. Tous les arbres sont dotés d'un esprit de la nature qu'on appelle généralement dryade, ou « être de l'arbre ». À chaque espèce d'arbre correspond un type de dryade ; ainsi les dryades des chênes diffèrent-elles quelque peu des dryades des saules.

En plantant dans votre jardin quelques-uns des arbres préférés des fées, vous vous assurerez les faveurs des dryades. Parmi les espèces que l'on peut citer figurent les chênes, les aulnes, les pommiers, les frênes, les hêtres, les prunelliers, les ormes, les aubépines, les noisetiers et les saules. Tous vous combleront en vous fournissant ombre, fruits, oiseaux et couleurs changeantes selon les saisons ; en outre, les faveurs divines des esprits sylvestres vous béniront.

C'est pas sorcier

Selon un vieux refrain populaire, « les fées nichent dans de vieux chênes ». Dans *Les Contes populaires oubliés des provinces anglaises*, Ruth Tongue raconte l'histoire d'une renarde qui, traquée par des chasseurs, fut sauvée par des hommes-chênes. L'entraînant dans un tronc creux, ceux-ci la soignèrent en disant : « Trempe tes pattes sanglantes dans notre réserve d'eau de pluie. » Aussitôt, son pelage repoussa et ses blessures furent guéries.

Importer de la magie chez soi

Il est possible de profiter de ces arbres, de ces plantes et de ces fleurs magiques même durant les saisons froides en les rentrant chez soi, par exemple dans un jardin d'hiver. Les bouquets de fleurs coupées agrémenteront joliment votre chambre ou votre bureau ; pour décorer votre cuisine, vous pourrez disposer quelques beaux légumes dans une corbeille ou créer à l'automne une composition de courges, de potirons et d'épis de maïs séchés. Et pensez à offrir à vos amis et à vos voisins des fleurs, des bulbes ou des boutures de vos plantes pour qu'eux-mêmes puissent réaliser leur propre jardin de fées. Il existe également un grand nombre de plantes d'intérieur très faciles d'entretien.

Une manière amusante et créative d'importer la magie de votre jardin sur votre balcon, dans votre patio ou à côté de votre porte d'entrée consiste à confectionner une couronne de plantes vivantes. Pour cela, il vous faut une structure métallique d'une vingtaine de centimètres, de la mousse, du terreau, du fil de cuivre et des plantes (grasses, de préférence). Tapissez d'abord votre structure métallique de mousse, puis disposez le terreau dessus. Attachez le tout à l'aide du fil de cuivre pour obtenir une couronne de terre. Enroulez trois fois le fil autour du cadre pour que cela tienne bien, tout en chantant :

« Trois fois je fais le tour.
Les fées de leurs faveurs l'entourent. »

Servez-vous ensuite d'une pince à épiler pour y faire des petits trous et y planter les graines choisies. Si vous les enfoncez bien, elles germeront vite. À chaque fois que vous plantez une graine, déclarez :

« Bénies soient les fées ! »

Quand votre couronne est prête, déposez-la pendant environ une heure dans un récipient contenant un peu d'eau afin qu'elle l'absorbe. Rappelez-vous que les plantes grasses ne supportent pas le gel, rentrez donc votre couronne à l'intérieur dès qu'il commence à faire trop froid.

Le minimum à savoir

- → Les jardins de fées vous permettent d'entrer en contact avec l'énergie de la nature, des elfes et des fées ; elles rendent votre environnement plus agréable et vous apportent la sérénité.
- → Avant de créer votre jardin, trouvez le bon emplacement, celui qui concentre les meilleures énergies pour que poussent les fleurs, les légumes et les plantes préférées des elfes et des fées.
- → Choisissez quelles fleurs et quels arbres planter en vous familiarisant avec les nombreuses variétés qui attireront les elfes et les fées dans votre jardin.
- → Les créatures féeriques apprécient qu'un jardin soit entretenu uniquement avec des moyens naturels, ; elles vous en remercieront.
- → Il existe divers moyens de faire entrer un peu de la beauté de son jardin dans son intérieur afin d'en profiter tout au long de l'année.

QCM

1 – Dans la mythologie hindoue, que sont les dévas ?

❑ **A** - des divinités ou des esprits de la nature

❑ **B** - des règles de vie en harmonie avec la nature

❑ **C** - des chapelets magiques

2 – Quelle pratique consiste à agir dans la même direction que les énergies de la Terre ?

❑ **A** - la chiromancie

❑ **B** - la géomancie

❑ **C** - l'astrologie sidérale

3 – Pourquoi le lieu appelé Findhorn, en Écosse, est-il connu ?

❑ **A** - pour son école de magie

❑ **B** - pour sa fontaine

❑ **C** - pour son potager

4 – Quel est le nom de la ferme de Penny Kelly, qu'elle fit fructifier avec l'aide des elfes ?

❑ **A** - Lily Hill

❑ **B** - Hill Valley

❑ **C** - Llewellyn Farm

5 – Pourquoi le fossé entre les hommes et la nature s'agrandit-il de nos jours ?

❑ **A** - la nature est devenue hostile aux hommes

❑ **B** - les hommes ne communiquent plus avec les esprits de la nature

❑ **C** - les produits chimiques tuent les elfes et les fées

6 – Comment s'appelaient les prêtres auxquels les tribus confiaient la tâche de garantir l'harmonie avec la nature ?

❑ **A** - les chamanes

❑ **B** - les druides

❑ **C** - les brahmanes

7 – Les champs morphiques sont des champs...

❑ **A** - lumineux

❑ **B** - magnétiques

❑ **C** - énergétiques

8 – Quelle matière faut-il utiliser pour fabriquer une amulette ?

❑ **A** - le bois

❑ **B** - la pierre

❑ **C** - le métal

9 – Quelle plante les fées des jardins apprécient-elles particulièrement ?

❑ **A** - le trèfle

❑ **B** - le houx

❑ **C** - le buis

10 – Les elfes ont donné leur nom à une espèce de...

❑ **A** - rose

❑ **B** - tulipe

❑ **C** - œillet

Réponses

1 : A - 2 : B - 3 : C - 4 : A
5 : B - 6 : C - 7 : C - 8 : B et C
9 : A - 10 : A

Nombre de bonnes réponses ❑

Si vous avez au moins 8 bonnes réponses, passez au chapitre suivant, sinon... faites quelques révisons !

Partie 6

Les pouvoirs magiques des elfes et des fées

Ce dernier volet de notre aventure au pays des elfes et des fées est destiné à explorer tout ce qui se rapporte à ces créatures féeriques. Vous découvrirez tout d'abord ce qu'elles aiment manger et boire, ainsi que des recettes magiques (et savoureuses !). Ensuite, vous apprendrez tout sur les plantes, les herbes, les pierres et les essences en lien avec les elfes et les fées, et sur leurs pouvoirs thérapeutiques ou magiques. Pour clore le livre, nous vous proposerons une série d'exercices et de techniques qui vous permettront d'entrer en contact avec l'énergie elfique et féerique qui est en vous. Soyez sûr que cela apportera une nouvelle dimension à votre vie !

Chapitre

21

Buvez, mangez et soyez gai

Dans ce chapitre

- → La liste des mets et des breuvages préférés des elfes et des fées
- → Comment organiser un pique-nique en l'honneur des elfes et des fées
- → Comment organiser une réception ou un mariage où seront invités les elfes et les fées
- → Quelques recettes magiques qui plairont aux elfes et aux fées vivant chez vous (ainsi qu'à vous-même !)

Traditionnellement, l'échange de boissons et de nourriture est une manière de renforcer les relations entre les elfes, les fées et les humains. Les aliments contiennent une part de sacré, car c'est le créateur tout-puissant qui nous les fournit pour nous permettre de vivre. En outre, la nourriture et les boissons ont une qualité magique qui leur confère du goût, une texture et une odeur. D'un point de vue pratique, elles nous apportent des vitamines ainsi que ce dont nous avons besoin pour être en bonne santé, entretenant à la fois notre corps et notre mental.

Ce chapitre contient une liste exhaustive des mets et des boissons que consomment les elfes et les fées, ainsi que des suggestions pour organiser une fête de fées ou un mariage avec les fées. En fin de chapitre, vous trouverez plusieurs recettes délicieuses de mets et de boissons que vous pourrez servir à votre prochaine fête : vous pourrez y faire votre choix en fonction de votre humeur et de vos invités.

Les nourritures préférées des fées

La plupart des bonnes fées sont végétariennes. Parmi leurs aliments préférés, on peut citer les haricots secs, le maïs, les champignons, le fromage, les noix et les algues comestibles, ainsi que les racines, les herbes, les fruits, le pain, les gâteaux, les tartes et les crèmes glacées. Elles raffolent du lait sucré avec du miel et adorent également la crème fraîche, le vin, la bière, l'hydromel et le thé. On dit qu'elles apportent aux banquets organisés en leur honneur leurs propres mets magiques, sous la forme d'étranges pièces montées glacées. La nourriture des fées est souvent sculptée, en forme d'arbre, de feuille, de fleur, d'animal, d'oiseau ou de papillon.

L'énergie des fées a pour origine les esprits des anciennes déesses de l'agriculture et des dieux de la terre, qui contrôlaient la maturation des moissons et la production de lait et à qui l'on faisait régulièrement des offrandes.

Pour attirer des elfes et des fées chez vous et dans votre jardin, offrez-leur de la nourriture - par exemple du lait, de l'eau fraîche, du pain et du fromage. Si vous faites en sorte qu'ils se sentent les bienvenus et si vous faites preuve d'hospitalité envers eux en leur offrant leurs mets préférés, vous créerez un lien de confiance entre eux et vous.

Contes et légendes

Beatrix Potter a écrit en 1929 un conte intitulé *The Fairy Caravan* (*La Roulotte enchantée*), dans lequel des hommes-chênes vivent dans des souches de chênes. Ils sont petits comme des nains, avec un nez et un bonnet rouges, et mystifient ceux qui pénètrent dans leur forêt en les tentant avec une nourriture appétissante qui en fait est de la mousse qu'ils ont recueillie sur les arbres.

Les elfes et les fées aiment la nourriture et les boissons que consomment les humains. De nombreuses histoires relatent des vols de lait, de beurre ou de graines par des fées. Les elfes danois sont connus pour dérober de la pâte à pain, dont ils sont particulièrement friands. La plupart des fées et des elfes adorent les glands, les noix et les baies, notamment les baies rouges. Ils apprécient en outre l'orge, les bonbons, les gâteaux, le beurre, le lait et le miel.

En Angleterre, ceux qui considèrent les elfes et les fées comme leurs amis disposent à leur intention du lait sucré ou du pain dans une saucière, sur la table de leur cuisine. Pour faire venir à vous de gentilles créatures féeriques qui pourront par la suite vous aider, placez une portion généreuse de nourriture sur une assiette ou dans un bol en bois dans votre cuisine, devant votre porte, sur votre balcon ou dans votre jardin. N'oubliez pas que le compost représente une forme d'offrande pour les fées, car cela permet de rendre à la terre - demeure des fées - ce qu'elle a produit, tout en la fertilisant.

Le plus souvent, et selon l'endroit où vous habitez, vous pourrez constater que l'offrande de nourriture est encore là le lendemain matin. Sachez que les elfes et les fées n'ingèrent pas nécessairement la nourriture, et c'est souvent un animal (un oiseau ou un insecte, par exemple) qui s'en régalera. C'est un bon signe, car cet animal peut très bien être un elfe ou une fée apparaissant sous une forme naturelle pour apprécier votre cadeau.

C'est pas sorcier

Pour se lier d'amitié avec un sprite ou une pixie, il faut se rendre sur l'un de leurs lieux de vie et les appeler gentiment et avec respect. Quand ils apparaissent, on peut les retenir auprès de soi en les complimentant sans cesse et en leur offrant des glands ou des bonbons.

Mets et boissons préférés des elfes et des fées

Les aliments et boissons qui suivent figurent parmi les préférés des elfes et des fées.

- **Beurre** : les fées et les elfes aiment le bon beurre. Leur humeur influe directement sur sa qualité, et l'on dit que les fées peuvent rendre du beurre rance si l'on ne s'est pas bien comporté avec elles. Les créatures féeriques seront ravies de se voir offrir du beurre, de la crème, du miel et des gâteaux, et elles feront bénéficier de leurs faveurs ceux qui leur en laisseront de petites parts sur une assiette, dans leur cuisine ou sur le pas de leur porte.

- **Bière** : si vous souhaitez brasser vous-même votre bière, mieux vaut le faire sous la bénédiction des elfes et des fées. La bière se fabrique à partir d'orge fermentée, dont les fées raffolent. Pensez toujours à garder un peu de votre bière pour les elfes et les fées lorsque vous pique-niquez dans les bois, ou versez-en un peu dans un cours d'eau ou une rivière en demandant la bénédiction des bonnes fées. Et n'oubliez pas que les elfes domestiques apprécient eux aussi la bière !

- **Champignons** : les petites fées ailées se régalent parfois de champignons et de beurre de fées fabriqué à partir de la mousse des arbres. Les elfes et les fées préparent également leur nourriture à partir de feuilles et de champignons.

- **Eau** : l'eau est l'un des éléments essentiels de la vie, et les fées apprécient une eau pure et naturelle, non traitée, comme une eau de source de montagne ou l'eau fraîche d'un puits.

Contes et légendes

Les habitants de l'île de Man pensaient qu'il fallait toujours laisser un peu d'eau fraîche devant chez soi la nuit pour les fées, sous peine qu'elles se vengent en venant sucer le sang de ceux qui dormaient dans la maison.

- **Fromage** : la plupart des elfes et des fées apprécient le fromage. Laissez donc quelques petits morceaux de votre fromage préféré dans votre jardin à l'intention des fées, ou dans les bois pour les elfes.

- **Gâteaux et bonbons** : les elfes et les fées aiment les sucreries et adorent qu'on leur offre des morceaux de gâteau et des bonbons. Ils aiment toutes sortes de bonbons et tous les parfums. Le sucre reste le meilleur choix pour attirer les fées.

Citation

Dans *Les Joyeuses Commères de Windsor*, Shakespeare écrit :
« Que les cieux me défendent de ce lutin gallois !
Il me changerait en un morceau de fromage. »

- **Herbes** : les herbes préférées des elfes et des fées sont les plus odorantes et les plus savoureuses - tels le basilic, le thym, le romarin ; ils apprécient également les baies séchées et la cannelle. Saupoudrez le pourtour de votre cercle de fées d'herbes séchées, et utilisez les pouvoirs aromatiques des épices pour renforcer votre lien avec les fées lorsque vous méditez, priez ou effectuez un rituel.

- **Jus de fruits** : les jus de fruits sont le nectar des dieux, aussi sont-ils tous appréciés des fées et des elfes. Portez un petit verre de jus de fruits à la santé des fées de votre jardin, puis déposez-le sous un arbre fruitier.

- **Lait** : les elfes et les fées adorent le lait, la crème et le lait sucré. Dans la région de Cornouailles, en Angleterre, on interprète le fait que du lait tourne ou que l'on en renverse comme une offrande aux fées.

- **Légumes** : les fées apprécient surtout le maïs, les haricots secs, les tomates, les pois, les courges, les carottes, le céleri, les aubergines, la laitue, le chou-fleur et le chou. Réservez-leur vos premiers et derniers légumes de la saison, ainsi que votre dernier plant de maïs. Lorsque vous faites cuire vos légumes, réservez-en une part pour votre compost en guise d'offrande.

- **Miel** : de tous les miels, celui de fleurs sauvages est le préféré des elfes et des fées. Ils apprécient son goût sucré et considèrent les abeilles comme sacrées. Vous pouvez en mettre un peu dans un bol et le laisser dans votre jardin, ou bien en tartiner une tranche de pain grillé, y ajouter des graines de tournesol et la donner à manger aux oiseaux ; cela vous attirera les faveurs des créatures féeriques.

- **Mûres** : les elfes et les fées adorent les mûres, les baies en général, ainsi que la confiture. Allez faire la cueillette des mûres à la fin de l'été pour les manger sur place, ou pour en faire provision afin de préparer des tartes, des confitures, ou d'agrémenter une coupe de glace à la vanille.

- **Orge** : saupoudrez le pourtour de votre cercle de fées d'orge en poudre pour faire venir à vous les elfes et les fées de la terre et vous attirer leurs faveurs. L'orge est l'une de leurs principales sources d'alimentation. Cette graine aux pouvoirs curatifs peut également être disposée en petits tas ou en cercle dans votre jardin pour attirer les bonnes fées.

- **Pommes et fruits** : les elfes et les fées considèrent les pommiers comme sacrés, de même que la plupart des arbres fruitiers. La pomme symbolise l'amour, le romantisme, la fertilité, la guérison et l'immortalité. Ne cueillez jamais le premier ni le dernier fruit produit par votre arbre, que ce soit un pommier, un pêcher, un prunier ou un abricotier : laissez-les en offrande aux elfes et aux fées.

Contes et légendes

La mythologie européenne situait le paradis de la jeunesse éternelle à l'ouest de l'Angleterre, sur l'île légendaire d'Avalon, qui abritait des vergers de pommiers (d'où le fait qu'on l'appelait également « La Pommeraie »).
C'est là que Morgane, la plus influente des neuf sœurs fées gardiennes des pommes de l'Autre Monde, conduisit le roi Arthur agonisant.
Les Celtes, pour qui Avalon représentait une terre promise, disaient que ses pommiers étaient perpétuellement chargés de fruits.

- **Tisanes** : les fées aiment beaucoup les infusions à la lavande, au jasmin, à la camomille, à la menthe, au cynorrhodon (ou baie d'églantier) ainsi que le thé à la vanille. Pour encourager leur visite, buvez des tisanes à base des fleurs du jardin ou des bois en rapport avec les fées que vous souhaitez attirer.

- **Vins et liqueurs** : tous les elfes et les fées aiment le vin et les liqueurs ; ils veillent souvent sur les caves à vin, les celliers et les distilleries. Réservez-leur une petite quantité de vin ou de liqueur, après avoir porté un toast à leur santé et à leurs pouvoirs magiques.

Attention ! ne buvez ni ne mangez jamais quoi que ce soit qui vous ait été offert par un elfe ou une fée ! Certaines histoires racontent comment des mortels ont ainsi été entraînés dans le royaume des fées, ou y sont restés prisonniers après s'être aventurés sur une colline de fées et avoir goûté à de la nourriture ou à des boissons de fées. Thomas le Rhymer, poète écossais du XIIIe siècle, reçut un jour un avertissement de la reine des fées : elle lui dit que s'il goûtait aux pommes de son jardin, il ne pourrait plus jamais retourner au pays des mortels.

Pique-nique pour les fées

Ce qu'on mange à l'extérieur a toujours meilleur goût. Emmenez donc ceux que vous aimez pique-niquer dans la nature, de préférence près d'un cours d'eau ou d'un lac (la présence de l'eau donne plus d'intensité à ce plaisir). Vous pouvez être sûr que cette expérience adoucira vos vies et les emplira d'aventure et de magie !

Profitez d'un après-midi ensoleillé pour inviter un ou plusieurs amis. Prévoyez un bouquet de fleurs fraîches pour votre cercle de fées, un panier de pique-nique avec des produits frais appréciés des fées - des pommes, des pêches, des raisins, des gâteaux, du pain, du fromage - et des boissons de fées tels le cidre, la bière ou le vin. Pensez également à apporter de l'eau en quantité, des couvertures, des chaises pliantes, ainsi qu'une guitare ou un lecteur CD si vous souhaitez écouter de la musique.

Avant d'étendre une couverture sur le sol, dépliez les chaises, déballez la nourriture et tracez un cercle de fées sur lequel vous disposerez vos fleurs en allant dans le sens des aiguilles d'une montre. Demandez à tous les convives de chanter en même temps :

« Gentils elfes et fées
Bénissez notre pique-nique ! »

Installez alors les chaises et la nourriture dans le cercle de fées et savourez votre pique-nique tout en portant un toast aux elfes et aux fées. Réservez-leur quelques bons morceaux. Profitez de ce moment agréable entre amis, écoutez de la musique, racontez-vous des histoires et contemplez les beautés de la nature. Avant de repartir, faites vos offrandes aux elfes et aux fées des environs. Veillez à bien ramasser tous vos détritus pour laisser l'endroit tel que vous l'avez trouvé.

Mariages féeriques

Un mariage féerique implique le mariage de deux humains. Il dure traditionnellement sept jours - il commence trois jours avant la cérémonie et se prolonge les trois jours suivants. Pendant les trois jours qui précèdent l'échange des vœux, les futurs mariés doivent se conquérir l'un l'autre (la quête que chacun entreprend doit pouvoir être accomplie durant ce laps de temps), et les résultats sont délivrés lors de la cérémonie de mariage. Par exemple, la future mariée demande à son promis de lui trouver cent roses rouges, et celui-ci doit les lui présenter avant le début de la cérémonie, dans une mise en scène féerique. N'ayez pas peur de vous montrer créatif, et surtout amusez-vous !

Si cela est possible, prévoyez d'organiser la cérémonie à l'extérieur, dans les bois, dans une prairie ou dans un bel endroit en pleine nature. Tracez un grand cercle de fées pouvant recevoir toutes les tables et tous vos convives. Invitez les bons elfes et les bonnes fées dans le cercle. Même si vous ne pouvez les voir, sachez reconnaître leur présence dans la caresse d'une douce brise, dans un éclat de lumière verte que laisse filtrer la forêt, ou dans une mélodie si faiblement audible qu'elle paraît irréelle.

Tracez un cercle de fées pour la cérémonie elle-même. Laissez votre fantaisie s'exprimer. On peut imaginer que les mariés (désignés comme le roi et la reine des fées) portent des tenues féeriques. Encouragez également la famille et les invités à s'habiller de la même manière. N'oubliez pas d'inclure dans les festivités de la musique, des chants et de la danse, toutes choses que les fées adorent. Et, surtout, gardez à l'esprit que les fées et les elfes aiment tout particulièrement les mariages personnalisés ou présentant une vraie originalité.

Décorez le lieu de la réception autour du thème de la magie et servez des mets féeriques tels que des fraises, des gâteaux aux pommes, des pains, du fromage, du vin et du cidre. N'oubliez pas de fleurir les tables, et prévoyez du personnel pour cuisiner et servir à table. Portez un toast au petit peuple et réservez-lui des parts des mets et des boissons servis afin de vous assurer ses faveurs pour longtemps.

C'est pas sorcier

Il existe plusieurs sites Internet qui vendent en ligne des accessoires et des vêtements de fées ; en voici trois : www.legendya.com, www.fee-et-elfe.com et www.souslailedudragon.com.

Pour une nuit de noces féerique (ainsi que les trois jours et trois nuits qui suivront), effectuez le rituel suivant, à la fois amusant et savoureux : dispersez sur et tout autour du lit de la nuit de noces des pétales de roses pour former un cercle de fées, et déposez un bol de fraises ou autres baies rouges sur le lit. Vous pouvez également procéder à ce rituel à chaque fois que vous souhaitez réaffirmer votre amour à votre bien-aimé(e). La fraise symbolise l'amour, la passion, la magie et la bonne fortune. Présentez les fruits un par un à votre amoureux(-euse) en disant :

« Ton amour est si doux et plein de magie. »

De son côté, votre bien-aimé(e) vous présente également des fraises et vous dit :

« Et ton amour aussi est doux et magnifique. »

Répétez cela plusieurs fois en laissant quelques fraises dans le bol à l'intention des fées de l'amour. Puis profitez de l'alchimie magique de l'amour et de la nuit !

Recettes magiques

Les recettes magiques qui suivent sont faciles à réaliser, amusantes et savoureuses. Faites-les goûter à votre famille et à vos amis, ainsi partageront-ils un peu de la magie des elfes et des fées !

Beurre féerique à la cannelle

$1/2$ tasse de sucre en poudre
$1/2$ tasse de cannelle en poudre
250 g de beurre ramolli
1 c. à s. de jus d'orange

Mélangez tous les ingrédients dans un bol jusqu'à obtenir une pâte onctueuse, tout en chantant :

« Douce magie, viens à moi.
Bénis soient les elfes et les fées ! »

Votre beurre féerique peut se conserver au frais pendant quelques jours. À utiliser sans modération sur les bagels, les gâteaux, les muffins et le pain grillé au petit déjeuner ou au goûter.

Potion des fées à la fraise

(Pour deux personnes)

1 tasse $1/2$ de boisson au gingembre
1 tasse de fraises fraîches équeutées
1 tasse $1/2$ de glace à la vanille

Mixez tous les ingrédients jusqu'à obtention d'un mélange crémeux, tout en chantant :

« Belles fées des fraises,
Bénissez cette potion !
Ainsi soit fait ! Ainsi soit fait ! »

À servir frais dans un verre avec une paille rouge et une paille verte.

Miel de fleurs des fées

$1/2$ tasse de pétales de pensées lavés, séchés et ciselés
1 pot de miel sauvage
1 casserole d'eau chaude

Prélevez d'abord trois cuillers de miel que vous présenterez en offrande aux fées des fleurs. Puis faites tiédir le pot de miel en le plaçant dans l'eau chaude. Versez dedans les pétales de fleurs, puis prenez-le entre vos mains et répétez trois fois :

« Vous, les abeilles, les fleurs, les fées,
De votre magie ce miel bénissez. »

Déposez de nouveau le pot dans l'eau chaude, sans son couvercle, en veillant à ce que l'eau n'y entre pas. Faites chauffer la casserole à feu doux et laissez mijoter environ 30 minutes. Laissez refroidir, puis fermez avec le couvercle et laissez reposer 12 jours pour que les fleurs marinent. Utilisez ensuite ce miel pour sucrer votre thé, vos biscuits ou vos muffins. Faites une offrande de ce miel aux fées des fleurs en en laissant couler quelques gouttes par terre.

Ce miel se conserve environ un mois.

Cookies de fées aux noix

½ tasse de beurre ramolli
½ tasse de sucre brun raffiné
½ tasse de sucre blanc en poudre
1 c. à c. de miel de fleurs des fées (voir recette ci-dessus)
1 c. à s. d'extrait de vanille
2 œufs
1 c. à s. de fleurs de lavande fraîches, lavées, séchées et ciselées
1 tasse ½ de farine
2 c. à c. de levure en poudre
1 tasse de noix de cajou grillées et pilées

Préchauffez votre four à 180 °C. Travaillez ensemble le beurre, les sucres et le miel. Battez les œufs avec la vanille, puis ajoutez les fleurs de lavande, la farine et la levure. Tout en mélangeant vos ingrédients, chantez :

« Bonnes fées, soyez bénies ! »

Versez les noix de cajou dans votre pâte, puis préparez des feuilles de papier sulfurisé sur lesquelles vous déposerez des ronds de pâte à l'aide d'une cuiller, de manière à former des cookies. Enfournez et faites cuire 10 à 12 minutes. Laissez refroidir avant de déguster. Cette recette permet de réaliser environ 30 cookies.

Le minimum à savoir

- → Les elfes et les fées apprécient des nourritures et des boissons bien précises ; pour les attirer, proposez-leur ce qu'ils préfèrent !
- → Lorsque vous pique-niquez, n'oubliez pas d'apporter de bonnes choses à manger et à boire, ni de convier les elfes et les fées.
- → Célébrer un mariage féerique est une manière très romantique d'aborder l'aspect sacré de l'union matrimoniale.
- → Les recettes féeriques sont efficaces pour combler votre appétit et pour vous gagner les faveurs des elfes et des fées.

Chapitre

22

Plantes, pierres et essences magiques

Dans ce chapitre

- → L'utilisation des plantes, des pierres et des essences féeriques
- → Les propriétés curatives des plantes féeriques
- → Un comparatif entre les qualités magiques de plusieurs pierres
- → Les essences d'elfes et de fées et la richesse de leur parfum

Il existe des fées appelées « dames bleues », qui jadis ont appris à des bergers à se servir de certaines plantes à des fins médicinales. Les elfes et les fées maîtrisent depuis longtemps l'usage des plantes, des pierres et des essences, dans un but curatif et magique. Ils ont progressivement transmis leur savoir aux druides, ce qui explique que ces connaissances aient fini par s'inscrire dans le folklore et la mythologie.

Ce chapitre vous donne les clés des pouvoirs magiques de ces plantes, de ces pierres et de ces essences féeriques, et vous indique comment les utiliser à des fins positives pour votre santé et dans votre vie quotidienne.

À quoi servent les plantes, les minéraux et leurs essences ?

Les plantes, les minéraux et les essences qu'on en tire sont autant de cadeaux que nous offre la nature. Nombre d'entre eux détiennent des qualités magiques et curatives, qui peuvent servir pour des bénédictions féeriques, des rituels ou encore comme outils de médiation (voir chapitre 16) pour communiquer avec des elfes et des fées utiles, ou bien pour repousser ceux qui sont malveillants.

Une histoire illustre parfaitement l'importance des plantes : un jour de Halloween, une jeune fille se retrouva entraînée dans une danse féerique, sur une colline. Elle dansa avec le prince des fées, puis fut conduite à un merveilleux banquet. Mais lorsqu'elle porta à ses lèvres la coupe dorée que le prince lui tendait, un homme s'approcha d'elle et lui murmura : « Si vous mangez ou buvez quoi que ce soit, vous ne pourrez plus jamais rentrer chez vous. »

La jeune fille refusa alors de boire, provoquant la colère des fées. Cela fit grand bruit, et un homme à l'air féroce s'avança vers elle et déclara : « Tous nos visiteurs doivent trinquer avec nous. » Sur ces paroles, il saisit son bras et tenta de la forcer à boire, de sorte qu'elle manqua mourir de frayeur. À ce moment, un jeune homme aux cheveux roux la prit par la main et la conduisit à l'écart en lui disant : « Cette fois, vous êtes sauve. Prenez cette plante, et gardez-la dans votre main jusqu'à ce que vous soyez rentrée chez vous, ainsi personne ne pourra vous faire de mal. » La plante qu'il lui avait remise était du lierre terrestre. Elle la saisit et s'enfuit dans l'obscurité de la nuit. Elle entendit des pas derrière elle et, lorsqu'elle arriva chez elle, ferma la porte à clé et se mit au lit. Une grande clameur se fit bientôt entendre au-dehors, des voix lui criaient : « La magie de la plante a contré notre pouvoir sur toi, mais le jour où tu reviendras danser sur la musique de la colline, tu resteras avec nous pour toujours, et nul ne pourra l'empêcher. » La jeune fille avisée garda toujours sa branche de lierre avec elle, et jamais plus les fées ne la tourmentèrent.

Les plantes, les pierres et les essences peuvent servir à attirer des enchantements féeriques (voir le chapitre 12), ou à s'en prémunir – l'exemple ci-dessus en témoigne. La liste de plantes, de pierres et d'essences fournie dans ce chapitre vous donne des informations sur leurs propriétés d'attraction et de protection. Avant de la dévoiler, voyons comment les utiliser.

Mise en garde préalable

Avant toute chose, assurez-vous que celui ou celle qui manipulera les ingrédients n'est pas susceptible de déclencher une réaction allergique aux produits. Se soigner avec des plantes ou des huiles essentielles est déconseillé en cas de grossesse, de troubles épileptiques, de diabète, de pathologie mentale, et dans tous les cas il convient de le faire avec l'aide d'un guide, les conseils d'un pharmacien ou d'un aromathérapeute.

Avant d'appliquer une plante ou une huile essentielle sur votre peau ou d'en verser dans l'eau de votre bain, testez une petite zone de votre corps pour vous assurer que vous n'y êtes pas allergique. La plupart des huiles pures doivent être diluées avant d'être appliquées sur la peau. Lisez attentivement la notice qui accompagne le produit. Les huiles essentielles sont très actives, et l'on doit les utiliser avec précaution. Si votre peau manifeste une réaction, consultez votre médecin.

Attention ! Prenez garde...

N'utilisez jamais une plante, une pierre ou une essence sans avoir pris de renseignements sur ses propriétés médicinales ou magiques. Ce chapitre vous aide à vous familiariser avec chacune d'elles. N'oubliez pas que les réactions à une plante ou à une essence varient selon les individus.

Quelles plantes pour quels usages ?

Chaque plante, chaque pierre, chaque essence possède des qualités propres qui la rendent unique. Ces propriétés peuvent être médicales et magiques, et elles varient beaucoup d'un produit à l'autre. Lorsqu'on utilise des plantes, des pierres ou des essences, le plus important est de bien les connaître afin de savoir lesquelles employer en fonction de la situation.

Les elfes et les fées sont experts pour aider la nature à prospérer et pour propager de nouvelles formes de vie dans le monde. Demandez-leur de vous apprendre à utiliser les plantes, les pierres et les essences féeriques afin d'en exploiter tout le potentiel. Ces êtres magiques vous montreront comment laisser libre cours à vos rêves et ressentir joie et fantaisie grâce à la simple présence du thym sauvage, par exemple.

Les plantes, les pierres et les essences se présentent à nous de deux manières principales : soit on entre en contact avec elles par hasard, soit on fait la démarche de rechercher des informations à leur sujet, ce qui implique de choisir le produit adéquat pour répondre à un besoin particulier.

Il arrive fréquemment que les choses se présentent à nous lorsque nous en avons besoin. Par exemple lorsqu'on trouve une pierre et que l'on découvre, en se documentant à son propos, qu'elle coïncide avec certains problèmes de notre vie. Ainsi mon mari m'a offert un rubis lors d'une fête de Noël, et j'ai découvert que cette pierre possédait, entre autres qualités magiques, celle de transmettre force et fertilité, la combinaison exacte qui devait m'aider à être enfin enceinte après onze années d'attente.

Quels sont nos besoins ?

Alors que l'on redécouvre aujourd'hui la sagesse naturelle des elfes et des fées, beaucoup d'entre nous font plus d'efforts pour vivre en harmonie avec la nature. Nous comprenons enfin que tout ce que la nature nous offre est précieux pour notre corps, notre esprit et notre âme, un peu comme le petit peuple l'était dans le folklore irlandais. Nous avons la possibilité de vivre plus longtemps et en meilleure santé.

Pour savoir quels sont vos besoins personnels, munissez-vous d'une feuille et d'un crayon, et tâchez d'en faire la liste. Vous pouvez, si vous le souhaitez, procéder par catégories, comme dans l'exemple suivant :

- **Vie sociale** : faites la liste de vos besoins en la matière, que ce soit par rapport à votre famille ou à vos amis.
- **Santé** : concentrez-vous sur vos besoins en termes de condition physique, mais également de manière générale.
- **Vie personnelle** : récapitulez vos besoins financiers et matériels, et vos loisirs.

Lorsqu'on recherche une plante, une pierre ou une essence qui pourra nous aider à combler certains de nos besoins, il faut essayer de trouver la plus appropriée. Commencez par n'utiliser qu'une seule plante, pierre ou essence, pour déterminer son effet sur vous - qu'il soit physique, mental ou spirituel. Si vous souhaitez en combiner plusieurs, faites-le en ne les ajoutant que progressivement afin de constater l'effet que l'ensemble produit sur vous. Si vous en ajoutez plusieurs à la fois, vous ne saurez pas à laquelle est dû le « bon » ou « mauvais » effet que vous pourrez ressentir.

Les êtres naturels magiques tels que les elfes et les fées communiquent directement avec nous par le biais des couleurs, des odeurs, des goûts, des sons, des formes et des textures que l'on trouve dans la nature, ainsi qu'au travers de ses énergies subtiles. Servez-vous des plantes, des pierres et des essences féeriques dont la liste figure dans ce chapitre en fonction de vos besoins. Demandez-vous toujours si votre démarche vous paraît la bonne avant d'appeler à l'aide de bons elfes et de bonnes fées.

Les plantes, les pierres et les essences suivantes sont des clés pour encourager les rencontres positives avec les fées ainsi que pour pénétrer en rêve le monde enchanté des elfes et des fées. Elles vous permettent d'attirer dans votre vie toutes sortes de créatures féeriques, celles des forêts, des montagnes, des jardins, de l'eau ou du feu, ainsi que les elfes et les fées domestiques ou les petites fées ailées.

Herbes et plantes féeriques

J'encourage tout le monde à cultiver des herbes aromatiques, car cela permet d'entretenir un rapport sain avec les fées, et l'on s'en trouve généreusement récompensé ; les herbes aromatiques ont un goût merveilleux, des parfums incroyables et de multiples usages. N'oubliez pas que leurs propriétés varient en fonction de l'endroit, de la saison et du climat. Rappelez-vous également de ne jamais prélever plus d'un tiers de leur feuillage. Il est important de traiter les plantes avec respect et de leur savoir gré de leur générosité naturelle.

Citation

Dans *Le Songe d'une nuit d'été*, Shakespeare écrit que la couche de Titania est « un talus où viennent thym sauvage,/ Primevère et violette au modeste visage/ Le hardi chèvrefeuille y déploie un grand dais,/ Où se mêlent églantines avec roses musquées ».

- **Achillée millefeuille** : cette plante, l'une des préférées des elfes et des fées, incarne le divin féminin. Les fées du temps qu'il fait l'apprécient particulièrement car elle aide à soigner les rhumes, purifie, régénère, et sert également à pratiquer divination et sortilèges amoureux.
- **Ail** : cette plante protectrice est très utile pour se débarrasser d'une créature magique malfaisante ou d'une fée cruelle. Son jus frais ou ses tiges vertes permettent de soigner et de renforcer le système immunitaire. Accrochez des tresses d'ail au mur de votre cuisine ou au-dessus d'une porte pour vous garantir abondance, chance, succès et prospérité.
- **Aloe vera** : cette plante aux vertus cicatrisantes pousse très facilement et attire les joueuses fées de la terre. Elle soulage les brûlures et les coups de soleil.
- **Angélique** : saupoudrez un peu de cette herbe aux vertus purifiantes sur le pourtour de votre cercle de fées pour convoquer l'inspiration magique et développer votre créativité.
- **Armoise ou herbe aux cent goûts** : confectionnez une couronne avec de l'armoise ou de la lavande, que vous porterez le soir du solstice d'été pour vous aider à voir les elfes et les fées, et pour faire des rêves prophétiques. L'armoise ayant des vertus protectrices, dispersez-en autour de votre cercle de fées afin de repousser les fées malfaisantes. Une infusion d'armoise permet de laver les pierres de fées pour les débarrasser de toute impureté.
- **Bardane** : éparpillez des brins de cette herbe autour de votre cercle de fées ou d'un autre espace magique pour y apporter l'harmonie et le débarrasser de toutes les fées non désirées ou malveillantes. Buvez-la en infusion pour maintenir l'équilibre de votre corps, de votre esprit et de votre âme.

- **Basilic** : disposez des feuilles et des brins de basilic frais sur le pourtour de votre cercle de fées pour attirer les bonnes fées, l'amour, le bonheur et la chance. Cette plante, liée à la dévotion et à la foi, distille la passion et exhale l'essence des elfes et des fées. Elle permet aussi de repousser les dragons.
- **Camomille** : buvez de la camomille avant d'aller vous coucher pour peupler vos rêves d'elfes et de fées. Vous pouvez saupoudrer cette herbe, fraîche ou sèche, sur le pourtour de votre cercle de fées pour y attirer les petites fées ailées ; vous pouvez également créer un cercle de fées permanent, gage d'amour et de prospérité, avec des plants de camomille et de lavande. Enfin, boire une tasse de camomille, aux vertus purifiantes, est propice à la méditation !
- **Chardon béni** : cette plante aux vertus purifiantes élargit votre conscience et vous aide à communiquer avec les elfes et les fées de l'Autre Monde. Elle peut en outre servir à débarrasser votre espace sacré d'énergies négatives et de fées et d'elfes potentiellement dangereux. En décoction, elle renforce votre mémoire et votre système immunitaire.
- **Coriandre** : les elfes et les fées se délectent de cette herbe qui transmet amour, passion, désir et talent. Elle s'intègre délicieusement dans de nombreuses recettes. On peut saupoudrer ses feuilles autour d'un cercle de fées pour s'attirer amour et passion.
- **Euphraise** : utilisez cette herbe pour voir l'invisible, pour soigner toutes les affections de l'œil, le rhume des foins, les états grippaux, les maux de gorge, ainsi que pour mieux voir les elfes et les fées tout en décelant leurs illusions.
- **Grande aunée** : répandue autour de votre cercle de fées, cette plante vivace attirera les bons elfes et les bonnes fées. Placez-en dans un petit sac que vous tiendrez dans vos mains afin de renforcer le pouvoir de vos bénédictions des fées, ou lorsque vous méditez sur l'Autre Monde.
- **Gui** : avoir une branche de gui sur soi revient à conserver un talisman naturel pour rester éternellement jeune. Cueillez-en une branche au solstice d'été, ou à l'aube, ou au crépuscule de la sixième nuit d'une nouvelle lune pour renforcer votre communication avec les fées du feu et des arbres. Cette plante a pour propriété de faire apparaître les elfes et les fées, et d'attirer l'amour, la romance et la passion. Nouez plusieurs branches de gui ensemble avec du ruban rouge et déposez ce bouquet sous votre lit, cela vous aidera à faire des rêves magiques.

Attention ! Prenez garde

Gardez toujours le gui hors de portée des enfants et des animaux familiers, ses baies sont toxiques.

- **Herbe à chat** : pour concocter une potion féerique facilitant le sommeil, faites infuser dans une tasse d'eau chaude une cuillerée à café d'herbe à chat, une de lavande et une de camomille. Les joyeuses fées félines raffolent de cette herbe, et en en plantant un peu dans votre jardin ou dans un pot sur le rebord de la fenêtre de votre cuisine, vous encouragerez les chats et vos amies les fées à venir vous rendre visite.
- **Laiteron** : soufflez sur leurs akènes pour envoyer un vœu aux elfes et aux fées, et plantez-en autour de votre maison pour attirer les papillons, vous serez ainsi assuré d'avoir de nombreux visiteurs féeriques. Pour faire des rêves enchantés au pays des fées, placez trois fleurs de laiteron dans une pochette et glissez-la sous votre oreiller.
- **Lin** : la fibre de lin sert à confectionner des vêtements de fées. Dotée de vertus protectrices, la plante aide à guérir et débarrassera votre cercle de fées de toute énergie potentiellement dangereuse. Dispersez quelques graines de lin dans votre cercle de fées pour encourager les visites des gentils elfes et fées, ainsi que dans votre cheminée pour attirer les elfes domestiques.
- **Marjolaine** : faire pousser de la marjolaine dans son jardin attire les joyeuses fées. On peut également utiliser cette plante en tisane, en potion, ainsi qu'en cuisine pour encourager romantisme, amour, mariage et fertilité.
- **Menthe** : boire des infusions de menthe améliore la concentration et permet de rêver de fées et d'elfes. Disposez un peu de cette herbe fraîche dans une pochette et glissez-la sous votre oreiller pendant deux ou trois nuits pour rêver plus souvent du pays des fées. Rendez ensuite l'herbe à la terre. Vous pouvez aussi disposer des feuilles de menthe fraîche autour de votre cercle de fées pour attirer les gentilles fées du jardin ainsi que les fées ailées. Froissez quelques feuilles de menthe entre vos doigts et respirez leur arôme pendant quelques minutes avant d'effectuer des bénédictions pour les fées ou avant de méditer.
- **Millepertuis** : déposez près de votre lit un peu de cette herbe protectrice aux vertus curatives, que l'on appelle également « herbe de la Saint-Jean », pour encourager les rêves bénis sur les elfes et les fées. Les leprechauns enterrent leur or sous les racines de cette plante, et sur l'île de Man la croyance veut que si l'on marche sur du millepertuis le jour du solstice d'été, au coucher du soleil, un cheval féerique jaillira de la terre et vous emmènera avec lui jusqu'à ce que le soleil réapparaisse. Demandez aux fées leur permission avant de cueillir cette herbe, et faites-le uniquement avec la main gauche.
- **Pissenlit** : buvez ses feuilles en infusion pour vous guérir et vous donner de l'énergie, ou saupoudrez ses feuilles, ses fleurs et ses akènes autour de votre cercle de fées pour attirer les gentils elfes et fées des jardins. Offrez du vin de pissenlit aux créatures

féeriques durant la pleine lune en en versant un verre dans la terre, tout en les remerciant pour leurs dons et leurs bénédictions magiques. Les jours de pleine lune, cueillez un akène de pissenlit, faites un vœu et soufflez dessus le plus fort possible. Les fées ailées du vent exauceront ce vœu.

- **Reine des prés** : c'est l'une des plantes de prédilection de ceux qui veulent pimenter leur vie amoureuse. On dit que la reine des prés encourage à ouvrir son cœur, rend plus passionné, plus créatif, et insuffle de la magie dans la vie quotidienne.
- **Romarin** : buvez-le en tisane ou prenez un bain parfumé au romarin pour stimuler la mémoire et la fidélité, pour vous assurer une protection magique et pour améliorer votre humeur. Les fées de la mer, les fées ailées et les fées des jardins raffolent du parfum du romarin parce qu'il attire les papillons. Plantez-en dans votre jardin ou dans des pots pour inviter les elfes bienfaisants. Le romarin est la plante idéale pour les mariages féeriques (voir chapitre 21) ; il fait l'unanimité parmi les elfes et les fées.
- **Sauge** : attachez ensemble un brin de sauge, un brin de romarin et un brin de lavande avec un ruban blanc, et placez ce bouquet près de votre lit pour favoriser les rêves enchantés. Lorsque vous vous promenez dans la nature, emportez avec vous un peu de sauge dans une pochette pour voir les elfes et les fées. Faites brûler chaque jour de la sauge et de la résine de cèdre pour vous protéger, vous et votre maison, des énergies négatives.
- **Thym** : cette herbe est fort appréciée des elfes et des fées – tous les endroits où pousse du thym sauvage sont d'ailleurs des lieux sacrés pour les fées. Titania, la reine des fées, a aménagé son alcôve avec du thym sauvage et des fleurs. Le soir du solstice d'été, à minuit, les fées dansent sur des lits de thym sauvage. Cette plante attire également les abeilles et les papillons. En avoir dans sa poche lorsqu'on se promène dans la nature aide à voir les fées et les elfes. Dispersez du thym sur votre pas-de-porte et sur le rebord de vos fenêtres pour inviter les fées du jardin et les fées ailées à vous aider chez vous. Le folklore veut que les fées cachent leurs bébés dans du thym sauvage pour qu'ils soient en sécurité.

Citation

Depuis le XVIIe siècle, on ajoute du thym sauvage dans les potions pour voir des fées. Une recette indique qu'il faut mélanger de l'eau de source avec les têtes de branches de thym sauvage cueillies sur le versant d'une colline habitée par les fées. Il faut ensuite ajouter quelques pincées d'herbe ramassée au pied du trône d'une reine des fées.

- **Trèfle** : cette plante attire tous les bons elfes et les bonnes fées. Composez un bouquet avec du trèfle et sept fleurs - des roses (sans épines) ou des marguerites -, et attachez-le avec un ruban vert. Tenez ce bouquet quelques minutes avant d'aller vous coucher et concentrez-vous sur une image du royaume des fées. Si vous le mettez sous votre oreiller, cela vous fera rêver au pays des fées. Un mélange de jus de trèfle et d'eau de pluie appliqué sur les paupières aide à voir les fées. Les trèfles que l'on cueille au bord de cours d'eau sacrés constituent les charmes les plus puissants pour voir des elfes et des fées. Les trèfles à trois feuilles ont un effet protecteur, ceux à quatre feuilles apportent chance, fortune et double vue.
- **Verveine** : cette plante sert à confectionner des charmes et des amulettes protectrices. Répandez-en autour de votre cercle de fées pour encourager l'amour, la prophétie, et les bénédictions des elfes et des fées.

C'est pas sorcier

Certaines plantes et herbes agissent comme des charmes protecteurs. Le trèfle est parmi les plus efficaces, celui à quatre feuilles notamment porte bonheur et peut aider à voir des fées et des elfes et atres créatures magiques les jours de pleine lune ou de célébrations feeriques.

Pierres féeriques

De même que les plantes, les cristaux et les pierres permettent d'ouvrir les portes du royaume des fées. Vous pouvez les utiliser pour méditer, les porter en parure ou vous en servir dans des rituels ou des bénédictions. Vous pouvez également les placer sous votre lit, ou à côté, afin de provoquer des rêves féeriques. Ils renforcent votre champ énergétique naturel et créent un tourbillon de lumière favorisant le contact avec les elfes et les fées.

Lorsque vous portez ou utilisez des pierres serties en bijoux ou composant un outil ou autre chose, rappelez-vous que les elfes et les fées n'aiment ni le fer ni l'acier ; utilisez plutôt du cuivre, de l'argent, de l'or, de l'étain sans plomb ou des armatures en bois.

- **Aigue marine** : cette pierre permet d'attirer les fées des eaux. Lorsque vous vous approchez d'un point d'eau, prenez-en une dans vos mains et chantez (si votre voix est mélodieuse) pour que les fées vous bénissent et vous apportent leur inspiration.
- **Améthyste** : lorsque vous vous endormez, conservez cette pierre protectrice aux vertus curatives dans votre main réceptrice (si vous êtes droitier, votre main gauche) : elle

vous permettra de rêver du pays enchanté des elfes et des fées. Tenez-la également dans vos mains lorsque vous méditez, priez ou entrez en divination.

- **Citrine** : cette pierre stimulante pour l'esprit attire les fées du feu et de la terre. Elle protège des fées potentiellement dangereuses, aide à la métamorphose, à la méditation et aux rêves féeriques.
- **Cornaline** : ce minéral très apprécié des fées des jardins et du feu vous apportera force, courage, créativité, concentration, passion et motivation lorsque vous travaillerez avec les fées et les elfes.
- **Cristal de roche** : pour les elfes et les fées, le cristal de roche comportant des veines est sacré. C'est une excellente pierre pour guérir, améliorer le don de double vue, protéger, changer de forme, méditer et pratiquer la divination.
- **Diamant** : c'est l'une des pierres préférées des reines et des rois des fées, ainsi que des gnomes et des nains. Elle attire également les fées de la terre et celles aux ailes colorées. Utilisez cette pierre pour trouver clarté, vérité, force et prospérité.
- **Émeraude** : elle attire les fées et les elfes des jardins et des forêts. Portez-en une au cou pour encourager guérison, croissance et abondance, ainsi que pour faire venir à vous l'esprit de la nature.
- **Grenat** : sa belle couleur rouge attire les fées du feu. Elle aide à promouvoir l'amitié avec les elfes et les fées, ainsi que les romances, la passion, la fidélité, la confiance et un amour viril.
- **Jade** : cette pierre au caractère doux attire les fées des jardins et des bois, favorise l'harmonie, la paix et la prospérité pour vous et votre foyer. On peut porter du jade en amulette ou l'utiliser pour créer un sortilège afin de se débarrasser ou de débarrasser son foyer de toute énergie négative.
- **Malachite** : lorsque vous vous endormez, tenez cette pierre dans votre main pour rêver des fées, ou glissez-la sous votre oreiller. Elle favorise la métamorphose ou la communication avec les elfes et les fées, et apportera abondance et richesses dans votre vie.
- **Pierre de lune** : très aimée des elfes et des fées, elle permet d'entrer en contact avec ses émotions et avec la magie des pleines lunes et des fêtes liées à la magie des fées. Cette pierre porte chance et encourage les prophéties, la fertilité, l'inspiration et les cadeaux divins.
- **Quartz laiteux** : pour faciliter la communication avec les fées et les elfes, tenez-le dans votre main réceptrice lorsque vous méditez en pleine nature ou en vous endormant.

- **Quartz rose** : il favorise l'amour, le romantisme, la passion, ainsi que la compassion, la fertilité, la confiance et l'inspiration. Les elfes et les fées aiment beaucoup cette pierre car elle a pour essence l'amour et la foi.
- **Rubis** : le fait de porter sur soi cette pierre des rois et des reines des fées permet de les attirer. Elle apporte courage, pouvoir sur soi et clairvoyance lorsqu'on travaille avec les elfes et les fées. Elle encourage également la fertilité.
- **Saphir étoilé** : on dit parfois que les elfes et les fées sont issus des étoiles qui existaient il y a plusieurs millions d'années. En tant que poussières d'étoiles, les elfes et les fées aiment l'étoile qui scintille au cœur du saphir. À utiliser pour attirer les éléments célestes, aquatiques et les fées de la terre, ainsi que pour stimuler la passion créatrice.
- **Silex** : associé au fer, il permet de repousser les elfes et les fées potentiellement dangereux.
- **Staurotide** : également appelé « pierre de croix », ce minéral aide à entrer en contact avec les gentils elfes et fées. Les Indiens cherokees disent que ces pierres sont des larmes du petit peuple, des esprits féeriques timides qui aident les humains égarés dans les bois à retrouver leur chemin. Porter cette pierre en talisman permet de se protéger des agressions, de la maladie, des accidents et autres malheurs, et de s'attirer cadeaux et messages divins.

Contes et légendes

Le parc national de Fairy Stone, en Virginie, abrite des « pierres féeriques ». La légende raconte qu'il y a de cela plusieurs centaines d'années, des fées dansaient joyeusement autour d'un cours d'eau, jouant avec des naïades et des nymphes des eaux, lorsqu'un messager elfique arriva, porteur d'une terrible nouvelle, celle de la mort du Christ. Lorsque les créatures de la forêt entendirent l'histoire de la crucifixion, elles se mirent à pleurer, et leurs larmes, en tombant à terre, prirent la forme de merveilleux petits cristaux en forme de croix. Les pierres féeriques ne sont autres que ces croix, elles sont en staurotide brune et leur formation nécessite une température et une pression extrêmes.

Essences féeriques

Elles peuvent être utilisées aussi bien sous forme d'huiles essentielles qu'en huiles de bain, dans des brumisateurs, des diffuseurs, des sachets, sous forme d'encens, en gouttes sur du coton, ainsi que dans la cire des bougies. Si l'on souhaite s'enduire le corps avec une huile essentielle, il faut au préalable la mélanger avec une huile neutre, telle que l'huile d'abricot ou l'huile d'olive, afin de la diluer. Chaque essence présente des propriétés magiques uniques et peut être utilisée seule ou mélangée à d'autres essences compatibles.

- **Ambre** : les elfes, les fées, les dryades et les nains adorent l'ambre. Cette résine favorise l'amour - et notamment l'amour divin -, la romance et la passion. Malaxez-en un bout entre vos doigts jusqu'à ce qu'elle se dissolve. Frottez-vous-en les poignets afin d'encourager le don de double vue.
- **Basilic** : cette essence apporte la chance, stimule l'amour, la passion et la romance, et favorise la cicatrisation. Pour attirer les fées des fleurs et des jardins, versez dans votre bain quelques gouttes de son huile essentielle, extraite de son feuillage supérieur.
- **Bois de cèdre** : cette forte essence boisée est l'une des préférées des elfes et des fées des bois. On la considère comme sacrée dans le monde entier. Utilisez-la pour promouvoir l'harmonie, la paix et la tranquillité.
- **Camomille** : très appréciée par les elfes et les fées des fleurs, des jardins, des bois et des prairies, elle attire les créatures magiques par son parfum léger, frais et sucré. Quelques gouttes d'essence de camomille sur l'oreiller favoriseront les rêves gais et féeriques. Pour prendre un bain relaxant avec les fées, versez quelques gouttes d'essence de camomille, de lavande et de néroli dans l'eau du bain et restez-y au moins dix minutes, juste avant d'aller vous coucher.
- **Chèvrefeuille** : son parfum entêtant enivre les fées des fleurs et des bois, les incite à danser et à exprimer leur joie. Les abeilles, les colibris et les daims adorent le chèvrefeuille. Le vanneau est associé à cette fleur. Avant de méditer ou de prier, enduisez-vous le corps avec cette essence florale dissoute dans une huile neutre ; si vous l'utilisez avant de vous coucher, elle agira alors comme un élixir de beauté, d'amour, de romance et de passion.
- **Citron** : cette essence au parfum frais est nettoyante et purifiante. Elle fait venir à vous les fées des fruits et suscite joie, bonheur, malice et fantaisie.
- **Géranium** : cette essence aux vertus apaisantes est l'une des préférées des fées des fleurs et des jardins ; elle permet d'accélérer les guérisons, de créer une ambiance joyeuse, et apporte la prospérité.
- **Jasmin** : cette douce essence florale facilite l'enrichissement, les rêves enchantés, l'espoir, l'amour et la romance. À utiliser en petites quantités pour attirer les elfes et les fées des fleurs et des bois.

Attention ! Prenez garde...

N'utilisez jamais d'huile essentielle de cèdre sur des enfants ou des nourrissons, et diluez-la toujours avec une huile neutre avant emploi car elle peut être très irritante pour la peau.

- **Lavande** : cette essence est tirée du feuillage supérieur de la plante ; on peut l'utiliser pour rêver plus souvent aux fées – pour cela, déposez quelques gouttes d'huile essentielle sur votre literie ainsi que sur votre corps. Elle apporte guérison, joie, paix, amour et harmonie.
- **Néroli** : pour tout adoucir autour de vous, parfumez l'eau de votre bain, vous-même et votre lit avec un mélange d'essences de lavande et de néroli. Cette dernière est à la fois florale et citronnée, car elle est extraite des fleurs de l'oranger amer. Elle attire les fées bienveillantes des fleurs et des arbres, et encourage l'amour, la romance et la foi.
- **Patchouli** : cette essence riche en relents de terre et de musc est idéale lorsqu'on souhaite s'attirer l'aide des elfes et des fées des fleurs, des jardins et des bois. Utilisée en parfum, elle favorise l'amour, la romance, la compassion, l'enrichissement, l'art de la métamorphose, ainsi que les rencontres amoureuses avec des fées ou des elfes.
- **Pin** : cette essence est produite à partir des branches sèches, des épines et des fruits de l'arbre ; elle attire les fées des arbres, les dryades et les elfes sylvestres. Elle possède des vertus curatives et encourage la créativité, l'amour, la fertilité, la vitalité et la concentration.
- **Rose** : très appréciée, l'essence de rose attire les elfes et les fées des fleurs, des jardins et des bois. Elle possède des vertus curatives et encourage l'amour, la romance, la passion, la chance et la joie. Diluée dans l'eau du bain, elle stimule les sens et les aptitudes divinatoires. Déposez-en quelques gouttes sur votre oreiller pour avoir des nuits et des rêves enchantés.
- **Santal** : cette riche essence boisée facilite la métamorphose, accélère la guérison et attire les elfes et les fées des bois. Utilisée dans l'eau du bain, elle apporte joie, tranquillité d'esprit et harmonie.
- **Ylang-ylang** : cette essence florale à la fois forte et sucrée attire les elfes et les fées des fleurs et des jardins. Elle encourage également l'amour, la romance, la passion, la fertilité et la chance.

Le minimum à savoir

- → Les elfes et les fées excellent dans l'art d'utiliser les plantes, les pierres et les essences.
- → Respectez toujours quelques précautions simples avant d'utiliser une plante ou une huile essentielle.
- → Il est très utile de connaître les propriétés médicinales et magiques des plantes, des pierres et des essences.
- → Déterminez d'abord un sujet qui vous attire ou un besoin que vous ressentez, puis recherchez quelles herbes lui conviennent le mieux.
- → Les pierres possèdent des propriétés énergétiques qui affectent le corps à plusieurs niveaux.
- → Une essence agit au niveau de l'odorat et aussi du toucher, car la peau l'absorbe.

Chapitre

23

Découvrir l'elfe ou la fée qui est en nous

Dans ce chapitre

- → Comment explorer l'énergie féerique dans notre monde et en dehors
- → La manière dont les miroirs magiques reflètent l'elfe ou la fée qui est en nous
- → Comment l'énergie féerique peut mettre de la magie dans notre vie
- → Quelques projets et exercices féeriques amusants

Nous avons tous des « bons jours » où, à l'image des bonnes fées, nous nous sentons pleins de compassion et de compréhension, emplis d'une énergie telle qu'il nous semble que nous possédons des pouvoirs magiques ; et nous subissons tous des « mauvais jours » où un rien nous énerve et où nous nous mettons en colère trop facilement, ce qui nous fait davantage ressembler à des harpies. Ces traits s'inspirent directement des elfes et des fées qui nous habitent - à moins que ce soit le contraire ?

Dans cette dernière étape de notre aventure magique, nous allons explorer l'effet de miroir qui existe entre les elfes et les fées et nous : lorsque nous sommes gentils, ils se montrent également gentils, et lorsque nous nous montrons méchants, ils deviennent beaucoup moins sympathiques, reflétant à chaque fois le même type d'énergie que celle nous dégageons.

Comprendre l'énergie qui est en nous

The Fairy Godmother (*La Marraine fée*) est un conte de fées moderne de Lester Del Rey. Il raconte l'histoire d'une petite princesse de douze ans, nommée Samantha, que ses parents obligent à aller habiter chez sa tante Hepzibah, une vieille femme grincheuse et sévère. En préparant ses affaires, la petite fille se lamente et déclare : « Et ma marraine fée, elle est où ? Je suis bien censée en avoir une, pourtant, bien que personne ne m'en ait jamais dit plus à ce sujet, mis à part le fait qu'une telle personne existe. »

À chaque fois qu'elle interroge ses parents sur cette question, ceux-ci lui disent qu'ils lui expliqueront plus tard – c'est la réponse qu'ils lui fournissent à peu près pour tout.

Sur le trajet qui l'emmène chez sa tante, Samantha croise des bandits qui attaquent son carrosse. Elle profite de la confusion générale pour s'enfuir et parvient à échapper à d'autres voleurs qui, par miracle, ne la voient pas. Elle finit par arriver devant une maison habitée par un couple d'une quarantaine d'années qui l'héberge, lui donne à manger et l'habille comme si elle était leur propre fille. Elle décide de ne pas révéler son identité et de rester vivre quelque temps avec ses aimables hôtes.

Un jour, alors qu'elle est occupée à aider au jardin celle qu'elle appelle désormais « Tante Bessie », Samantha se retrouve face à un serpent ; en voulant la secourir, sa tante se fait mordre et tombe gravement malade. Samantha part à la recherche d'un docteur et rencontre en chemin un homme vêtu d'une capeline noire, dont le visage est dissimulé par sa capuche et qui se tient assis sur un rocher, à l'intersection de deux routes. Il lui demande pourquoi elle est si pressée et, apprenant qu'elle cherche un docteur, lui annonce qu'il va pouvoir l'aider car il est professeur de métaphysique. Il la fait remonter dans le temps, jusqu'au moment précédant celui où sa tante s'est fait mordre, ce qui permet à Samantha d'appeler son oncle, lequel vient tuer le serpent.

Le lendemain matin, le père de la petite fille, qui n'est autre que le roi, vient la chercher chez ces braves gens pour la ramener chez lui. Il lui raconte qu'un homme vêtu de noir s'est présenté à une porte dérobée du palais, en clamant haut et fort qu'il savait où se trouvait la princesse. Après avoir remercié l'« oncle » et la « tante » et leur avoir assuré qu'ils reviendraient leur rendre visite, le père et la petite fille prennent congé. Quand Samantha interroge son père sur sa marraine fée, le roi lui révèle que sa marraine lui a fait deux dons à sa naissance : le don « d'imperceptibilité nécessaire », qui permet de ne pas être vu lorsque c'est absolument nécessaire, et le don « d'invocation urgente et justifiée », qui lui permet d'appeler quelqu'un à son secours lorsque la situation est réellement grave. Il lui décrit ensuite sa marraine comme une jeune femme aux cheveux couleur or, vêtue d'une robe d'un bleu éclatant et dotée d'ailes aux reflets irisés.

Un peu avant de rejoindre la route principale, la princesse remarque une ombre qui plane au loin sur la forêt, semblable au sombre inconnu qui l'avait aidée à sauver Tante Bessie. Il porte un doigt devant ce qui devrait être sa bouche pour lui indiquer de se taire. Puis il défait sa capeline et dévoile un visage incroyablement beau encadré d'une chevelure dorée, ainsi qu'une robe bleue et les mêmes ailes que celles que son père lui a décrites. Le doigt toujours plaqué contre sa bouche, la marraine fée sourit, souffle un baiser en direction de la princesse, puis disparaît.

Cette histoire est intéressante car elle joue avec l'image de la marraine fée, qui a pris l'apparence d'un homme camouflé sous des vêtements sombres et se transforme ensuite en merveilleuse femme ailée à la robe bleu ciel. Ces deux images s'opposent totalement, comme pour montrer que, à l'instar des marraines, les petits coups de pouce du destin peuvent prendre des formes très diverses.

La petite fille de ce conte est sensible aux énergies des fées et des elfes qui l'entourent, et elle est également capable d'exprimer celles qui sont en elle en sachant ne pas trop s'écouter et en se montrant capable d'aimer quelqu'un d'autre qu'elle-même. L'histoire révèle ainsi l'interaction qui existe entre l'énergie féerique que l'on possède en soi et celle qui est en dehors, sachant que ces énergies se renvoient généralement une image identique.

Le rituel de la marraine fée

Ce rituel vous permettra d'entrer en contact avec votre marraine fée. Il nécessite d'attendre une chaude soirée de printemps ou d'été, ou encore un soir de pleine lune ou la veille d'un tel soir. Votre marraine fée vous apportera du bonheur, de la joie et d'agréables imprévus ; grâce à elle vous pourrez également faire des rêves merveilleux qui vous emmèneront au pays des fées.

Pour pratiquer ce rituel il vous faut un peu de musique douce, une tasse d'eau, une bougie blanche, un petit carnet et un crayon.

1. Mettez de la musique en choisissant un air léger et féerique. Dessinez ensuite un cercle de fées qui fasse tout le tour de votre chambre, puis invoquez les gardiens du cercle de fées (voir le chapitre 16).

2. Prenez la tasse d'eau et renversez un peu de son contenu sur le pourtour du cercle de fées, dans le sens des aiguilles d'une montre et en partant du point le plus à l'est pour terminer au même endroit.

3. Allumez la bougie et dédiez-la à votre marraine fée par ces mots :

   « Que cette lumière guide ma marraine fée jusqu'à moi ce soir. »

4. Asseyez-vous ensuite confortablement et, après avoir posé le petit carnet et le stylo sur vos genoux, respirez profondément et en rythme avec la musique, pendant quelques minutes, tout en vous concentrant sur la flamme de la bougie. Notez enfin la question suivante dans votre carnet :

   « De quelles manières puis-je faire entrer plus de magie dans ma vie ? »

   Sans quitter des yeux la flamme de la bougie, imaginez que vous entrez en contact avec votre marraine fée. Demandez-vous quelle apparence vous souhaiteriez qu'elle revête idéalement en continuant à respirer lentement, en rythme avec la musique, pour visualiser le plus clairement possible tous les détails. Notez-les dans votre petit carnet.

5. Reportez votre attention sur la flamme de la bougie et imaginez que votre marraine fée sort de cette flamme et se retrouve dans la même pièce que vous. Une sensation d'exaltation vous saisit et vous comprenez que la magie est en train de gagner du terrain. Dans votre esprit, votre marraine fée prononce votre nom et vous adresse un beau sourire. Tout en gardant la même respiration profonde, posez à votre marraine fée la question inscrite dans votre carnet, et répétez-la trois fois en attendant à chaque fois quelques minutes pour noter les réponses que votre marraine fée pourrait vous fournir. Ces réponses peuvent vous parvenir aussi bien sous forme de mots que de pensées, d'images ou de sensations ; l'essentiel est d'être réceptif et de noter tout ce que vous percevez sans trop chercher à l'analyser.

   Après avoir posé trois fois votre question et noté toutes les réponses que vous avez pu obtenir, remerciez votre marraine fée et soufflez sur la bougie.

6. Lorsque vous irez vous coucher un peu plus tard, le cercle de fées devra rester intact, et vous devrez répéter la phrase suivante en vous endormant :

   « Marraine fée, dors avec moi cette nuit. »

   Le lendemain matin, notez dans votre carnet tout ce que vous vous rappelez avoir rêvé, puis dites au revoir aux gardiens féeriques en vous plaçant au centre du cercle de fées, assis ou debout, après avoir fait sonner la cloche une fois :

   « Gardiens des quatre tours, nous vous remercions de votre présence et de votre protection pour ce rituel.
   Au revoir et merci ! »

   Faites sonner encore une fois la cloche et ajoutez :

   « Ainsi soit fait ! »

7. Effacez alors votre cercle magique en vous tournant face à l'est et, votre main dominante tendue devant vous, tournez lentement sur vous-même dans le sens inverse des

aiguilles d'une montre. Imaginez dans le même temps que votre main aspire la lumière blanc bleuté du cercle, et répétez ensuite les mêmes gestes pour retirer la lumière verte du cercle. Effacez le pourtour du cercle avec votre pied ou votre main, toujours dans un mouvement inverse à celui des aiguilles d'une montre. Lorsque vous avez terminé, tournez-vous vers le centre de la pièce et déclarez en faisant sonner la cloche :

« Ainsi soit fait ! »

8. Durant les vingt et une nuits suivantes, au moment de vous endormir, répétez autant que vous le souhaitez cette phrase :

   « Marraine fée, dors avec moi cette nuit.
   Je me rappellerai mes rêves ainsi. »

   Continuez à noter tous vos rêves dans votre carnet : vous pourrez ensuite vous y référer afin de trouver des indices qui vous permettront de faire entrer davantage de magie dans votre vie quotidienne.

Miroir, mon beau miroir...

Tout le monde se souvient de la méchante belle-mère dans *Blanche-Neige* et de son miroir magique qui lui révèle la vérité. Au lieu de l'utiliser à des fins louables, pour en apprendre plus sur elle-même, par exemple, ou pour aider d'autres personnes, elle ne s'en sert que pour assouvir son orgueil et lui demander chaque jour : « Miroir, mon beau miroir, qui est la plus belle dans ce royaume ? » ; ce à quoi le miroir répond invariablement : « En cherchant à la ronde, dans tout le vaste monde, on ne trouve pas plus belle que vous. »

Contes et légendes

Dans le conte de *Blanche-Neige*, par un jour d'hiver, une reine occupée à coudre près d'une fenêtre au cadre d'ébène se pique le doigt à son aiguille. Trois gouttes de sang coulent de son doigt et tombent sur la neige. Elle conçoit alors une petite fille mais meurt en la mettant au monde. Blanche-Neige a le teint blanc comme de la neige, les lèvres rouges comme du sang et les cheveux noirs comme l'ébène ; or le blanc, le rouge et le noir sont traditionnellement les couleurs des fées. L'histoire représente une métaphore de la déesse qui meurt à chaque hiver et renaît à chaque printemps.

Du fait de sa méchanceté, la belle-mère connaît une fin tragique car le conte se termine ainsi : « Elle ne voulait pas se rendre au mariage mais comme elle ne s'apaisait pas, il lui fallait voir la jeune reine. Quand elle arriva, elle reconnut Blanche-Neige et se figea dans sa peur et sa frayeur. Mais des souliers de fer avaient déjà été mis à rougir dans le fourneau, qu'on lui passa aux pieds pour qu'elle danse jusqu'à ce qu'elle s'écroule morte sur le sol. »

Blanche-Neige se démarque d'autres contes de fées plus modernes tels que *Harry Potter à l'école des sorciers*, dans lequel le miroir du Riséd révèle à celui qui le regarde le désir qui est le plus cher en son cœur. Harry s'en sert tout d'abord pour y trouver des images de ses parents, puis il revient le voir à des fins narcissiques. À la fin, sa nature reprend le dessus et le miroir lui indique l'endroit où se trouve la pierre philosophale, l'aidant ainsi à vaincre les forces obscures.

L'objet miroir est intéressant parce qu'il nous renvoie une image de nous-même. On peut tirer de cette image des informations, mais aussi un amour exagéré pour soi-même qui nous maintiendra rivé à lui et nous empêchera d'évoluer. Comme pour tout ce qui a trait aux elfes, aux fées et à la magie, c'est à nous de faire le bon choix dans l'usage que nous faisons des miroirs.

Les pratiques suivantes vous permettront d'appréhender toutes les manières dont on peut utiliser les miroirs pour des transformations physiques ou spirituelles, et pour faire entrer davantage de magie dans notre monde.

Le miroir magique

Les miroirs sont des vecteurs de l'esprit et peuvent être des portes magiques permettant d'accéder à l'Autre Monde des elfes et des fées. Pour cette expérience du miroir magique, il vous faut une couronne faite de fleurs et de brindilles, de l'huile parfumée au jasmin, une bougie fine et blanche, un bougeoir et un miroir mesurant au moins 20 × 25 cm.

Confectionnez une couronne de fleurs et de brindilles en tressant des brindilles souples, puis en les attachant avec du ruban vert et rouge renforcé de fil de fer. Collez vos fleurs dessus avec un pistolet à colle, puis déposez sur la couronne quelques gouttes d'huile parfumée au jasmin, ainsi que sur vos poignets et vos chevilles. Frottez-en également un peu sur la bougie, puis replacez-la sur son bougeoir. Essuyez-vous les mains.

Positionnez le miroir en face de vous de manière à vous y voir parfaitement. Placez la bougie dans son bougeoir entre votre reflet et vous.

Allumez la bougie, puis regardez dans le miroir et répétez trois fois les mots suivants en vous concentrant sur votre reflet :

« Fée du dehors, fée du dedans,
Fée qui sort et fée qui entre,
Regarde au-dedans, regarde au-dehors. »

Pensez à toutes les qualités elfiques ou féeriques que vous avez en vous, puis adressez-vous au miroir en ces termes, en les répétant trois fois :

« Miroir magique, montre-moi s'il te plaît
Mes qualités d'elfe et de fée. »

Continuez pendant au moins dix minutes à regarder votre reflet dans le miroir en vous concentrant sur les qualités féeriques ou elfiques que vous détectez sur votre visage, sur votre corps et dans la lumière ambiante. Sentez le réconfort que vous apporte l'idée que la magie est en vous. Lorsque vous avez terminé, éteignez la bougie. Placez le miroir à un endroit où vous pourrez vous y regarder de temps en temps. Quand les fleurs de votre couronne seront fanées, remettez-les dans la terre.

Miroir féerique du clair de lune

Le moment le plus propice pour effectuer cette expérience est une nuit claire de pleine lune. Il vous faut une cloche argentée, un mouchoir en tissu et un petit miroir de poche.

> **Sens magique**
>
> L'**éclat de la séduction**, ou glamour, est une illusion magique dont se servent les elfes et les fées pour rendre invisibles leur maison et eux-mêmes aux yeux des humains, ainsi que pour apparaître sous diverses tailles et formes.

1. Tracez un cercle de fées et invoquez les gardiens des quatre points cardinaux (voir le chapitre 16). Déposez des petites pierres – blanches de préférence – sur le pourtour du cercle.

2. Placez-vous face à la lune, puis faites sonner la cloche sept fois et dites :

   « Fées bienfaisantes de l'est, de l'ouest,
   du nord et du sud,
   Entendez, je vous prie, le son de ma cloche. »

3. Disposez le mouchoir par terre, à plat devant vous, et déposez la cloche dessus. Contemplez la lune pendant quelques minutes en vous concentrant sur sa lumière pâle.

4. Tenez le miroir de manière qu'il reflète le clair de lune. Tout en le maintenant face à la lune, effectuez lentement trois pas autour de la cloche d'argent, dans le sens des aiguilles d'une montre. Ne cessez pas de visualiser l'éclat que renvoie le miroir autour de vous. Chantez ces paroles en vous déplaçant :

   « Que la lumière féerique de la lune me bénisse. »

5. Avancez de plus en plus vite dans le sens des aiguilles d'une montre, sans cesser de chanter et en observant toujours la lumière du clair de lune que concentre le miroir.

Faites pivoter le miroir de façon qu'il réfléchisse cette lumière sur votre visage et votre corps et respirez profondément, puis inspirez l'énergie de ce beau clair de lune. Emplissez-vous entièrement de cette énergie lunaire, puis courez très vite dans le sens des aiguilles d'une montre en faisant trois fois le tour du cercle.

6. Lorsque vous avez terminé, saluez les gardiens des points cardinaux en vous tenant debout ou assis au milieu du cercle, et déclarez après avoir fait sonné la cloche une fois :

« Gardiens des quatre tours, nous vous remercions de votre présence et de votre protection pour ce rituel.
Au revoir et merci ! »

Faites sonner encore une fois la cloche, et concluez par :

« Ainsi soit fait ! »

7. Effacez alors votre cercle magique en faisant face à l'est : votre main dominante tendue devant vous, tournez lentement sur vous-même dans le sens inverse des aiguilles d'une montre. Imaginez dans le même temps que votre main aspire la lumière blanc bleuté du cercle, puis répétez les mêmes gestes pour retirer la lumière verte. Effacez le pourtour du cercle avec votre pied ou votre main, toujours dans un mouvement inverse à celui des aiguilles d'une montre. Lorsque vous avez terminé, faites face à ce qui était le centre du cercle et déclarez en faisant sonner la cloche :

« Ainsi soit fait ! »

Passer de l'autre côté du miroir

Le royaume des fées reflète notre monde, mais il se situe juste en deçà de notre perception, ce qui le rend habituellement invisible. Les portails entre ces deux mondes s'ouvrent les soirs de Beltaine, de la Saint-Jean et de Halloween. C'est pour cette raison que ces dates sont les plus propices pour aller et venir entre le monde des humains et l'Autre Monde, celui des elfes et des fées.

Pour effectuer ce rituel, il vous faut une musique celte rythmée – ou toute autre musique sur laquelle on peut danser –, un bol rempli de terre, une pincée de thym et sept petites pierres blanches.

Commencez par mettre de la musique, puis déposez le bol de terre devant vous. Saupoudrez la terre de thym et disposez les pierres autour du bol, comme s'il s'agissait des branches d'une étoile elfique. Déclarez dans le même temps :

« À toutes les terres, à tous les bois,
Où vivent elfes, fées, leurs reines et leurs rois,
Libérez, je vous prie, âmes et esprits
Pour ouvrir l'accès à leur pays. »

Puis fermez les yeux pendant une minute environ, et imaginez que vous descendez un long escalier taillé à même la pierre qui s'enfonce dans la terre. Il mène à une porte circulaire, que vous ouvrez en pensée pour pénétrer dans le monde magique des fées. Jouissez des délices de cette expérience durant quelques minutes, puis laissez la bougie se consumer et s'éteindre d'elle-même, en écoutant la musique aussi longtemps que vous le souhaitez. Lorsque vous avez terminé, restituez la terre, le thym et les pierres à la terre.

Comment utiliser l'énergie des elfes et des fées

Après vous être procuré, grâce au miroir, une image assez précise de vous-même et du monde qui vous entoure, vous pouvez commencer à procéder à des ajustements qui amélioreront la vision que vous avez de votre monde. L'une des meilleures façons de faire consiste à utiliser l'énergie des elfes et des fées.

L'énergie elfique ou féerique qui réside en vous s'exprime dans la manière dont vous interagissez avec votre monde, y compris avec la nature environnante. En fonction des actions que vous menez dans le monde extérieur, celui-ci vous répond en conséquence. Un système s'instaure ainsi, où une réponse en engendre une autre. Cette interaction crée un miroir continu, et si vous abordez le monde de manière positive, il vous renverra également quelque chose de positif.

Les techniques suivantes ont pour but de vous aider à utiliser les énergies des elfes et des fées.

Le puits de guérison enchanté

Les puits sont souvent associés aux fées, et ils servent traditionnellement de portails vers l'Autre Monde des elfes et des fées. Les bénéfices d'un puits de guérison enchanté seront ressentis la nuit. Pour cela, il faut un peu d'huile essentielle de lavande, de l'huile essentielle de romarin et trois cuillers à café de bicarbonate de soude.

Faites couler un bain chaud et versez-y quelques gouttes d'huile de lavande. En même temps, déclarez :

« Fées de la lavande, bénissez-moi de votre énergie curative. »

Ensuite, ajoutez trois gouttes d'huile essentielle de romarin en disant :

« Fées du romarin, bénissez-moi de votre énergie curative. »

Puis ajoutez le bicarbonate de soude et mélangez-le dans l'eau avec la main. Entrez dans la baignoire et relaxez-vous quelques minutes. Attachez-vous à la sensation que procure l'eau chaude sur votre corps et respirez lentement pour évacuer tensions, inconfort, stress et douleurs éventuelles. Prenez une respiration plus profonde pour vous détendre davantage.

À présent, fermez les yeux et imaginez que vous vous enfoncez dans un puits magique, un puits de guérison qui vous enveloppe de sa chaleur et dont les eaux aux vertus bénéfiques appartiennent au monde des fées. Imaginez que cette eau absorbe tous vos problèmes émotionnels, physiques ou spirituels, et respirez profondément pendant une minute ou deux pour continuer de vous libérer de vos souvenirs et de vos sensations pénibles en les laissant dans le puits magique. Continuez de respirer profondément pendant quelques minutes encore, jusqu'à vous sentir plus léger. Quand vous aurez retiré tous les bienfaits de votre bain dans le puits magique de guérison, sortez de la baignoire et frottez-vous énergiquement avec une serviette. Déposez ensuite quelques gouttes d'huile essentielle de lavande sur vos poignets et vos chevilles (la lavande est l'une des rares huiles assez douces qu'il n'est pas nécessaire de mélanger), tout en déclarant :

Contes et légendes

Dans les mythologies celte, grecque et romaine, le puits est un symbole de guérison et de fertilité. Les femmes celtes jetaient des offrandes dans le puits de Coventina pour obtenir la bénédiction des déesses de la fertilité et de la guérison.

« Fées bienfaisantes, bénissez-moi de votre énergie curative. »

Invocation de la fée en soi

C'est surtout pendant les chaudes nuits d'été que les fées sortent batifoler. Lorsque vous les rencontrerez, l'atmosphère semblera se figer, puis vous sentirez leur présence, aussi faiblement perceptible que le battement d'ailes d'un papillon. Une légère brise se lèvera et une lueur étrange apparaîtra au bord de votre champ de vision. Un rire doux et enchanteur viendra effleurer vos sens, et vous comprendrez alors que la magie est proche…

Pour accomplir ce rituel, il vous faut un bouquet de fleurs fraîches - des roses, par exemple - pour votre cercle de fées, de l'huile parfumée de lavande et trois rubans de 30 cm de long, un blanc, un rouge et un noir.

1. Accomplissez ce rituel le soir de la Saint-Jean, ou par une nuit de pleine lune du mois de juin, lorsqu'il fait chaud et qu'il est agréable d'être dehors ; attendez minuit. Tracez un cercle de fées, puis invoquez les gardiens du cercle de fées (voir le chapitre 16). Disposez vos fleurs sur ce cercle.

2. Enduisez-vous d'huile de lavande, et déposez-en également sur les trois rubans que vous natterez ensemble. Terminez par un nœud à chaque extrémité et, dans le même temps, répétez plusieurs fois :

   « Fées blanches, rouges ou noires,
   Révélez la féerie qui est en moi ce soir. »

3. Faites un nœud au milieu des rubans nattés, puis levez-les haut en imaginant la fée ou l'elfe qui est en vous. Repensez à toutes les qualités féeriques qui vous caractérisent, telles que votre humour, votre goût pour l'aventure ou votre enthousiasme. Faites un deuxième nœud en continuant de vous concentrer sur ce qui vous rapproche des fées, comme certains moments où vous usez de votre séduction, ou ceux où vous partagez un bonheur parfait avec l'être aimé, ou encore en pensant aux chansons douces que vous aimez chanter. Refaites encore un nœud et réfléchissez à toutes vos caractéristiques physiques qui vous évoquent un elfe ou une fée. Déposez les rubans noués dans un tiroir ou sur une étagère afin de pouvoir les reprendre à tout moment pour entrer en contact avec l'elfe ou la fée qui est en vous.

4. Quand vous aurez terminé, saluez les gardiens des points cardinaux en vous tenant debout ou assis au milieu du cercle, et déclarez après avoir fait sonner la cloche une fois :

   « Gardiens des quatre tours, nous vous remercions de votre présence et de votre protection pour ce rituel.
   Au revoir et merci ! »

   Faites sonner encore une fois la cloche, et concluez par :

   « Ainsi soit fait ! »

5. Effacez alors votre cercle magique en faisant face à l'est : votre main dominante tendue devant vous, tournez lentement sur vous-même dans le sens inverse des aiguilles d'une montre. Imaginez dans le même temps que votre main aspire la lumière blanc bleuté du cercle, et répétez les mêmes gestes pour en retirer la lumière verte. Dispersez les fleurs que vous aviez disposées sur le pourtour du cercle et effacez-le avec votre pied ou votre main, toujours dans un mouvement inverse à celui des aiguilles d'une montre. Lorsque vous avez terminé, faites face à ce qui était le centre du cercle et déclarez en faisant sonner la cloche :

   « Ainsi soit fait ! »

La magie des elfes et des fées

Il existe plusieurs façons de faire pénétrer la magie des elfes et des fées dans votre vie. Les pratiques suivantes vous proposent des moyens d'entrer en contact avec ce pouvoir enchanteur.

Les ailes de fées

Confectionnez vous-même vos ailes de fées pour vous rapprocher de la fée qui est en vous ! Il suffit pour cela de se procurer des cintres en métal que vous tordez pour leur donner l'aspect d'ailes de fées. Recouvrez-les ensuite de tissu en Nylon extensible blanc ou pastel, puis collez-y des pastilles, des sequins, des plumes ou des paillettes ; montez-les enfin sur un long foulard afin de les fixer. Pour fabriquer des ailes plus grandes, utilisez du fil de fer et couvrez-le de tissu transparent avant de les décorer. Les ailes de fées conviennent parfaitement pour Halloween et pour les fêtes déguisées, pour jouer avec vos enfants, pour surprendre votre famille ou vos amis, et à chaque moment où vous souhaitez solliciter la fée qui est en vous.

Citation

« Lorsque le premier bébé rit pour la première fois, son rire se brisa en un million de morceaux, et ils sautèrent un peu partout. Ce fut l'origine des fées. »

Peter Pan, J.M. Barrie.

Rencontre avec la dryade du chêne

Vous devez commencer par trouver un chêne vivant – dans votre jardin, dans un parc ou dans des bois environnants – que vous aimez bien ou qui vous paraît remarquable. Répandez des brindilles, des feuilles et des glands autour de sa base en évoluant dans le sens des aiguilles d'une montre. Dans le même temps, prononcez les paroles suivantes :

« Je suis le chêne,
Le chêne, c'est moi.
Nous ne faisons qu'un. »

Appliquez vos deux mains sur son tronc, puis répétez :

« Je suis le chêne,
Le chêne, c'est moi.
Nous ne faisons qu'un. »

Fermez les yeux, prenez une profonde inspiration, bloquez votre respiration le temps de trois battements de cœur, puis expirez tout l'air de vos poumons. Continuez de respirer de cette manière pendant une minute ou deux, puis imaginez que vous pouvez voir la dryade qui est dans le chêne. Percevez l'esprit de l'arbre, et tentez pendant quelques instants de ne faire plus qu'un avec l'esprit de la dryade du chêne et de ressentir ses émotions. Sentez vos racines s'enfoncer loin dans la terre humide et fertile, ayez conscience de la solidité incroyable de votre tronc, puis sentez vos membres s'étirer vers les cieux. Les feuilles qui ont poussé dessus agissent comme vos pensées, ce sont de petits récepteurs de lumière qui transforment l'énergie lumineuse pour vous régénérer. Poursuivez l'expérience quelques minutes encore, puis remerciez la dryade en disant :

« Belle et merveilleuse dryade du chêne,
Mille mercis d'être venue. »

Rencontre avec les fées des fleurs

Si vous rêvez de magnifiques fleurs parmi lesquelles évoluent les fées des fleurs, cela indique que vous allez très prochainement connaître joie et bonheur. Pour provoquer cette rencontre, munissez-vous d'un sachet de graines de fleurs annuelles et d'un peu de terre. Vous pouvez également faire vos plantations dans un bac.

Si vous avez un jardin, commencez par vous assurer que le sol choisi pour vos plantations est fertile et qu'il peut accueillir des graines. Ajoutez de l'engrais ou du compost si nécessaire. Ensuite, prenez le temps de penser à quoi ressemblera votre rond de fleurs lorsque ces dernières seront en pleine floraison. Imaginez que vous êtes en train de planter les graines, de les arroser, d'entretenir la terre et de regarder les fleurs s'épanouir. Une graine représente un nouveau départ, et le fait de semer favorise le succès et le développement personnels.

Prenez dans votre main le sachet de graines, et apportez à ces dernières de l'énergie en répétant trois fois :

« Graines de fleurs, graines de fleurs des fées,
Apportez à toute heure bonheur et beauté. »

Sortez les graines du sachet et gardez-les quelques minutes dans votre main dominante. Imaginez à nouveau votre rond de fleurs de fées en pleine floraison, puis semez les graines en suivant le sens des aiguilles d'une montre à l'intérieur de votre rond de fées. Tout en plantant les graines, répétez trois fois :

« Graines de fleurs, graines de fleurs des fées,
Apportez à toute heure bonheur et beauté. »

Lorsque vous avez terminé, arrosez abondamment. Imaginez que des fleurs colorées et des fées des fleurs viennent prendre possession du rond, et rendez-lui visite chaque jour pour l'entretenir et voir si vous n'apercevez pas des fées des fleurs. Lorsque vos fleurs seront ouvertes, admirez leur beauté et la magie qui s'en dégage, et savourez le bonheur et la joie que procure le fait de gambader avec les fées des fleurs.

Petite maison et jardin pour les fées

Attendez le printemps ou le début de l'été pour créer ce jardin – éventuellement avec l'aide de vos enfants. Choisissez un endroit dans votre jardin, sur votre terrasse ou votre balcon pour que vos enfants puissent y faire pousser des fleurs des fées et y aménager une petite maison destinée aux créatures féeriques. Pour la construire, n'utilisez que des matériaux d'origine naturelle, cela fera le bonheur des elfes et des fées du jardin. Il vous faut quelques sachets de graines de fleurs ainsi que des petits pots de fleurs déjà ouvertes. Veillez à bien choisir des fleurs que les fées aiment : marguerites, roses miniatures ou lavande. Vous aurez également besoin d'une boîte en carton qui constituera la structure de la maison.

Plantez vos fleurs et vos graines suivant l'agencement que vous souhaitez. Vous pouvez par exemple former le dessin d'une étoile elfique (à sept branches), d'un cercle ou d'une fleur. En semant les graines, chantez une chanson que vous aimez.

Passez ensuite à la fabrication de la maison. Découpez une porte dans la boîte, afin de pouvoir y déposer des offrandes. Collez ensuite sur les côtés des petites pierres, des morceaux d'écorce, des brindilles, des glands, des baies, des pommes de pin, des feuilles, des coquillages ou des fleurs. Terminez par le toit que vous ferez en chaume en collant sur le dessus de la boîte des brins de paille, des aiguilles de pin et de petites brindilles.

C'est pas sorcier

En tant que planète la plus proche de la Terre, la Lune a une influence plus grande sur celle-ci que n'importe quel autre corps céleste. On pratique donc les rituels les nuits de pleine lune ou, au contraire, les nuits sans lune. Les nuits de pleine lune correspondent aux moments où le pouvoir de la lune est le plus important.

Pour honorer les fées du jardin, déposez quelques offrandes dans leur maison à leur intention : un bol de lait, douze graines de tournesol et trois petits morceaux de fruits. Prononcez en même temps ces paroles :

« Ces offrandes sont en l'honneur des fées du jardin. »

Tous les deux ou trois jours, faites une offrande aux fées en déposant dans leur petite maison quelque chose de savoureux, comme un bonbon ou un bout de fromage (voir le chapitre 21). Répétez en même temps ces paroles :

« Ces offrandes sont en l'honneur des fées du jardin. »

Leprechauns, sucettes et pièce porte-bonheur

Vous pouvez pratiquer ce rituel amusant avec vos enfants afin que les leprechauns vous portent chance. Pour cela, choisissez une musique douce à la mélodie enchantée, et munissez-vous de sucettes, d'une pièce de 1 euro et d'une tasse d'eau.

1. Afin de créer une ambiance adaptée à ce rituel, mettez, un soir de pleine lune, une musique douce et féerique – l'idéal étant un vrai musicien qui joue d'un instrument : les fées apprécient la harpe, le violon, la guitare, la flûte, le flûtiau, la batterie, le piano et la flûte de pan. Aménagez un cercle de fées, puis invoquez les gardiens des quatre points cardinaux (voir le chapitre 16). Disposez vos sucettes préférées autour de votre cercle.

2. Respirez plusieurs fois profondément pour affûter votre conscience. Si vous vous trouvez en extérieur ou à côté d'une fenêtre, prenez le temps de contempler la lune pendant quelques minutes. Puis imaginez que votre chance se développe et grandit. Faites tomber votre pièce de 1 euro dans la tasse, et dites :

   « Pièce d'argent, lune argentée,
   Apportez-moi la chance des fées.
   Pièce porte-bonheur, lune fortunée,
   Apportez-moi la chance des fées. »

3. Contemplez pendant quelques minutes la pièce qui brille dans l'eau en continuant d'imaginer la chance qui vous sourit. Portez ensuite votre regard sur la lune, en pensant toujours à votre bonne fortune qui ne cesse de croître et qui brille de plus en plus, comme l'astre.

4. Puis saluez les gardiens des points cardinaux en vous tenant debout ou assis au milieu du cercle, et déclarez après avoir fait sonné la cloche une fois :

   « Gardiens des quatre tours, nous vous remercions de votre présence et de votre protection pour ce rituel.
   Au revoir et merci ! »

   Faites sonner encore une fois la cloche, et concluez par :

   « Ainsi soit fait ! »

5. Effacez votre cercle magique en faisant face à l'est ; votre main dominante tendue devant vous, tournez lentement sur vous-même dans le sens inverse des aiguilles d'une montre. Imaginez que votre main aspire la lumière blanc bleuté du cercle, puis répétez les mêmes gestes pour en retirer la lumière verte. Effacez le pourtour du cercle avec votre pied ou votre main, toujours dans un mouvement inverse à celui des aiguilles

d'une montre. Lorsque vous avez terminé, faites face à ce qui était le centre du cercle et déclarez en faisant sonner la cloche :

« Ainsi soit fait ! »

6. Retirez la pièce porte-bonheur de l'eau et rangez-la dans votre poche, dans votre porte-feuille ou dans votre porte-monnaie. Pour attirer encore davantage chance et fortune, versez l'eau de la tasse par terre, juste devant votre porte d'entrée.

Notre aventure se termine ici, mais la fin de ce livre signe un nouveau départ dans votre vie. À présent, il vous sera possible d'invoquer l'énergie des elfes et des fées partout où vous irez - et tout particulièrement dans la nature. Votre monde va changer, tous ses aspects sombres vont se trouver éclairés, à condition que vous gardiez en mémoire que, dans nos rapports avec les elfes et les fées, la gentillesse est toujours récompensée !

Le minimum à savoir

→ Nous avons tous en nous un peu de l'énergie des elfes et des fées.

→ Les miroirs sont des outils qui nous donnent une meilleure vision de nous-même.

→ On peut tout réussir dans la vie si l'on agit en harmonie avec l'énergie des elfes et des fées.

→ Les elfes et les fées sont d'excellents moyens d'apporter magie et créativité dans notre vie.

QCM

1 – Quel fruit symbolise l'amour, le romantisme, la fertilité, la guérison et l'immortalité ?

❑ **A** - la pomme
❑ **B** - la mûre sauvage
❑ **C** - la pêche

2 – Quel endroit est le plus propice à l'organisation d'un pique-nique pour les fées ?

❑ **A** - au pied d'une montagne
❑ **B** - près d'un cours d'eau
❑ **C** - sous un chêne

3 – Quelle est traditionnellement la durée d'un mariage féerique?

❑ **A** - du lever au coucher du soleil
❑ **B** - sept jours
❑ **C** - un mois

4 – Quelle plante permet de repousser les dragons ?

❑ **A** - la camomille
❑ **B** - l'angélique
❑ **C** - le basilic

5 – Quelle fibre est utilisée pour confectionner les vêtements des fées ?

❑ **A** - le coton
❑ **B** - le lin
❑ **C** - le chanvre

6 – Quelle est la propriété du cristal de roche ?

❑ **A** - il guérit
❑ **B** - il attire les fées des eaux
❑ **C** - il apporte la richesse

7 – L'ambre favorise...

❑ **A** - l'amour
❑ **B** - la chance
❑ **C** - la gaieté

8 – Quel objet est nécessaire pour le rituel de la marraine fée ?

❑ **A** - un bijou précieux
❑ **B** - un sifflet
❑ **C** - une bougie blanche

9 – Quel est le meilleur moment pour faire l'expérience du miroir féerique ?

❑ **A** - une nuit de pleine lune
❑ **B** - un solstice d'hiver
❑ **C** - un samedi à l'aube

10 – En quoi consiste la technique du puits de guérison enchanté ?

❑ **A** - à boire une infusion de thym toutes les heures pendant une journée
❑ **B** - à prendre un bain chaud aux huiles essentielles
❑ **C** - à puiser de l'eau dans une fontaine sacrée et à l'offrir aux fées

Réponses

1 : A - 2 : B - 3 : B - 4 : C
5 : B - 6 : A - 7 : A - 8 : C
9 : A - 10 : B

Nombre de bonnes réponses ❑

Si vous avez au moins 8 bonnes réponses, félicitation, sinon... faites quelques révisons !

Bibliographie

ANDREWS, Ted, *Tarot de sagesse animale*, Montréal, Éditions du Roseau, 2006.

BARKER, Cicely Mary, *Le Jardin féerique*, Paris, Hoëbeke, 2004.

BERNARD, Véronique et DELASSUS, Sylvie, *Fées et princes charmants,* Paris, Éditions du Nil, 1996.

BESANÇON, Dominique, *Fées, naïades et nymphes,* Dinan, Terre de Brume, 2000.

BETTELHEIM, Bruno, *Psychanalyse des contes de fées,* Paris, R. Laffont, 2003.

BOSCHIERO, Reynald, *Guide des pierres de soins*, Paris, Marabout, 2007.

BRASEY, Édouard, *Fées et elfes,* Paris, Pygmalion, 1999.

BRASEY, Édouard, *Nains et gnomes*, Paris, Pygmalion, 1999.

BRASEY, Édouard, *Sirènes et ondines*, Paris, Pygmalion, 1999.

BRASEY, Édouard, *Géants et dragons*, Paris, Pygmalion, 2000.

BRASEY, Édouard, *Sorcières et démons*, Paris, Pygmalion, 2000.

BRASEY, Édouard, *Démons et merveilles*, Paris, Le Chêne, 2002.

CROWLEY, John, *Le Parlement des fées*, Dinan, Terre de Brume, 2006.

CUNNINGHAM, Elaine, cycle *Le Chant et l'épée*, Paris, Fleuve Noir, 2002.

DELMAS, Marie-Charlotte, *Superstitions et croyances des pays de France*, Paris, Le Chêne, 2003.

DUBOIS, Pierre, *Grande Encyclopédie des lutins*, Paris, Hoëbeke, 1992.

DUBOIS, Pierre, *Grande Encyclopédie des fées*, Paris, Hoëbeke, 1996.

DUBOIS, Pierre, *Grande Encyclopédie des elfes,* Paris, Hoëbeke, 2003.

DUNSANY, lord, *La Fille du roi des elfes,* Paris, Denoël, 2006.

ELIADE, Mircea, *Le Chamanisme et les techniques archaïques de l'extase,* Paris, Payot, 1992.

EVANS WENTZ, W.Y., *The Fairy-Faith in Celtic Countries*, New York, Citadel Press, 1990.

FARMER, Philip José, cycle *Le Fleuve de l'éternité*, Paris, Le Livre de Poche, 1992.

FARMER, Philip José, cycle *La Saga des hommes-dieux*, Paris, La Découverte, 2005.

FETJAINE, Jean-Louis, *La Trilogie des elfes*, Paris, Pocket, 2008.

FROUD, Brian, *Les Fées*, Paris, Albin Michel, 1993.

FROUD, Brian, *Les Runes du pays des elfes*, Grenoble, Glénat, 2006.

GRIMM, Jacob et Wilhelm, *Les Contes*, Paris, Flammarion, 1967.

HENDERSON, William, *Folk-Lore of the Northern Counties*, Londres, Folk-Lore Society, 1879.

JÉZÉQUEL, Patrick et MORANT Bénédicte, *Halloween : sorcières, lutins, fantômes et autres croquemitaines,* Éditions Avis de tempête, 1997.

LANG, Andrew, *Yellow Fairy Book*, Dover Publishing, 1966.

LE GUIN, Ursula, cycle *Terremer*, Paris, Le Livre de Poche, 2007.

LE STUM, Philippe, *Fées, korrigans et autres créatures fantastiques de Bretagne,* Rennes, Éditions Ouest-France, 2001.

MARKALE, Jean, *Merlin l'Enchanteur,* Paris, Retz, 1981.

McCAFFREY, Anne, *La Ballade de Pern,* Paris, Pocket, 2004.

MONMOUTH Geoffroi de, *Histoire des rois de Bretagne,* Paris, Éditions des Belles Lettres, 1992.

PHILLPOTTS, Beatrice, *Le Livre des fées : voyage au pays de Faerie*, Paris, Éditions Hors Collection, 2000.

SALVATORE, R.A., *Les Royaumes oubliés : la légende de Drizzt,* Paris, Milady, 2008.

SAND, George, *Légendes rustiques* (1858), Saint-Cyr-sur-Loire, C. Pirot, 2000.

SHAKESPEARE, William, *La Tempête*, Paris, Gallimard, 1997.

SHAKESPEARE, William, *Songe d'une nuit d'été*, Paris, Gallimard, 2003.

SHELDRAKE, Rupert, *Sept expériences qui peuvent changer le monde*, Monaco, Éditions du Rocher, 1995.

SPENSER, Edmund, *La Reine des fées*, Paris, Aubier, 1957.

STEWART, Robert, *Le Tarot de Merlin*, Paris, Éditions Véga, 2004.

STURLUSON, Snorri, *L'Edda, récits de mythologie nordique*, Paris, Gallimard, 1991.

TOLKIEN, J.R.R., *Le Seigneur des anneaux*, Paris, Christian Bourgois, 1972.

TOLKIEN, J.R.R., *Faërie*, Paris, Christian Bourgois, 1972.

Annexe

B

Glossaire

Accessoire de rituel : désigne tout objet utilisé pour apporter de l'énergie ou intensifier un rituel ou un acte de magie.

Alfatofrar : terme nordique désignant la magie des elfes ou tout effet enchanteur.

Alfheim : dans la mythologie nordique, les elfes lumineux, ou « Alfes lumineux », vivent dans le royaume d'Alfheim, qui appartient au monde supérieur.

Anges : comme les fées, ces gardiens et messagers célestes œuvrent comme intermédiaires entre le divin et les mortels.

Animisme : croyance selon laquelle toute matière, animée ou non, est dotée d'une âme ou d'un esprit. Cet esprit continue d'exister en dehors de la forme physique, et relie ainsi le monde physique au monde spirituel.

Archétype : type universel défini par l'expérience humaine, tel que l'image de la mère, du père, de l'ami ou de l'amant. Les archétypes structurent non seulement le subconscient de chacun mais aussi l'inconscient collectif. Le psychologue Carl Jung estimait que tous les mythes se fondent sur des archétypes.

Autre Monde : pays invisible où se situe le royaume des fées. C'est un monde où les lois naturelles de l'univers n'ont pas nécessairement cours, une terre d'immortalité occupée également par le divin.

Avalon : appelé aussi le « pays des Pommes », il se situait à l'ouest de l'Angleterre. C'est là que Morgane, la plus influente des neuf sœurs fées gardiennes des pommes de l'Autre Monde, conduisit le roi Arthur agonisant.

Beltaine : grande fête des elfes et des fées, célébrée le 1er mai.

Bénédiction : pratique consistant à bénir ou à sanctifier par le biais d'un rite ou de paroles spirituelles. Une bénédiction permet d'approuver ou d'encourager tout ce qui peut être favorable au bonheur ou au bien-être.

Celtes : les Celtes étaient un groupe de tribus germaniques qui migrèrent lentement vers l'ouest et progressèrent au nord par la Scandinavie. Ils finirent par s'installer dans les pays actuels suivants : Irlande, Écosse, pays de Galles et Grande-Bretagne, ainsi que sur les côtes ouest de la France.

Cercle de fées : cercle généralement constitué d'herbe ou de fleurs, établissant une passerelle énergétique permettant aux hommes de rejoindre le monde des fées.

Champ morphogénique : théorie de Rupert Sheldrake selon laquelle un champ de résonances ou de vibrations énergétiques existe en deçà du spectre de ce que les hommes peuvent percevoir.

Conte de fées : histoire mettant en scène des forces fantastiques et des êtres magiques tels que des elfes et des fées.

Coomlaen : destrier elfique.

Créatures élémentaires : êtres issus des quatre éléments qui génèrent certaines formes. Ils servent de lien entre l'énergie créatrice et la forme physique.

Déesse mère : divinité majeure contrôlant tout ce qui pousse sur terre. Elle incarne la terre et toutes ses qualités, et en détient également toute la sagesse.

Dévas : esprits de la nature qui se servent des énergies élémentaires et les influencent, incarnant l'esprit et l'énergie essentielle des espèces de plantes auxquelles ils sont associés. Le mot « déva » signifie en sanskrit « être de lumière ».

Double vue : le don de double vue, ou clairvoyance, est l'aptitude à percevoir par un biais psychique des choses qui se situent en dehors de la perception ordinaire.

Dreamtime : concept de la mythologie aborigène semblable à celui des elfes et des fées. Il se réfère à un commencement qui précéderait notre propre mémoire, durant lequel les esprits ancestraux qui occupaient la terre la façonnèrent à leur idée.

Edda : poèmes narratifs se rapportant à la mythologie nordique, qui racontent les histoires de ses divinités et expliquent les origines du monde et tout ce qu'il contient, y compris les elfes et les nains.

Éléments : les quatre éléments sont la terre, l'air, le feu et l'eau.

Elfes : créatures magiques aux pouvoirs extraordinaires, associées à des paysages naturels. On les appelle également - entre autres - les « Alfes lumineux », les « premiers-nés » ou le « peuple des bois ».

Esprit : désigne l'énergie qui maintient ensemble tous les éléments. L'esprit est considéré comme étant le cinquième élément, ou parfois la somme de tous les autres éléments. Cette somme produit la quintessence divine.

Étoile elfique : étoile à sept branches, aussi appelée « étoile des fées ».

Féerie : magie des elfes et des fées.

Fées : créatures magiques dotées de pouvoirs surnaturels, qui incarnent les nombreux aspects de la vie et de la nature.

Fêtes celtiques : appelées aussi « sabbats », elles correspondent aux moments de l'année où le soleil et la terre observent un alignement particulier, par exemple lors des solstices et des équinoxes.

Findhorn : désigne le territoire d'une communauté du nord de l'Écosse où la culture biologique, combinée à la magie des fées, a produit des résultats extraordinaires.

Folklore : ce terme renvoie aux traditions, aux croyances et aux coutumes d'un peuple consignées dans ses mythes, ses légendes, ses contes et autres proverbes ; ce même terme désigne également l'étude des cultures populaires.

Gardiens du cercle : esprits serviables qui protègent les portes élémentaires d'un espace sacré. Ils restent postés au seuil des quatre points cardinaux, ou des sept directions, jusqu'à ce que l'on prenne congé d'eux en les remerciant.

Gebo : signe des runes nordiques désignant le principe simple d'échange que constituent les actes de donner et de recevoir. Il consiste en un « X », dont les deux traits croisés symbolisent ces deux actes.

Géomancie : pratique ancienne combinant holistique, science et philosophie en vue de maintenir l'activité humaine en harmonie avec certains motifs géométriques naturels présents sur terre.

Géométrie sacrée : appelée également « langage de la lumière » ou « langage de création », elle repose sur l'idée selon laquelle l'énergie circulerait en fonction de certains motifs prévisibles, influençant toutes les formes, y compris celle de notre ADN.

Jardin de fées : jardin où ne poussent que des fleurs et des arbres appréciés par les fées.

Jötunheim : dans la mythologie nordique, demeure des géants qui furent créés dans le même temps qu'Ymir.

Karma : concept selon lequel tout ce que nous accomplissons dans la vie engendrera des conséquences bonnes ou mauvaises, selon nos actes ou nos intentions.

Karma immédiat : correspond à un retour très rapide des conséquences de nos actes. Les elfes et les fées utilisent la magie, dont les effets sont généralement presque immédiats.

Leprechaun : sorte d'elfes traditionnellement rattachés au métier de la cordonnerie.

Lughnassad : fête qui a lieu début août et qui marque la fin de l'été ainsi que le début de l'automne. Lughnassad signifie littéralement « fête des noces de Lugh ». On désigne également cette fête sous le nom de « Lammas ».

Magie : enchantement créé par quelque chose d'extraordinaire, d'invisible ou d'inconnu. Une fois que l'on en a fait l'expérience, notre perception s'en trouve altérée pour toujours.

Magie féerique : désigne l'état extraordinaire dans lequel on se trouve lorsqu'on quitte le monde ordinaire pour pénétrer dans le royaume magique des fées.

Main dominante : main avec laquelle on accomplit le plus de choses (votre main droite si vous êtes droitier) ; c'est également la main dont on se sert pour envoyer un pouvoir ou de l'énergie.

Main passive : votre main gauche si vous êtes droitier, droite si vous êtes gaucher. C'est également la main dont on se sert pour recevoir un pouvoir ou une énergie.

Méditation : état de relaxation où notre conscience se trouve modifiée et qui nous permet de découvrir d'autres facettes de nous-même, conduisant à des révélations personnelles ou divines.

Métamorphose : capacité de changer de forme à volonté.

Midgard : la Terre du Milieu, monde des mortels et donc des humains.

Mythologie : ensemble des mythes et légendes d'un peuple qui illustrent sa perception de l'ordre du monde.

Mythologie irlandaise : récit des cinq invasions qu'a connues l'Irlande au cours de différentes périodes de son histoire – la plus importante relative aux fées se rapportant aux Tuatha De Danann.

New Age : l'approche *New Age* consiste à voir les fées comme une partie d'un ensemble d'énergies terrestres – auquel appartiendraient également les dévas de la nature –, et à utiliser ces énergies. Ce concept transparaît dans leurs pratiques telles que le *channeling*, la culture biologique et le fait de se servir de plantes, d'essences, de cristaux et de pierres précieuses.

Nifelheim : dans la mythologie nordique, monde des géants du givre ou du gel.

Nordiques : ensemble de tribus germaniques qui migrèrent vers le nord et colonisèrent la Scandinavie actuelle – c'est-à-dire la Suède, le Danemark et la Norvège.

Peri : mot turc désignant un être surnaturel bienveillant d'une grande beauté et parfois ailé, souvent assimilé à une fée.

Petit peuple : appellation par laquelle les elfes et les fées aiment qu'on les désigne.

Pixie : type de fée.

Polarités : énergies positives, négatives et neutres que l'on trouve dans l'univers.

Prophétie : aptitude à prédire des événements avant qu'ils se produisent. Le mot lui-même signifie « parler », la prophétie mêlant souvent prédiction, prévision et divination. On considère les prophéties comme des messages du divin, en raison de leur nature liée au psychisme et au spirituel.

Quête : voyage qui transforme le corps, l'âme et l'esprit.

Rath : tertre ou colline féerique, souvent entouré d'un fossé.

Reines des fées : déesses des anciennes tribus irlandaises, qui veillent encore aujourd'hui sur les clans et les familles. Ce sont elles qui ont donné leurs pouvoirs à ces terres.

Rituel : mise en pratique d'un mythe se référant aux actes de la vie dans lesquels on se trouve engagé. Manière préétablie d'exécuter quelque chose.

Rois des fées : dieux des anciennes tribus irlandaises, généralement époux des reines des fées. Ils agissent encore aujourd'hui comme défenseurs des clans irlandais.

Rois dormants : rois ancestraux dont l'énergie et les connaissances restent en sommeil pour que de futures générations les invoquent.

Royaume des fées : un « Autre Monde » qui reflète souvent assez fidèlement le nôtre. Le royaume des fées est peuplé de créatures magiques capables d'accomplir des choses extraordinaires tout autant que des actions ordinaires. Dans ce lieu, on ne vieillit jamais, on ne tombe jamais malade et l'on n'a jamais faim.

Runes : chacune des runes est un symbole magique qui représente une énergie cosmique de l'univers. Chacune des vingt-quatre runes de l'Elder Futhark fournit une porte d'accès au royaume des fées.

Saint-Jean : jour du solstice d'été, qui marque l'une des plus grandes fêtes des elfes et des fées.

Samhain : célébration qui a lieu à Halloween, lorsque le voile qui sépare les humains du monde des fées est le plus ténu et le plus facile à lever.

Sidhe : nom irlandais pour dire « fée », que l'on prononce « shee ».

Sorcier : magicien capable de contrôler les éléments.

Stauroride : pierre féerique au pouvoir fort, également appelée « pierre de croix ».

Svartalfheim : dans la mythologie nordique, royaume des nains dans le monde inférieur.

Tir-na-n-Og : dans la mythologie celtique, Tir-na-n-Og est la résidence des dieux et des déesses et, en tant que telle, elle constitue la terre divine de l'immortalité. Son nom signifie « Terre des jeunes », en référence au fait que ce lieu ne connaît ni la vieillesse ni la mort.

Tradition : informations, croyances et coutumes que l'on perpétue d'une génération à une autre. Les traditions évoluent constamment et on les réinvente pour les maintenir en vie.

Trou de ver : couloir étroit par lequel on peut voyager dans le temps et l'espace, qui n'utilise que les ressources naturelles de l'espace pour permettre de parcourir de grandes distances à une vitesse vertigineuse. Ces « trous de ver » constituent de vrais boulevards vers l'Autre Monde.

Tuatha De Danann : peuple de la déesse Dana, qui envahit l'Irlande en descendant du ciel après y avoir fait tomber un épais brouillard, un 1er mai au matin.

Vanaheim : monde des Vanes, anciens dieux et déesses de la nature dans la mythologie nordique.

Wyrrd : dans la tradition spirituelle nordique, ce terme renvoie à une énergie magique qui connecte tout ensemble. Cette énergie est utilisée par les maîtres des runes pour lire dans l'avenir.

Y tylwyth teg : nom gallois pour désigner les fées, qui se traduit par « peuple ou famille au teint et aux cheveux clairs ». Une version plus longue, *y tylwyth teg yn y coed*, se traduit par « famille des bois au teint et aux cheveux clairs ».

Yggdrasil : dans la mythologie nordique, désigne l'Arbre-Monde dont les branches soutenaient les neuf mondes : trois mondes supérieurs (dont le monde des elfes lumineux), trois mondes du milieu (dont la Terre du Milieu), et trois mondes du dessous (dont le monde des nains, ou elfes sombres).

Yule : mot norrois utilisé pour désigner le solstice d'hiver, qui survient autour du 21 décembre. C'est une période de célébrations perpétuée jusqu'à nos jours avec les fêtes de Noël.

Index

N

O

P

Q

R

S

T

Notes personnelles

DIPLÔME

SECTION « ELFES ET FÉES »

La Marabout Académie

décerne à ....

le diplôme de fin de lecture au titre de sa persévérance et de sa réelle volonté à s'initier à l'Autre Monde afin de communiquer avec les créatures féeriques.

Fait à Paris, le ....

Le doyen de la Marabout Académie

Imprimé en Espagne par Dedalo offset
ISBN : 978-2-501-05751-6
Dépôt légal : novembre 2008
Édition 01
40 4586 0